DAVID HEWSON

DIE MEDICI-MORDE

EIN VENEDIG-KRIMI

Aus dem Englischen von Birgit Salzmann

FOLIO VERLAG
WIEN · BOZEN

1
Auf *signora capitanos* Geheiß

Der Morgen, an dem ich herbeizitiert wurde, um einen Mordfall zu lösen, war sonnig, kalt und voller Tauben. Sie bevölkerten den Weg von meiner Wohnung in Dorsoduro über die Accademia-Brücke, vorbei an den Cafés auf der Piazza, wo eine ganze Schar der grauen Plagegeister unaufhörlich um eine Gruppe von Karnevalsbesuchern herumflatterte, die so unbedacht waren, ihr Gebäck im Freien zu essen.

Die Römer fürchteten die Eule, Edgar Allan Poe fürchtete den Raben. Ein alter Bauer, den ich in meiner Kindheit in Yorkshire kannte, behauptete immer, wenn ein Rotkehlchen ins Haus flöge, sei das die Prophezeiung des Todes. Es sei denn, es passierte im November, dann blieben alle am Leben. Vielleicht sind Tauben, „geflügelte Ratten", zu gewöhnlich, zu verfressen und zu lästig, um Vorboten des Todes zu sein. In diesem Fall kamen sie ohnehin zu spät. Die Leiche lag schon auf dem Seziertisch, was der Grund dafür war, dass ich an diesem eisigen Februartag quer durch Venedig lief, während mich diese flügelschlagenden Biester nervten. Beinah kam es mir vor, als gurrten sie eine Warnung: *Es ist Carnevale, es ist bitterkalt, überall Fremde, hinter Masken verborgen. Nichts in dieser Stadt ist wirklich oder offenbar, beständig oder ohne Gefahr. Nimm dich in Acht.*

Obwohl ich mir das sicher nur einbildete. Irgendetwas an Venedig weckte immer die seltsamsten Fantasien in mir.

Mein Ziel lag kurz hinter dem Dogenpalast und der berühmten byzantinischen Basilika, dem altehrwürdigen Mittelpunkt der Stadt, der jahraus, jahrein Heerscharen von Touristen anzog. Der kleine Campo San Zaccaria hingegen war wie gewöhnlich leer. Nur wenige der unzähligen Menschen, die ziellos über die Piazza schlenderten, schienen zu wissen, was sich unweit der Uferpromenade Riva degli

Schiavoni mit ihrem unzählige Male abgebildeten Ausblick über das Becken von San Marco hinüber zum Campanile von San Giorgio befand, der sich einsam auf seiner eigenen kleinen Insel erhebt.

Am Ende einer schmalen Seitengasse gelangte man zu der wunderschönen Kirche San Zaccaria, in deren stimmungsvoll beleuchteter Krypta, die wegen der nahe gelegenen Lagune fast das ganze Jahr unter Wasser steht, die ersten Dogen beigesetzt wurden. Passenderweise, wie ich fand, waren doch zwei von ihnen von Verschwörern und einer wütenden Meute irgendwo in den Gassen rund um den Campo ermordet worden.

Einst stand auf dem Areal ein Kloster, dessen Obstgarten die Nonnen, die es bewohnten, unter dem Druck des Dogen verkauften, damit die Republik die Piazza San Marco bauen konnte. Das kleine Gotteshaus, das bis heute überdauert hat, ist älter als die berühmte Basilika in seiner Nachbarschaft. Benannt wurde es nach Zacharias, dem Vater Johannes des Täufers, der von Herodes' Soldaten beim Kindermord von Bethlehem getötet wurde und ebenfalls in der Krypta beerdigt sein soll. Da er außerdem Grabstätten in Aserbaidschan, Konstantinopel und Jerusalem besitzt, scheint San Zaccaria, wie er auf Venezianisch heißt, ein weitgereister Mann gewesen zu sein, obwohl sein Name heutzutage für viele nichts weiter als die Bezeichnung einer Vaporetto-Haltestelle ist.

Nachdem ich mich den größten Teil meines Lebens auf die ein oder andere Weise mit Geschichte beschäftigt habe, bin ich zu der Erkenntnis gelangt, dass Venedigs Vergangenheit genauso ist wie die anderer Orte: veränderlich, dehnbar, leicht abzuwandeln, um sie der jeweiligen Sichtweise desjenigen anzupassen, der sie erzählt. Nur umfassender, außergewöhnlicher, glanzvoller. Schließlich bezieht sich das italienische Wort *storia* zugleich auf Geschichte und Fiktion. Und die Grenze zwischen Dichtung und Wahrheit ist schmal, manchmal kaum erkennbar.

Über dem Altar von San Zaccaria prangt Giovanni Bellinis *Madonna mit Kind und Heiligen*, eines der größten, wenn auch kaum beachteten, Meisterwerke der Stadt. Gemälde von Tintoretto, Van Dyck, Jacopo Palma und dessen Großneffen Palma il Giovane schmücken die Kapellen und die Wände des Hauptschiffs. Hin und wieder mache ich einen einsamen Ausflug in diese Kirche. Um einfach nur dazusitzen, ein Atheist, fasziniert von den Visionen des Paradieses und einer Welt stiller Ordnung und festen Glaubens. Heute hatte ich jedoch nur den Radau der Tauben im Kopf, die laut auf dem Dach gurrten und scharrten.

* * *

AN DIESEM WOLKENLOSEN, klirrend kalten Vormittag stand mir keine stille Kontemplation im Kirchenschiff von San Zaccaria bevor. Mein Ziel war deutlich profaner: das Hauptquartier der Carabinieri, ein hübsches ockerfarbenes Gebäude neben der Kirche, früher vielleicht Teil des ehemaligen Klosters. Ich weiß es nicht, und ich hatte nicht vor, danach zu fragen. Mit der Polizei hatte ich noch nie zu tun gehabt, abgesehen von dem einen Mal, als jemand direkt vor unserem Haus in Wimbledon unseren Ford Escort demoliert hatte; damals war sie sehr nützlich gewesen. Jetzt, so stellte sich heraus, hatte mich ein weiblicher *capitano* zu sich gerufen. Die Frau war Mitte bis Ende dreißig, hatte den wachen, intelligenten Blick einer Universitätsdozentin gepaart mit einer schlanken Gestalt, lackierten Fingernägeln und der perfekt sitzenden Frisur einer venezianischen Dame aus gehobenen Verhältnissen. Sie trug die traditionelle Carabinieri-Uniform, dunkelblau mit roten Lampassen, auffallend gut geschnitten für meine Begriffe, maßgeschneidert vielleicht. Jacke und Hose sahen aus wie frisch aus der Reinigung und ihre Besitzerin, als käme sie direkt aus dem Schönheitssalon.

„Signor Clover", sagte sie mit ruhiger, selbstsicherer Stimme, die formell, aber nicht unfreundlich klang. „Nehmen Sie doch Platz." Davon gab es nur einen, gegenüber ihres Schreibtischs, in einem kleinen Büro, in dem sich außerdem nur noch ein Telefon und ein Computer befanden. Wie bei Scotland Yard wirkte es nicht gerade. „Danke, dass Sie gekommen sind."

„Ich nahm an, ich hätte keine Wahl."

„Stimmt", antwortete sie. „Die hatten Sie nicht."

Ich hoffte, ich würde nicht zittern. Inzwischen lebte ich seit drei Monaten in Venedig. Meine Papiere waren nach all den Terminen bei Stempel schwingenden Paragrafenreitern sicher in Ordnung. Kein

Anlass also, mit einem der üblichen Probleme zu rechnen, mit denen man als Ausländer in Italien manchmal konfrontiert war. Trotzdem machte mich irgendetwas an dieser Frau nervös. Mein ganzes Wissen über Verhöre – wenn man es überhaupt Wissen nennen konnte – stammte aus Fernsehserien. Die mir, nun ja, irgendwie spektakulärer erschienen. Dieses Treffen hatte etwas Vertrautes, Persönliches, was die Atmosphäre in gewisser Weise noch unangenehmer machte.

„*Capitana* …" Ich sah auf das Namensschild auf ihrem Schreibtisch. „Fabbri", sagte ich.

Und erntete einen missbilligenden Blick.

„*Capitano*. Der Titel bezeichnet den Dienstgrad und hat nichts mit dem Geschlecht zu tun. Ich hätte ihr Italienisch für besser gehalten."

Valentina Fabbri besaß einen scharfen Laserblick, der dem meiner verstorbenen Frau in nichts nachstand. Ich hatte das Gefühl, in dem stickigen, kleinen Raum darunter zu schrumpeln.

„Mein Italienisch war nicht das Problem, sondern mein Kenntnisstand."

„Nennen Sie mich Valentina, wenn das einfacher für Sie ist."

„Ich frage mich, warum Sie mich …"

„Aber Arnold, ich bitte Sie. Das wissen Sie doch sicher. Ich habe eine Leiche am Hals." Sie klang, als würde der Gedanke daran sie furchtbar ärgern. „Beziehungsweise in einem Kühlfach im Ospedale Civile. Eine verdammte Leiche. Die Leiche eines berühmten britischen Historikers. Eines Lords."

„Eines Ritters", stellte ich klar. „Das ist nicht dasselbe."

„Ich räume meinen Fehler ein."

Etwas, das nicht allzu oft vorkam, ihrem Tonfall nach zu urteilen.

„Wie kann ich da behilflich sein?"

„Es ist *Carnevale*. Wir haben alle Hände voll damit zu tun, uns um betrunkene Ausländer in albernen Kostümen zu kümmern, die aufeinander losgehen und am Ende irgendwo im Kanal landen."

„Genau das ist passiert, nehme ich an? Ein tragischer Fall von Straßengewalt."

„Bei uns? In Venedig?" Sie reagierte empört. „Nein. Das hier trägt sämtliche Merkmale von Mord, von kaltblütigem, vorsätzlichem Mord. Aber die einzigen Morde, die wir hier kennen, sind die in den lächerlichen, von Ausländern verfassten Krimis. Im realen Leben ist das undenkbar. Inakzeptabel. Venedig ist eine Stadt der Schönheit, der Kunst und der Kultur. Und eine, die so viele Touristen wie möglich über den Piazzale Roma hereinschleust, um sie dann so schnell wie möglich wieder loszuwerden." Sie beugte sich nach vorn. „Lebend." Ein Stoß mit ihrem lackierten Zeigefinger in meine Richtung. „Immer … lebend."

„Ein verständliches Anliegen, das Ihre Besucher sicher zu schätzen wissen."

„Sie und ich, wir wissen beide, dass Ihr berühmter Historiker nicht von einem Venezianer umgebracht wurde. Wir wissen, dass die Lösung des Rätsels in Ihrem – wie nennen Sie es – in Ihrem Vergoldeten Kreis liegt."

„Goldener Zirkel."

„Exakt. Also, Sie sitzen alle seit gestern in Haft. Zusammen mit der jungen Amerikanerin, die den Mann und seinen Sohn hierher begleitet hat."

„Miss Buckley sollte wohl seine Produzentin werden."

„Sollte sie das? Keiner derjenigen, die ich in Gewahrsam habe, scheint jedenfalls vor Trauer zu vergehen."

Ich sagte nichts.

„Das überrascht Sie offenbar nicht?"

„Sie werden ihre Gründe haben."

„Ganz genau. Und die würde ich gerne erfahren. Ihre Gründe. Die Wahrheit. Die steht mir zu. Luca Volpetti, jemand, den ich schätze und respektiere, nicht zuletzt weil er eine Weile mit meiner Cousine ausgegangen ist, hat mir gesagt, Sie seien ein kluger, einfallsreicher Mann. Und dass Sie die Beteiligten alle kennen."

Vielen Dank auch, Luca, dachte ich. „Sie sind mir bekannt. Flüchtig. Die Amerikanerin aber nicht, ebenso wenig wie der Sohn."

Sie überprüfte ein paar Notizen vor sich. „Immerhin. Ihnen sind diese Leute *bekannter* als sonst irgendwem. Sie sind ebenfalls Engländer. Also haben Sie vielleicht mehr Einblick ins dunkle Labyrinth ihrer Gedankengänge als ich. Volpetti sagt, Sie hatten mit dem sonderbaren Vorhaben zu tun, das den Toten hierherführte."

„Ebenso wie er selbst, aber …"

„Um es ganz deutlich zu sagen: Das Problem muss vom Tisch. Sie und ich werden uns darauf konzentrieren, es zu lösen. Unverzüglich. Ich möchte, dass der Fall bis heute Abend geklärt ist."

Mit dem ersten Teil dieser Aussage hatte ich gerechnet. Mit der Frist allerdings nicht.

„Nehmen Mordermittlungen gewöhnlich nicht deutlich mehr Zeit in Anspruch? Ich meine … Spurensicherung? Gerichtsmedizin? Alles, was man im Fernsehen so sieht?"

Ihr Aufstöhnen signalisierte mir, dass meine Frage lächerlich war. „Wir sind in Venedig. An *Carnevale*. Nicht im Fernsehen. Ich will, dass die Sache bis heute Abend erledigt ist. Franco, mein Mann, betreibt das Il Pagliaccio, das Restaurant. In der Nähe der Accademia. Kennen Sie es?"

Das vornehmste und teuerste Schickimicki-Lokal im vornehmsten und teuersten *sestiere* der Stadt.

„Ein wenig jenseits meines Budgets, was ich so höre. Außerdem …" Ich deutete auf mein Outfit. Ein mindestens fünfzehn Jahre altes Tweedjackett. Darunter ein rotkariertes Holzfällerhemd, ein Weihnachtsgeschenk von Gott weiß wann. Zerschlissene Jeans Marke Billigheimer. Und an dem Haken hinter der Tür hing der Dufflecoat, den ich aus Wimbledon mitgebracht hatte, gute zehn Jahre alt. „… habe ich nicht das Gefühl, dem Dresscode zu entsprechen."

„Franco testet heute Abend ein neues Menü. Ich habe ihm versprochen, es zu probieren und ihm zu sagen, was er falsch gemacht hat. Halb acht. Es wäre mir sehr daran gelegen, dass der Fall bis dahin … erledigt ist."

„So schnell?"

„Ich bin von Natur aus optimistisch. Sie etwa nicht?" Sie hielt einen Moment inne. Dann legte sich langsam ein Lächeln über ihr Gesicht und verschwand kurz darauf wieder. „Helfen Sie mir, Arnold. Lassen Sie uns den Sachverhalt gemeinsam aufklären. Danach dürfen Sie mich zum Abendessen begleiten. Meinetwegen im Schlafanzug. Feinste Küche der Lagune, vom ersten bis zum letzten Gang. Es gibt *risotto di gò*, mit frischen Grundeln. *Moeche*. Weichschalenkrebse." Sie schnipste mit den Fingern. „*Canoce*, Fangschreckenkrebse mit so kräftigen Scheren, dass sie Ihnen den Finger brechen können. Und Wein von den besten Winzern des Veneto, der Sie ein Vermögen kosten würde, wenn Sie dafür zahlen müssten. Hätten Sie gerne Fisch und Wein? Zum Nulltarif?"

Bei meinem schmalen Geldbeutel lebte ich in der Regel von Supermarktessen, Pizza und einem gelegentlichen Döner. „Das wäre schön."

„Wäre es das?" Sie sah mich fest an. „Dann müssen wir jetzt anfangen und dieses verdammte Rätsel lösen."

Ich blickte mich in dem kleinen Büro um. Von draußen drang kein Laut herein. Im Hauptquartier der Carabinieri schien man erstaunlich entspannt. „Allein, *capitano*?"

„Valentina, sagte ich. Allein. Was glauben Sie denn, wie viele Leute mein Mann kostenlos durchfüttern will? Wir schaffen das schon. Ein Toter. Eine Handvoll Verdächtige, von denen keiner die Wahrheit sagen will. Ein Klecks, wie ihr Engländer sagt."

„Ein Klecks. *A piece of cake*."

„Apropos Kuchen …"

Sie nahm den Telefonhörer ab und rasselte ein paar Anweisungen herunter. Kurz darauf kam ein junger Mann in Uniform herein und stellte zwei Espresso und vier *sfogliatelle*, muschelförmige neapolitanische Blätterteigteilchen, auf den Schreibtisch. „Ihre Lieblingssorte. Mit Zabaglione-Creme gefüllt."

„Das stimmt. Woher …?"

„Volpetti natürlich. Denken Sie nach, Arnold. Stellen Sie Zusammenhänge her. Lassen Sie uns die Geschichte logisch angehen. Das ist Ihre Stärke, sagt Luca. Ich brauche Ihre Fähigkeiten jetzt mehr denn je."

„Verstehe."

„Beginnen Sie am Anfang. Erzählen Sie mir alles, was Sie wissen. Über Marmaduke Godolphin und seinen Goldenen Zirkel. Warum sie alle hier sind. Wie sie zueinander stehen. Lassen Sie uns diese Leute mit derselben scharfsinnigen Präzision untersuchen, die eine Pathologenfreundin von mir anwendet, um im Ospedale Civile den Leichnam unseres unglücklichen Opfers zu sezieren."

Der Anfang. Danach fragen die Leute immer. Dabei ließ sich nie genau sagen, wo Geschichten wirklich ihren Anfang nahmen. Gewöhnlich sah man das Ende, und auch die Mitte war ziemlich deutlich zu erkennen. Aber der Ursprung, die Keimzelle, aus der alles entsprang, verbarg sich irgendwo in der dunklen Vergangenheit und wollte nicht ans Licht. Oder war, und das kam ebenso oft vor, von Menschen verfälscht worden, die der Geschichtsschreibung ihren Stempel aufdrücken und die Spuren für andere verwischen wollten.

Draußen schlugen die Kirchenglocken neun. Das Gurren der Tauben war zu hören, während die Schläge verhallten.

„Ich warte", murmelte sie und pochte mit ihren rot lackierten Nägeln auf den Schreibtisch.

„Also gut", sagte ich. „Aber ich muss Sie warnen. Es könnte eine Weile dauern."

WÄHREND ICH JOHN DONNES MAXIME, dass jeder Tod ein Verlust für uns ist, eigentlich zustimme, muss ich zugeben, dass manche Tode größere Verluste darstellen als andere. Sir Marmaduke Godolphin, trotz der Fülle seiner akademischen Auszeichnungen, seiner dubiosen Ritterwürde und – für ihn das Wichtigste – seines Ruhms als einer der bekanntesten TV-Historiker Großbritanniens, ein offensichtlicher Hohlkopf, fiel in diese Kategorie.

Was nicht heißt, dass es mich gefreut hätte, dass er in einer kalten Februarnacht mit Perücke auf dem Kopf, Dogenkostüm am fülligen Leib, aufgetakelt wie ein Renaissance-Gigolo auf der Suche nach Kundschaft und mit einem Dolch in der Brust bäuchlings im schmutzigen Wasser des *rio* San Tomà trieb, während sein Leben langsam in der übelriechenden, grauen Tiefe versickerte.

Warum auch? Bis zu seinen letzten paar Lebenstagen in Venedig kannte ich den Mann kaum. Er und sein Goldener Zirkel ergebener Anhänger waren mir lediglich aus Cambridge flüchtig bekannt, wo sich unsere Wege gelegentlich gekreuzt hatten. Dort war Godolphin einmal der Mann der Stunde unter den Wissenschaftlern gewesen, und ein Frauenschwarm, besonders nachdem die BBC ihn zum Gesicht ihrer populären Dokumentarfilmreihe über das griechische, das römische und andere Kaiserreiche auserkoren hatte. Ein paar Jahre nachdem ich mein Studium beendet hatte, hörte er auf, Marmaduke Godolphin, Professor für Altphilologie und Geschichte, zu sein, und verwandelte sich in Duke Godolphin; kleiner Professor wurde großer Medienstar.

Duke über Persien. Duke auf Cäsars Spuren. Duke lüftet die Geheimnisse der Tudors. Wie einst die römischen Massen, die zu Brot und Spielen ins Kolosseum strömten, begeisterte sich das Volk für seine lockere, munter verkürzte Nacherzählung der Geschichte. Eine Tatsache, die ich mit Verblüffung beobachtete. Für mich waren seine populärwissenschaftlichen Reportagen eintönige Filmchen ohne Tiefgang, voller effektheischender „Rekonstruktionen", mit denen dieser, zugegeben charismatische, Typ in Jeansjacke, Safaristiefeln und mit einem Strahlelächeln im Gesicht lässig die Welt beglückte. Die dazugehörigen Bestseller, die er veröffentlichte, sorgten für noch mehr Ruhm und Reichtum. Marmaduke Godolphin war für Millionen Menschen *das* Gesicht der Vergangenheit.

Ich hingegen, ein Jahrzehnt jünger, war zu der Zeit ein staatlich geförderter Student aus einer Sozialsiedlung in Rotherham, ein einfacher junger Mann mit einem Stottern und nordenglischer Sprachfärbung, viel zu arm und vor allem viel zu proletarisch, um seinem erlauchten Kreis anzugehören. Ich kam weder von Eton, noch reichte meine Erblinie bis zur normannischen Eroberung zurück, was die automatische Vorherbestimmung für Oxbridge und zukünftiges Ansehen bedeutete. Stattdessen steuerte ich auf einen guten Abschluss in Geschichte und englischer Literatur zu, was mir in den frühen Achtzigern den Weg in die ruhige, anonyme Welt des Archivwesens ebnete, zuerst bei der Historical Manuscript Commission, anschließend, nachdem wir dem Public Record Office angegliedert worden waren, in den National Archives in Kew.

Duke Godolphin baute seine schillernde Karriere mithilfe der altbewährten Vetternwirtschaft innerhalb der oberen Zehntausend auf. Während er in der hippen Londoner Medienlandschaft von Studio zu Studio und von Bett zu Bett zog, verbrachte ich meinen Arbeitsalltag in der Vorstadt und vertiefte mich in dicke Bände mit Korrespondenz über britische Außenpolitik, angefangen bei den persönlichen diplomatischen Depeschen der Plantagenets bis zu den Geheimakten ausländischer Spione im Dienst unserer Majestäten von Elizabeth I. bis zu Queen Victoria.

Als junger Mann träumte ich manchmal von einer Beförderung, vor allem, weil mir die Vorstellung gefiel, eines Tages den Titel *Keeper of the Public Records* zu tragen. *Keeper of the National Archives* hatte aus irgendeinem Grund nicht denselben Klang. Allerdings wurde mir, wenn die jährlichen Beurteilungen eintrafen, stets mitgeteilt, dass Arnold Clover, der der Institution schon sein ganzes Erwachsenenleben lang treu diene, zwar ein gewissenhafter, fleißiger Archivar sei, dass ihm jedoch die entsprechenden Führungsqualitäten fehlten, die, wie es schien, für einen höheren Posten wichtiger waren. Das Stottern, das inzwischen nur noch gelegentlich auftrat, war dabei sicher ebenso wenig hilfreich wie die Tatsache, dass ich meinen typischen Yorkshire-Tonfall nicht ganz abschalten konnte.

Zu der Zeit, als ich mich dem Ruhestand näherte, war Marmaduke Godolphin ein allseits bekannter Ritter des Reiches, der ständig in der Flimmerkiste zu sehen und im Radio zu hören war und über alles, vom aktuellen Zeitgeschehen bis zu Geschichte, Moral und Religion, lautstark schwadronierte. Ein selbst ernannter Universalgelehrter, ein sensationsgieriger Polemiker, der angefangen bei der Todesstrafe bis hin zur Cancel Culture in jeder Zeitung, jedem Fernsehsender, jedem Radioprogramm energisch seine Meinung kundtat.

Im Lauf der Jahre waren seine Fernsehauftritte weniger geworden, vielleicht weil sich der allgemeine Geschmack geändert hatte. Godolphin gehörte noch zur *alten Garde*, darauf war er stolz. Er sprach ein älteres Publikum an, das am liebsten Geschichten über Englands großartige Vergangenheit hörte, und hielt sich offenbar für bürgernah. Ziemlich seltsam, angesichts seiner Herkunft, seines Vermögens und seiner klaren Abneigung gegen jeden, den er als Repräsentanten des gemeinen Volks betrachtete. Während Gerüchte über sein ausschweifendes Liebesleben von Zeit zu Zeit ihren Weg in die Klatschspalten der Boulevardpresse fanden, blieb er, zumindest auf dem Papier, glücklich verheiratet mit Felicity, einer seiner ehemaligen Studentinnen, die inzwischen Chefproduzentin bei der BBC geworden war. Mit der Frau, die seiner Fernsehkarriere auf den Weg geholfen und ihn von einem unter vielen TV-Sprechern zum Star seiner eigenen Serie gemachte hatte.

Nun, mit Mitte siebzig, aber dynamisch wie eh und je, war er ein Mann, mit dem man rechnen musste. Er hatte Vorstandsposten in der Industrie und in öffentlichen Einrichtungen inne, die nur dem exklusiven britischen Klüngel, den Großen und Mächtigen, offenstanden. Das Haus of Lords war abgemachte Sache, hätte man meinen können, wenn nicht die Gerüchteküche über sein Privatleben und seine gelegentlichen dubiosen Finanztransaktionen ihm im letzten Moment einen Strich durch die Rechnung gemacht hätten. Vielleicht hatte er es aber auch einfach versäumt, die richtigen Politiker zu schmieren. Es interessierte ihn offenbar auch nicht sonderlich. Er war ein wohlhabender Mann mit einem Sohn namens Jolyon – kein gewöhnlicher Name für einen Godolphin –, der an seiner Stelle die Rolle des TV-Historikers übernommen hatte. Seltsam, wie die Briten manchmal sind, waren seine Bewunderer auch von seiner Fortentwicklung vom Fernsehwissenschaftler zum nationalen Besserwisser begeistert, zum unkonventionellen Typ, der sich gerne als patriotischer Engländer präsentierte und den Mut besaß auszusprechen, was andere sich nicht zu sagen trauten. Er war „die Stimme des Volkes“, nicht, dass er sich herablassen würde, auch nur einen Moment in dessen Gesellschaft zu verbringen, es sei denn, um rasch eins seiner Bücher zu signieren und danach sofort zum Trinken, Dinieren und Debattieren in höhere Sphären zu entschwinden.

Für mich gingen indessen vierzig, meist glückliche, Jahre zu Ende. Jahre, in denen ich mich täglich mit Papier, Pergament, Wachs und Tinte beschäftigt hatte. Man wird der Freude an historischen Dokumenten niemals überdrüssig. Nicht ihres Geruchs, nicht des angenehmen Gefühls, über weiches Pergament zu streichen, nicht des optischen Genusses, so viele schöne Schriftarten und Druckstile zu betrachten, all die Spuren, die Alter, Abnutzung und Brand- und Wasserschäden hinterlassen haben. Vor allem aber nicht der Erkenntnis, dass so viele Hände – die Hände von Monarchen, Staatsmännern, Bischöfen, samt der mörderischen Scheusale unter ihnen – genau diese fragilen Seiten auch schon einmal hielten. Selbst jetzt, in Venedig, vermisse ich das vertraute Vergnügen, diese kostbaren Schriftstücke in den stillen Winkeln des Nationalarchivs in Kew anzuschauen, obwohl schon lange vor meiner Abreise klar war, dass die Tage, an denen ich sie wirklich würde anfassen können, gezählt waren. Die Schrecken der Digitalisierung hatten uns erreicht. Bald schon, so verkündeten die ewig enthusiastischen jungen Leute aus der IT-Abteilung, würden wir kein einziges der alten Dokumente mehr aus seinem Schuber in den fahrbaren Regalen nehmen müssen. Bestenfalls für die billigen Dokumentarfilme von Leuten wie Jolyon Godolphin, der in seines Vaters Fußstapfen getreten war. In Zukunft würde ein Schlagwort genügen oder ein Metadatenschnipsel, um ein Digitalisat aus dem Datenspeicher aufzurufen. Unnötig, auf die in Jahrzehnten erworbene Kompetenz eines erfahrenen Archivars – mittlerweile ein belächelter Berufsstand – zurückzugreifen, eines Experten, der wusste, wo er nachsehen musste und welches Dokument mit einem anderen zusammenhing, das manchmal weit entfernt in den eng geschlossenen Aktenreihen stand.

Lange Zeit zuvor war ich mit der Entwicklung eines Schlagwortsystems zur Interdependenz beauftragt gewesen, dessen Begriffe teils von mir selbst, größtenteils von anderen stammten. Meine Aufgabe hatte darin bestanden, ein Netz zuverlässiger Verbindungen innerhalb unseres riesigen Bestandes erkennbar und auch schwer auffindbare Archivalien denjenigen zugänglich zu machen, die sie benötigten, selbst wenn unsere Besucher oftmals nicht mehr als eine vage Vorstellung davon hatten, was sie eigentlich suchten. Als Archivar hat man praktisch ein ganzes Archiv im Kopf, Regal um Regal, Quelle um Quelle, Seite um Seite. Wenn ich die Augen schließe, sehe ich noch immer die komplette Abteilung für auswärtige Angelegenheiten in Kew vor mir und kann im Geist die Zusammenhänge herstellen, vom Camp du Drap d'Or bis zur britischen Herrschaft über Indien, von der Seeschlacht von Lepanto bis zum Zweiten Weltkrieg.

Meine geliebte Eleanor lernte ich bei der Begutachtung eines vermeintlich anonymen Berichts über die Schlacht von Azincourt kennen, den sie, unendlich klüger als ich, sofort als schlecht gemachte Kopie aus *Holinshed's Chronicles* identifizierte. Sie war einfache Archivarin und, typisch für öffentliche Einrichtungen, ergaben sich für sie kaum Aufstiegsmöglichkeiten. Das Einzige, was man ihr großzügig zugestand, war eine Tätigkeit im Sachgebiet *Internationale Beziehungen*, sodass wir gelegentlich Reisen zu den großen europäischen Bibliotheken unternahmen, Eleanor dienstlich und ich als selbstzahlender Begleiter. Stets geschätzt, nie befördert, das war das Schicksal meiner Frau, sicher weil sie mit ihrer Meinung nie hinter dem Berg hielt und schon gar nicht, wenn sie es mit Dummköpfen zu tun hatte. Kaum ein

Jahr später waren wir verheiratet. Große Sprünge konnten wir mit unseren Beamtengehältern nicht machen, aber das spielte keine Rolle. Sie war eine Frau mit gesundem Menschenverstand, wenn es ums Leben im Allgemeinen und ums Geld im Besonderen ging. Und vor allem, was die Planung für die Zukunft betraf, die wir uns aufbauen wollten, wenn der Arbeitsalltag in Kew erst einmal vorbei war.

Wir bekamen keine Kinder – ein Umstand, den wir mit der Zeit zu akzeptieren lernten. Außerdem hatten wir weder nahe Angehörige noch sonstige Bindungen in England. Nach unserer Pensionierung ins Ausland umzusiedeln, erschien uns nicht nur vernünftig, sondern unvermeidlich. Wir waren überzeugte Europäer und reisten trotz unserer bescheidenen Mittel gerne, vorzugsweise mit dem Zug, weil man auf diese Weise so viel mehr sah.

Wir lernten in der Abendschule Italienisch, sie schneller als ich, und bald darauf unternahmen wir Erkundungstouren nach Italien, um nach geeigneten Wohnorten zu suchen. Nachdem wir Rom als irrsinnig teuer und Florenz als zu touristisch ausgeschlossen hatten, entschieden wir uns für eine bescheidene Sackgasse am Rand von Dorsoduro in Venedig als den Ort, an dem wir gemeinsam unseren Lebensabend verbringen wollten. Mit unseren Ersparnissen und dem Erlös, den wir für unser Reihenhaus in Wimbledon erzielen würden, könnten wir uns, versicherte sie mir, eine kleine Erdgeschosswohnung in einer ruhigen Gegend fernab der Menschenmassen leisten, von unserer Pension leben und alle Annehmlichkeiten genießen, die Italien zu bieten hat.

Eleanor war überglücklich.

Das Ganze erschien uns wie ein Traum.

Und das sollte es auch bleiben.

DREI TAGE VOR UNSERER GEMEINSAMEN Pensionierungsfeier, sieben Wochen vor der Übernahme der Wohnung, die sie in der Nähe von San Pantalon für uns gefunden hatte, brach Eleanor zu Hause zusammen. Nie werde ich das dumpfe Geräusch vergessen, mit dem sie zu Boden stürzte. Ich fand sie mit glasigem Blick, nach Luft ringend am Fuß der Treppe, und während ich noch überlegte, was ich tun, was ich sagen oder was ich denken sollte, zuckte sie kurz mit den Lippen und blieb dann reglos liegen. Völlig panisch rief ich den Notdienst, aber sie war bereits tot, das wusste ich. Ein Herzinfarkt, sagte der Arzt, aufgrund einer Vorerkrankung. Sie hatte in der Vergangenheit schon gelegentlich das Krankenhaus aufgesucht, öfter, als ich wusste, offenbar. Nur ein kleines Zipperlein, hatte sie immer gesagt. Nichts, weshalb ich mir Sorgen machen müsste. Erst im Nachhinein erfuhr ich, dass die Ärzte ihr schon Monate zuvor mitgeteilt hatten, dass sie an einer ernsthaften Herz-Kreislauf-Erkrankung litt, die nicht behandelbar war. Hätte ich das geahnt, hätte ich nie zugestimmt, das Haus zu verkaufen. Wir hätten niemals in Erwägung gezogen, aus dem kalten, grauen England in das Paradies zu flüchten, von dem wir glaubten, dass es uns in Italien erwartete. Das wusste Eleanor natürlich.

Sie wurde eingeäschert. Zur Trauerfeier kamen ein paar Kollegen aus Kew und irgendein entfernter Cousin, von dem ich noch nie gehört hatte und der in der Hoffnung auftauchte, vielleicht im Testament bedacht worden zu sein. Von wegen. Schon kurz darauf, und immer noch zu keinem klaren Gedanken fähig, saß ich im Flugzeug Richtung Marco Polo Airport und in ein neues Leben, das ganz anders sein würde, als ich es je gewollt hatte. Aber mir blieb keine Wahl. Der Kaufvertrag für die kleine Wohnung war unterschrieben; unwiderruflich, erklärte mir der venezianische Makler, wenn überhaupt, dann nur verbunden mit hohen Kosten. Außerdem hatten wir das Haus in Wimbledon an ein junges Paar verkauft, das todunglücklich gewesen wäre, hätte ich einen Rückzieher gemacht. Schmerz und Trauer empfand ich selbst schon genug. Ich hatte kein Interesse daran, sie auch noch weiterzugeben. Abgesehen davon, was hielt mich denn noch in England?

Die ersten Wochen in Venedig, in denen ich versuchte, meinen Verlust zu verkraften und mich in meinem fremden neuen Zuhause zurechtzufinden, bleiben bis heute verschwommen. Das Einkaufen und die Bürokratie verwirrten mich anfangs, ebenso wie die Aussprache, die so anders klang als in der Abendschule in Wimbledon. Doch bald schon gewöhnte ich mich ein. Oft wird behauptet, Venezianer seien kühl und abweisend Fremden gegenüber, wenn sie nicht gerade Geld bringen würden. Das ist unfair und missinterpretiert vorsichtige Zurückhaltung als Unhöflichkeit. Da mein Italienisch recht leidlich war – auch wenn ich manchmal gerügt wurde, weil ich angeblich wie ein

Römer sprach –, konnte ich mich in Geschäften und Cafés nach einiger Zeit problemlos verständigen. Es dauerte nicht lange, bis ich bestimmte Lokale gefunden hatte, die ich regelmäßig aufsuchte, um einen Espresso zu trinken oder ein günstiges Mittagessen zu mir zu nehmen, und nach einer Weile wurde ich als Stammgast eingestuft. Als ausländischer Einwohner Venedigs, nicht als Tourist. Diese Unterscheidung war wichtig.

Als ich mich langsam eingelebt hatte, erreichte mich die E-Mail eines alten Freundes aus Kew mit Neuigkeiten von zu Hause, außerdem ein verfrühtes Weihnachtsgeschenk, das so großzügig und passend war, dass ich mit Tränen in den Augen auf die Nachricht starrte. Er hatte seine Verbindungen spielen lassen und mir Benutzerausweise für alle großen Bibliotheken der Stadt besorgt – für die Biblioteca Nazionale Marciana mit ihren riesigen Beständen; für die einzigartige und etwas außergewöhnliche Bibliothek der Fondazione Querini Stampalia, einem historischen Palazzo, der dank Carlo Scarpa einen moderneren Touch erhalten hatte; für die Bibliothek der Fondazione Giorgio Cini auf San Giorgio Maggiore. Sogar ein kleines Museum auf der anderen Seite der Lagune war dabei, das sich der Geschichte des Lidos widmete.

Und das Allerbeste: Ich bekam uneingeschränkten Zugang zum Archivio di Stato di Venezia, das zum größten Teil in einem ehemaligen Klostergebäude untergebracht war, das an die Basilica dei Frari grenzte, die sich gerade einmal zwei Minuten Fußweg von meiner neuen Wohnung entfernt befand. Zusammen mit seinen ausgelagerten Beständen umfasste das Archiv mehr als siebzig Regalkilometer Originaldokumente aus der Zeit seit dem großen Stadtbrand 976 und sogar einige aus der Zeit davor. Es waren so viele, dass die meisten davon oft jahrelang nicht angeschaut wurden. Für jemanden wie mich der Himmel auf Erden. Ein Zuhause fern von zu Hause. Das wiedergewonnene Paradies.

Von den Archivmitarbeitern wurde ich freundlich aufgenommen, nachdem ich ihnen von meiner Tätigkeit in Kew erzählt hatte, insbesondere von Luca Volpetti, einem sympathischen Archivar des höheren Dienstes, der auf dem Lido wohnte. Er war gebürtiger Venezianer, ein Junggeselle, der jede Bar, jedes Café und Restaurant kannte und mich bald schon unter seine Fittiche nahm. Luca zeigte mir Winkel und

Ecken der Stadt, von deren Existenz nur wenige Außenstehende wussten, wundervolle Palazzi, die nur denjenigen offenstanden, die dorthin eingeladen waren, feine Gesellschaften, die sich der Musik, der Literatur und der Kunst widmeten. Und, ganz praktisch gesehen, wo man gut und preiswert essen konnte.

Auf sein Zureden hin wurde ich freiwilliger Mitarbeiter im Archivio di Stato, wo ich gelegentlich den ein oder anderen englischen Besucher herumführte – auf publikumswirksame Werbung verzichtete man hier – und ab und zu mit meinem Rat aushalf, wie wir vielleicht einige der drängenden Probleme der Sammlungen angegangen wären, hätten wir uns im eher egalitären Gebäude in Kew befunden und nicht in dem prachtvollen, wenn auch etwas sanierungsbedürftigen ehemaligen Kloster eines Franziskanerordens. Als das Jahr zu Ende ging, stellte ich fest, dass ich nur noch selten an England zurückdachte, an diesen finsteren fernen Ort.

Aber England sollte zu mir kommen.

DER COUNTDOWN BIS ZUM mysteriösen Ableben Marmaduke Godolphins begann mit einem Treffen mit Luca Volpetti an einem Februardonnerstag im *Carnevale*. Es war das erste Mal, dass ich dieses alljährliche Fest erlebte, das, neben der Biennale, wohl wichtigste Großereignis Venedigs. In den Touristengegenden der Stadt flanierten Besucher in Masken und Kostümen, die meisten davon traditionell, einige extravagant, ein paar ziemlich skurril. Vielen, die zum ersten Mal her reisten, schien es nicht in den Sinn zu kommen, dass es an der Adria in Norditalien um diese Jahreszeit kalt sein könnte. Folglich kamen nicht wenige in dünnen Sommerkleidern und stellten rasch fest, dass sie nachts, wenn die Temperaturen selten über den Gefrierpunkt stiegen, froren wie die Schneider. Ich hatte mir fest vorgenommen, mich nicht über Touristen lustig zu machen, wie ignorant, laut und lästig sie manchmal auch sein mochten. Sie brachten Geld in die Stadt und verließen sie schnell wieder. Eines so begrüßenswert wie das andere, schien mir.

Luca hatte mich mit einem geheimnisvollen Beiklang in der Stimme zu Hause angerufen und vorgeschlagen, uns irgendwo abseits dieses ganzen Verkleidungs-Humbugs zum Mittagessen zu treffen: in der Osteria Ai Pugni, einem unauffälligen kleinen Lokal in der Nähe des Campo San Barnaba, das bei Einheimischen, vor allem bei den Mitarbeitern der nahe gelegenen Universität Ca' Foscari, sehr beliebt war. Ringsum stieß man überall nur auf Touristenfallen, wo ein Teller einfache Spaghetti locker fünfzehn Euro oder mehr kosten konnte. An den engen Tischen im hinteren Teil des Ai Pugni bekam, wer sich auskannte, eine Auswahl täglich wechselnder Nudelgerichte für die Hälfte und ein gutes Glas Wein aus dem Veneto zum kleinen Preis.

Mein neuer Freund verspätete sich ausnahmsweise. Als er nach einer Weile mit wehendem *tabarro* durch die Tür eilte, schnappte er nach Luft.

„Alles in Ordnung?", fragte ich, während die Kellnerin meinen Teller mit Winterradicchio-Gorgonzola-Walnuss-Pasta und ein Glas Roten hinstellte.

„Ich fürchte, nein. Ich bin aufgeregt. Völlig aus dem Häuschen. Dabei bin ich normalerweise die Ruhe in Person, wie du weißt." Eine glatte Untertreibung. „Das ist ziemlich beunruhigend in unserem Beruf, meinst du nicht?"

„Ungewöhnlich, würde ich sagen. Unangenehm. Unerwünscht vielleicht. Da hilft sicher ein Glas Wein."

„Eine Flasche Prosecco, Anna!", rief er der Chefin zu. „Etwas Feines für Arnold und mich. Den Le Vigne di Alice."

Die Betreiberin des Lokals war eine hübsche junge Frau, die sich bei unseren regelmäßigen Besuchen immer persönlich um uns kümmerte. „Der Vigne kostet siebenundzwanzig Euro, Luca. Hast du im Lotto gewonnen?"

Er überlegte einen Moment stirnrunzelnd, bevor er ebenfalls eine Portion Radicchio-Pasta bestellte. Das dunkelrote Salatgemüse stammte von Sant'Erasmo, Venedigs Gemüseinsel, eine Garantie für hervorragenden Geschmack.

Luca, der nicht nur ein charmanter, immer gut gelaunter Mann war, sondern sich auch stets teuer und elegant kleidete, trug an diesem Tag ein klassisches Cape mit silberner Schließe, einen breitkrempigen Filzhut zum Schutz vor der Kälte und einen so langen Schal, dass er mich entfernt an Doctor Who erinnerte. Und nun zum Geschäft, signalisierte die schwungvolle Art, mit der er das alles auf dem Platz neben sich ablegte.

Während er sein Junggesellenleben genoss, machte er kein Geheimnis daraus, dass er der Freund und Geliebte zweier Professorinnen an der Ca' Foscari war, eine von ihnen verheiratet, die zweite verwitwet, die beide voneinander wussten und sich ganz zufrieden mit dem Arrangement zeigten. Das galt anscheinend auch für den Ehemann, der neben anderen Damen in der Stadt auch der verwitweten Professorin gelegentlich einen Besuch abstattete. Venedig unterschied sich doch ziemlich von Wimbledon, zumindest von dem Wimbledon, das ich kannte.

„Nicht so, wie du denkst", antwortete er Anna. „Aber ja. Ich hab gewissermaßen das große Los gezogen." Er lächelte mir zu und nahm meine Hand. „Genau wie unser englischer Freund hier. Du errätst nie, was ich erfahren habe, Arnold", sagte er zu mir. „Es geht um eine sensationelle Entdeckung. Komm. Lass uns essen und trinken. Dann gebe ich dir eine Hausaufgabe. Und morgen triffst du einen berühmten Landsmann von dir. Sir Marmaduke Godolphin."

Als ich den Namen hörte, war ich baff. Was ich Luca sagte, und zwar auf Englisch, was wiederum ihn verwirrte.

„Baff? Dieses Wort kenne ich nicht. Was soll das heißen, *baff*?"

„Ziemlich erstaunt", war alles, was ich als Erklärung antworten konnte.

„Er ist ein Ritter, Arnold. Er tritt im Fernsehen auf. Kennst du ihn?"

„Flüchtig. Wir waren zur selben Zeit in Cambridge, obwohl ich bezweifle, dass er mich je zur Kenntnis genommen hat. Ich war ein einfacher Student und mein Mentor jemand, von dem er nichts hielt; Godolphin dagegen war ein Star-Professor. Ich würde eher sagen, ich weiß, wer er ist. Im Fernsehen ist er in letzter Zeit nicht mehr oft zu sehen. Jedenfalls nicht mehr als Moderator einer Geschichtsserie. Inzwischen hat er sich eher auf Politik verlagert. Gastbeiträge, Kommentare. Als besserer TV-Sprecher. Beziehungsweise TV-Schreier, ehrlich gesagt. So was in der Art."

„Nun, in diesem Fall ist er etwas Historischem auf der Spur." Der Prosecco und sein Essen kamen. Anna schenkte uns zwei Gläser ein. „Der Mann hat Großes vor in Venedig. Das wird einschlagen wie eine Bombe."

Darauf stieß er mit mir an. Wir tranken einen Schluck vom teuersten Schaumwein, den ich seit meiner Ankunft in Venedig versucht hatte. Er lag deutlich über dem Durchschnitt: schön trocken, perfekt gekühlt, nicht zu viel Kohlensäure. Luca strahlte vor Freude und machte sich genüsslich über die Pasta mit dunkelrotem Radicchio und Käse auf seinem Teller her. „Es wird ein Treffen hochkarätiger Wissenschaftler geben. Einige der bekanntesten Namen auf ihrem Gebiet. Und alle versammeln sich hier in Venedig, um dabei zu sein, wenn Godolphin der Welt seine Entdeckung präsentiert."

„*Seine* Entdeckung?"

„Eine weltbewegende Entdeckung, wie er sagt. Und du irrst dich, mein Freund. Er erinnert sich sehr wohl an dich." Er erhob wieder sein Glas. „Der Mann bittet dich um deine persönliche Unterstützung."

Es verschlug mir einen Moment die Sprache. „Und worum geht es genau?", fragte ich dann.

„Das wüsstest du wohl gern."

„Richtig, Luca. Also … raus mit der Sprache."

Er fuchtelte mit den Armen, wie er es häufig tat. „Mir hat er auch nicht viel verraten. Er lässt sich nicht in die Karten schauen, wie ihr so schön sagt. Sein Geheimnis bleibt geheim, bis er es lüftet. Auch für seine ehemaligen Schüler, denke ich. Denn um die handelt es sich bei den berühmten Koryphäen, die er aus diesem Anlass eingeladen hat."

Meine Gedanken wanderten zurück nach Cambridge vor all den Jahren. Der Goldene Zirkel. Godolphins Auserwählte. Sie waren unzertrennlich gewesen und ihm wie zahme Welpen auf Schritt und Tritt durch College und Fakultät gefolgt. Und sein Glanz hatte offenbar auf sie abgefärbt. Sie hatten auf der ganzen Welt Karriere gemacht, wenn auch nicht ganz so große wie er selbst. „Sie heißen nicht zufällig Caroline Fitzroy, Bernard Hauptmann und George Bourne?"

Luca sah mich erstaunt an. „Woher wusstest du das?"

„Ich hab geraten. Ist wohl so 'ne unschöne Angewohnheit von uns Archivaren."

„Pah." Er winkte ab und trank noch einen Schluck. „Ich rate dauernd und sage es keinem. Das tun wir doch alle, machen wir uns nichts vor. Ja. Die drei."

„Und seine Frau? Felicity?"

Er kniff die Augen zusammen. „Die Tatsache, dass ein Mann in Begleitung seiner Ehefrau nach Venedig reist, ist nicht *so* ungewöhnlich. Das war also nicht geraten."

Ich hatte ihre Berufswege grob verfolgt. Felicity hatte ihren früheren Lehrer geheiratet und ihm dann geholfen, seine Karriere bei Funk und Fernsehen voranzutreiben. Caroline arbeitete inzwischen an der Sorbonne. Hauptmann, der es ebenfalls auf die Sicherheit einer Anstellung auf Lebenszeit angelegt hatte, in Harvard. George Bourne, der Sympathischste von allen, wenn ich mich recht erinnere, hatte es irgendwie ins Verlagswesen geschafft, wo er leidlich vorankam, bis er sich Marmaduke Godolphins Beziehungen zum TV annahm. Dank Felicitys erfolgreicher PR-Maßnahmen für die zahlreichen Fernsehserien ihres Mannes stieg auch sein Stern, während Godolphins geistige Ergüsse in Taschenbuchform sich jedes Jahr als Weihnachtstitel verkauften wie warme Semmeln. Nicht nur Archivare stellen Verbindungen her und pflegen sie. Infolge des kommerziellen Erfolgs mit seinem früheren Professor bekleidete Bourne inzwischen eine höhere Position mit einem hochtrabenden Titel in einem der großen internationalen Verlagshäuser.

„Ich habe sie alle damals in Cambridge ab und zu gesehen", erklärte ich. „Sie schienen sich ziemlich nahezustehen. Wie viel davon echte Freundschaft war und wie viel Berechnung, kann ich nicht sagen. Die Erfolgreichen neigen zur Unzertrennlichkeit, selbst wenn sie irgendwann anfangen, sich zu hassen. Es überrascht mich wenig, dass das selbst vierzig Jahre später anscheinend noch zutrifft."

„Hmm." Luca wusste offenbar nicht recht, wie er das verstehen sollte.

„Ich bin Archivar, und ich werde immer einer bleiben. Ich versuche zwischen allem, was mir begegnet, Zusammenhänge herzustellen. Genau wie du. Mag sein, dass ich pensioniert bin, aber lebenslange Angewohnheiten kannst du nicht abstellen."

„Ein Glück!" Er öffnete seine alte, ziemlich ramponierte Ledertasche. „Wir werden deine Angewohnheiten nämlich brauchen. Hier sind meine Anweisungen von Godolphin. Und deine. Und bevor du nachfragst … ja, wir werden bezahlt. Dreihundert Euro am Tag für jeden, mindestens fünf Tage, in bar. Hab ich von einhundert hochgehandelt.

Ich hab ihm erklärt, dass unsere Zeit kostbar ist. Da stimmst du mir doch sicher zu."

Das war mehr Geld, als ich je an einem Tag verdient hatte. Godolphin musste an einer ziemlich großen Sache dran sein. „Und wofür genau?"

Luca nahm zwei Bücher heraus und platzierte sie zwischen den Tellern und Gläsern auf dem Tisch. Es waren Geschichtsbücher, beide über die Medici. „Um das zu tun, was Leute wie wir gewöhnlich tun. Nach historischem Gold schürfen. Der Mann hat eine Materialsammlung entdeckt, die gerade auf dem Weg hierher ist. Er hat guten Grund zu der Annahme, dass sich darin zwei bedeutende Dokumente verbergen, die von großem allgemeinen Interesse sind. Schriftstücke, die unseren Blick auf die Geschichte verändern werden. Zumindest auf einen bestimmten Teil davon."

„Was für Dokumente? Und welcher Teil der Geschichte?"

Er trank einen Schluck Prosecco und lächelte. „Ich hab keine Ahnung. Zuerst der Bestand, dann die Entdeckung. Du kennst die Abläufe."

Bestand. Ein archivkundlicher Fachbegriff, den ich schon länger nicht mehr gehört hatte. Ein Bestand umfasst gewöhnlich die Gesamtheit des bei einer Behörde, einer natürlichen oder juristischen Person entstandenen Archivguts. Er ist auf der ersten Stufe der sachlichen oder nach Provenienzen gegliederten Struktur eines Archivs angesiedelt, kann in verschiedene Serien gleichförmiger Akten in alphabetischer, numerischer oder chronologischer Reihenfolge aufgeteilt werden, anschließend in Akten mit mehreren Einzeldokumenten und schließlich in die einzelnen Dokumente selbst.

Man stelle sich Folgendes vor:

Ein Rollwagen voller Kartons, die den Briefwechsel eines Monarchen enthalten – ein Bestand.

Die Kartons, in denen sich die Briefe aus einem bestimmten Jahr befinden – eine Serie.

Die Sammlung der Briefe des betreffenden Jahres, die die Korrespondenz mit dem Premierminister umfassen – eine Akte.

Ein einzelner Brief, der zum Beispiel den Unmut über den ein oder anderen Vorfall ausdrückt – ein Dokument.

Bestand → Serien → Akten → Dokumente.

Zur Erschließung von Archivgut gehört natürlich noch viel mehr, aber das ist das Kernstück des Prozesses.

„Um welchen Bestand geht es?", fragte ich.

Luca prostete mir wieder zu.

„Den Nachlass eines verstorbenen Antiquars. Und darin enthalten die Sammlung bisher unbekannter Regierungsunterlagen von Gian Gastone de' Medici, Großherzog der Toskana. Dem letzten seiner Erblinie."

Das erschien mir unmöglich. „Über die Medici ist doch in Florenz mit Sicherheit schon alles erforscht und archiviert? Wo um alles in der Welt sollte jemand wie Marmaduke Godolphin …"

Luca begann erneut, mit den Händen zu fuchteln, so heftig, dass er beinah die Dame hinter sich getroffen hätte. „Keine Ahnung, und es interessiert mich auch nicht. Er sagt, er habe die Archivalien auf privatem Wege erworben. Sie werden in Kürze in einen verschlossenen Raum im Archiv gebracht. Alles ziemlich undokumentiert. Unberührt, wie mir scheint, seit der letzte bedauerliche Medici fett und betrunken in seinem Bett das Zeitliche gesegnet hat. Godolphin ist überzeugt davon, dass sich ein wahrer Schatz darunter befindet. Unsere Aufgabe ist es, ihn zu finden."

„Wann ist Gian Gastone gestorben?"

Er holte ein kleines Notizbuch hervor, das er immer dabeihatte, und sah nach. „9. Juli 1737."

Anna, die stets aufmerksam hinter der Theke stand, bemerkte, dass plötzlich Stille zwischen uns eingetreten war. Sie kam herüber und räumte die Teller ab, während wir Espresso bestellten.

„Eine Sammlung offizieller Regierungspapiere des letzten Großherzogs der Toskana lag dreihundert Jahre lang irgendwo unangetastet herum?", fragte ich. „Und ist jetzt im Besitz Marmaduke Godolphins?"

„Korrekt", antwortete Luca, ohne mir dabei in die Augen zu sehen.

„Warum sucht er nicht selbst, was er gerne hätte?"

Luca antwortete mit dieser Geste, die Italiener so lieben. Er runzelte mit heruntergezogenen Mundwinkeln die Stirn und zuckte mit den Schultern. „Vielleicht denkt er, als so berühmter Mann sei es unter seiner Würde, in verstaubten Papieren zu wühlen. Oder er glaubt, dass die Entdeckung spektakulärer wirkt, wenn sie von Leuten wie uns gemacht wird. Immer mit der Ruhe. Lass uns doch erst mal anfangen. Die Schatztruhe, die er geliefert hat, ist wohl gar nicht so groß. Wir müssen bloß die beiden Schriftstücke finden, die ihn interessieren. Als Belohnung wird er, außer uns zu bezahlen, die gesamte Sammlung dem Archiv überlassen. Stell dir das vor!" Er grinste. „Von den Forschungsmöglichkeiten mal ganz abgesehen ... in Florenz werden sie ausflippen."

Zwischen den beiden Städten existierte eine jahrhundertealte Rivalität.

„Und was springt für ihn dabei raus?" Marmaduke Godolphin hatte garantiert sein Lebtag noch keine selbstlose Tat vollbracht.

„Eine Fernsehserie vielleicht? Die Chance, seine Karriere wiederzubeleben, wenn sie, wie du sagt, in letzter Zeit abgeflaut ist? Noch mehr Ruhm? Geld? Keine Ahnung. Wen kümmert's? Die Sache wird Spaß machen, mein englischer Freund. Das ist doch genau unser Ding. Etwas aufzuspüren, das den Normalsterblichen entgeht. Und eine ordentliche Entlohnung gibt's obendrein. Aber zuerst ..." Er schob mir die Bücher über den Tisch, „müssen wir, sagt unser Auftraggeber, uns schlau machen."

„Und worüber?"

Er schlug eins der Bücher auf und deutete auf einen ganzseitigen Kupferstich. Der zeigte zwei Männer, die sich mit Dolchen in den Händen an die Kehle gingen und verzweifelt um ihr Leben kämpften. „Über Mörder. Killer. Hinterhalt."

2
Der Goldene Zirkel

„Sie sprechen wirklich wie ein Römer", sagte Valentina Fabbri, als die Kirchenglocke zehn schlug.

„Ich glaube, unsere Lehrerin kam von da."

„Sehen Sie?" Sie deutete mit ihrem Kugelschreiber auf mich. „Verbindungen herstellen. Das ist es, was Sie tun. Das ist es, was auch ich tun muss."

Ein kurzer Anruf am Empfangstresen. Und zwei weitere Espresso wurden gebracht. Ich fragte mich, wie viele ich wohl noch trinken müsste, bevor dieser seltsame Tag zu Ende ging.

„Haben Sie schon etwas aus dem Krankenhaus gehört?", fragte ich.

„Worüber?"

„Über die Autopsie. Sie sagten, er würde, nun ja …"

Eleanors Lachen, als ich einmal ohnmächtig wurde, weil ich mich beim Rasieren geschnitten hatte, klang mir plötzlich im Ohr.

„Seziert, Arnold. Auseinandergeschnitten. Das ist üblich in solchen Fällen. Godolphin hatte getrunken, er war verletzt und ist in einem *rio* zu Tode gekommen. Man wird Untersuchungen durchführen, die uns sicher bald weitere Fakten liefern werden. Fürs Erste reicht das aber, denke ich."

„Die Mordwaffe?" Danach fragten sie in Kriminalromanen immer, und auf einmal war ich neugierig darauf, mehr zu erfahren. „Haben Sie sie gefunden?"

„Sie steckte in seiner Brust. Ein Dolch. Ein Stilett, genauer gesagt, ziemlich auffällig verziert. Das Opfer hatte es von einem mysteriösen Bewunderer geschenkt bekommen. Aber das wissen Sie, glaube ich, schon."

„Ich bin ein bisschen zartbesaitet", räumte ich ein, während mir leicht mulmig wurde.

„Eine lange schmale Klinge. Der Mann wurde von zwei Stichen getroffen. Der erste war relativ harmlos und hinterließ nur eine oberflächliche Wunde. Der zweite allerdings ging deutlich tiefer. Offenbar müssen wir von einem Dolchstoß ins Herz ausgehen, wenn wir diesen Fall lösen wollen."

„Ins Herz?" Ich rang erschrocken nach Luft.

Sie warf mir einen merkwürdigen Blick zu. „Nichts davon wurde bisher öffentlich gemacht. Alles, was die von der Presse wissen, ist, dass er verletzt wurde. Das muss auch so bleiben."

Ich trank die Hälfte des Espressos und das kleine Glas Wasser, das ich dazu bekommen hatte, und fragte mich, was sie wohl glaubte, wem ich es erzählen könnte.

„Wissen Sie, warum Godolphin Sie hier ausfindig gemacht hat?"

„Ich weiß nur das, was er sagte, als wir uns getroffen haben."

„Und das wäre?"

Inzwischen hatte ich ausreichend Zeit gehabt, mir zu überlegen, wie ich diese Geschichte erzählen wollte. In meiner Version, das war entscheidend. „Anscheinend wurde mein Name von einem Mann namens Wolff erwähnt, der ihm das betreffende Material verkauft hat. Er hatte wohl irgendwelche Verbindungen nach Kew und dort erfahren, dass ich inzwischen im Ruhestand und nach Venedig gezogen bin."

„Wer ist dieser Wolff?"

„Ich glaube, wir ziehen voreilige Schlüsse."

„Sie meinen, die Tatsache, dass Sie Godolphin aus Cambridge kannten, war nur Zufall?"

„Wie schon gesagt, wir kannten uns nicht. Cambridge nimmt jedes Jahr Tausende Studierende auf."

„Haben Sie ihn beneidet, diesen Professor?"

Was für eine merkwürdige Frage. „Warum sollte ich?"

Das schulterzuckende Stirnrunzeln, mit dem sie antwortete, glich fast dem von Luca. „Er war berühmt. Er war vermögend. Er hatte Frauen, junge Frauen, wie es scheint. Und er genoss einen hervorragenden Ruf in Wissenschaftlerkreisen."

„Ich glaube, Sie könnten so einige Wissenschaftler finden, die Letzteres bezweifeln würden."

„Trotzdem …"

Es war wichtig, diesen Punkt von Anfang an deutlich zu machen. „Ich habe niemals irgendwen beneidet. Ich hatte das Glück, ein angenehmes Arbeitsleben in Gesellschaft der Frau zu verbringen, die ich mehr geliebt habe als alles auf der Welt. Und jetzt darf ich hier sein, ein Witwer am Ort seiner Träume. Auch ohne Eleanor fühle ich mich in Venedig zu Hause, genau wie sie es sich gewünscht hätte. Selbst wenn Marmaduke Godolphin jetzt nicht im Ospedale Civile liegen und mit Skalpellen und Sägen bearbeitet werden würde, niemals hätte ich mit ihm tauschen wollen. Nicht eine Sekunde."

Sie trank ihren Espresso aus. „Setzen Sie Ihre Geschichte fort, bitte. Ich finde sie …", sie fuhr mit der Hand durch die Luft, „faszinierend."

LUCA VOLPETTI KONNTE OFFENBAR keinen weiteren Aufschluss über unseren seltsamen Auftrag geben. Also genossen wir den Rest unseres Mittagessens bei heiterem Geplänkel über Venedig, das Wetter und die Lokalpolitik. Schließlich brachte Anna uns zwei Stück Mandelkuchen als Entschädigung für den teuren Prosecco. Als wir die verspeist hatten, warf sich mein Freund wieder in seinen *tabarro*, gefolgt von Hut und Schal, und machte sich auf den Weg zu einem Rendezvous mit der Dozentin für Nahoststudien, die gleich um die Ecke wohnte. Ihr Ehemann war wohl für ein paar Tage nach Mailand gereist, und sie sehnte sich nach Gesellschaft.

Ich blieb noch da und begann über den Umstand nachzugrübeln, dass Marmaduke Godolphin, ein Mann, den ich vierzig Jahre zuvor das letzte Mal gesehen hatte, und da auch nur aus der Ferne, sich entschlossen hatte, gerade mich in einem fremden Land aufzuspüren. Und aus welchem Grund? Um mir eine erfreuliche Summe Geld anzubieten, damit ich ihm meine Fähigkeiten als Archivar zur Verfügung stellte, um zwei mysteriöse Dokumente zu finden, die sich in einem ebenso mysteriösen Bestand verbargen.

Das kam mir alles ziemlich merkwürdig vor. Ich hatte einiges an grundlegender Literatur über die weitverzweigte Dynastie der Medici gelesen, wie wohl fast jeder, der sich auch nur flüchtig für italienische Geschichte interessiert. Gian Gastone war ein bedauernswerter Mann gewesen, der in seinen letzten Lebensjahren den Niedergang seines

Großherzogtums mitansehen musste, meist von seinen schmutzigen Laken im Palazzo Pitti aus, betrunken, fettleibig und verwirrt. Währenddessen wurde er in seinem verwahrlosten Schlafgemach täglich von einer Reihe junger Männer besucht, die man bei Hof *ruspanti* nannte und die ihm auf Geheiß ihres verdorbenen Herrn gefällig waren.

Die Vorstellung, dass ein so erbärmlicher Libertin großartig Korrespondenz betrieben haben sollte, erschien mir ziemlich verwegen. Im Übrigen irrte Luca sich, als er den alten Narren als den letzten Medici bezeichnete. Er hatte eine Schwester, Anna Maria Luisa, die an seinem armseligen Sterbebett saß und alles erbte. In einem erstaunlichen Akt der Großzügigkeit vermachte sie später fast sämtliche Paläste und Kunstschätze der Medici dem toskanischen Staat, unter der Bedingung, dass nichts davon aus Florenz entfernt werden dürfe. Dem *patto di famiglia*, dem „Familienpakt", den sie im Oktober 1737 unterzeichnete, war es zu verdanken, dass ein so großer Teil des kulturellen Erbes von Florenz sich bis heute vor Ort befand. Alles, was irgendwie von Bedeutung war, wurde mit Sicherheit in den dortigen Archiven aufbewahrt. Obwohl es angesichts der chaotischen Zustände während der letzten Jahre Gian Gastones vielleicht möglich war, dass einige Dokumente aus dem Palazzo Pitti in private Hände gelangt sein könnten. All das war jedoch reine Spekulation, bis Luca und ich das Material zu sehen bekommen würden, das Godolphin nach Venedig bringen ließ. Und sich die Gelegenheit ergäbe, ihn zu fragen, wo um alles in der Welt er es her hatte.

NACHDEM ICH IN MEINE WOHNUNG bei San Pantalon zurückgekehrt war, sah ich mir als Erstes die beiden Bücher genauer an, die wir zur Vorbereitung lesen sollten. Es handelte sich um ernstzunehmende historische Untersuchungen, nicht um dieses populärwissenschaftliche Geschwafel, für das er selbst bekannt war. Vor mir lagen teure Forschungsbände voller schwieriger Fachbegriffe, mit seitenweise Fußnoten, Bibliografien und anderen Anhängen. Sterbenslangweilig für den Laien, offen gesagt.

Eins musste man Godolphin lassen, er war in der Lage, gute Storys fürs breite Publikum zu erzählen. Ich hatte über die Jahre einige seiner

Bücher überflogen und sie durchaus lesenswert gefunden, wenn auch ausgesprochen ungenau, was selbst allgemein bekannte Fakten betraf. Der Mann verpackte etliche zweifelhafte Geschichten in einen spannenden Erzählton – die Berichte über die grausamen Taten Neros und Caligulas, die Zeugnisse über die Verbrechen Richards III., die These, Caravaggio habe nach einem tödlich endenden Streit bei einer Tennispartie aus Rom fliehen müssen –, als wären es unbezweifelbare Tatsachen und nicht vielleicht die Erfindungen von Autoren, oft Jahre nach den Ereignissen zu Papier gebracht, die noch mit jemandem ein Hühnchen zu rupfen hatten. Doch dieser nachlässige Umgang mit historischen Fakten tat seinen Verkaufszahlen keinen Abbruch. Zu jeder seiner Fernsehserien erschien ein Buch, das es regelmäßig auf die Bestsellerlisten schaffte.

Die Preisschilder an den schweren Bänden, die Luca mir gegeben hatte, gaben zu erkennen, dass niemand außer Universitätsbibliotheken dazu bestimmt war, sie zu erwerben. Zumindest durfte man mit Inhalten rechnen, die akademischen Maßstäben standhielten beziehungsweise einigermaßen den Tatsachen entsprachen. Meine Erfahrungen als Archivar, der es häufig mit Leuten zu tun hatte, die solche Werke produzierten, waren, muss ich sagen, gemischt. Bei einigen handelte es sich um gewissenhafte Forscher, die unvoreingenommen an unsere Bestände herangingen, andere wussten praktisch schon vorher, was sie suchten, und waren fest entschlossen, alles widersprüchliche Material zu meiden, das ihre Version der Ereignisse infrage stellen könnte.

Wo genau diese zwei Bände diesbezüglich einzuordnen waren, wusste ich nicht. Das Interessanteste an beiden Titeln waren jedenfalls die Namen auf den Buchdeckeln:

Caroline Fitzroy und Bernard Hauptmann.

Ich sah sie vor mir, damals in Cambridge, als wir alle noch jung waren und, sie zumindest, sorglos. Caroline war eine energische Frau gewesen, überaus sportlich und immer in Eile. Sie ging rudern, engagierte sich in jedem studentischen Club – ob er sich der Politik, der Kultur oder dem Debattieren widmete –, der sie aufnahm. Für sie gab es weder lange Abende in der *union bar*, der Kneipe der Studentenvereinigung, noch ausgedehnte Pubtouren in der Stadt, zumindest soweit ich mich erinnern konnte. Die Arbeit, das Hofieren Godolphins

und der Weg zum heiß ersehnten *First Class Honours*, den sie selbstverständlich erlangte, waren alles, was für sie zählte.

Es war ein offenes Geheimnis, dass sie mit ihm schlief. Und was
das betraf, war sie nicht allein. Niemanden interessierte so etwas damals, und wenn doch, dann hielt er geflissentlich den Mund. Heutzutage würde Godolphin aufgrund seiner sexuellen Eskapaden und der
Tatsache, dass er Gefälligkeiten im Bett mit guten Noten belohnte,
von der Uni gejagt. Zu jener Zeit wurde so etwas, wenn nicht akzeptiert, dann zumindest unter den Teppich gekehrt, als Gepflogenheit
des Universitätslebens dem Klatsch der Studierenden überlassen. Seit
Jahrhunderten brachten Lehrende ihre Studentinnen dazu, mit ihnen
ins Bett zu gehen. Wozu groß Wirbel darum machen? Vor allem, wenn
solche kleinen Techtelmechtel einem zu einem besseren Abschluss und
größeren Karrierechancen verhalfen und die Gelegenheit boten, Kontakte zu knüpfen, auf die man später im Leben zurückgreifen konnte.
Wie ich schon zu Luca gesagt hatte, Archivare waren nicht die Einzigen, die Verbindungen herstellten.

Felicity, seine spätere Frau, gehörte auch zu Godolphins zahlreichen
Eroberungen. Sie, so erinnerte ich mich, war still und ein bisschen
schüchtern gewesen, obwohl sie gelegentlich in die *union bar* und zu
Partys kam, wo sie nie lange blieb, aber eigentlich den Eindruck machte, als würde sie das gerne, wenn sie nur den Mut dazu aufbringen
könnte. Sie war groß und schlank, gazellenhaft, fand ich, von hübsche-
rer und auffälligerer Erscheinung als Caroline, wenn auch angeblich
weniger klug. Ein annehmbarer Abschluss war, genau wie für mich,
alles, was die Zukunft für sie bereithielt, doch als sie später anfing, bei
der BBC zu arbeiten, heiratete sie ihren ehemaligen Lehrer, sichtlich
schwanger, während sie zum Traualtar schritt. Also bekam sie am Ende
vielleicht doch noch den Preis, nach dem sie sich gesehnt hatte. Ich
bezweifle allerdings, dass es einer war, den sich viele andere auch gewünscht hatten. Männer wie Godolphin, so schien mir, legten ihre
Gewohnheiten niemals ab. Er war ein Weiberheld, und er ging ziemlich unverhohlen damit um. In späteren Jahren verfolgten ihn Gerüchte über sexuelle Annäherungsversuche, die über die laxen morali-
schen Normen der damaligen Zeit hinausgingen. Ein paar kurze
Zeitungsmeldungen erschienen. Zwei junge Frauen hatten sich bei der

Universitätsleitung beschwert. Sie wurden angehört und als Querulantinnen abgewiesen, als gekränkte Verehrerinnen, die ihm etwas anhängen wollten, weil Godolphin sie von der Bettkante gestoßen hatte. Zum Skandal kam es nie. Und bald schon wurde die nächste Fernsehserie gedreht und die zweifelhaften Geschichten waren vergessen. Wenn auch vielleicht nicht von Felicity.

Dann war da noch Bernard Hauptmann. Groß, gut aussehend, athletisch und sehr amerikanisch. Ebenfalls ein begeisterter Ruderer – er hatte es beinah ins Team für das traditionelle Bootsrennen geschafft – und das selbst ernannte Oberhaupt von Godolphins Goldenem Zirkel. (Wüsste ich doch bloß noch, wer diesen Begriff erfunden hatte, er passte einfach wie die Faust aufs Auge.) Hauptmann besaß ein Luxushirn in einem Luxuskörper und achtete darauf, dass das auch keinem entging. Es wurde gemunkelt, er habe gleichzeitig mit Caroline und Felicity etwas gehabt, neben Godolphin vielleicht – im wahrsten Sinne des Wortes womöglich. Keiner von uns gewöhnlichen Studenten wusste, was in diesen Kreisen so passierte. Wir waren sowohl gesellschaftlich als auch intellektuell von ihren privaten Vergnügungen ausgeschlossen. Ein Publikum in der ersten Reihe, bei heruntergelassenem Vorhang.

Hauptmann beendete sein Studium ebenfalls mit einem *First* und kehrte kurz darauf nach Amerika zurück, um in Harvard zu lehren. Meine Tätigkeit im Archiv erforderte nur einmal eine Reise über den Atlantik, zu einer langweiligen Tagung in einer langweiligen Stadt – St. Louis, wenn ich mich recht entsinne –, dabei blieb es.

Und nun waren sie wieder da. Godolphin und sein Goldener Zirkel. Sie alle hatten sich in Venedig versammelt, um irgendeiner großartigen Enthüllung beizuwohnen, an der auch ich teilhaben sollte.

Carolines Buch trug den Titel: *Alessandro de' Medici. Ein Herzog mit beschmutztem Ruf.* Es war aufwendig gemacht, mit Vasaris Porträt aus den Uffizien auf dem Umschlag, und entsprechend teuer. Die Darstellung zeigte den Todgeweihten in schwerer Rüstung mit getrübter Miene vor einem Fenster sitzend, den Blick in die Ferne auf Florenz und den Dom gerichtet.

Das von Bernard verfasste Buch wirkte etwas billiger in der Herstellung, was sich jedoch nicht im Preis niederschlug. Sein Titel lautete: *Der Medici-Mörder. Ein verdienstvoller Mann.* Der Umschlag zeigte das Porträt eines bärtigen Mannes in mittelalterlicher Kleidung, das vermutlich eher nach Aussehen als nach Authentizität gewählt war, da sich, wie auf der inneren Umschlagklappe eingeräumt wurde, kein verlässliches Bildnis Lorenzo de' Medicis auftreiben ließ.

Ich schenkte mir ein Glas Wein von Danilo ein, dem Weinhändler bei San Barnaba – auch eine von Lucas Empfehlungen –, wo der Liter nur ein paar Euro kostete, wenn man seine eigene Plastikflasche mitbrachte. Dann begann ich zu lesen.

Godolphin war berüchtigt dafür, seine Schüler gegeneinander aufzubringen, was nicht selten dazu führte, dass sie über zwei Seiten eines Disputs stritten, als hinge ihr Leben davon ab. Vermutlich lag ich ziemlich richtig in der Annahme, dass er wieder auf genau diese Vorgehensweise zurückgreifen wollte, indem er seine alte Gefolgschaft nach Venedig einlud. Caroline Fitzroy und Bernard Hauptmann hatten sich mit denselben historischen Geschehnissen beschäftigt, zwei spektakulären und viel diskutierten Morden, und waren zu gänzlich gegensätzlichen Schlüssen gelangt. In beiden Versionen gab es Helden und Verbrecher. Und zwar unterschiedliche, deren Edelmut beziehungsweise Bosheit mit solcher Überzeugung geschildert wurden, dass jede der Abhandlungen die Vorstellung als lächerlich verhöhnte, eine andere Interpretation der Ereignisse könnte sich als glaubhaft erweisen.

Caroline war überzeugt, dass Alessandro ein respektabler Herrscher gewesen sei, der Florenz in schwierigen Zeiten regierte, und dass sein Cousin Lorenzino ihn aus Neid und Eifersucht ermordete. Dass Lorenzino – *der kleine Lorenzo* – in Wirklichkeit Lorenzaccio war, wie seine Feinde ihn nannten, *der böse Lorenzo*, ein Barbar, ein Mörder, ein gewissenloses Scheusal.

Hauptmann dagegen glaubte stichhaltige Beweise für das Gegenteil zu haben: In Wirklichkeit sei Alessandro das Monster gewesen, genau wie Lorenzino es behauptete, ein brutaler Vergewaltiger, der seine Feinde in Florenz willkürlich hinrichten ließ und ihre Besitztümer stahl wie ein neuzeitlicher Caligula. Lorenzino aber, in Wahrheit ein edler Künstler und Dichter vornehmer Literatur, habe ehrenhafte Gründe dafür gehabt – darunter seine republikanische Gesinnung –, seinen

Cousin im Bett zu ermorden. Fitzroy und Hauptmann konnten unmöglich beide recht haben. In den verkopften akademischen Kreisen, in denen sie sich bewegten, kamen diese konkurrierenden Auslegungen einer Kriegserklärung gleich.

Hier lag, so schien mir, der eigentliche Grund, aus dem Godolphin sie nach Venedig bestellt hatte. Er wollte seine ehemaligen Schüler dazu bringen, sich wieder an die Gurgel zu gehen, so wie sie es mit Sicherheit schon vier Jahrzehnte zuvor getan hatten. Anschließend würde er sie, wie man es von ihm kannte, mit der Offenlegung lächerlich machen, dass sie beide unrecht hatten. Und dass er, der große Godolphin, die wahre Geschichte kannte.

Die Täter bei dem ersten Mord waren Lorenzino und ein angeheuerter Straßenräuber, die 1537 an einer anderen Piazza San Marco, der in Florenz, in Lorenzinos Schlafgemach so lange auf Alessandro eingestochen hatten, bis er tot war. Bei den späteren Mördern handelte es sich um die Männer, die den flüchtigen Lorenzino elf Jahre später in Venedig aufgespürt und ihn auf der Ponte San Tomà, nur ein paar Schritte vom Canal Grande und wenige Minuten von meiner Wohnung entfernt, erdolcht hatten.

Und es sollte einen dritten Mord in der Geschichte geben, das grausame Ende des berühmten Historikers selbst. Das war die Haupterzählung, die sich gewissermaßen hinter ihren beiden Vorgängern verbarg. Aber ich will nicht vorgreifen. Der Archivar verlangt eine lineare Vorgehensweise und eine schlüssige Bewertung der bekannten Fakten, von A nach B nach C. Doch so sinnvoll es war, logisches Denken und eine direkte Annäherung an den rätselhaften Tod Marmaduke Godolphins würden mir wahrscheinlich, wenn überhaupt, nur die halbe Wahrheit verraten. Entscheidend würde es sein, lebenslange Gewohnheiten zu durchbrechen, vor die Tür zu gehen und mich mit den Menschen und den Ereignissen dieser seltsamen Woche im eiskalten Venedig zu beschäftigen. Einer Woche der kuriosen Kostümierungen und mannigfaltigen Maskierungen, von denen einige offensichtlich, andere sogar vor den Trägern selbst verborgen waren.

Als Erstes, erklärte ich Valentina, müsse ich die Mitwirkenden einführen. Danach würden wir uns dem Mord in Venedig zuwenden, der der Blut-*passeggiata*, wie Marmaduke den Spaziergang zum Ort des

Geschehens tituliert hatte, vorausgegangen war; ohne zu wissen, dass bald schon sein eigenes Blut ins schmutzig graue Wasser des *rio* San Tomà fließen würde.

ZWEI TAGE NACH MEINEM Mittagessen mit Luca wurde ich zu einem Nachmittagsdrink in das schicke Boutiquehotel eingeladen, in dem Godolphin sich und seine Gäste einquartiert hatte. Die Gruppe hatte sämtliche verfügbaren Zimmer der Locanda Valier gebucht, eines kleinen Hotels zwischen den Palazzi Giustinian Persico und Pisani Moretta am Canal Grande. Der Standort war bewusst gewählt. Die Schauplätze der Hauptgeschichte, die Godolphin erkunden wollte, die Ermordung des Mörders Lorenzino de' Medici, befanden sich in Fußnähe, angefangen beim Campo San Polo, wo der Flüchtige sich versteckt gehalten hatte, bis zur Brücke über den schmalen *rio* San Tomà gleich um die Ecke, wo er – wie fast fünfhundert Jahre später Marmaduke Godolphin selbst – in einer kalten dunklen Mordnacht zu Tode kommen sollte.

Das Valier war ein vornehmes Haus, benannt nach Silvestro Valier, dem 109. Dogen von Venedig, der dort einige Zeit gelebt haben soll. Mir erschien das unwahrscheinlich angesichts der bescheidenen Größe des Gebäudes – das riesige Grabmal der Valiers in Santi Giovanni e Paolo hatte fast die Ausmaße des hoteleigenen Speiseraums. Aber Venedig besitzt ja eine lange Tradition darin, seine Geschichte für Besucher aufzupolieren. Hinter der frisch gestrichenen Fassade des Hotels am Canal Grande, wo jedes Gästezimmer einen wunderbaren Ausblick hatte, befand sich ein Garten mit gedeckten Tischen und Heizstrahlern zwischen üppigen Palmen und immergrünen Zitronenbäumen. Hier sollten wir uns treffen, um zu erfahren, was den großen Meister beschäftigte.

Die Temperatur lag kaum über dem Gefrierpunkt. Am frühen Morgen hatte sich Eis auf den Pfützen im Hof des Hauses hinter der Scuola di San Rocco gebildet, in dem ich wohnte. Auf dem Platz um die Ecke, wo ich einen Kaffee und ein paar *frittelle* zu mir nahm, waren schon die ersten Karnevalisten unterwegs gewesen, Fremde in einer unbekannten Stadt, die sich fragten, was sie tun sollten. Im Garten des

Hotels Valier war an diesem Nachmittag von Harlekin, Pestarzt oder Pulcinella nichts zu sehen. Nur ein bibbernder Kellner in weißem Jackett leistete uns Gesellschaft, der zu lächeln versuchte, während er seiner Tätigkeit an einer mobilen Cocktailstation nachging. Ich fühlte mich ziemlich fehl am Platz und Luca, der auf dem Weg hinein zu mir gestoßen war, missfiel die Atmosphäre in dem Hotel. Gegen das internationale Flair hatte er nichts einzuwenden, es war vielmehr das aufgesetzt Venezianische, das ihn nervte. Was das betraf, vertrat er eine dezidierte Meinung. Ich hatte den Mann nur ein einziges Mal fluchen gehört, und zwar, als ich ihn fragte, ob er schon mal in Harry's Bar gewesen sei.

Mein Freund war in seinem wehenden *tabarro* und seinem schwarzen Filzhut erschienen. Ich trug wie gewöhnlich meinen alten Dufflecoat, den ich viele Jahre zuvor bei Debenhams erstanden hatte, einem Kaufhaus, von dem ich nicht einmal wusste, ob es noch existierte. Wir hatten den Vormittag damit verbracht, einen freien Raum im Archiv für das Material vorzubereiten, das wir für unseren Auftraggeber sichten sollten, sobald es am Montag von einem unbekannten Ort aus eintraf. Zwei Computer wurden an separaten Schreibtischen für uns aufgestellt, beide mit Blick auf den leeren Klosterhof zwischen der Frarikirche und dem Staatsarchiv. Ich habe keine Ahnung, wie es als Mönch gewesen sein mochte, hier zu arbeiten, als das Gebäude noch ein Anbau der berühmten Basilika nebenan gewesen war. Als ich jedoch mit Luca zusammen in diesem ruhigen, sparsam eingerichteten Raum saß, dessen kalkweiß getünchte Wände vor Feuchtigkeit Blasen warfen, bekam ich eine gewisse Ahnung davon. Es schien noch heute ein Ort der Stille und der Kontemplation zu sein, eine Rückzugsstätte vor der hektischen Stadt außerhalb seiner Mauern. Ein Refugium, in dem vielleicht schon seit Jahrhunderten Männer und Frauen das scheinbar Kleine und Unbedeutende untersuchten, in der Hoffnung, einen Sinn darin zu finden. Genau wie wir es gerne getan hätten. Während wir uns jetzt im Garten des Valier versammelten, waren wir allerdings beide noch ziemlich ratlos angesichts der Aufgabe, die vor uns lag.

Unser großer Zampano ließ noch auf sich warten. Kein Grund, sagte Luca, nicht das zu tun, was wir Engländer am besten könnten.

Konversation treiben, was mich zu der Überzeugung führte, dass er uns wirklich kaum kannte.

Ich konnte mir lebhaft vorstellen, wie Marmaduke Godolphin aussehen würde, sobald er sich herabließe, sich zu uns zu gesellen. Wie Millionen andere hatte ich seine Fernsehkarriere über die Jahre verfolgt. Anfangs war er als hochgewachsener, kräftiger, fast schon ungehobelter Bursche aufgetreten, ein Draufgänger mit Filmstar-Erscheinung, der unter dem Eindruck von Entbehrung und gelegentlicher Gefahr quer über den Erdball reiste. Als er dann langsam älter und sein Körperumfang üppiger wurde, gestaltete sich sein Reisestil luxuriöser, während sein Haar, stets sorgsam für die Kamera frisiert, zuerst eine graumelierte Farbe und später einen so perfekten Silberton annahm, dass ich mich fragte, ob es gefärbt war.

„Warum in Gottes Namen können wir nicht reingehen?", flüsterte Luca mir zu, während wir uns um den Cocktailstand scharten. „Hier draußen ist es schweinekalt."

Mein Freund kannte Godolphin noch nicht. Wir hatten dem Mann zur Verfügung zu stehen, wann immer es ihm passte. Uns ein gewisses Unbehagen zu bereiten, während wir auf seine verspätete Ankunft warteten, war seine Art, uns das in Erinnerung zu rufen.

Aber das war mir einerlei. Ich interessierte mich für die anderen.

Luca kam bald schon mit George Bourne ins Gespräch, bis der – inzwischen zwei Mal so breit, als ich ihn in Erinnerung hatte und mit Hängebacken versehen, die einem Shar-Pei gut zu Gesicht gestanden hätten – das Wort *Negroni* hörte und beide anfingen, die zahlreichen exquisiten Flaschen Gin hinter der Theke in Augenschein zu nehmen. Meine Aufmerksamkeit galt hauptsächlich Felicity. Damals in Cambridge war sie das einzige Mitglied des Goldenen Zirkels gewesen, das ich kennenlernen wollte. Vielleicht sogar, um sie in meinem stotterigen nordenglischen Tonfall schüchtern zu fragen, ob sie Lust hätte, mit mir eine Radtour zu unternehmen. Oder etwas mit mir trinken zu gehen. Ein reiner Wunschtraum natürlich.

Es lag nicht nur daran, dass sie die Hübscheste war. Sie sah auch immer so traurig aus, aus Gründen, die ich nur erahnen konnte. Aus Gründen, von denen ich glaubte, ich könnte sie mit einem freundlichen Wort aus der Welt schaffen, oder mit einem halben Pint Bitter im

Eagle und der Geschichte von Crick und Watson, die in diesem Pub ihre Entdeckung der DNA verkündeten. Doch daraus war nie etwas geworden, und die Geschichte von Francis Crick und James Watson hatte sie sicher sowieso gekannt. Damals war ich eben naiv gewesen. Ich hatte nur Augen für ihr wunderschönes Gesicht gehabt, auf das sich meiner Meinung nach viel zu selten auch nur der Anflug eines Lächelns legte. Sie erinnerte mich an Botticellis Gemälde junger Frauen, die ich in einem Kunstband gesehen hatte und später im Original in den Uffizien bewundern konnte. Blasse, fast durchscheinende Haut, beinah perfekt geometrische Gesichtszüge und ein langer Schwanenhals, wenn auch nicht ganz so ausgeprägt wie bei seiner *Venus*, die sich aus einer Muschelschale erhob. Auch ihre Augen waren außergewöhnlich: tiefblau und stets weit geöffnet. Mit aufmerksamem Blick schien sie immer nach etwas zu suchen, das gerade außerhalb ihrer Sichtweite lag, weshalb es so aussah, als würde sie nie einen Lidschlag machen.

Vier Jahrzehnte später hatte sie sich kaum verändert. Sie lehnte, genauso zierlich, wie ich sie in Erinnerung hatte, mit einem Glas Wein in der Hand gelangweilt an der Backsteinwand und beobachtete Caroline Fitzroy, die sich in dem Moment zu Luca Volpetti und George Bourne an den Cocktailstand gesellte. Aus Lautsprechern, die in den Bäumen aufgehängt waren, ertönte Musik, Vivaldi natürlich. Ihr dunkler Wintermantel schmiegte sich mit schlichtem Schnitt und einer Eleganz an ihren Körper, die mir sagten, dass er teuer gewesen sein musste. Ihr Haar, noch immer kastanienbraun, war jetzt kürzer und dünner als früher. An ihren schmalen Fingern glitzerten Ringe, und um den schlanken Hals trug sie eine doppelreihige Perlenkette.

Ich trank einen Schluck von meinem Negroni und fasste den Mut, etwas zu tun, das ich schon vierzig Jahre zuvor tun wollte, aber nie gewagt hatte.

„Mein Name ist Arnold Clover", sagte ich und streckte die Hand aus.

Sie nahm sie und lächelte zum ersten Mal kurz. Ein einzelner Wintersonnenstrahl durchbrach die Wolken und warf sein blasses Licht auf den klirrend kalten Garten des Valier. Auf dem Canal Grande hupte irgendwo ein Vaporetto. Im Inneren des Hotels lachte eine Frau, während über unseren Köpfen eine Möwe kreischte. Ich fühlte mich ein wenig schwindelig, so wie man sich fühlt, wenn Vergangenheit und

Gegenwart aufeinandertreffen und merken, dass sie sich gar nicht so fremd sind.

„Sie werden sich nicht an mich erinnern", sagte ich. „aber ich war zur selben Zeit in Cambridge wie Sie. Anderer Professor. Anderes ... Umfeld."

Wieder dieses Lächeln, bevor sie, nachdem sie mir kaum merklich die Hand geschüttelt hatte, etwas heiser sagte: „Arnold Clover. Ich erinnere mich sehr wohl an Sie." Sie musterte mich von oben bis unten. „Sie haben sich kaum verändert. Offensichtlich haben Sie ein asketischeres Leben geführt als der Rest von uns."

Mir verschlug es einen Moment die Sprache. „Sie sehen noch genau so aus, wie ich Sie in Erinnerung habe, Lady Godolphin."

„Ich bin zu alt für Schmeicheleien, Darling. Und um Himmels willen, sparen Sie sich diesen Lady-Quatsch. Alle nennen mich Fliss."

„Gefällt Ihnen das?"

„Nach einer Weile bleibt einem keine andere Wahl."

„Jetzt haben Sie eine."

Sie lachte. „Dann nennen Sie mich, wie Sie wollen."

„Es war nicht meine Absicht, Ihnen zu schmeicheln. Und ich glaube übrigens nicht, dass wir schon einmal miteinander gesprochen haben."

„Doch, das haben wir." Sie fasste mich am Arm und beugte sich ein wenig vor. Ich konnte ihr Parfüm riechen, süß und exotisch. „Sie haben mich bei einem dieser schrecklichen Abende in der *union bar* zum Tanz aufgefordert. Es spielte eine grottenschlechte Band. Ich habe abgelehnt."

Sosehr ich mich auch anstrengte, daran konnte ich mich nicht erinnern. „Tut mir leid. Das war ungewöhnlich dreist von mir. Und wie unhöflich, dass ich es vergessen habe."

Sie runzelte die Stirn. „Ich bin mir sicher, dass Sie es waren. Glaube ich jedenfalls. Ich hoffe, Sie haben es mir nicht übel genommen. Bei der Musik handelte es sich um scheußliches Progressive-Rock Gejaule. Völlig disharmonisch, primitive Texte und merkwürdiger Rhythmus. Die Vorstellung, dass dazu irgendjemand tanzen könnte ..."

„Wahrscheinlich habe ich Sie nicht wirklich um einen Tanz gebeten."

Erneut ein kurzer Moment der Belustigung.

„Und ich habe wahrscheinlich nicht wegen der Musik abgelehnt. Ich hab mit meinem Professor gevögelt. Beziehungsweise er mit mir. Wenigstens haben wir inzwischen das Stadium getrennte Schlafzimmer erreicht, sodass ich mich damit nicht mehr abgeben muss. Das Leben war ziemlich kompliziert damals in Cambridge. Ich hätte Ihnen keinen Gefallen getan." Erneut betrachtete sie mich von oben bis unten. „Und Sie würden heute nicht so … normal aussehen."

„Wobei normal gleichbedeutend mit langweilig ist."

„Ich kenne Sie nicht. Woher soll ich das wissen?"

„Sir Marmaduke scheint sich ziemlich gut gehalten zu haben für sein Alter."

„Sind Sie auch verheiratet?"

„Meine Frau ist letztes Jahr gestorben. Wir wollten eigentlich gemeinsam hier unseren Ruhestand verbringen. Dann habe ich beschlossen, allein herzukommen. Eine richtige Entscheidung. In England hält mich nichts."

„Tut mir leid, das zu hören", sagte sie, leerte ihr Glas Wein und hielt es mir hin.

Ohne zu zögern, nahm ich es und holte ihr ein neues.

„Haben Sie irgendeine Vorstellung, was dieser ganze Zirkus hier soll, Arnold Clover?"

„Sie etwa nicht?"

„Würde ich dann fragen?"

Oha, diese Schärfe. Das schien mir neu.

Ich berichtete ihr, was Luca Volpetti mir erzählt hatte. Godolphin habe irgendwo eine Sammlung historischen Materials erworben. Wir beide müssten sie erst noch untersuchen, aber ein Teil davon könnte eventuell mit zwei berühmten Morden innerhalb der Familie der Medici in Zusammenhang stehen: Lorenzino de' Medicis grausamer Bluttat, die er an seinem Cousin, Herzog Alessandro, begangen hatte; und Lorenzinos eigener Ermordung hier ganz in der Nähe, auf der Ponte San Tomà. Wer dabei der Held war und wer der Verbrecher, wer aus Rache Lorenzinos Mord in Auftrag gegeben hatte – alles noch ungewiss. Dieses Rätsel gelte es zu klären. Die Meinungen darüber würden auseinandergehen. Vor allem zwischen ihren früheren Kommilitonen Caroline Fitzroy und Bernard Hauptmann.

Ihr Ehemann sei fest davon überzeugt, dass unter dem Material eine bedeutende Entdeckung auf uns warte. Um was es sich dabei handeln könnte, vermöge keiner von uns einzuschätzen. Ich solle zusammen mit Luca Volpetti nach der sprichwörtlichen Nadel im Heuhaufen suchen. Was meinen venezianischen Freund immer nervöser mache, je näher der Moment der Wahrheit rücke, weil er die Sammlung für ziemlich undurchdringlich hielte.

„Mit Geschichte bin ich durch", sagte Felicity. „Das habe ich an meinem Hochzeitstag mit Duke alles hinter mir gelassen."

„Aber Sie produzieren doch seine Sendungen."

Sie fasste mich wieder am Arm, und einen kurzen Moment wirkte sie fast etwas grob. „*Produzierte.* Duke schafft es seit anderthalb Jahren nicht, grünes Licht für seine nächste Serie zu bekommen. Er dreht langsam durch. Zum Glück habe ich noch andere Projekte. Aber er hat de facto momentan keinen richtigen Job. Und ich bin als Produzentin hauptsächlich damit beschäftigt, Leute einzustellen und zu entlassen und Rechnungen zu bezahlen, die über meinen Schreibtisch gehen. So läuft das im Showbusiness, mein Lieber. Mehr Business als Show, wie immer. Machen Sie sich bloß nichts vor. Die Tage des Bildungsfernsehens sind vorbei. Mittlerweile überhäufen wir die Massen nur noch mit Mist. Opium fürs Volk. Was haben Sie gemacht, bevor Sie die Flucht ergriffen haben?"

Zynismus hatte offenbar den Platz dessen eingenommen, was ich damals in Cambridge für Unschuld gehalten hatte. Aber vielleicht war das auch naiv von mir gewesen.

„Das, weshalb Marmaduke mich wohl ausgewählt hat. Ich war Archivar. Ich habe Dinge gesucht. Dokumente aufgespürt. Verborgene Zusammenhänge ans Licht gebracht. Wahrheiten, die sich unter der Oberfläche verbergen, könnte man vielleicht sagen."

„Und das werden Sie nun für Duke tun? Den Forscher spielen, eine Art ... Geheimnislüfter gewissermaßen?"

„Möglicherweise. Bis wir genauere Anweisungen erhalten, kann ich das noch nicht sagen. Sie betreuen seine neue Serie und wissen nicht, worum es darin gehen wird?"

Wieder das Lachen, trocken und emotionslos dieses Mal. „Falls es eine Serie gibt. Mein Mann lässt sich niemals in die Karten schauen.

Aber das spielt ohnehin keine Rolle mehr. Nach diesem Projekt hier bin ich raus."

Ich wusste nicht, was ich sagen sollte. Soweit ich mich erinnerte, war sie eine ziemlich große Nummer bei der BBC.

„Sie gehen in Ruhestand?"

Sie lachte lauthals auf. „Ich *werde* gegangen. Mein Gesicht ist nicht länger genehm. Im Gegensatz zu meinem Mann gelte ich als *weltoffen*. Oder um es anders auszudrücken, ich hab was gegen Lügen, Betrügen und das Anprangern von Ausländern für jede missliche Lage, in die wir uns in den letzten paar Jahren selbst gebracht haben. Die Ewiggestrigen haben inzwischen das Sagen, falls Sie es noch nicht bemerkt haben. Es ist eine Säuberung im Gange, die Stalins würdig wäre. Lesen Sie keine Zeitungen?"

„Nicht mehr."

„Macht nichts." Man merkte ihr langsam den Wein an. „Bis auf den *Guardian* und die *Financial Times* schreibt sowieso keiner auch nur die halbe Wahrheit. Und wer liest die schon? Alle anderen sind en vogue, wie man so schön sagt. Bei diesem letzten Humbug, den Duke verzapft, falls er es überhaupt schafft, die Serie zu verkaufen, mache ich noch mit. Dann höre ich auf. Sobald sie mir eine angemessene Abfindung anbieten und bereit sind, mir die volle Rente zu zahlen. Nicht, dass es irgendwen interessieren wird, wenn ich nicht mehr da bin. Und zur Verschwiegenheit bin ich danach auch verpflichtet, sonst fordern sie ihr Geld zurück."

„Vielleicht könnten Sie für jemand anderen arbeiten."

Sie warf einen Blick zurück zum Hotel, als erwartete sie, dass jeden Moment ihr Mann erscheinen würde. „Zu alt, zu festgefahrene Ansichten. Zu … unattraktiv. Außerdem befürchte ich, dass ich ganz aus dem kreativen Bereich verdrängt werde. Vor einer Weile habe ich ihn beim Zoomen mit so einem naiven jungen Ding aus Amerika erwischt. Sie haben über seine neue Produktion gesprochen. Anschließend ist sie aus New York eingeflogen. Ich nehme an, das arme Ding ist vertraut mit den kleinen Extras, die Duke von seinen Assistentinnen erwartet. Ach, sieh an. Noch ein Gesicht aus der Vergangenheit."

Ich brauchte einen Moment, um Bernard Hauptmann wiederzuerkennen, der in diesem Augenblick aus dem Hotel gehumpelt kam.

Keine Spur mehr von dem durchtrainierten Athleten seiner Jugend. An dessen Stelle mühte sich ein Mann in den Garten, der krank aussah und ab und zu vor Schmerz zusammenzuckte. Seine Haare – in Cambridge immer modisch lang – hatten sich in einen kurzen mönchsartigen Kranz verwandelt, der um seinen glänzend kahlen Kopf verlief. Trotzdem schien Felicity Godolphin erfreut, ihn zu sehen.

„Also, *er* wird sich ganz bestimmt nicht an mich erinnern", sagte ich.

Als Hauptmann Felicity erspähte, fing er an zu strahlen wie jemand, der plötzlich von allem Ungemach erlöst ist, und winkte. Eine Geste, die sie mit einem Lächeln beantwortete. Ich hatte gelernt, auch kleine Details zu registrieren. In diesem Fall war das nicht schwer.

„Sie sind in Kontakt geblieben?", fragte ich und versuchte, nicht enttäuscht zu klingen. Was ich, ehrlich gesagt, nicht wirklich war.

„Ja", antwortete sie zwinkernd, „so könnte man es nennen. Duke ist nicht der Einzige, der solche Spielchen spielen kann."

Der Goldene Zirkel, schien mir, lebte noch immer in einer anderen Welt als der Rest von uns.

„Kennen Sie Venedig gut?", fragte ich.

Die Frage schien sie zu überraschen. „Gar nicht. Er nimmt immer eins seiner Flittchen mit, wenn er herkommt. Ich habe in Paris und Rom das Zimmer mit ihm geteilt, aber das ist lange her. Wie ich schon sagte. Getrennte Betten. Wenn ich ehrlich bin, frage ich mich, warum er mich überhaupt eingeladen hat."

„Ich würde Ihnen gern ein Gemälde zeigen, einen Gemälde-Zyklus, genauer gesagt. Ich finde die Bilder großartig. Man lässt sie leicht unbeachtet. Wenn Sie morgen vielleicht Zeit hätten? Sie hängen in der Accademia. Das ist nur ein kurzer Fußweg von hier. Am Sonntagvormittag wird es dort ziemlich ruhig sein."

Wieder ein Lächeln. Das herzlichste bisher. „Ist das die Revanche dafür, dass ich Sie vor vierzig Jahren an der Tanzfläche abgewiesen habe?"

Jetzt war ich an der Reihe zu lachen. „Nein. Sie sind mit einem Ritter des Reiches verheiratet. Und ich bin ein Witwer, der hier von seiner bescheidenen Pension lebt und genießt, was die Italiener *dolce far niente* nennen."

„Sich amüsieren, während man nichts tut. Ich habe mich schon immer gefragt, ob das nicht ein Versuch ist, der Langeweile einen akzeptablen Anstrich zu geben."

„Das liegt nur daran, dass Sie nicht genug Zeit in Venedig verbracht haben. Sprechen Sie Italienisch?"

„Ein wenig."

„In Venedig ist mir nie langweilig. Das ist unmöglich. Ich dachte, Sie hätten vielleicht gern mal eine Pause von dieser Gesellschaft. Außerdem sind es wunderschöne Bilder. Ich gehe jeden Monat einmal hin, um sie mir anzuschauen."

Ihr Blick wanderte wieder zum Hotel. „Eigentlich sollte mein Sohn schon hier sein. Wahrscheinlich hatte er wieder Streit mit seinem Vater."

„Arbeiten Sie nicht gemeinsam an seinen Sendungen?"

Sie schnaubte und verschüttete etwas Wein. „Jo hat eine Heidenangst vor ihm. Duke hält ihn für einen nutzlosen Trottel. Es gibt … eine Vorgeschichte zwischen den beiden. Nicht, was Sie jetzt vielleicht denken. Aber besser, ich belasse es dabei."

Ich bewahrte, was ich für diskretes Schweigen hielt.

„Tut mir leid, Arnold. Die Godolphins haben es nicht so mit Familienbanden. Noch nie gehabt." Sie legte ihre Hand auf meine. „Entschuldigen Sie. Es ist unhöflich, einen Fremden mit so etwas zu belasten. Wenn Ihre Gemälde wirklich so schön sind, und wenn es Sie nicht von der Arbeit abhält …"

„Wie schon gesagt, ich weiß noch gar nicht, was meine Aufgabe sein wird. Genauso wenig wie Sie offenbar. Abgesehen davon ist die Sammlung noch nicht eingetroffen. Hier in Venedig ist der Sonntag noch etwas Besonderes. Ein Tag der Ruhe. Der inneren Einkehr. Am Montag geht der Spaß dann los."

„Falls es ein Spaß wird", murmelte sie.

Am Hoteleingang tat sich etwas.

Godolphin höchstpersönlich erschien, endlich. Silbergraues Haar; *natürlich* war es gefärbt. Er trug ein makelloses dunkelblaues Nadelstreifenjackett, dazu ein weißes Hemd und einen roten Krawattenschal aus Seide, um dem Ganzen einen extravaganten Touch zu geben. Außerdem – Grundgütiger! – Jeans und Wüstenstiefel, wie er sie vor über dreißig Jahren schon anhatte, als seine Fernsehkarriere begann.

„Sieht aus, als würden Sie gleich erfahren, was Sie tun sollen", sagte Felicity. „Ist neun Uhr zu früh?"

Nein, antwortete ich. Das sei es nicht.

„Schön, jetzt muss ich mich mit einem lieben alten Freund unterhalten. Bevor wir alle unsere Befehle empfangen." Sie winkte kurz. „Bye, bye, Arnold Clover. Eines Tages tanzen wir vielleicht zusammen. Wer weiß?"

WIE ICH ERWARTET HATTE, fühlte sich Godolphin nicht bemüßigt, sich sofort an sein Publikum zu richten. Stattdessen ließ er sich von einer aufgeregten jungen Frau in Kunstpelzmantel ablenken, um die dreißig vielleicht, extrem blond und extrem elegant. Das musste Patricia Buckley sein. Die potenzielle Produzentin aus New York, von der Felicity gesprochen hatte. So wie der Mann um sie herumscharwenzelte, ohne eine ganze Weile mit sonst jemandem zu sprechen, war der Verdacht seiner Frau wohl begründet. Godolphin war bestimmt vierzig Jahre älter als sie, was ihn aber nicht zu stören schien.

Ich biss die Zähne zusammen und nutzte die Gelegenheit, um zu tun, was mir nicht leichtfiel: Smalltalk zu machen. Aber zielgerichtet. Wenn ich so etwas wie ein Fremdenführer für Felicity Godolphin sein konnte, sprach nichts dagegen, dasselbe auch den anderen Gästen anzubieten. George Bourne wankte, seinen Drink in der Hand, munter durch die Gesellschaft. Caroline Fitzroy wirkte weniger zufrieden. Ich hatte sie als dunkelhaarige Frau in Erinnerung, die irgendwie südländisch wirkte. Als ich das an diesem Nachmittag im Garten des Hotels Valier ihr gegenüber erwähnte, lächelte sie und gratulierte mir zu meinem guten Gedächtnis. Es sei deutlich besser als ihres. Ihre Art offenbar, mir zu sagen, dass sie keinen blassen Schimmer hatte, wer ich war. Es stellte sich heraus, dass ihre Mutter Griechin gewesen und ihr Vater zur See gefahren war. Sie selbst war in Surrey aufgewachsen und hatte selten einen Fuß ins Heimatland ihrer Mutter gesetzt. Nach ihrem Studium in Cambridge hatte sie beschlossen, sich auf die Geschichte der italienischen Renaissance zu spezialisieren, und eine Professur an der Sorbonne in Paris bekommen.

Von der klugen, entschlossenen und überaus ehrgeizigen jungen Frau, die ich in Cambridge erlebt hatte, war kaum noch etwas zu erkennen. Sie wirkte verbraucht, trug alte, abgetragene Kleider, die ihr nicht besonders gut passten, und rauchte eine Zigarette nach der anderen. Ihr Gesicht war jetzt voller und ziemlich faltig, ihr Blick müde. Das Alter raubt einem mit der Zeit die Energie, natürlich. Aber Caroline Fitzroy hatte offenbar mehr davon eingebüßt als die meisten anderen. Ich stellte ihr die Frage, die ich allen Mitgliedern des Goldenen Zirkels stellen wollte: Ob es etwas in Venedig gebe, das sie gern sehen würde? Irgendetwas weniger Bekanntes vielleicht? Ein Kunstwerk, eine Lokalität oder sonst etwas Lohnenswertes, das sich nicht in jedem Reiseführer fand? Falls ja, könnte ich versuchen, es für sie ausfindig zu machen.

Sie dachte einen Moment nach, dann sagte sie, wohl ohne eine Antwort zu erwarten, sie würde in Erwägung ziehen, ein Buch über die Kurtisanen der Renaissance zu schreiben. Nicht über Straßendirnen, die gewöhnlichen Huren, sondern über die nobleren, die mit Grafen und Königen schliefen, sich über Philosophie unterhielten und Gedichte verfassten; die zu den höheren Kreisen gehörten.

„Es ist nur so eine Idee", sagte sie. „Ich habe noch keinen Handschlag dafür getan."

Perfekt. Ich wusste genau, wo ich ansetzen musste.

„Wie wäre es mit einem Blick in den *Catalogo di tutte le principale et più honorate cortigiane di Venetia*? Quasi ein offizielles Verzeichnis der wichtigsten Edelkurtisanen Venedigs in der Mitte des 16. Jahrhunderts. Darin wird auch eine Frau namens Veronica Franco aufgeführt, die außerhalb der Stadt kaum bekannt ist. Sie war für kurze Zeit die Geliebte Heinrichs III. von Frankreich, eine frühe Protofeministin und anerkannte Dichterin, die in *terza rima* schrieb, das heißt –"

„Ich weiß, was *terza rima* ist", fiel sie mir ins Wort. „Schließlich habe ich in der Schule Dante gelesen."

Ich wartete.

„Haben Sie dieses Verzeichnis hier? Zur Hand?"

„Das und noch viel mehr. Montag. Sobald das Archiv aufmacht. Ich kann die Dokumente bereithalten, während wir an Godolphins Projekt arbeiten. Sie werden begeistert sein."

„Was wird mich der Spaß kosten?"

Ich sah sie beleidigt an, was mir nicht schwerfiel. „Für jemanden von meiner alten Universität ist das natürlich kostenlos. Selbst für jemanden, der sich nicht an mich erinnert. Obwohl", ich setzte mein charmantestes Lächeln auf, „falls Sie mir anschließend vielleicht einen Teller Pasta für acht Euro spendieren möchten, zeige ich Ihnen gerne, wo man den am besten bekommt."

Einen kurzen Moment lächelte sie, und ich sah die Jahre schwinden, erhaschte einen flüchtigen Blick auf die entschlossene junge Frau, die in Cambridge so schwungvoll durch Christ's Pieces lief. Plötzlich fühlte ich mich ziemlich alt und ein bisschen traurig. Die Zeit kann grausam sein mit dem, was sie offenbart, genauso wie sie manchmal Nachsicht übt, was Erlebnisse betrifft, die wir lieber in Vergessenheit halten möchten.

„Ich kann mich wirklich nicht mehr an Sie erinnern, Arnold Clover", sagte sie. „Langsam glaube ich, das ist ein Versäumnis von mir. Montag also, abgemacht."

„WIR SIND UNS IN CAMBRIDGE über den Weg gelaufen", sagte ich zu George Bourne, etwas Originelleres fiel mir nicht ein.

„Bei Ihrem Namen klingelt nichts, muss ich zugeben."

Er hatte ein gerötetes Gesicht und schwankte – halb betrunken – schon etwas.

„Das ist verständlich. Absolut."

Ich erzählte ihm so viel wie nötig, aber so wenig wie möglich über meine Vergangenheit, hauptsächlich, wie sehr ich den kleinen Kreis um Godolphin aus der Ferne bewundert hatte.

„Den Goldenen Zirkel", sagte er. „So nannte man uns doch, glaube ich. Haben Sie … Wie war noch mal der Name?"

„Clover. Arnold Clover. Ich erinnere mich noch an die Bezeichnung. Es ist wirklich lange her."

„Ich weiß höchstens noch ein Zehntel von damals, ehrlich gesagt. Bin die meiste Zeit besoffen oder bekifft gewesen. Oder beides. Hat mir aber nicht geschadet."

„Sie gehörten ja auch zum Goldenen Zirkel", sagte ich, ohne nachzudenken.

Bourne musterte mich von oben bis unten und fragte sich wohl, ob das eine verdeckte Beleidigung war. „Damals war ich ziemlich clever. Ich glaube, das hat mir auch nicht geschadet. Es lag nicht nur an Godolphins magischem Staub."

„Es war nicht meine Absicht, das anzudeuten. Und inzwischen bekleiden Sie sogar eine Spitzenposition im Verlagswesen."

Bourne war jemand, der gerne über sich selbst sprach, ausführlich und bis in jede Einzelheit. Ich musste mir eine Kurzversion seiner kompletten Karriere anhören, vom Fotokopierjungen zum Redakteur zum Verlagsleiter, und über seine unersetzliche Rolle bei der Förderung von Marmaduke Godolphins Aufstieg zum Bestsellerautor.

„Er verdankt das alles nur mir, verstehen Sie." Er bestellte sich noch einen Negroni. „Der Mann kann zwar langweilige, akademische Abhandlungen verfassen. Und seine Begabung, die Dinge im Fernsehen zu präsentieren, lässt sich nicht leugnen. Aber verständliche Texte für Normalsterbliche schreiben?" Er kicherte und verschüttete etwas von seinem Drink auf sein Hemd, was er nicht zu bemerken schien. „Gott, nein. Es ist meine Stimme, die sie da lesen, es sind meine Worte, durch die sich seine Bücher verkaufen."

„Müsste er Ihnen dann nicht zumindest eine Danksagung widmen?"

Er schnaubte. „Beim ersten Buch, das ich praktisch komplett für ihn geschrieben habe, hat er sich vor Lob gar nicht mehr eingekriegt. Beim zweiten erschien nur noch ein kurzer Absatz. Beim dritten nur noch eine Zeile. Seitdem nichts mehr. Er kassiert die ganzen Lorbeeren, dabei stammt kaum ein Satz von ihm selbst. Alles wird ihm abgenommen. Die Recherchen und die Planung erledigt schon seit Jahren die arme Fliss, und sie kriegt nicht mal einen Strauß Blumen von Tesco dafür."

Ich sagte ihm, dass ich Eleanor auch nie Blumen gekauft hätte. Sie war immer der Meinung, das sei reine Geldverschwendung und sie seien oft aus Afrika importiert, was völlig grundlos zur Umweltverschmutzung beitrüge. Darauf wusste Bourne offensichtlich keine Antwort, bis er kurz darauf sagte: „Mein Ehepartner mag auch keine Blumen." Er wartete ab, um zu sehen, ob ich schockiert war. „Das war kein Scherz, Clover."

„Das habe ich auch nicht angenommen. Ich bin fest davon überzeugt, dass Glück und Zufriedenheit das Wichtigste im Leben sind.

Auf welche Weise die Menschen das finden, ist ihre Sache. Ich überlege …" Es war Zeit, mein Angebot zu unterbreiten. Er würde sich jeden Moment etwas Neues zu trinken organisieren und, so vermutete ich, eine interessantere Unterhaltung. „Ich lebe hier in Venedig. Falls es irgendetwas Besonderes gibt, das Sie gerne sehen würden, könnte ich vielleicht den Zugang ermöglichen."

Er lachte. Dann hob er den Finger. *„Tod in Venedig"*, sagte er.

„Das soll vorkommen."

„Sie wissen, was ich meine."

Natürlich wusste ich das. Aber ich wollte, dass er es aussprach. George Bourne, so stellte sich heraus, war von dem Film fasziniert. Nicht von dem Buch Thomas Manns, das, so meinte er abfällig, nichts weiter als eine kurze Erzählung sei, die wohl kaum als richtiger Roman gelten könne. Der Film dagegen sei etwas ganz anderes. Als er im Verlagswesen angefangen habe, sei er einmal Dirk Bogarde begegnet, dem berühmten Schauspieler, der zu dem Zeitpunkt anfing, seine Memoiren zu schreiben. Die beiden hätten sich prächtig verstanden. Bogarde habe ihm alles Mögliche über die Dreharbeiten erzählt und wie sehr Viscontis Entscheidung, den Beruf Aschenbachs, den Bogarde verkörperte, vom Schriftsteller zum Musiker zu ändern, der Story zugutekam und es dem Regisseur zugleich ermöglichte, diese wunderbare Filmmusik einzusetzen, die größtenteils von Mahler stammte.

„Ich würde", sagte er, „gern einmal den Drehort sehen." Er blickte sich im Hotelgarten um. „Ist das in der Nähe? Hier sieht es irgendwie ganz anders aus."

„Es ist auf dem Lido. Auf der anderen Seite der Lagune. Nicht direkt um die Ecke."

„Gut, Mr Clover. Dann bringen Sie mich dorthin. Was halten Sie davon?"

Das Hotel des Bains und sein makelloser Sandstrand mit den Strandhütten und Sonnenliegen vor der langen grauen Küstenlinie der Adria. Wie sehr sich das alles verändert hatte seit der Zeit, als Bogarde mit seinem totenbleichen Gesicht dort saß und aufs Meer hinausblickte.

„Im Februar ist es ein bisschen kalt für ein Sonnenbad", antwortete ich.

Bourne sah mich angestrengt an. „Ich glaube, ich erinnere mich doch an Sie. Haben Sie Tischtennis gespielt?"

„Nie."

„Was soll's. Ich kenne jede einzelne Einstellung des Films. Ich würde gern sehen, wie der Ort heute aussieht."

„Morgen. Wir können das Boot am Spätvormittag nehmen. In der Nähe des Hotels gibt es ein ausgesprochen gutes Fischrestaurant, allerdings nicht billig. Es übersteigt ein wenig mein Budget, wenn ich ehrlich bin …"

„Sie können mein Fremdenfahrer sein … Das ist nicht das richtige Wort, stimmt's?"

„Fremdenführer." Ich streckte ihm die Hand hin. „Nennen Sie mich Arnold."

Daraufhin lächelte er und wir schüttelten uns die Hände.

„Ich zahle!", rief er im Weggehen und zückte eine Kreditkarte. „Oder vielmehr der Verlag."

ICH WAR ENTSCHLOSSEN, alle Mitglieder des Goldenen Zirkels abzuhaken. Eine Verbindung herzustellen, ein Angebot zu machen, mich in ihr Leben einzuladen, wenn man so will. Vierzig Jahre zuvor waren sie mir unnahbar, unerreichbar, unantastbar erschienen. Jetzt wirkten sie wie ein Trupp in die Jahre gekommener Touristen aus höheren Kreisen, die aus Gründen, die sie nicht verstanden, in eine Stadt bestellt worden waren, die sie nicht kannten. Vielleicht war es Altruismus. Oder ein egoistisches Begehren meinerseits, der Wunsch, ihnen nahezukommen und mich ihnen endlich ebenbürtig zu fühlen. Auch ich hatte schon zwei Negroni getrunken. Meine Beweggründe konnten bis morgen warten.

Bernard Hauptmann war der Letzte. Ich musste mich gedulden, bis Felicity ihn allein ließ, um mit ihrem Mann und der Amerikanerin zu sprechen, ziemlich hitzig, wie es schien.

„Sie werden sich nicht an mich erinnern", sagte ich, zum voraussichtlich letzten Mal an diesem Abend.

Man musste dem Mann zugestehen, dass er es wenigstens versuchte und sich entschuldigte, als er es nicht konnte.

„Ich werde langsam alt", sagte er. „Und krank. Das Gedächtnis lässt nach. Genau wie meine geistigen Fähigkeiten …"

„Ich habe Ihr Buch über Lorenzino de' Medici gelesen. Es klang ganz und gar nicht so, als würde bei Ihnen irgendetwas nachlassen."

Bei Caroline Fitzroy hatte ich mir dieses Lob gespart; ihr Buch war so trocken und langweilig, dass ich keine Lust hatte, so zu tun, als hätte ich es interessant gefunden. Seines besaß wenigstens noch einen Funken von Leben.

„Ich habe zehn Jahre daran gearbeitet, zehn lange, entbehrungsreiche Jahre. Und? Seien Sie ehrlich."

„Ich finde es gut gemacht. Sorgfältig recherchiert, überzeugend argumentiert. Es besitzt sicher … Gewicht."

„Gewicht?" Seine Brauen hoben sich beinah bis zu seiner Glatze. „Aber es war nicht etwa *unterhaltsam*?"

„Auf gewisse Weise schon."

Diese Antwort missfiel ihm. „Seien Sie nicht so herablassend. Ich bin Akademiker, kein Entertainer. Das will der alte Herr immer sein. Alleinunterhalter fürs gemeine Volk. Während der Rest von uns in seinem Schatten verharrt." Er beobachtete, wie Godolphin sich mit seiner zukünftigen Geschäftspartnerin unterhielt, während er seine eigene Frau ignorierte. „Er verbringt ungefähr das halbe Jahr mit diesem Blödsinn, während das meiste von seinem Geschwafel ohnehin von seiner Privatarmee unterbezahlter Hiwis stammt. Er hat sich dafür entschieden, den Leuten etwas vorzuspielen. Im Gegensatz zu mir. Wenn ich wollte, könnte ich seine Belanglosigkeiten in fünf Sekunden auseinandernehmen."

„Was Sie aber nicht tun."

Er zögerte. „Nur einmal. Ich hab mal irgendeinen Unsinn rezensiert, den er über Dante verzapft hatte. Absoluter Quatsch. Platziert habe ich die kurze Besprechung in einem, wie mir schien, obskuren Historiker-Newsletter, mit kaum nennenswerter Reichweite. Zwei Tage später hatte ich ihn am Telefon, wutentbrannt. Wenn ich nicht jedes einzelne Wort zurücknähme, würde er mich umbringen, sagte er."

Ich kniff die Augen zusammen. „Wirklich?"

„Ein paar Tage später bekam ich einen weiteren Anruf, von höherer Stelle. Man teilte mir mit, dass eine Daueranstellung an der Universität in begründeten Ausnahmefällen gekündigt werden könne."

Das war mir neu. „Aber eine Kurzbesprechung in einem unbedeutenden Newsletter konnte doch keinen begründeten Ausnahmefall darstellen?"

„Duke Godolphin hat ein empfindliches Ego und überall Freunde", sagte Hauptmann mit einem weiteren finsteren Blick in Richtung seines ehemaligen Professors. „Beziehungsweise keine Freunde, sondern Leute, die ihm etwas schulden. Oder vielleicht Angst vor ihm haben. Also behalte ich seitdem meine Meinung für mich. Fürs Erste. Die entsprechende Zeit wird kommen."

Ich unterbreitete ihm mein Angebot. Etwas Besonderes für ihn in Venedig ausfindig zu machen.

„Warum sollten Sie das tun?", fragte er.

„W-w-eil …" Verdammt, das Stottern. Es kehrte zurück, wann immer es ihm passte. „Weil ich diesen Ort liebe. Ich wünsche mir, dass die Menschen ihn mit einer anderen Erinnerung verlassen als der an San Marco und die endlosen Menschenmassen auf der Rialtobrücke."

„Danke für das Angebot. Aber ich habe andere Pläne."

„W-wann immer es Ihnen passt …"

„Sind Sie schwerhörig?"

„Nein." Langsam entwickelte ich eine Abneigung gegen den Mann.

„Wie lange leben Sie schon in Venedig, Clover?"

„Drei Monate."

„In fünfzehn der letzten zwanzig Jahre war ich Gastdozent an der Ca' Foscari. Über einen Monat jedes Mal. Und Sie bieten mir eine Besichtigungstour an?"

Godolphin stand jetzt auf den Stufen des Hoteleingangs und klopfte mit einem Löffel an sein Cocktailglas.

„War nett, mit Ihnen zu plaudern", murmelte Hauptmann und ging zu Felicity hinüber, die an diesem kalten venezianischen Abend plötzlich allein war und wütend ein Weinglas umklammerte, als wäre es das Kostbarste auf der Welt.

3
Die Blut-*passeggiata*

„Sehr großzügig von Ihnen", sagte Valentina, „sie in der Stadt herumzuführen. Für so was gibt es Fremdenführer, die damit ihren Lebensunterhalt verdienen. Meine Cousine Paola zum Beispiel ..."

Ich sollte erfahren, dass sie eine ganze Heerschar Cousins und Cousinen hatte.

„Tut mir leid, wenn es den Eindruck erweckt, als würde ich Paola das Geschäft wegnehmen wollen. Sie wirkten bloß alle ein wenig deprimiert."

Sie antwortete mit ihrem typischen Schulterzucken. „Manche Leute sind von Natur aus Trauerklöße."

„Oder sie werden dazu gemacht. Ich dachte, es wäre vielleicht eine gute Idee, sie vorübergehend aus Godolphins Dunstkreis zu entführen. Wie ich schon zu Hauptmann sagte, ich finde es jammerschade, wenn die Menschen enttäuscht aus Venedig abreisen. Das tun viele, wissen Sie."

Sie machte eine abfällige Handbewegung. „Nur diejenigen, die ihren Hintern nicht hochkriegen und das Richtige unternehmen. Außerdem wollen wir sie sowieso nicht zurück. Mehr steckt also nicht dahinter? Es war nur ein freundliches Angebot Ihrerseits?"

Ich überlegte, was ich antworten sollte.

„Arnold?"

„Vor v-vierzig Jahren war ich ein mittelloser Studienanfänger, der mitansehen musste, wie sie alle durch Cambridge stolzierten, als hielten sie sich für etwas Besseres. Gut betucht, arrogant, privilegiert. Mir hätten sie nicht mal die Uhrzeit gesagt. Und jetzt sind sie hier. An einem Ort, den keiner so gut kennt wie ich, abgesehen von Hauptmann vielleicht. Kann sein, dass ich das Gefühl hatte, ich könnte ihnen endlich beweisen, dass ich ihnen ebenbürtig bin. Ich weiß es nicht. Es schien mir einfach eine gut Idee."

„Und würde sie dazu bringen, Sie zum Ehrenmitglied ihres Goldenen Zirkels zu ernennen?"

„Das", erwiderte ich ziemlich barsch, „würde niemals passieren. Ich hatte ein bisschen was getrunken. Ich musste mich mit ihnen unterhalten. Etwas anderes ist mir nicht eingefallen."

Sie kritzelte ein paar Wörter auf ihren Block.

„Die Ehefrau mögen Sie noch immer? Felicity? Nach all den Jahren finden Sie die Dame noch attraktiv?"

Wieder wurde Espresso gebracht. Ich schob meinen zur Seite. „Sie ist eine sehr schöne Frau. Eine angenehme Jugenderinnerung. Vielleicht habe ich einmal für sie geschwärmt, bevor ich Eleanor kennenlernte, aber das ist lange her. Außerdem war sie immer unerreichbar für mich. Es tat mir einfach leid, sie immer noch so freudlos zu sehen."

„Sie finden Frauen, die deprimiert wirken, attraktiv?"

Das war taktlos. „Keineswegs. Ich finde es nur traurig, wenn jemand unglücklich ist. Egal ob Mann oder Frau. Es gibt schon genug Leid auf der Welt. Vor allem missfällt es mir, wenn andere sie unglücklich machen, besonders wenn es sich dabei um diejenigen handelt, die ihnen eigentlich nahestehen sollten. Man sieht das viel zu oft. Kaputte Familien. Zerrüttete Ehen, die auf Biegen und Brechen weitergeführt werden, obwohl beide Partner frei und glücklich leben könnten, wenn sie sich einfach einvernehmlich scheiden ließen."

Wieder notierte sie sich etwas. „Sie wissen schon, dass die meisten Morde im häuslichen Umfeld passieren, Arnold? Ein Mann bringt seine Frau um. Eine Frau tötet ihren Ehemann oder bezahlt jemanden dafür, es für sie zu erledigen. Liebhaber. Verwandte. Diejenigen, die einem am nächsten stehen, sind in der Regel gefährlicher als der vermummte Fremde auf der Straße."

„Der *maskierte* Fremde in unserem Fall, würde ich sagen."

Carnevale. Gefühlt die halbe Stadt war kostümiert unterwegs.

„Stimmt", antwortete sie. „Godolphin trug noch seine Maske, als er gefunden wurde. Eine schlichte *bauta*. Weiß ursprünglich. Typischerweise bedeckt sie das ganze Gesicht, ohne Mundöffnung. Sie hat nur Löcher für die Augen. Immerhin kann man durch die vorgewölbte Kinnpartie wenigstens noch essen und trinken. Möchten Sie ein Foto aus der Leichenhalle sehen?"

Ich zuckte erschrocken zusammen. „Muss ich?"

Sie lächelte. „Die *bauta* wurde zwei Tage vorher bei einem venezianischen Maskenmacher abgeholt. Von Godolphins amerikanischer Assistentin, Miss Buckley. Zusammen mit Masken für alle anderen, die zehn Tage zuvor bestellt worden waren. Offensichtlich hatte Godolphin die Veranstaltung genau geplant und für jeden ein Kostüm ausgeliehen. Sogar um ihre Maße hatte er die Teilnehmer gebeten." Sie warf einen Blick auf ihre Notizen. „Eine Auswahl verschiedener historischer Gewänder. Und im letzten Moment noch eins für Sie."

„Und für Luca", fügte ich hinzu. „Wir waren das Personal. Die anderen eher seine Gäste, nehme ich an."

Sie blätterte durch die Seiten. „Ein Scaramouche-Kostüm für Volpetti. Und für Sie die Kluft eines Pestdoktors."

Ich fing an zu schwitzen. „Mag sein. Wir haben sie jedenfalls nicht getragen."

„Es gibt einen Zeugen, einen einzigen. Den Mitarbeiter einer Bar, der gerade auf dem Heimweg war, als ihm ungefähr um Mitternacht ein Mann auffiel, bei dem es sich nur um Godolphin handeln konnte. Er stand in der Nähe der Brücke von San Tomà und stritt mit jemandem. Mit jemandem in einem langen schwarzen Kapuzenmantel."

Das war eine Neuigkeit. „Aber sagten Sie nicht, Godolphin habe seine *bauta* getragen?"

Sie drehte den Computerbildschirm zu mir. Mein Blick fiel auf eine weiße Maske, die rund um die Augenöffnungen dunkelrot verfärbt war und auf der sich rote Blutspritzer verteilten. Vermutlich habe ich angefangen zu zittern. „Sie können kein Blut sehen, stelle ich fest."

„Richtig. Der Grund, warum ich das erwähne, ist … Wenn Godolphin eine Maske getragen hat, wie kann dann irgendwer sicher sein, ihn erkannt zu haben?"

Das altbekannte Stirnrunzeln. „Die *bauta* war mit einem Band versehen. Er hatte sie um den Hals hängen, als er aufgefunden wurde, nicht im Gesicht. Wie viele Männer waren wohl an dem Abend unterwegs, die als Doge verkleidet waren?"

Darauf wusste ich keine Antwort. „Vielleicht hatte jemand einfach nur die Absicht, einen Mord zu begehen. Am erstbesten Opfer, das ihm über den Weg laufen würde." Da sie nicht gewillt schien, mir weitere Einzelheiten zu verraten, fragte ich nach. „Sie zögern offenbar, in Erwägung zu ziehen, dass es sich um die Tat eines verrückten Straßenmörders handeln könnte? Eines Kriminellen wie dem, der damals Lorenzino de' Medici umgebracht hat?"

Sie dachte einen Moment nach, dann antwortete sie: „Stimmt. Ja, ich zögere. Wir sind hier nicht im Wilden Westen. Es gibt keine Straßenräuber mehr. Ihr Medici wurde ganz gezielt getötet, von einem Auftragsmörder, der ihm aufgelauert hat, nicht von irgendeinem Irren, der frei herumlief. Und meine derzeitige Leiche ist zufällig ein britischer Aristokrat mit etlichen Feinden, von denen einige in der Stadt sind. Ich bitte Sie, Arnold. Ergibt es irgendeinen Sinn, dass ein Fremder einen Mann ohne jeglichen Grund auf diese Weise umbringt? Hier? In Venedig?"

„Das weiß ich nicht. Ich bin ein pensionierter Archivar. Und kein Detektiv, was auch immer Sie vielleicht denken. Wenn Sie noch nie mit einem Mord zu tun hatten, sollten Sie dann nicht vielleicht jemanden hinzuziehen, der sich auskennt … falls ich das einmal anmerken darf? Jemanden mit entsprechender Erfahrung?"

Das amüsierte sie. „Touché. Aber ein Mangel an Erfahrung ist nicht dasselbe wie ein Mangel an Verständnis. Ich kann schließlich lesen. Akten. Zeugenaussagen. Prozessberichte. Dieser Fall ist nicht kompliziert. Er ist lediglich … nebulös. Ein mysteriöser Tod. Ein Rätsel, etwas, mit dem wir hier schon lange vertraut sind. Unter uns gesagt, ich bin überzeugt, dass wir beide diese Nebelschwaden vertreiben können. Sollte ich keine Fortschritte machen, wird man vielleicht jemanden von außerhalb anfordern. Aber ich bezweifle, dass das notwendig sein wird. Wir werden sicher schon bald einen Schuldigen finden."

Aha, dachte ich. Deshalb ist sie so versessen darauf, dass innerhalb von Stunden jemand auf der Anklagebank sitzt. Mit dem Menü ihres Mannes hat das gar nichts zu tun. Wenn sie es nicht hinkriegt, holen sie jemanden vom Festland, der die Sache übernimmt.

Hinter der Tür waren Stimmen zu hören. Männer scherzten in derbem Venezianisch. Valentina stand auf, um nachzusehen, was da los war. Zwei uniformierte Polizeibeamte hielten einen Betrunkenen in Pulcinella-Kostüm fest; schwarze Maske, rotes Halstuch, Tamburin in der Hand. Er hatte Erbrochenes auf seiner weißen Tunika.

„Was hat er angestellt?", fragte Valentina.

„Der Kerl kann kaum noch stehen", antwortete einer der jungen Beamten. „Muss sich ständig übergeben. Das Hotel hat ihn rausgeworfen."

„Verpassen Sie dem Trottel ein Bußgeld", sagte sie. „Nehmen Sie ihn mit zum Geldautomaten und heben Sie die entsprechende Summe ab. Dann setzen Sie ihn in einen Bus, der ihn aus Venedig bringt. Und warnen Sie ihn. Falls er zurückkommt, muss er mir persönlich Rede und Antwort stehen." Die Carabinieri salutierten. „Und machen Sie nicht so einen Krach. Ich habe zu tun."

„*Capitano!*"

Sie zerrten ihren Gefangenen den Flur entlang.

„*Carnevale*", brummelte sie und ging zurück an ihren Platz. „Als wäre das nicht schlimm genug. Und nun hab ich auch noch Ihren englischen Mordfall am Hals."

„Meiner ist es eigentlich nicht, oder?", antwortete ich mit einem, so hoffte ich, Ausdruck der Verärgerung.

„Wessen dann? Hauptmann hat also Ihre Einladung nicht angenommen?"

„Nein. Er glaubt offenbar, Venedig schon zu kennen."

„Niemand kennt ganz Venedig. Nicht mal diejenigen von uns, die hier geboren sind. *Non basta una vita.* Dazu reicht ein Leben nicht aus. Und die anderen?"

Langsam wurde es lästig.

„Ich verstehe nicht, warum Sie mich mit all diesen Fragen löchern. Wäre es nicht sinnvoller, sie Godolphins Gästen zu stellen?"

Sie tippte etwas auf ihrer Tastatur und drehte wieder den Computerbildschirm zu mir. Darauf waren sechs Screenshots von Videoaufnahmen zu sehen: Felicity, Caroline Fitzroy, Bernard Hauptmann, George Bourne, Patricia Buckley und Jolyon Godolphin, Marmadukes Sohn.

„Sie wurden alle verhört. Mehrfach. Vergeblich. Wir haben ihre Aussagen. Ich habe keinen Grund, auch nur einer davon Glauben zu schenken. Ein guter Polizist überprüft eine Geschichte immer anhand einer anderen. Jetzt fahren Sie mit Ihrer fort. Nur die relevanten Teile bitte. Wir haben nur einen Tag, vergessen Sie das nicht."

Ich musste grinsen. Sie sah mich verwundert an.

„Habe ich etwas Lustiges gesagt?"

„Woher soll ich denn wissen, was für die Lösung des Falles relevant ist? Und woher wissen Sie das eigentlich?"

Sie wiegte den Kopf, begleitet von einem kurzen Stirnrunzeln. Noch so eine italienische Geste, die ich hier kennengelernt hatte … *Da ist was dran.*

„Ich sehe Ihr kostenloses Abendessen etwas in die Ferne rücken, Arnold Clover. Aber fahren Sie fort. Erzählen Sie mir von der Inszenierung unseres Toten."

* * *

ES WAR FAST SCHON DUNKEL, ein kalter Winterabend senkte sich über die Stadt. Godolphin war bereit, seine große Ankündigung zu machen. Neben ihm stand, immer noch nervös, Patricia Buckley und fröstelte in ihrem dicken Mantel. Sie hielt ein Plakat in den Händen, dessen Rückseite uns zugekehrt war. Felicity beobachtete das Ganze mit Hauptmann an ihrer Seite vom Rand des Geschehens. Caroline Fitzroy hatte angefangen, sich mit Luca zu unterhalten. Bourne stand an der Bar. Dann trat eine weitere Gestalt aus dem Hotel. Ein junger Mann, der ziemlich verärgert wirkte, schritt auf die kleine Gruppe zu. Jolyon Godolphin, ich kannte ihn aus dem Fernsehen. Er hatte weniger Haare als sein Vater, der über vierzig Jahre älter war als er; weniger Ausstrahlung auch. Auf dem Bildschirm wirkte er nie besonders selbstsicher. Vetternwirtschaft war, wie es schien, keine gute Methode, um Fernsehrollen zu besetzen.

Wir warteten, jeder sein Glas in der Hand, in der Kälte. Godolphin schien die eisige Temperatur gar nicht zu registrieren. Das gehörte zur Show: Ein Weltenbummler war an solche Widrigkeiten gewöhnt.

„Ich habe euch alle aus einem bestimmten Grund hier versammelt", erklärte er mit einer ausladenden Handbewegung und derselben dröhnenden Stimme, die er auch bei seinen TV-Auftritten einsetzte.

„Aus einem Grund?!", rief Bourne. „Was für eine Enttäuschung. Ich dachte, du würdest dich endlich mit einer großzügigen Einladung bei uns revanchieren."

Der Mann aus dem Verlagswesen wirkte sichtlich wackelig auf den Beinen. Niemand lachte. Godolphin bedachte ihn mit einem kalten, herablassenden Blick, bevor er mit großer Geste in seiner schallend lauten Aristokratenstimme „Die Blut-*passeggiata!*" donnerte. „Das ist es, was ich euch heute Abend präsentieren möchte. Die Eröffnungs-episode eines Vergnügens, dessen Ende wir erleben werden, sobald unsere Archivare …", zu meiner Überraschung deutete er zuerst auf Luca und dann mit einem kurzen Wink in meine Richtung, „ihre Ar-beit erledigt haben."

Er gab der jungen Frau neben sich ein Handzeichen, woraufhin sie kaum merklich nickte und das Plakat umdrehte. Es zeigte einen Ent-wurf für das Titelbild seiner neuen TV-Serie: Godolphin mit Gondo-liere-Hut vor einer dunklen Gasse, schräg dahinter ein bärtiger Mann mit blutverschmiertem Hals, der verletzt auf einer Brücke zusammen-gesunken war; und ein maskierter Angreifer, der dem Mann einen Dolch in die Brust stieß. Darüber in markanter Schrift der Titel. Selt-samerweise wurde nirgends die BBC genannt, nur der Name dieses neuen amerikanischen Senders war aufgeführt.

„Die Blut-*passeggiata* wird mein bisher ambitioniertestes, welterschüt-terndstes Projekt."

Bourne verschluckte sich fast an etwas, das aussah wie sein nächs-ter Negroni. „Welterschütternd?!", rief er. „Wir reden hier von Ge-schichte, mein Lieber. Noch dazu fürs gemeine Volk aufgepeppt. Außerdem solltest du keine fremdsprachigen Wörter im Titel benutzen, Dukey. Der englische Pöbel wird keine Ahnung haben, wovon du sprichst."

„Caroline." Godolphin ignorierte ihn und erhob stattdessen das Glas auf seine frühere Schülerin. Die daraufhin ihres, ohne zu lächeln, ebenfalls erhob. „Bernard. Was ich enthüllen werde, wird dich sicher schockieren. Es wird die ganze Welt schockieren, sobald es erst publik ist. Reputationen …", er blickte lächelnd in die Runde, „werden neu formiert werden. Die von Lebenden als auch die von berühmten Alt-vorderen."

Felicity, ein frisch aufgefülltes Glas Wein in der Hand, trat vor. „Himmelherrgott, Duke. Du bist nicht auf Sendung. Sag, was du zu sagen hast, und dann lass uns von der Leine. Einige von uns haben einen Tisch fürs Abendessen reserviert."

„Alles zu seiner Zeit, meine Liebe", antwortete unser Starhistoriker mit einem Nicken. „Zuerst müssen wir uns auf die Spuren eines Mordes begeben."

LUCA UND ICH AHNTEN, was Godolphin an dem Abend vorhatte, dass er es aber dermaßen theatralisch gestalten würde, hätten wir nicht erwartet. Es war der alte Reiseführertrick. Auf den Spuren der historischen Niedertracht wandeln, in diesem Fall der Ermordung Lorenzino de' Medicis beziehungsweise Lorenzaccios, je nach Sichtweise.

Als Archivar bin ich mir der Tatsache bewusst, dass ein Großteil unserer Geschichtskenntnis aus dritter Hand stammt. Es kam selten vor, dass Zeitgenossen, die die Ereignisse beobachtet, geschweige denn daran teilgenommen hatten, ihre Erlebnisse zu Papier brachten. Vieles von dem, was wir für historische Aufzeichnungen halten, wurde aufgrund von Zeugenberichten und Vermutungen oft Jahre nach den betreffenden Geschehnissen rekonstruiert. Informationen aus erster Hand, die Worte und Gedankengänge der Protagonisten selbst, sind leider selten.

Was die beiden Morde betrifft, die im Mittelpunkt der Geschichte stehen, um die es in diesem Fall ging, besitzen wir jedoch zwei außergewöhnliche Dokumente, die jeweils von derselben Hand verfasst wurden, die die blutige Klinge schwang. Zu Lorenzinos schriftlicher Rechtfertigung, nachdem er seinen Cousin im Halbschlaf ermordet hatte, sollten wir später noch kommen. Zunächst konzentrierte Godolphin sich ganz auf den bemerkenswerten Bericht eines gewissen Francesco Bibboni, dem Auftragsmörder, der den unglückseligen Flüchtigen nur einen kurzen Spaziergang vom Garten des Hotels Valier entfernt erstochen hatte, an dem wir unseren Rundgang an diesem dunklen, kalten Februarabend begannen. Bibboni, der im Alter von achtzig Jahren sanft in seinem eigenen Bett entschlief, hatte jede Einzelheit aufgeschrieben, angefangen bei seinen Mordtaten, bevor er, einen flüchtigen

Medici im Visier, nach Venedig kam, bis zu seinem knappen Entkommen nach der Tat selbst.

Auf dem Weg vom Hotel in die verschwiegenen Gassen, die nach Rialto führten, gab Godolphin uns dessen nüchterne und reuelose Nacherzählung seiner Suche zum Besten, die damit endete, dass er Lorenzino de' Medici schließlich aufspürte und tötete. Lorenzino, der wusste, dass man ihm auf den Fersen war, hatte sich vier Jahre lang bei Freunden in Venedig verborgen, einer Stadt, die politisch und wirtschaftlich mit Florenz rivalisierte, und war für die Medici-Verehrer in der späteren Geschichtsschreibung nichts weiter gewesen als ein mordgieriger Verbrecher, der von Feinden versteckt wurde.

Godolphin marschierte im TV-Modus voran und steigerte sich zunehmend in seinen großspurigen Vortrag hinein, während er mit theatralischer Inbrunst seine Geschichte erzählte. Bibboni war bei seinem Auftrag offenbar sehr gewissenhaft vorgegangen und hatte wochenlang auf den richtigen Augenblick gewartet, um zuzuschlagen. Er wollte den gesuchten Medici umbringen und dann so schnell wie möglich die Flucht vor den rachgierigen Venezianern ergreifen.

Zwei Mal, erklärte Godolphin, hätten er und sein Komplize die Gelegenheit gehabt, Lorenzino zu töten, sich aber jedes Mal aus praktischen Gründen zurückgehalten. Einmal während des *Carnevale*, am 3. Februar 1548, als der todgeweihte Lorenzino sich, als Zigeunerin verkleidet, einigen Reitern anschloss, die auf einem der *campi* ein Turnier bestritten; eine Veranstaltung, die Bibboni zu öffentlich schien. Ein zweites Mal begegneten sie ihrem potenziellen Opfer, als es auf dem Weg zu einer romantischen Verabredung war, mussten jedoch feststellen, dass sie nicht die richtigen Waffen dabeihatten.

All das berichtete Godolphin in typischer Fernsehhistoriker-Manier, während wir ihm durch die gespenstisch dunklen Gassen Richtung Rialto folgten. Schließlich weitete sich der Weg, und ich erkannte linker Hand den Eingang der Kirche von San Polo. Wir näherten uns dem gleichnamigen Campo, auf dem sich zahlreiche Karnevalsbesucher tummelten, viele historisch kostümiert. Es hatte den Anschein, als wäre das 16. Jahrhundert zurückgekehrt.

„Wir schreiben den 26. Februar 1548, den zweiten Fastensonntag", erklärte unser Führer. „Stellt es euch vor."

Während ich in Valentina Fabbris Büro saß und an jenen Abend zurückdachte, musste ich unwillkürlich schaudern. Auch in diesem Jahr war der 26. Februar ein Sonntag gewesen. Ein paar Tage darauf sollte Godolphin tot sein.

Timing. Das beherrschte er bis zum Schluss.

Kurz hinter der Kirche, an der Stelle, wo sich der Campo zu einem großen, jahrhundertealten Platz ausdehnte, blieben wir stehen.

Godolphin deutete auf das illustre Treiben und die kostümierten Gestalten, die dort zwischen der bunten Beleuchtung umherschlenderten und hier und da im Halbdunkel verschwanden. „Möge die Blut-*passeggiata* beginnen."

DER CAMPO SAN POLO GEHÖRT zu den größeren Plätzen der Stadt, den Venezianer und Touristen auf ihrem Weg zwischen Rialto, der Frarikirche und der Accademia passieren. Einen solchen Trubel wie jetzt an *Carnevale* hatte ich hier allerdings noch nie erlebt. Zwischen den Bäumen und an den Wänden der größeren Häuser hingen Lichterketten. Eine gut genutzte Eislaufbahn nahm den Großteil des hinteren Bereichs ein. Um sie herum boten etliche Verkaufsstände Getränke, warmes Essen, *salumi* und Käse an. Kleine Hündchen sausten kläffend zwischen unzähligen Beinen hindurch, verfolgt von ausgelassen lachenden Kindern, die an diesem Abend ihren Spaß hatten.

Vor einer Bar unweit eines dunklen *sotoportego*, der Richtung Rialtobrücke führte, ließ Godolphin uns stehen bleiben. Das Lokal war brechend voll, sämtliche Tische davor waren besetzt, fast jeder der Anwesenden trug ein Kostüm. George Bourne war der Einzige aus der Gruppe, der zur Theke drängte, um sich einen Drink zu holen. Mir war in meinem dicken Dufflecoat, der Jeans und der Wollmütze, die ich in einem Billigladen in der Via Garibaldi gekauft hatte, immer noch kalt. Und dass Luca mich ansah, als wollte er sagen: Auf was haben wir uns da bloß eingelassen?, war angesichts meiner unguten Vorahnung auch nicht gerade stimmungshebend.

Der Vortrag – oder vielmehr die geplante Fernsehepisode in Testversion – ging weiter. „Vor fast fünfhundert Jahren", erklärte Godolphin, „war dieses Café eine Schusterei, die Bibboni, ein Attentäter, der stets alles gut durchdachte, in den Wochen vor dem Mord mehrmals aufsuchte. Er hatte seinen Grund. In dem hohen Gebäude zu unserer Rechten wohnte nämlich Lorenzino, der sich dort, noch immer auf der Hut, zusammen mit einem Leibwächter eingemietet hatte. Bei ihnen ein weiterer Mann, der vor der florentinischen Justiz auf der Flucht war, der Rebell Alessandro Soderini. Von der Schusterwerkstatt aus hatte Bibboni einen guten Blick auf das Wohnhaus seiner Zielperson und konnte sich ein Bild davon machen, wann er kam und ging.

Er fürchtete vielleicht um sein Leben, aber Lorenzino, eine Künstlernatur, wusste, was er wollte, und war kein Mönch. Er unterhielt eine Affäre mit Elena Barozzi, einer bekannten venezianischen Schönheit und verheirateten Frau, die ein Mädchen zur Welt brachte, das angeblich von ihm und nicht von ihrem Mann stammte. Zudem hatte er enge Freundschaft mit Giovanni della Casa geschlossen, dem päpstlichen Nuntius vor Ort und einem Dichterkollegen, ein nützlicher Verbündeter bei dem Bemühen, seinen Verfolgern stets einen Schritt voraus zu sein. Doch in einer Stadt wie Venedig kann sich niemand auf Dauer verbergen. Seht her."

Wir folgten mit den Blicken seinem ausgestreckten Arm und sahen zum ersten Stock eines Hauses mit Aussicht auf die Verkaufsstände hinauf. Hinter einem der Fenster stand eine Puppe: ein Mann in historischem Kostüm mit Dreispitz auf dem Kopf. Mich fröstelte noch mehr. Unser Gastgeber hatte ein Talent dafür, die Spannung zu steigern.

„Während sich Bibboni an jenem kalten Februartag hier, wo wir jetzt stehen, im Halbdunkel verbarg, sah er Lorenzino an genau dieses Fenster treten und sich die nassen Haare trocknen. Er wollte ausgehen. Zweifellos, um seiner Geliebten, Elena Barozzi, einen Besuch abzustatten. Der Mutter seines Kindes, einer Tochter, die er abgöttisch liebte, und –"

„Herrgott noch mal!", rief Hauptmann. „Du verkaufst uns jedes Wort, das Bibboni schreibt, als sei's das Evangelium. Wieso? Der Kerl war ein bekannter Lügner, ein Verbrecher, der quer durch Italien gezogen ist und für jeden gemordet hat, der ihn dafür bezahlte. Zu feige, um ein guter Soldat zu sein. Gerade mal für einen drittklassigen Auftragsmörder hat's gereicht, der im Dunkeln seinen Dolch schwingt. Nichts weiter als ein niederträchtiges Scheusal …"

Plötzlich erhob sich ein Mann von einem der Tische, auffällig groß, bestimmt 1,90 Meter, und ganz in Schwarz gekleidet. Er hatte eine Narbe auf der Wange, ob echt oder falsch, konnte ich nicht richtig erkennen. Langsam und bedrohlich zog er ein langklingiges Stilett aus dem rechten Ärmel, marschierte zu Hauptmann, schob sich dem verdutzten Amerikaner dicht ans Gesicht und hielt ihm die scharfe Schneide an die Wange. „Ich bin Francesco Bibboni, du mickriger Wurm", zischte er in derbem Englisch mit starkem Akzent. „Wenn du mich noch mal beleidigst, schneid ich dir, ohne mit der Wimper zu zucken, den Hals durch."

Es folgte diese seltsam angespannte Stille, die oft einer Gewalttat vorausgeht. Durchbrochen nur vom Schrammen eines metallenen Tischbeins auf dem alten Pflaster. Ganz in der Nähe stand noch jemand auf. Ein kleinerer Bursche, etwas stämmiger, ebenfalls mit Narbe im Gesicht. Er trug eine alte abgewetzte Soldatenuniform, die mit Gott weiß was befleckt war. Sein hässliches Gesicht zierte ein spärlicher Bart, um den Hals hatte er ein schmutziges Tuch und auf dem Kopf einen Hut, dessen Ränder nach oben geklappt waren, wie bei dem des Kerls, der Hauptmann noch immer sein Messer an die Wange presste.

„Ich bin bei der Arbeit. Stör mich nicht, Bebo!", blaffte der, der sich Bibboni nannte. Keiner von uns rührte sich. Godolphin beobachtete das Ganze höchst amüsiert.

„Drauf geschissen, Kumpel!", rief der Neuankömmling. „Was vergeudest du deine Zeit mit diesem Schwachkopf?" Er hob die Faust in Richtung der dunklen Schatten, die von der Karnevalsbeleuchtung nicht erhellt wurden. „Wir haben Besseres zu tun, als diesen Jammerlappen ins Jenseits zu befördern. Sieh mal da oben. Der Knabe takelt sich auf. Dieses Mal erwischen wir ihn."

Sämtliche Köpfe wandten sich um, jeder wollte sehen, wohin er zeigte. Die Puppe am Fenster im ersten Stock war verschwunden. An ihrer Stelle stand jetzt ein Mann dort, groß, bärtig, gut aussehend. Ohne Hemd, sodass man seinen blassen, muskulösen Oberkörper sah. Er hatte ein Handtuch um den Hals hängen und fuhr sich mit den Fingern durch die nassen Haare, während er nervös den belebten Campo überflog, als wäre er besorgt, was er dort vielleicht entdecken könnte.

Nur ein Schauspieler. Und das Ganze war Theater, nicht die Wirklichkeit. Trotzdem muss ich zugeben, dass mir ein eiskalter Schauer über den Rücken lief. Und damit war ich sicher nicht allein.

Bibboni ließ von Hauptmann ab. „Du weißt, was jetzt kommt", sagte er zu seinem Komplizen. „Wir haben es oft genug durchgespielt. Du machst dich auf den Weg und tust so, als wärst du fromm. Der Mistkerl muss an der Kirche vorbei, wenn er zu seinem Weibsbild will. Bebo vorweg, ich hinterher. Wenn du mich kommen siehst, dann ..." Er machte eine Geste, als würde er sich mit dem Dolch die Kehle durchschneiden.

Bebo stürmte auf den Platz und steuerte auf die Kirche zu. Bibboni fuchtelte noch ein letztes Mal mit seinem Stilett vor dem Amerikaner herum, gab ein boshaftes Lachen von sich und verschwand in der Menge.

Bernard Hauptmann warf Godolphin einen bitterbösen Blick zu. Falls der Mann überhaupt Notiz davon nahm, zeigte er es nicht.

Stattdessen ging er zu Bourne, nahm ihm das – ohnehin fast leere – Glas aus der Hand und stellte es auf den nächstbesten Tisch.

„Oh, eine Feuermuse, die hinan den hellsten Himmel der Erfindung stiege!", rief er mit seiner gewaltigen, ach so englischen, Stimme. „Ein Reich zur Bühne, Prinzen drauf zu spielen ... Warum eine Geschichte erzählen, wenn man sie auch zeigen kann?"

Er deutete auf seine Mörder, die in der Dunkelheit verschwanden. „Kommt. Das Spektakel hat begonnen."

* * *

BEBO HASTETE RICHTUNG KIRCHE. Die Tür des Gebäudes zu unserer Rechten ging auf und der Mann, den wir am Fenster gesehen hatten, trat heraus. Er trug eine Samtjacke im Stil der Renaissance und eine dunkle Hose. Ein rothaariger Bursche, einige Jahre älter und ganz ähnlich gekleidet, folgte ihm nach.

„Alessandro Soderini", erklärte Godolphin, der hinter uns stand. „Lorenzinos Onkel. Er hasste die Medici. Und wurde wiederum von ihnen gehasst."

Auf sein Geheiß folgten wir den beiden todgeweihten Männern langsam, die laut Bibbonis späterem Geständnis hintereinander her stolzierten wie zwei dunkle Kraniche. Die Attentäter waren nirgends zu sehen.

Luca stupste mich an den Ellbogen. „Dein britischer Bekannter zieht wohl gern eine Show ab?"

„Allerdings."

„Warum?"

Mein Freund hatte eine Vorliebe für unbeantwortbare Fragen. „Weil er im Showgeschäft tätig ist, nehme ich an."

Die Kirche von San Polo besitzt äußerlich nicht viel Bewundernswertes und wirkt aus manchen Blickwinkeln gar nicht wie ein Gotteshaus. Im Inneren befinden sich allerdings Gemälde von Veronese, Tintoretto, den Tiepolos und eine äußerst eindrucksvolle hölzerne Decke über dem Hauptschiff. „Bedeutungslos", hatte einst Ruskin mit einem Naserümpfen erklärt, obwohl man sie wohl überall auf der Welt für grandios halten würde. Trotzdem laufen die meisten Touristen geradewegs an San Paolo Apostolo vorbei zur spektakuläreren Pracht der Frarikirche. Nicht so jedoch unser auferstandener Lorenzino und sein Onkel. Sie verschwanden hinter dem seitlich gelegenen Eingangsportal. Und ich musste mir wieder in Erinnerung rufen: *Storia* ist zugleich Geschichte und Fiktion. In Bibbonis schillernder Nacherzählung des Mordes, die ich in voller Länge in Hauptmanns Buch gelesen hatte, versteckte sich Bebo, der Gehilfe des Mörders, in einer zweiten Tür des Kirchengebäudes, um seinem Komplizen ein Zeichen zu geben, sobald ihr Opfer wieder auftauchen würde. Doch falls es eine zweite Tür gab, konnte ich sie nirgends entdecken. Möglicherweise war die Kirche umgebaut worden. Oder aber Bibbonis Bericht war nicht so präzise, wie es den Anschein hatte. Der Punkt, auf den Hauptmann – vergeblich – hatte hinweisen wollen.

Nicht weit von den Kirchenmauern entfernt ließ Godolphin uns anhalten. Dann begann er, eine Geschichte zu wiederholen, die ich inzwischen sehr gut kannte. Sie handelte von den Hintergründen der Morde, deren Zeugen wir werden sollten, von der Ermordung Alessandro de' Medicis in Florenz elf Jahre zuvor und von der Zeit, in der Lorenzino auf der Flucht gewesen war und nur durch die Gunst von Feinden der Medici überlebte. Zeit, die er damit zubrachte, kitschige Gedichte und eine lange, selbstgefällige, zuweilen widersprüchliche Rechtfertigung für sein Verbrechen zu schreiben, indem er behauptete, es sei ein legitimer Mord an einem grausamen Tyrannen gewesen, an einem Feind der republikanischen Demokratie, die Florenz werden würde, wenn die Medici-Clique es nur zuließe.

„Er rattert das runter, als wäre alles anerkannte Tatsache", flüsterte Luca mir ins Ohr.

„Ich glaube, er will darauf hinaus, dass es das nicht ist, und wir sollen es bestätigen."

Er zupfte mich am Ärmel. „Das ist der seltsamste Job, den ich je angenommen habe, Arnold. Wo sind denn unsere Mörder inzwischen?"

Hätten wir das Jahr 1548 geschrieben, hätten die beiden weiter gedacht als nur an die schnelle Durchführung der tödlichen Tat und wie sie daraufhin mit dem Leben davonkämen. Denn das Bemerkenswerteste an Bibbonis Bericht war für mich nicht der Mord selbst, von dem so nüchtern und sachlich erzählt wird, als wäre das Töten von Menschen auf offener Straße eine Alltäglichkeit. Viel außergewöhnlicher war, was danach kam. Als gesuchte Mörder erwartete sie die Folter in den geheimen Räumen des Dogenpalastes, gefolgt von einem grausamen Tod zwischen den beiden Säulen am Ufer vor der Piazza San Marco. Angespornt durch die Belohnung, die man mit Sicherheit auf ihre Köpfe aussetzen würde, würde jeder einzelne Bewohner Venedigs – Florenz dazumal nicht gerade zugeneigt – versuchen, sie aufzuspüren.

Nur wenige Minuten nachdem er Lorenzino niedergestreckt hatte, waren Bibboni und sein Komplize schon vor zwanzig Stadtwachen auf der Flucht. Die beiden Attentäter rannten zur Kirche Spirito Santo an den Zattere und versteckten sich im Hauptschiff, während die bewaffneten Verfolger die umliegenden Gassen und die Uferpromenade nach ihnen absuchten. Als das Netz sich langsam zuzog, stürmten sie zur Punta della Dogana und sprangen für die kurze Überfahrt zur Ponte della Paglia, wo sich heutzutage immer jede Menge Touristen drängten, in eine Gondel. Danach fanden sie Unterschlupf bei einem alten Bekannten Bibbonis, dem er erklärte, das Blut auf seinen Kleidern stamme von einer Schlägerei. Schließlich wurden die Mörder vom spanischen Botschafter unter die Fittiche genommen, einem Verbündeten Cosimo de' Medicis, der die beiden aus Venedig hinaus und quer durch Italien schleuste, um sie schlussendlich in Sicherheit und in den Besitz des fetten Geldbeutels eines dankbaren florentinischen Herzogs zu bringen. Dass sie entkommen konnten, schien wie ein Wunder und war nur durch perfekte Planung und das stillschweigende Einverständnis anderer möglich gewesen, die Macht und Mittel besaßen. Francesco Bibboni war nur der Dolch schwingende Handlanger am Ende einer langen Kette komplexer Verbindungen von wer weiß woher bis zu einer Blutlache auf den Pflastersteinen der Ponte San Tomà.

„Seht mal da", forderte Godolphin uns auf. „Neben den Imbissständen."

Dort standen sie, Bibboni und Bebo, die Hüte tief ins Gesicht gezogen, zwei ganz normale Burschen auf Karnevalstour, zumindest schien es so, obwohl beide das Kirchenportal von San Polo beobachteten wie hungrige Habichte.

All das war natürlich einstudiert, zeitlich genau abgestimmt, wie die verkürzte Aufführung eines Freilichttheaters. Ich sah, wie Godolphin sein Handy nahm und aufs Display tippte. Bibboni sagte etwas zu seinem Kameraden, worauf Bebo in der Gasse verschwand, die zur Frarikirche führte. Einer ging vorweg, der andere ihm nach. Genau wie es 1548 gewesen sein musste. Kaum waren sie fort, tat sich vor der Kirche am Campo San Polo etwas. Lorenzino und Alessandro Soderini – Angehöriger einer reichen republikanischen Familie, die teils unter Androhung der Todesstrafe von aufeinanderfolgenden Medici-Herzögen aus Florenz verbannt wurde – erschienen und blickten nach rechts und links. Dann entfernten sie sich in die Richtung, aus der wir gekommen waren. Bibboni und Bebo tauchten wieder aus der dunklen Gasse auf und folgten ihnen. Genauso wie, mit einigem Abstand, auch wir.

WIR LIEFEN ZURÜCK zur Ponte San Tomà. Aus einem offensichtlichen Grund – dies war der Ort, an dem Bibboni und sein Komplize Bebo da Volterra in jener fernen Nacht Lorenzino de' Medici niederstachen. Obwohl ich nicht umhinkonnte, mich daran zu erinnern, dass Godolphin bei seiner Karriere nie aufs Offensichtliche gebaut hatte. Er war ein Entlarver, ein Polemiker, ein Mann, der immer auf der Suche nach der nächsten Auseinandersetzung war, der vor keiner Konfrontation zurückscheute oder davor, wilde Theorien als wahre Tatsachen hinzustellen. Nichts bereitete ihm mehr Vergnügen, als sagen zu können: „Alles, was du bisher geglaubt hast, ist falsch ... aber ich kann dich gerne aufklären."

Während ich mich am Abend zuvor gefragt hatte, wohin Godolphin uns wohl führen würde, hatte ich einige meiner Bücher und eine Reihe von Onlinequellen durchforstet, nur die verlässlichen natürlich. Seitlich der Brücke steht ein hübscher ockerfarbener Palazzo, der heute als Casa Goldoni bekannt ist, das Haus des Komödiendichters und Librettisten Carlo Goldoni, der dort 1707 geboren wurde. Es ist eins der ältesten bedeutenden Gebäude der Gegend, das aus der Ferne wenig hermacht, jedoch einen schönen Anblick bietet, sobald man auf der kleinen Brücke steht und die gotischen Fensterbögen der drei Stockwerke, das eiserne Wassertor für Besucher und der einzelne typisch venezianische Trichterschornstein zu sehen sind. Gleich um die Ecke liegt der kleine, rechteckige Campo San Tomà mit seinen Restaurants und Geschäften und den permanenten Touristenströmen, die zur nahe gelegenen Vaporetto-Haltestelle steuern oder von dort kommen. Nur ein kurzer Spaziergang durch die engen Gassen, und man gelangte zur Frarikirche.

Heute beherbergt die Casa Goldoni ein kleines Museum, das dem berühmtesten Dramatiker der Stadt gewidmet ist und den Besucher in die magische Theaterwelt Venedigs im 18. Jahrhundert eintauchen lässt. Man kann dort ein zeitgenössisches Puppentheater bewundern, und um seine Verbindung zum venezianischen Schauspiel zu vergegenwärtigen, sind die Räume nach Szenen aus seinen berühmtesten Stücken eingerichtet. Ein dünnes Band, offen gesagt. Goldoni sollte später seine Heimatstadt verfluchen und verarmt in Versailles sterben; nach einer Fehde mit Carlo Gozzi, einem anderen venezianischen Theaterdichter, dessen Werk inzwischen ziemlich vergessen ist, außer als Inspiration für Puccinis *Turandot* und Prokofjewfs *Die Liebe zu den drei Orangen*. Aber ich schweife ab – verzeihen Sie mir.

Der ursprüngliche Name der Casa Goldoni war Ca' Centanni. Lorenzino kannte den Ort, denn anderthalb Jahrhunderte vor der Geburt des Dramatikers wohnten hier seine Geliebte Elena Barozzi und ihr betrogener Ehemann Antonio Zantani, ein überkandidelter Aristokrat, dessen Karriere als Musiker und Künstler nicht so verlief, wie er es sich wünschte. Elena dagegen war eine Frau von Rang und Namen in der Stadt, und eine legendäre Schönheit. Sie wurde von Tizian gemalt, und ihrem Äußeren, das angeblich dem einer klassischen Göttin glich, wurden Gedichte gewidmet. Kein Wunder also, dass Lorenzino, zeitlebens ein Frauenheld, in sie verliebt war. Obwohl es mich immer wieder erstaunte, dass sämtliche Berichte, die ich über seine Ermordung las – Hauptmanns eingeschlossen –, die Tatsache unerwähnt ließen, dass er praktisch auf ihrer Türschwelle starb.

Es war ratsam, jeder neuen Story – oder Erfindung –, die Marmaduke Godolphin über den Tod des flüchtigen Medici auf Lager hatte, mit einem gewissen Maß an Skepsis zu begegnen. Dennoch schien es mir offenkundig, dass alle Geschichten, die man uns bisher aufgetischt hatte, Lücken aufwiesen: Caroline Fitzroys, Bernard Hauptmanns und sogar – oder vor allem – die Erinnerungen des Mörders Francesco Bibboni.

Vom Eingang der Kirche von San Polo bis zur Brücke von San Tomà waren es ungefähr dreihundert Meter. Godolphins Mimen erstarrten vor uns im Licht der Straßenlaternen, Bebo hinter dem niedrigen kurzen Übergang über den *rio*, Lorenzino und Alessandro Soderini auf halber Höhe der Stufen, Bibboni ein paar Schritte von ihnen entfernt.

„Zweiter Akt", verkündete Godolphin, als wir stehen blieben, das Publikum für die Tragödie, die sich nun abspielen sollte. „Zeit für die Waffen."

Als Lorenzino und sein Onkel das hörten, wanderten ihre Hände an die Hüften. Sie hatten Scheiden an ihre Gürtel geschnallt, in denen Schwerter mit breiten Klingen steckten.

„Die Jäger und die Gejagten", erklärte unser Führer, „unterscheiden sich nach Stand, hoch beziehungsweise niedrig, und durch ihre Bewaffnung." Lorenzino und Alessandro zogen ihre Schwerter. „Ein gesuchter Mann muss seine Kampfbereitschaft klar und deutlich zeigen. Niemals ist er ohne seine Waffe unterwegs. In diesem Fall der *cinquedea*, einer Art Kurzschwert zur Selbstverteidigung. Als Adelige besaßen die Medici und die Soderini nur die allerbesten Fabrikate, hergestellt von der Waffenschmiedfamilie Missaglia in Mailand." Lorenzino schwang seine Waffe durch die kalte Nachtluft. „Ein kurzes Schwert? Ein langer

Dolch? Sucht es euch aus. Auf jeden Fall für den Kampf aus näherer Distanz gedacht. Du packst deinen Gegner, ringst ihn nieder, stößt ihm die Klinge in die Brust oder schneidest ihm die Kehle durch. Die Klinge ist breit und schwer und schneidet tief, dringt aber nur durch Stoff und Kleidung, nicht durch eine Rüstung. Keine Waffe für Soldaten also. Vielmehr geeignet für den Schutz vor den dunklen Gefahren der Straße, vor nächtlichen Straßenräubern und üblen Mordgesellen."

Bibboni trat vor und zog den Dolch aus seinem rechten Ärmel, den wir bereits gesehen hatten.

„Ein Stilett", fuhr Godolphin fort. „Der Unterschied könnte größer nicht sein. Unser Attentäter trägt zwar auch ein Messer am Gürtel – wie wohl fast jeder in diesen schlimmen Zeiten. Aber seine tödlichste Waffe wartet im Mantelärmel versteckt auf ihren Einsatz. Die Spitze so scharf wie eine Chirurgennadel, die Klinge im Querschnitt rautenförmig und nur mäßig geschärft. Mithilfe der todbringenden Spitze durchdringt der Dolch das Kettengeflecht einer Rüstung. Ein einziger tiefer Stich kann die Leber eines Mannes durchbohren, seine Eingeweide durchtrennen, ein tödliches Loch in sein schlagendes Herz reißen."

Ein Stilettschwung durch die Luft. Dann: „He, Soderini! Verschwinde, wenn dir dein Leben lieb ist. Wir haben's auf deinen Neffen abgesehen, nicht auf dich."

Wütende Rufe hallten von den Wänden der Casa Goldoni wider, entfernten sich den Kanal hinunter und versanken im grauen Wasser, das im Licht der Straßenlaternen schimmerte.

„Bibboni und sein Komplize besaßen teure Stichwaffen, die sich Leute wie sie eigentlich nicht leisten konnten", fuhr Godolphin fort. „Doppelschneidige gekehlte Klinge, aufwendige Verzierung am Knauf, drahtumwickelter Griff. Bebos Dolch hatten sie einem Adeligen gestohlen, den sie zuvor in Vicenza ermordet hatten. Bibbonis war jedoch der edlere …" Er hielt kurz inne. „Über dessen Herkunft berichte ich euch später. Um auf Nummer sicher zu gehen – doppelt genäht hält schließlich besser –, hatte er mit dicken Handschuhen an den Fingern getrocknetes Schlangengift auf der Klinge verteilt, ein Kniff, den er sich von Auftragsmördern in Rom abgeschaut hatte, die im Dienste der Borgias standen. Einige Tage darauf wird Alessandro Soderini qualvoll an dem Gift sterben, während er unaufhörlich aus seinen Wunden blutet und seinen Hass auf Cosimo Medici, Venedig und die ganze Welt hinausschreit."

Er trat einen Schritt zur Brücke. Die Schauspieler kannten jede ihrer Bewegungen. Sie kamen einander bedrohlich nah.

„Hier wird Lorenzino de' Medici, der elf Jahre auf der Flucht gewesen ist, sterben, nur wenige Meter von der Wohnung seiner Geliebten entfernt, wo er in Sicherheit gewesen wäre. In den Armen seiner Mutter, die bemerkenswert ungerührt erscheinen wird." Godolphin erhob den professoralen Zeigefinger. „Aber horcht genau auf seine letzten Worte, denn damit beginnt die eigentliche Geschichte."

Er wandte sich an die Schauspieler. „Avanti! Auf zum dritten Akt! Dem Höhepunkt des Ganzen."

ICH KONNTE KAUM HINSEHEN, obwohl die anderen anscheinend fasziniert waren. Gewalt, selbst wenn nur gespielt, verstört mich. Nicht nur wegen der Brutalität, die meistens angewandt wird, sondern wegen der Art und Weise, wie sie Aufmerksamkeit erregt, wie sie den Beobachter, entsetzt und angezogen zugleich, fesselt. Wir lieben sie, wir hassen sie. Wir haben Mühe, den Blick abzuwenden, und wenn wir es tun, drehen wir uns oftmals, die Hände vor den Augen, halb wieder um und spähen durch unsere zitternden Finger.

Zuerst ging Bibboni auf Soderini los, während er üble Beschimpfungen in italienischem Dialekt brüllte, die ich kaum verstand. Bebo versperrte den Weg von der Brücke und zwang Lorenzino mit vorgehaltener Waffe, dort oben auf sein Schicksal zu warten. Wutgebrüll war zu hören, und Schmerzensschreie, und als ich mich überwinden konnte, wieder richtig hinzuschauen, sah ich den, der Soderini mimte, Richtung Campo San Tomà davonhumpeln.

Lorenzino spielte die Hauptrolle in dieser Vorstellung, gleich nach Marmaduke Godolphin. Sein Schwert polterte über die steinernen Stufen, unerreichbar, nutzlos. Wir rückten näher, und Bibboni setzte an, einen möglichst überzeugenden Todesstoß mit dem langen Stilett auszuführen. Einen Stoß, der wie ein Stich in die Brust aussehen sollte, obwohl der Kerl den Dolch seinem Gegner eindeutig unter die Schulter schob. Dann ein Aufschrei, zu theatralisch, um real zu sein, und schon verschwand der Angreifer hinter seinem Komplizen in der Dunkelheit.

War der echte Lorenzino wirklich auf diese Weise zu Tode gekommen? Mit Sicherheit konnte das niemand von uns sagen. Fünf Jahrhunderte trennten uns von jener Nacht. Aber gestorben war er damals, und zwar genau an diesem Ort.

„Na ja, die Royal Shakespeare Company war das nicht gerade", stellte Bourne fest und blickte auf den röchelnden Mann, der sich verzweifelt ans Brückengeländer klammerte.

Da drängte sich eine Frau zwischen uns hindurch, die Mutter offenbar, Maria Soderini, die Schwester des tödlich verwundeten Alessandro, der inzwischen nicht mehr zu sehen war. Die ganz in Schwarz gekleidete, verschleierte Gestalt beugte sich über den Sterbenden. Die Tat war vollbracht. Der Jäger hatte seine Beute gestellt.

„Hört gut zu", flüsterte Godolphin und schob uns näher heran.

„*Mamma … mamma*", presste Lorenzino hustend hervor. „In dieser kalten dunklen Gasse sterb ich nun. Verzeih mir. Segne mich auf dem Weg in mein Grab …" Es wirkte wie dilettantisches Stegreiftheater, in halbwegs vernünftigem Englisch, eine amüsante kleine Szene, wie man sie vielleicht bei einer Touristenvorstellung erwartet hätte.

„Irgendwann erwischt's uns alle", sagte die Frau mit einem Schulterzucken und runzelte kurz die Stirn. „Bring's am besten hinter dich."

„Ein wenig Mitgefühl, bitte", antwortete Lorenzino mit pathetischem, an uns alle gerichtetem Blick. „Entzündet eine Kerze. Sprecht ein Gebet, meine Freunde. Ich bin noch so jung und von adeligem Stand. Ein Künstler und ein Patriot. Ich scheide dahin im Namen der Freiheit, und der Schuldige ist …"

Godolphin beugte sich über ihn und wartete. Das Ganze war kurz davor, in eine melodramatische Schmierenkomödie abzugleiten, und das, schien mir, war das Letzte, was er wollte.

„Diese Kreatur, die mich hierher gelotst hat …", schluchzte Lorenzino und wischte sich das falsche Blut von der Stirn. Die rote Flüssigkeit, die im schwachen Licht der Straßenlaterne kaum zu erkennen war, befleckte sein Gesicht.

„Wer denn?", fragte die Mutter. „Nenn seinen Namen."

„Derjenige, der mich vor elf Jahren diesen Weg hat einschlagen lassen. Mich anstiftete, den verrückten Alessandro zu töten. Der mir ein sicheres Geleit nach Venedig versprach, wenn ich mich bedeckt halten würde."

Die Mutter trat ihn ans Schienbein, was einen wütenden Schmerzensschrei hervorrief. „Stattdessen schwängerst du hier irgend 'ne Schlampe und machst mit deinem Onkel einen auf großer Zampano."

„Ein wenig Mitleid, *mamma*! Gib die Schuld dem gemeinen Schurken, der mich hergeschickt hat. Der den Mord an Alessandro geplant und mir das hier besorgt hat …" Er hob das prächtig verzierte Stilett vor sich auf. „Den Dolch, der nun mir selbst das Leben nimmt. So viel versprach mir dieser Schuft, und dann verriet er mich, um seine eigene Haut zu retten … Aaahhh."

Ekelhaftes Husten und Spucken folgte.

„Der Name?!", rief die Mutter, kurz bevor Godolphin einschritt und genau dasselbe verlangte. „Nenn uns seinen Namen!"

Plötzlich war Lorenzinos Hals auf wundersame Weise wieder frei. „Nein. So großartig ich auch sein mag, als Dichter und als Philosoph", erklärte er im Tonfall einer gut einstudierten Ansprache in aller Deutlichkeit, „er übertrifft mich noch. Trotz all seiner Schwächen, seiner Jünglinge, seiner Niedertracht. Ein Genie steht immer im Pakt mit dem Teufel. Ich fürchte mich, es auszusprechen, denn das Wissen darum könnte euch …" Wieder ein Hustenanfall. „Sein Andenken mit der Wahrheit zu beschmutzen, während ich aus diesem irdischen Leben scheide, auch wenn …"

„Spuck's schon aus", sagte *mamma* und verpasste ihm noch einen heftigen Fußtritt. „Du weißt, dass du es willst."

Der sterbende Mann wälzte sich auf den kalten Steinstufen näher zu ihr. „Wenn du darauf bestehst, liebe *mamma*. Buonarroti", sagte er. „Lodovico Buonarroti. Michelangelo, wie man diesen Verbrecher inzwischen nennt, der ein Leben in Ruhm und Luxus führt und sich im Glanz päpstlichen Mäzenatentums und der Bewunderung des Volkes sonnt. Er ist der gemeine Hund, der diese Mörder geschickt hat, um mich zum Schweigen zu bringen und um seine eigene erbärmliche Haut zu retten. Ich schwör's. Ich kann es beweisen, *mamma*. Such den Brief …"

Er griff sich an die Brust und schied, mit einem letzten Stöhnen und erstickten Husten, aus dem Leben.

Nicht lange allerdings. Sekunden später sprang der Mime fröhlich johlend auf, wischte sich das Kunstblut von der Stirn und verbeugte sich vor seinem Publikum. Ebenso die Mutter, und kurz darauf, gerade wieder zurückgekehrt, ihr Bruder Soderini; schließlich mit einem eleganten Dolchschwung, unsere beiden Attentäter.

Wir applaudierten, ob allerdings aus Verwunderung, Wertschätzung oder reiner Sprachlosigkeit, vermochte ich nicht zu sagen. Lorenzino reichte die Visitenkarten einer Theatertruppe herum, der Commedia dell'Arte Padovana. Dann kam Bibboni herüber und übergab Godolphin den Dolch, der Lorenzino vermeintlich getötet hatte.

„Eine schöne Waffe, Sir", sagte er und verbeugte sich noch einmal. „Ich bin behutsam damit umgegangen, um meinen Freund nicht wirklich zu verletzen."

„Ein fantastisches Stück, überaus kostbar", stimmte Godolphin ihm zu und verbarg den Dolch in seinem eigenen Ärmel. „Das Geschenk eines lieben Freundes. Wir sehen uns dann in ein paar Monaten. Für die Fernsehproduktion."

„Bei der BBC!", rief *mamma* begeistert.

Anschließend umringte uns die ganze Truppe, und alle hielten uns ihre Hüte hin. Ich warf ein paar Münzen hinein. Ebenso Felicity Godolphin. Die anderen ... das bekam ich nicht mehr mit. Mein Blick blieb auf Bernard Hauptmann hängen, der aussah, als würde er jeden Moment explodieren.

WIR SCHWIEGEN, BIS die Schauspieler in der Nacht verschwunden waren, zufrieden mit ihrer Arbeit und dem Geld, das Godolphin ihnen vermutlich zukommen lassen würde. Später auf dem Heimweg sah ich sie lachend und scherzend vor der kleinen Bar am Campo San Tomà sitzen, wo sie sich, nach dem, was ich verstehen konnte, über die Aufführung lustig machten. Michelangelo, der vielleicht größte Künstler, den die Menschheit kannte, ein Intrigant und Mörder? Wer in aller Welt sollte das glauben? Oder dass ausgerechnet die BBC eine so absurde Theorie verbreiten würde?

Doch große Kunst ging oft mit einem schwierigen, zuweilen gewalttätigen Charakter einher. Man brauchte sich nur Caravaggio anzuschauen. Oder den absonderlichen Benvenuto Cellini, der in dieser Geschichte auch eine Rolle spielte. Die Vorstellung, dass Genie und Wahnsinn dicht beieinanderliegen, und das in einer fast schon psychopathischen Distanz zu den Normalsterblichen, war weder neu noch selten.

Aber zurück zur Ponte San Tomà. Nachdem unsere Darsteller den Schauplatz verlassen hatten, blähte Godolphin die Brust, als wollte er etwas sagen. Hauptmann kam ihm allerdings zuvor. Mit einem dermaßen sarkastischen, langsamen Klatschen, wie ich es noch nie gehört hatte. „Für diesen Haufen Blödsinn hast du uns den ganzen Weg hierher geschleppt? Ich bitte dich. Michelangelo? Ist das dein Ernst?"

Godolphin seufzte, wie er es sicher all die Jahre getan hatte, wenn er von ihren studentischen Eingebungen enttäuscht gewesen war. „Ich bedaure, das sagen zu müssen, Bernard, aber deine Hirngespinste über Lorenzino werden leider in Kürze zerstört werden. Ebenso wie die der armen Caroline. Ich bezweifle jedoch, dass ihr euch große Sorgen machen müsst. Die Verkaufszahlen eurer Bücher sind sicher so unterirdisch, dass wohl niemand sein Geld zurückverlangen wird. In der akademischen Welt allerdings …" Er hüstelte in seine Faust und lächelte.

„Du meinst also, wir sind hier, um gedemütigt zu werden?", fragte Caroline Fitzroy.

„Ihr seid hier, um die Wahrheit zu erfahren."

Der Mann saß auf dem Brückengeländer, und ich fragte mich, ob er jemanden in Versuchung bringen wollte, ihn ins Wasser zu stoßen. „Das wollen wir doch alle, oder? Ein bisschen persönliche Schmach ist doch nichts gegen den Moment der Erleuchtung, in dem die Vergangenheit plötzlich klar und deutlich vor uns liegt. Und die Wahrheit ist, dass Michelangelo, ein Mann von republikanischer Gesinnung, wie wir alle wissen, eine Rolle bei Lorenzinos Mord an Alessandro de' Medici spielte. Später schloss unser Genie Frieden mit Cosimo, dessen Nachfolger, und mit dem Papst natürlich, und sorgte für den Untergang des Narren, den er ursprünglich mit der Tat beauftragt hatte. Er war ein Mann, der Prioritäten setzte. Sein Werk in der Sixtinischen

Kapelle musste fertiggestellt werden, *Das Jüngste Gericht*, genauer gesagt. Zu der Zeit, als unser flüchtiger Lorenzino sein Versteck in Venedig erreichte, war Michelangelo Baumeister des Petersdoms und damit beschäftigt, eine riesige Kuppel und vieles mehr zu entwerfen. Und er war Cosimo in Florenz noch immer etwas schuldig. Eine Wiedergutmachung dafür, dass er den Mord an seinem Vorgänger arrangiert hatte und –"

„Beweise!", rief Felicity. „Du kannst das alles nicht einfach so aus dem Hut zaubern, Duke. Eine solche These hat doch noch nie jemand aufgestellt, oder?"

„Nicht eine Sekunde", bekräftigte Hauptmann. „Diese Vorstellung ist einfach absurd."

Godolphin breitete grinsend die Arme aus, als wollte er sagen: Wirklich? „Ach, Bernard. Immer so prosaisch. Dir mangelt es an Fantasie. Niemand hätte sich je vorstellen können, dass ein König von England, der einst auf dem Schlachtfeld starb, unter einem Parkplatz in Leicester begraben sein könnte. Genauso abwegig war es, dass dieser König, Richard III., ein Buckliger war, wie Shakespeare ihn darstellte, bis man seine krummen Knochen fand. Die Welt ist voller Unmöglichkeiten, bis wir etwas ausgraben, was das Gegenteil beweist. Aber ich weiß ja, dass du ein ewiger Zweifler bist."

Er deutete lächelnd auf Luca und mich. „Ihr verlangt Beweise. Unsere beiden Freunde hier werden sie uns liefern." Damit glitt er vom eisernen Brückengeländer. „Kommt also bitte nicht auf die Idee, Venedig zu verlassen, bevor ihr diese Beweise selbst gesehen habt. Ich zahle schließlich für euren Aufenthalt, oder? Und wir haben einen wunderbaren Abend vor uns, in einem *ridotto*, mit Kostümen, Masken und Musik, um die endgültige Enthüllung zu feiern. Ach, übrigens …"

Wieder folgte ein typisches Element einstudierter Fernsehauftritte. Die spannungssteigernde Kunstpause vor einer Offenbarung.

„Nur dass du's weißt, Felicity. Diese Story ist viel zu heiß, um sie unseren heimischen Tranfunzeln und dem unterdimensionierten Etat der BBC zu überlassen. Ich verkaufe sie den Amerikanern, mithilfe von Patricia hier." Die junge Frau nickte sichtlich verlegen. „Sie wird das Projekt komplett übernehmen. Deine Dienste werden nicht mehr erforderlich sein. Genauso wenig wie deine, Jolyon. Ich habe noch nie etwas von Vetternwirtschaft gehalten, außerdem wird es sowieso langsam Zeit, dass ihr beide das gemütliche Nest verlasst." Er wandte sich an George Bourne. „Und was die Überantwortung eines Volltreffers dieser Größenordnung an einen mickrigen britischen Verleger mit mickrigen britischen Ambitionen betrifft –"

„Was zum Teufel soll ich denn jetzt tun, Dad?", brüllte Jolyon Godolphin.

Sein Vater wirkte erstaunt angesichts dieser Frage. „Was immer du willst. Es ist an der Zeit, deinen eigenen Weg zu gehen. Mach es wie ich. Fang noch mal ganz unten an."

Als hätte jemals ein Godolphin am selben Ausgangspunkt beginnen müssen wie unsereins.

„Du bist ein Schwindler", erklärte Hauptmann wutentbrannt. „Das warst du schon immer. Ein Wunder, dass du all die Jahre mit deinen verdammten Tricks durchgekommen bist. Mit deinen ganzen Lügen. Mit allem, was du von anderen übernommen hast, ohne sie auch nur einmal dankend zu erwähnen. Mit deinen Frauengeschichten."

„Frauengeschichten? Mir sind nie Beschwerden zu Ohren gekommen."

„Weil keine es gewagt hat!", brüllte sein Sohn. „Herrgott, ich …"

In dem Moment fiel mir wieder ein, was Felicity mir über die beiden erzählt hatte, und darüber, was zwischen ihnen vorgefallen war. Jetzt war sie rasch bei ihm und legte ihm beschwichtigend den Arm um die Schultern.

Plötzlich herrschte eine sonderbare Atmosphäre. Wie in einer Mischung aus Familienfehde und surrealem Theaterstück.

„Ich bin raus aus der Sache", sagte Hauptmann. „Morgen geht mein Flug."

Als er sich zum Gehen wandte, schritt Godolphin erstaunlich schnell über die Brücke und stellte sich ihm in den Weg, genau wie der falsche Bibboni es vorher bei Lorenzino getan hatte. Er zog den Dolch aus dem Ärmel, hielt ihn Hauptmann an die Kehle und drehte ihn mit einem Grinsen etwas, sodass die Klinge im Licht der Straßenlaterne glänzte. „Willst du mal einen Blick auf diese grandiose Handwerkskunst werfen? Ist er nicht wunderbar?", fragte er.

Auch ich sollte den Dolch kurz darauf aus der Nähe bewundern können. Godolphin konnte es nicht lassen, ihn reihum jedem von uns unter die Nase zu halten. So stolz war er auf das Stück. Die Waffe war in der Tat etwas Besonderes: kunstvolle Gravierungen, perfekte Proportionen, feine Muster und Ornamente, so filigran wie auf einem Schmuckstück. „Dieser Dolch gehört auch zur Geschichte, Bernard. Er wurde von Michelangelo selbst entworfen. Erinnerst du dich, was der große Meister antwortete, als jemand ihn fragte, wie er sich beim Anblick eines Marmorblocks vorstellen könne, ihn je in einen David zu verwandeln?"

„Sag du's mir."

„Das tue er nicht. Denn die Statue sei schon da, sie warte bereits im Inneren. Die Aufgabe eines Bildhauers ist dieselbe wie die eines wahren Historikers. Nicht, etwas zu erschaffen, sondern es zum Vorschein zu bringen. Du wirst nicht abreisen. Du willst sehen, was als Nächstes passiert. Ihr alle wollt das."

Godolphin schwenkte den Dolch hin und her, richtete ihn abwechselnd auf uns und auf Hauptmann und grinste, als hätte er gerade den allergrößten Sieg errungen.

Ich habe immer noch Mühe, dieses Bild aus meiner Erinnerung zu tilgen. Wie der todgeweihte Mann sein kostbares Stilett schwang, dessen Spitze wie ein magischer Lichtpunkt im gelben Schein der eisernen Straßenlaterne funkelte. Schon kurze Zeit später sollte sie auf das zielen, was als sein Herz durchgehen konnte.

NACH EINER SOLCHEN OFFENBARUNG erwarteten Luca und ich eine Besprechung oder zumindest eine Erklärung, bevor wir uns an unsere Aufgabe machen würden. Die anscheinend darin bestand zu beweisen, dass eine der berühmtesten historischen Persönlichkeiten, ohne dass jahrhundertelang irgendwer davon wusste, an zwei niederträchtigen Morden beteiligt gewesen war. Stattdessen verabschiedete er sich einfach in die gut gefüllte Bar des Hotels Valier – die inzwischen von einer Hochzeitsgesellschaft in Beschlag genommen worden war, was dem Ort ein fröhlicheres Ambiente verlieh, als sonst dort herrschte – und teilte uns mit, dass wir ausführlicher sprechen würden, sobald die

Sendung, die er als „Nachlass Wolff" bezeichnete, am folgenden Montag im Staatsarchiv eintreffen würde.

Luca schien etwas eingeschüchtert von diesem Mann, doch ich war entschlossen, mich nicht verunsichern zu lassen.

„Sie werden sich aus Cambridge nicht an mich erinnern", sagte ich zum x-ten Mal an diesem Tag.

„Richtig, Clover. Ich erinnere mich nicht. Aber Grigor Wolff versicherte mir, dass Sie Ihren Job gut machen. Mehr muss ich nicht wissen."

„Nie von ihm gehört."

„Das macht nichts", antwortete er und zuckte mit den Schultern. „Er hatte von Ihnen gehört. Montagmorgen. Dann erfahren Sie weitere Einzelheiten." Er zog lächelnd wieder sein Stilett aus dem Ärmel. Mir fiel auf, dass er dort eine Art Scheide hatte. Als wollte er das Ding aus irgendeinem Grund stets griffbereit haben. „Alles, was Sie beide tun müssen, ist, den Originalentwurf hiervon zu finden. Samt dem dazugehörigen Brief. Und ein späteres Schreiben, das verfasst wurde, als der Mann die Seiten wechselte. Beides in der Handschrift Michelangelos persönlich."

Luca wagte sich vor. „Aber wie können Sie so sicher sein, dass diese Schriftstücke sich in dem Nachlass befinden?"

Wieder dieses Lächeln, und ein Schwung mit dem Dolch, als wäre das ein Beweis.

„Ich bin mir sicher. Das ist alles, was Sie wissen müssen."

* * *

IN VENEDIG IST DIE DUNKELHEIT anders als überall sonst auf der Welt. Eine endlose schwarze Leere, die einem vorkommt, als könnte sie einen verschlingen. Eisige Feuchtigkeit legte sich über die Stadt, und das Pflaster war so glatt, dass Arbeiter Sand und Salz auf die Brücken streuten, damit niemand ausrutschte. Wenn man in einer Nacht wie dieser ins Wasser fiele … Ich wagte gar nicht, darüber nachzudenken.

Luca verkündete, dass er zu Fuß hinüber zu den Zattere gehen würde, um von dort das Nachtboot zum Lido zu nehmen. Die Linie 1 war näher, aber langsamer und sicher voller Karnevalsbesucher.

Wir liefen über den Campo San Tomà Richtung Frarikirche, dann im Schatten der berühmten Basilika weiter. Auf dem Platz davor hatte wohl ein Imbissstand gestanden. Auf dem Boden lagen überall Abfälle, und in der Nähe lehnten ein paar betrunkene Engländer an der Mauer und vertilgten lautstark grölend Mitnehmpizza.

An der Ecke der Calle San Pantalon, vor der Pasticceria Tonolo, trennten wir uns gewöhnlich. Die Wohnung, die Eleanor für uns ausgesucht hatte, lag ganz in der Nähe. Mein Freund würde seinen Weg über den Campo Santa Margherita und den Campo Barnaba bis zum Giudecca-Kanal fortsetzen. Das war auch einer meiner Lieblingsspaziergänge durch Dorsoduro und zu einem anderen Zeitpunkt hätte ich ihn vielleicht zur Vaporetto-Haltestelle begleitet. Doch irgendetwas an diesem Abend hatte uns beiden zugesetzt, und zwar nicht nur das eingebildete Gehabe Marmaduke Godolphins. Diese seltsame Mission machte mir irgendwie Bauchweh. Die von Groll und Missgunst geprägte Atmosphäre, die sich hinter dem äußeren Schein verbarg, den die Beteiligten sich gaben, konnte niemandem entgehen. Es war, als lauerte etwas Böses gerade außerhalb unserer Reichweite und als sollten wir diejenigen sein, die es ans Licht holten.

Luca blieb stehen und sah bei Tonolo ins Schaufenster. Am nächsten Morgen würden die Regale mit köstlichen Torten und Schokoladenkreationen gefüllt sein. Die Leute standen hier sonntags ewig Schlange, um Leckereien für sich und ihre Familien zu kaufen.

„Was hast du mir da nur eingebrockt, Arnold Clover?", fragte er und betrachtete unser Spiegelbild in der Scheibe.

„Ich … ich …?"

Lächelnd nahm er meinen Arm und deutete auf die Theke in dem schwach erleuchteten Laden. „Das war ein Scherz. Was ist mit dem berühmten englischen Sinn für Humor? Am Montag bringe ich *frittelle* mit. Das Einzige an *Carnevale*, das sich lohnt."

„Donuts –"

„Das sind *keine* Donuts!"

„Wenn ich bitte ausreden dürfte … Donuts sind wirklich kein Vergleich zu *frittelle*. Vor allem nicht, wenn die mit Zabaglione gefüllt sind."

„Gerade noch die Kurve gekriegt, mein Lieber. Eine letzte Anmerkung noch zu unserem Auftrag. Dein Landsmann ist entweder ein Genie oder völlig verrückt. Oder beides."

Oder keins davon. Komisch, dass die Leute diese Möglichkeit immer vergaßen.

„Kann sein, Luca. Aber wir sitzen in der Falle, oder? Wir haben zugesagt. Wir haben eingewilligt, bei der Sache mitzumachen, wie verrückt das Vorhaben auch sein mag. Jetzt ist es zu spät für einen Rückzieher. Außerdem …"

Luca war ein kluger Mann. Er wusste genau, was ich sagen wollte und stupste mich mit dem Ellbogen an. „Außerdem wollen wir beide wissen, ob er recht hat, stimmt's? Wie er schon zu diesem Amerikaner sagte. Wenn seine Behauptung wahr ist, dann leisten wir unseren Beitrag zu einer unglaublichen Entdeckung."

„Oder zu einem schrecklichen Debakel."

Er nickte. „Das werden wir vermutlich bald schon wissen."

4
Die Attentäter von einst

Sonntagmorgen, kurz nach neun. Raureif sprenkelte wie Puderzucker das Geländer der Accademia-Brücke, dünne Nebelschwaden zogen über den Canal Grande. Ein Vaporetto der Linie 1 steuerte in elegantem Halbkreis auf die Anlegestelle zu. Vor der Eingangstreppe der Galerie stand ein junges Mädchen mit verblichener blonder Perücke in einem schmuddeligen Karnevalskostüm, einem dieser Barockkleider mit Reifrock und ausladenden Hüften, und verteilte Handzettel für ein Konzert, das am Abend stattfinden würde. Die wenigen Touristen, die da waren, machten natürlich Fotos von ihr. Obwohl sie sich bemühte zu lächeln, bekam sie keinen Cent, konnte aber wenigstens ein paar ihrer Flyer loswerden, die zweifellos kurz darauf im nächsten Papierkorb landeten.

Felicity interessierte sich auch nicht für das Konzert, gab dem Mädchen aber trotzdem ein paar Geldscheine. „Gott, die Jugend hat's nicht leicht heutzutage", murmelte sie, als wir außer Hörweite waren und auf die Brücke zusteuerten. „Ich möchte den Ausblick sehen."

„Schwere Zeiten", stimmte ich ihr zu.

„Schwerer, als Sie denken."

Oben auf dem exponierten Brückenbogen, wo der Wind durch die Mündung des Canal Grande pfiff, war es noch kälter. Vor uns erhob sich die gewaltige Silhouette der Salutekirche, ein graues Gespenst umhüllt vom feuchten Atem der Lagune. Ein angenehmer Geruch lag in der Luft, nicht dieser Mief, über den sich die Ahnungslosen oft beklagen – der gewöhnlich von einem Senkgruben-Boot kommt, das gerade einen *pozzo nero* leert, oder der bei Niedrigwasser entsteht. Jetzt war Winter in Venedig, das hieß, die salzige Luft war zwar feucht, aber frisch wie das Meer, und so kalt, dass man beim Atmen das Gefühl hatte, Eiskristalle zu inhalieren.

Sie war dem Wetter entsprechend gekleidet: warmer Steppmantel, schwarze Wollhose, elegante Kopfbedeckung und dunkle Brille, entweder zum Schutz vor der niedrig stehenden Wintersonne oder um einen Kater zu kaschieren, den sie sich vermutlich nach einer spätabendlichen Verabredung zum Essen mit Bernard Hauptmann zugezogen hatte. Die Nacht der Godolphin'schen Blut-*passeggiata* hatte bestimmt ihren Preis gehabt. Allein schon die Rechnung, die der Mann für alkoholische Getränke bekommen würde, hätte mich veranlasst, tagelang Sonnenbrille zu tragen. Ihn schien das jedoch nicht zu stören. Ich hatte selten jemanden erlebt, dem es so viel Freude bereitete, andere zu verletzen.

Mein Angebot an Felicity, Caroline und Bourne resultierte nicht aus reinem Altruismus. Selbst nach vier Jahrzehnten faszinierte mich irgendetwas noch immer am Goldenen Zirkel. Wie kam es, dass sie weiter den Kontakt hielten? War es vielleicht das gemeinsame Erlebnis, von Godolphin ausgenutzt zu werden, das sie verband? Würden sie sich diesem Mann nie entziehen können? Als Gruppe wirkten sie auf gewisse Weise noch genau so distanziert und undurchschaubar wie damals in Cambridge. Doch nun waren sie hier in Venedig, direkt vor meiner Haustür. Eigentlich war es unangemessen, sogar unanständig, auf diese Weise ihr Privatleben ausspionieren zu wollen. Aber Neugier war der Kern meiner gesamten Berufstätigkeit gewesen. Stets war ich auf der Suche nach Antworten, nach Wahrheiten, nach logischen Erklärungen für bestimmte Ereignisse. Leerstellen, Widersprüche, unterbrochene Zusammenhänge ließen mir keine Ruhe.

Dennoch zögerte ich an jenem Morgen auf der Accademia-Brücke. Bis Felicity Godolphin im tiefen Atemzug einer auffrischenden Winterbrise sagte: „Kommen wir zur Sache, Mr Clover. Zeigen Sie mir, warum ich hier bin."

ELEANOR UND ICH HATTEN den Raum vor über zwanzig Jahren zufällig entdeckt. Es war unser erster Besuch in Venedig gewesen, wir hatten jeden Cent zweimal umdrehen müssen, und doch erwies sich die Reise als Offenbarung. Wir zelteten auf einem Campingplatz in Treporti auf der anderen Seite der Lagune und fuhren mit dem Boot in die Stadt. Zehn Tage vergingen wie im Flug. Die meiste Zeit genossen wir es, uns in der Stadt zu verlieren, die falschen Vaporetti zu nehmen, stundenlang durch Gassen und über Plätze zu schlendern, während wir versuchten, den Beschilderungen zu folgen und etwas Logik und Sinn darin zu erkennen, wo wir gerade waren und wohin in aller Welt wir vielleicht steuerten. Venedig schien keinen Kompass zu kennen, nicht das Prinzip von Norden, Süden, Osten und Westen und auch kein Oben und Unten. Uns begegnete nur ein endloses Geflecht von Straßen, Gassen, Durchgängen und Abzweigungen, die mit merkwürdigen Begriffen wie *sotoportego* oder *rio terà* bezeichnet wurden, die uns nichts sagten und nirgendwo in unserem einfachen Touristenwörterbuch auftauchten. Wir fühlten uns wie Kinder, die sich durch das Tor zu einem verborgenen Paradies geschlichen hatten und nun durch einen Garten Eden wandelten, den wir uns im Traum nicht hätten vorstellen können und den wir nie ganz erobern würden.

Selbst heute, nachdem ich mich hier niedergelassen habe, verlaufe ich mich manchmal, vor allem im Gewirr der Straßen, die sich westlich der Rialtobrücke erstrecken und in ein Geflecht aus verwinkelten Gässchen übergehen, die alle von kleinen Läden und Lokalen gesäumt sind, die sich seit Jahrzehnten kaum verändert haben. Es gehört zum Eingewöhnungsprozess in dieser Stadt hinzunehmen, dass du ihr hoffnungslos ausgeliefert bist, während sie heimlich, still und leise Besitz von dir ergreift. Niemand besucht diesen Ort einfach. Venedig lässt dich ein und nimmt dich gefangen. Nur wenn du dich den dunklen Ecken, den unbekannten Winkeln, den unerforschten Gegenden hingibst, kannst du hoffen, den vielen erfreulichen Entdeckungen zu begegnen, die vor dem Tageslicht verborgen sind.

Die neun Gemälde, auf denen die Geschichte der heiligen Ursula dargestellt ist, die allgemein als reine Legendenfigur gilt, gehören für mich zu den größten Freuden. Sie zieren ringsum die Wände eines kleinen Raumes, der sich mitten im alten Gebäude der ehemaligen Bruderschaft Santa Maria della Carità befindet, den heutigen Gallerie dell'Accademia di Venezia, der größten Kunstgalerie der Stadt. Nachdem wir bei unserem ersten Besuch zufällig auf Ursula gestoßen waren, hatte die Galerie in der darauffolgenden Zeit einige Veränderungen erfahren, weshalb ich nach dem Weg fragen musste, als ich, frisch nach San Pantalon gezogen, schließlich zurückkehrte, um sie zu bewundern. Die Bilder selbst hatte man nicht umgehängt, aber alles um sie herum schien umgestaltet worden zu sein. Jedes der Bilder war inzwischen so perfekt restauriert worden, dass die prächtigen Farben kräftiger leuchteten als jemals zuvor. Als wären die Gesichter, die Menschen und die Geschichte, die das Werk erzählte, wirklich lebendig und real.

Felicity, die in ihrem Leben noch nie in Venedig gewesen war, stand genauso überwältigt in Ursulas kleinem Heiligtum in der Accademia wie wir damals, als wir es entdeckt hatten. Auf mich wirken die neun Gemälde Carpaccios immer wie die Leinwandversion eines Melodrams aus dem 15. Jahrhundert, das in märchenhaften Szenen von Darstellern aufgeführt wird, die ganz normale Passagiere auf dem Vaporetto hätten sein können; Fenster in eine mittelalterliche Welt, die einmal zu Europa werden sollte, in ein mythisches Arkadien mit Palästen, Thronsälen, gewaltigen Galeeren und einem grausamen Blutbad zum Schluss.

„Erzählen Sie mir die Geschichte", sagte Felicity und schob am Beginn des Zyklus ihren Arm unter meinen.

Das war eigentlich überflüssig. An den Wänden wurde alles präsentiert. Ursula, eine schöne britannische Königstochter, wird einem heidnischen Prinzen anverlobt. Sie stimmt der Heirat aber nur unter der Bedingung zu, dass er den christlichen Glauben annimmt und sich taufen lässt. In Begleitung von elftausend Jungfrauen unternehmen sie eine Wallfahrt nach Rom, wo beide der Papst segnet. Auf ihrer Rückreise werden sie vor den Toren Kölns mitsamt allen Jungfrauen von den Truppen Attilas des Hunnen getötet.

„Das sind aber eine Menge Jungfrauen, wo haben sie die denn alle aufgetrieben?", fragte Felicity, als wir zum Gemälde des großen Martyriums kamen, auf dem Ursula auf den Knien liegt und betet, während ein ziemlich gut aussehender Ritter mit Pfeil und Bogen auf sie zielt.

„Andere Zeiten", antwortete ich, wohl wissend, dass die Zahl möglicherweise auch auf einen Lesefehler zurückgehen könnte, denn in frühen Quellen der Legende ist gelegentlich nur von elf Jungfrauen die Rede.

Sie legte sich den Zeigefinger auf die Wange und beugte sich vor, um Ursulas trauriges Gesicht näher zu betrachten. Was sich darin spiegelte, erschütterte mich jedes Mal wieder: Akzeptanz, Schicksalsergebenheit und Demut. Felicity schüttelte den Kopf. „Die Ärmste scheint ihrem Ende recht gefasst entgegenzublicken, muss ich sagen. An ihrer Stelle hätte ich mir die Kehle aus dem Hals geschrien und versucht, dem Mistkerl die Augen auszukratzen."

„Märtyrertum. Das habe ich noch nie verstanden. Als Agnostiker werde ich das wohl auch nicht mehr."

„Fassen Sie sich ein Herz, Arnold und werden Sie ganz zum Atheisten. Es erleichtert das Leben ungemein."

Was wahrscheinlich stimmt. Ein Leben ohne Zweifel muss bequem sein, wenn auch ein wenig beschränkt.

„Das Motiv erinnert mich an eine andere Szene, die auch in Venedig spielt", fuhr sie fort. „Othello. Als er kurz davor ist, Desdemona umzubringen. Dieser durchtriebene Iago hat ihn gegen sie aufgehetzt, erinnern Sie sich?"

Mir lief es kalt über den Rücken.

„Diese ganzen üblen Unterstellungen, alle frei erfunden, und dieser Schwachkopf bringt seine Frau wegen Ehebruch um, obwohl sie ihm nie untreu war."

„Ich frage mich, warum Iago das getan hat."

Sie sah mich verwundert an. „Warum? Der Punkt ist, dass es so war. Und was macht Desdemona, als ihr Arschloch von Ehemann kommt, um sie zu erwürgen? Sie verzeiht ihm. *Empfehlt mich meinem gütigen Herrn. Oh, lebt wohl.* Und das alles wegen eines läppischen Taschentuchs. Dem hätte ich auch die Augen ausgekratzt."

Mit etwas Mühe gelang es mir, sie von der dramatischen Darstellung des grausamen Blutbads wegzuziehen und mit ihr zu einem friedvolleren Bild zurückzukehren, das mich schon immer fesselte: *Der Traum der heiligen Ursula.* Es zeigt sie schlafend im Bett. Ein wunderschöner geflügelter Engel ist eingetreten und blickt sie an, während von rechts hinter ihm helles, übernatürliches Licht in den Raum fällt.

„Was hält er da in der Hand?", fragte Felicity. „Sieht aus wie ein riesiger Stift."

„Einen Palmwedel, das Symbol des bevorstehenden Märtyrertods. Ein Hinweis, dass sie, nachdem sie aus diesem Traum erwacht, weiß, dass sie sterben wird. Gewaltsam und mit ungeheurer Grausamkeit, was wohl in der Natur der Sache liegt."

Felicity trat einen Schritt näher und sah sich die junge Frau genau an, die Carpaccio mehr als ein halbes Jahrtausend zuvor so sorgfältig gemalt hatte. Dasselbe Gesicht wie das der Gestalt, die ein paar Bilder weiter auf den blutigen Tod wartete. Das Gesicht, das Ruskin, während er *Die Steine von Venedig* schrieb, so sehr in Bann zog, dass er fast durchgedreht wäre und mit der Zeit glaubte, es wäre das seiner toten Geliebten. Diese verstörende Geschichte ersparte ich Felicity allerdings.

„Genau das beschäftigt mich, jetzt, wo Sie es sagen", antwortete sie. „Wenn sie doch weiß, dass sie sterben wird … warum unternimmt sie dann nichts?"

„Ich vermute, man kann einem im Traum erschienenen Engel nicht die Augen auskratzen."

„Nein. Aber sie hat eine Wahl. Aufzugeben. Oder zu kämpfen. Oder einfach umzukehren. Ihr eigenes Leben zu retten, egal, was andere denken. Sie selbst zu sein. Nicht zum Plan eines anderen zu gehören. Nicht einmal zu Gottes."

Mir schien, Felicity verstand langsam, warum ich dachte, dieser Ort könnte interessant für sie sein.

Sie löste ihren Arm aus meinem, und ich fragte mich, ob ich womöglich zu weit gegangen war. „Sie führen ein bescheidenes Leben, Arnold. Bitte verstehen Sie das nicht als Beleidigung. Oder als Kritik."

„Tue ich nicht."

„Je bescheidener man ist, je unsichtbarer, umso mehr Möglichkeiten stehen einem offen."

Das fand ich, ehrlich gesagt, lächerlich. „Wir hatten früher nie viel Geld. Wirklich arm waren wir zwar nicht, aber es hat nie gereicht. Unsere Möglichkeiten waren begrenzt, glauben Sie mir."

„Das stimmt sicher. Aber zehn klare Entscheidungen sind mehr wert als hundert vage. Ich bin kein Opfer, wissen Sie. Ich bin immer noch bei Duke, weil ich es so wollte. Trotz allem."

Ich zuckte mit den Schultern. „Tut mir leid. Ich hatte gestern Abend nur den Eindruck, dass es Opfer gab. Dass es ihm gefällt,

Menschen zu welchen zu machen. Er hat Sie praktisch rausgeworfen. Vielleicht nicht nur das, wie ich höre. Er hat seinen Sohn gefeuert. Caroline und Bernard Hauptmann angedroht, er würde sie in akademischen Kreisen bloßstellen, die für sie doch das Einzige sind, was zählt. Und George Bourne hat er auch gleich noch abserviert. Ein hollywoodreifer Auftritt, könnte man sagen."

„Wie alles bei meinem Mann. An ihm ist ein Schauspieler verloren gegangen."

Damit verließ sie den Ursula-Raum, ging die Treppe hinunter und trat hinaus in den kalten Tag. Ich folgte ihr. Vielleicht war es das grelle Sonnenlicht, doch als sie einen Moment die dunkle Brille absetzte und einmal kurz blinzelte, meinte ich, ihre blauen Augen feucht glänzen zu sehen.

„Sagt Ihnen der Name Julie Dean etwas?", fragte sie.

„Nein. Aber ich könnte einen Kaffee gebrauchen."

„Julie Dean. Es wurde kurz in den Zeitungen darüber berichtet, bevor Duke seine Freunde anrief und sie die Sache im Keim erstickten. Drei Jahre ist das jetzt her. Ich erinnere mich noch genau an den Tag."

„Tut mir leid, aber …"

„Sie war Set-Runner bei der TV-Serie, die ich für ihn produziert habe. Noch so eine Kandidatin, die dachte, sie könnte den Einstieg ins Filmgeschäft schaffen, wenn sie sich umsonst den Arsch abarbeitet. Gott, wie wir diese armen Dinger behandeln. Ich hatte sie angestellt. Falls man es als Anstellung bezeichnen kann, wenn jemand für den Lohn eines Bustickets arbeitet."

„Hübsch?", erkundigte ich mich, obwohl das eigentlich überflüssig war.

„Ich denke schon. Und ziemlich naiv. Ihre Vorgängerin war ʼne ziemlich rote Socke und hat damit nicht hinterm Berg gehalten. Ich wollte jemand Unauffälligen, ein bisschen Graue-Maus-Typ, ehrlich gesagt. Aufbegehren gefällt Duke manchmal. Macht ihn irgendwie an. Besonders, wenn es körperlich ist. Gegensätzliche Meinungen sind was anderes, ein echter Abtörner. So war es zumindest früher."

„Ich kann mir nicht vorstellen, dass Sie oft mit ihm übereinstimmen."

„Als ich ihn kennenlernte, war ich jung, leicht zu beeindrucken und dumm. Ich habe den Mund gehalten. Der kleine Funke Widerstand, der sich in mir regte, erstarb spätestens, als Jo auf die Welt kam. Er war der Grund, warum er mich wollte. Um die Erblinie zu erhalten. Er brauchte einen Sohn. Als das erledigt war …"

„Julie Dean." Ich schüttelte den Kopf. „Nein. Tut mir leid. Ich habe noch nie viel Zeitung gelesen. Die Meldungen sind immer so deprimierend."

„Zu dem Zeitpunkt war Jo schon im Team und versuchte, sich einzuarbeiten, um irgendwann die Nachfolge seines Vaters anzutreten. Er fand Gefallen an Julie, hatte aber nicht genug Mumm, um aktiv zu werden. Duke hingegen zeigte keine Skrupel, als er das mitbekam. Die schüchterne kleine Julie wanderte auf seine Liste. Vermutlich hat er es genossen, seinem Sohn eine so junge Trophäe aus den zitternden Händen zu reißen. Ich kenne keine Einzelheiten. Die haben mich nie interessiert. Das dumme Ding ist jedenfalls nicht zu mir gekommen. Stattdessen fasste sie schließlich den Mut und wandte sich ohne mein Wissen an einen von Dukes Kumpels an höherer Stelle. Ehe ich michs versah, war die Sache gelaufen. Er war entlastet. Sie flog hochkantig raus. Hätte sie doch nur …"

Für mich wurde es langsam Zeit. Bald musste ich George Bourne zu seiner Verabredung mit Dirk Bogardes Geist auf dem Lido begleiten.

„Da war sie wahrscheinlich nicht die Einzige,", merkte ich an. „Männer, die ein solches Verhalten an den Tag legen –"

„Sie war die Einzige, die sich umgebracht hat." In ihrer Stimme lag jetzt Kälte, und Hass. „Soweit ich weiß, jedenfalls. Als niemand ihr zuhören wollte, hat sie sich vor eine U-Bahn geworfen. Oxford Circus. Nur einen Katzensprung vom Sender entfernt. Keine Ahnung, ob das dumme Ding dachte, sie könnte damit irgendein Statement setzen, jedenfalls ist sie damit grandios gescheitert. Falls irgendwo ein Abschiedsbrief existierte, in dem mit dem Finger auf Duke gezeigt wurde, hat sich jemand darum gekümmert. Die einzige Resonanz, die sie erzielte, war eine Lautsprecherdurchsage am Gleis, in der von einem *Personenschaden* die Rede war."

„Sie dürfen nicht sich die Schuld dafür geben."

Sie sah mich zornig an. „Das tue ich nicht. Ich gebe ihm die Schuld. Aber ich weiß auch, dass er mit so was durchkommt. Denn Marmaduke Godolphin kommt immer irgendwie durch. Genau wie er mit dem Zirkus, den er hier plant, durchkommen wird, worauf immer es hinausläuft. Es geht nicht nur um diese Wische, nach denen Sie suchen. Es geht um die Rückkehr des großen TV-Historikers auf den Bildschirm, und mithilfe seiner neuen amerikanischen Freunde wird sein Auftritt bombastischer sein als je zuvor. Während wir anderen auf unsere Stellung als Normalsterbliche verwiesen werden, die sich glücklich schätzen können, in seinem Schatten zu stehen."

Ich sah auf die Uhr und sagte, es täte mir leid, aber ich hätte jetzt keine Zeit mehr, einen Kaffee zu trinken. Ob ich sie zurück ins Hotel begleiten solle.

„Ich finde meinen Weg selbst, danke. Das habe ich in den letzten vierzig Jahren meistens getan." Sie legte mir lächelnd die Hand auf den Arm. „Ich weiß, Sie meinen es gut, Arnold. Ich spüre es. Ich weiß, was Sie denken, wenn Sie die arme Ursula anschauen, die nie existiert hat, wie sie von ihrem Engel mit der Märtyrerpalme träumt … wie sie vor ihrem Mörder betet. Passiv. Ohne irgendwas zu tun."

„Sie haben gesagt, Sie hätten ihm an ihrer Stelle die Augen ausgekratzt."

„Stimmt. Und vielleicht hätte ich das auch versucht. Aber dann wäre der nächste Kerl mit Schwert und Pfeil und Bogen um die Ecke gekommen. Am Ende gewinnen sie. Sie gewinnen immer. Ich weiß, dass Männer, richtige Männer, *gute* Männer wie Sie, Arnold, glauben, wir hätten eine Wahl. Aber ihr versteht das nicht. Denn ihr seid immer noch Männer. Die Sache ist nicht so einfach. Wenn sie das wäre, dann säße mein Mann längst im Gefängnis. Gott weiß, wie viele junge Mädchen er schon so behandelt hat wie die arme Julie Dean. Ich will gar nicht drüber nachdenken. Oder er wäre tot. Das würde ich, glaube ich, vorziehen. Tatsächlich denke ich manchmal, von allen möglichen Optionen, wie man so schön sagt, wäre keine so befriedigend wie die, seine arrogante Fratze in einem Sarg liegen zu sehen. Nicht einmal er kann von den Toten auferstehen."

VALENTINA HÖRTE SCHWEIGEND ZU, während ich in ihrem Büro vom Abend der *passeggiata* und von unserem Besuch in der Accademia erzählte. Es musste fast schon elf sein. Für mich begann die Zeit langsam zu verschwimmen.

Sie las eine E-Mail und tippte etwas auf ihrer Tastatur. Eine Antwort vermutlich, so wie sie am Ende auf die Eingabetaste hämmerte. „Wie schön, dass Sie wissen, wie man Medici ausspricht", sagte sie dann. „Es macht mich wahnsinnig, wenn ich die Leute *Me-diie-ci* sagen höre. Dasselbe gilt für *Capriie*. Warum kriegen die Ausländer das nie richtig hin?"

Aus demselben Grund, aus dem wir Venedig nicht Venezia nennen, Florenz nicht Firenze und Tizian nicht Tiziano. Weil wir Ausländer sind, dachte ich. Natürlich ohne es laut auszusprechen. Stattdessen erkundigte ich mich nach dem Weg zur Toilette. Als ich von dort zurückkam, fand ich sie noch immer am Computer vor, wo sie etwas Längeres las.

„Könnte es sein, dass Felicity Godolphin eifersüchtig auf diese junge Amerikanerin war? Gekränkt, weil ihr Ehemann sie praktisch gefeuert und sich entschlossen hatte, den Sender zu wechseln? So tief gekränkt, dass sie ihn womöglich ermordet hat? Oder seine Ermordung durch jemand anderen arrangiert?"

„Ich … ich weiß es wirklich nicht."

„Hat sie vielleicht bei Ihnen vorgefühlt?"

Ich musste lachen. „Sie scheint eine überaus vernünftige und intelligente Frau zu sein. Und ich bin ein pensionierter Archivar, der versucht, ein möglichst ruhiges Leben zu führen."

„Genau der richtige Mann, finde ich. Wer würde Sie schon verdächtigen?"

Das war völlig absurd. „Valentina. Ich bin dermaßen zimperlich, dass es meine Frau war, die jedes Mal die Maus aus der Falle holen musste, wenn wir eine gefangen hatten."

Sie trommelte mit ihrem Stift auf den Schreibtisch. „Ich wollte nicht andeuten, dass Sie ihn umgebracht haben. Ich habe mich nur gefragt, ob Felicity vielleicht auf die Idee gekommen ist, sie könnte Sie dazu überreden. Und wenn nicht Sie … wen dann? Sie hat doch gesagt, sie würde ihn am liebsten tot sehen."

„Sich etwas zu wünschen und dafür zu sorgen, dass es passiert, sind zwei völlig verschiedene Dinge."

„Wenn man mit einem Schürzenjäger verheiratet ist, der Frauen missbraucht. Und man gerade seinen geliebten Job durch ihn verloren hat …"

Nein. Da lag sie sicher falsch. „Felicity schienen seine Neigungen nicht sonderlich zu tangieren, nur die Konsequenzen, wenn er es zu weit getrieben hat. Wie könnte es nach all den Jahren auch anders sein? Es würde mich sogar wundern, wenn es ihr sehr viel ausgemacht hätte, als sie ihn heiratete. Jeder wusste, was für ein Mann Godolphin war. Er stellte seine Affären zwar nicht öffentlich zur Schau – wenn man es überhaupt Affären nennen kann, mit seinen Studentinnen zu schlafen –, aber er machte auch nie ein Geheimnis daraus."

„Trotzdem …"

Es schien mir ein guter Zeitpunkt, einen Schluck von dem kalten Espresso zu trinken, der vor mir stand, auch wenn ich ihn eigentlich nicht wollte. Draußen schlug die Kirchenglocke; welche Uhrzeit, registrierte ich nicht. Keine Tauben immerhin. Für den Augenblick.

„Wenn Sie meine ehrliche Meinung hören wollen, ich glaube, jeder von ihnen hätte ihm den Tod gewünscht. Felicity, Caroline Fitzroy. Hauptmann. Sogar George Bourne. Er hat ihnen allen Grund dazu gegeben. Ob sie jedoch fähig gewesen wären, ihn umzubringen … das müssen Sie beurteilen. Nicht ich."

Sie nickte. „Das werde ich. Was muss ich als Nächstes wissen?"

Das, dachte ich, ist klar. Godolphin hatte uns durch eine Commedia-dell'Arte-Truppe aus Padua, die er eigens engagiert hatte, die Geschichte des zeitlich näher liegenden Attentats vermittelt. Doch der Tod Lorenzinos war nur die halbe Story, der letzte Akt sozusagen.

„Sie müssen erfahren, was passiert ist, als ich mit George Bourne zum Lido gefahren bin, damit er ein paar Erinnerungen an seinen Lieblingsfilm nachspüren konnte."

WIR MUSSTEN DIE NUMMER 1 NEHMEN, natürlich, denn Bourne bestand darauf, den Canal Grande zu sehen. Das Boot tuckerte von Haltestelle zu Haltestelle, den ganzen Weg von San Tomà über Accademia, Salute, San Marco, Arsenale, Giardini und Sant'Elena bis zu der vorgelagerten Insel in der Lagune, wo ich zum ersten Mal seit Wochen wieder Autos sehen sollte. Er wollte auch unbedingt, dass ich ihm von dem anderen Mord erzählte, der in Godolphins neuem Projekt eine Rolle spielte. Am Abend zuvor hatten wir alle eine etwas kuriose Version der Geschichte von Lorenzinos Ermordung gehört oder vielmehr miterlebt. Nun wollte Bourne, dass ich ihm die ebenso grausame Geschichte von Alessandros, des Herzogs von Florenz, heimtückischer Ermordung durch Lorenzino erzählte, die das Ganze ausgelöst hatte. Das diene dazu, sagte er, sich als Herausgeber auf Godolphins Manuskript vorzubereiten, das in den kommenden Monaten redigiert und überarbeitet werden müsse. Godolphins Drohung, mit dem Buch zu einem anderen, größeren Verlag zu wechseln, ließ er völlig außer Acht.

„Mit Geld lässt sich das regeln", erklärte er, als das Boot schlingernd und rumsend bei Arsenale anlegte. „Mit Geld lässt sich alles regeln. Wir sind vielleicht nur ein kleines Imprint – *exklusiv* bevorzuge ich als Bezeichnung immer –, aber unser Mutterkonzern … ganz andere Nummer. Wie die meisten Autoren hat Duke keine Ahnung, wie es in der Verlagsbranche wirklich läuft. Ist auch gut so. Soll der arrogante Arsch doch einfach weiter den gleichen Mist verzapfen, den er schon seit Jahren verzapft, und es mir überlassen, etwas Ordentliches draus zu machen. Dieser undankbare Kerl gehört mir praktisch. Der geht nirgendwohin."

Die komplexen Verflechtungen der Bücherwelt übersteigen, das gebe ich gern zu, meinen Horizont.

Während unser halbleeres Vaporetto seinen Weg entlang der Uferpromenade und anschließend über die Lagune fortsetzte, erzählte ich ihm die Geschichte, so wie ich sie in den von Godolphin zur Verfügung gestellten Büchern gelesen hatte, und ergänzte hier und da ein paar Kleinigkeiten aus meinen eigenen Nachforschungen.

Sie beginnt an einem kalten Winterabend im Jahr 1537. Es ist der 5. Januar, der Abend vor dem Dreikönigstag, an dem La Befana, die Hexe des italienischen Volksglaubens, auf ihrem Besen von Haus zu Haus fliegt, um den braven Kindern Geschenke und Süßigkeiten und den unartigen Kohleklumpen zu bringen. Benvenuto Cellini, Bildhauer, Gold- und Waffenschmied, Musiker, Schänder von Frauen und Männern, vielseitig gebildeter *uomo universale*, skrupelloser Dieb und Mörder, unverbesserlicher Lügner und Aufschneider, der behauptete, durch Hexerei im Kolosseum Dämonen erweckt zu haben, und vieles mehr, tut das, was er in regelmäßigen Abständen während seines dramatischen Lebens tut: fliehen. Der Mann hatte Verbindungen zu Lorenzino de' Medici, beide werden sich zu einem späteren Zeitpunkt begegnen, nachdem dieser zum Mörder geworden und selbst auf der Flucht ist. Cellini, unser streitbares Genie, war zu dem Schluss gekommen, dass Florenz unter der Herrschaft Alessandro de' Medicis zu heiß für ihn geworden war. Rom wäre nicht viel besser, sobald ihn seine Verbrechen dort einholen würden. Nachdem er schon einmal zwei Jahre in der Engelsburg in Haft gesessen hatte, könnte er jetzt froh sein, mit dem Leben davonzukommen. Doch das Glück war ihm offenbar gewogen. Acht Jahre später würde er sich mit der Gunst Cosimos I. de' Medici, Alessandros Nachfolger, wieder in Florenz befinden und an einer Bronzestatue arbeiten, die später als der berühmte *Perseus mit dem Medusenhaupt* berühmt werden sollte, ein grausiges Meisterwerk, das noch heute die Loggia dei Lanzi in Florenz ziert. Fürs Erste wünschte er sich jedoch nur, seiner Geburtsstadt zu entkommen, wo die politische Stimmung brandgefährlich geworden war, seit Alessandro gegen seine zahlreichen republikanischen Feinde vorging.

Florenz war eine Stadt, die stets viel Wert auf ihre Unabhängigkeit legte und ständig mit der Oligarchie Venedigs liebäugelte, jedoch immer wieder erleben musste, dass ihre republikanischen Bestrebungen von den Medici und ihren Verbündeten zunichtegemacht wurden. Alessandro bekam die Herrschaft dort im Alter von neunzehn Jahren von Papst Clemens VII. übertragen, selbst ein Medici und möglicherweise sein richtiger Vater. Für seine Hagiografen war Alessandro ein fähiger junger Mann, ehrenhaft, vertrauenswürdig, fromm. In den Augen vieler anderer jedoch ein Frauen vergewaltigendes Scheusal, das seine Feinde foltern und ermorden ließ und eine Schreckensherrschaft ausübte.

„MOMENT ...", FIEL VALENTINA mir ins Wort. „Sie behaupten, Alessandro war der Sohn des Papstes?"

Sie liebte ihre kleinen Unterbrechungen.

„Möglich wäre es. Der Junge war als *Il Moro* bekannt, wegen seiner dunklen, fast schwarzen Hautfarbe. Seine Mutter soll eine Dienerin im Haushalt der Medici in Rom gewesen sein. Offiziell war er der uneheliche Sohn des Herzogs von Urbino. Aber viele glauben, dass in Wirklichkeit Clemens, dessen richtiger Name Giulio de' Medici lautete, sein Vater war."

„Und das Ganze ist wichtig, weil …?"

„Ich weiß nicht, ob es wichtig ist."

„Warum reden wir dann über zwei Morde, die fast fünfhundert Jahre zurückliegen?"

Diese Frage überraschte mich. „Darf ich Sie daran erinnern, *capitano*, was Sie gesagt haben, als ich heute Morgen herkam. Sie baten mich, Ihnen alles zu erzählen, was ich über Marmaduke Godolphin, seinen Goldenen Zirkel und den Grund, warum die Mitglieder hier sind, weiß. Ob diese Fakten etwas mit seinem Tod zu tun haben? Keine Ahnung. Aber ich weiß, dass sie der Kern dieser Geschichte sind. Ohne diese Geschehnisse hätte der Mann niemals diesen Auftritt hingelegt. Vielleicht wäre er noch am Leben. Sie sind die Ermittlerin. Sagen Sie's mir."

Valentina murmelte etwas vor sich hin. Ihr Computer gab einen Ton von sich. Sie las wieder eine eingehende Nachricht, dann tippte sie auf ihre Uhr.

AN JENEM WINTERABEND befand sich der Herzog von Florenz in der Wohnung seines Cousins Lorenzino an der Piazza San Marco und wartete auf die versprochene Ankunft einer Dame, die er schon lange begehrte: Caterina de' Ginori, Lorenzinos Tante. Sie gehörte zu den Schönheiten der Stadt und war für ihre Tugendhaftigkeit und für die Treue zu ihrem aristokratischen Ehemann bekannt. Doch der war verreist, und Lorenzino hatte seinem Cousin versprochen, in Alessandros Namen an sie heranzutreten. Caterina, richtete er ihm daraufhin aus, sei gewillt, ihm zu Gefallen zu sein, aber nur im Geheimen. Sie könne es nicht riskieren, sich in sein gut bewachtes Haus zu begeben, den festungsartigen Palazzo Medici zwei Straßen weiter im Stadtzentrum, wo sie gesehen werden könnte. Ein ungestörtes Treffen in Lorenzinos Wohnung müsse reichen.

Erwartungsvoll lag Alessandro im Bett. Doch als die Tür aufging, kam keine heimliche Liebhaberin herein, sondern Lorenzino mit einem angeheuerten Ganoven.

„Schläfst du?", fragte Lorenzino seinen Cousin.

Ohne eine Antwort abzuwarten, stürzten sich die beiden auf ihn, attackierten ihn mit Schwert und Dolch und hörten nicht auf des Herzogs Flehen um Gnade. Alessandro de' Medici wehrte sich standhaft, biss seinem Cousin bis auf den Knochen in den Finger. Da stieß ihm sein Komplize das Schwert in den Hals und das grausame Metzeln ging weiter. Sie stachen und hieben auf einen Mann ein, der bereits tot war, dessen Blut und Eingeweide sich auf Lorenzinos Laken verteilten.

Alessandros Tod wäre die Gelegenheit für seinen Mörder gewesen, sich den Bürgern von Florenz als Befreier zu präsentieren. Als Held, der den Diktator getötet hat, um sie von seiner Tyrannei zu erlösen. Doch stattdessen floh Lorenzino de' Medici und blieb so lange auf der Flucht, bis Bibboni und Bebo ihn elf Jahre später an der Ponte San Tomà einholten. In der Zwischenzeit stellte er Frauen nach, schrieb Gedichte und verfasste seine *Apologia*, die Rechtfertigung für den Mord an seinem Cousin, in der er kein bisschen Reue zeigte. Der Mann, so behauptete er, sei ein Despot gewesen, ein wiedergeborener Cäsar. Und Lorenzino der edle Brutus, der ihn zum Wohl der Allgemeinheit beseitigt habe. Damit, dass ihn selbst das gleiche grausame Schicksal ereilen würde, hatte er wahrscheinlich nicht gerechnet.

So oder so, beide waren innerhalb von elf Jahren tot und begraben. Alessandro in einer Familiengruft in San Lorenzo, Lorenzino an irgendeinem Ort, der mir in diesem Moment nicht bekannt war. Während Florenz mit Cosimo erneut unter der Herrschaft eines Medici stand und noch zwei weitere Jahrhunderte von der Familie unterdrückt werden sollte.

ICH BEENDETE MEINE GESCHICHTE, während wir von Sant'Elena ablegten und auf den modernen Vaporetto-Terminal auf dem Lido zusteuerten.

„Es ist alles umsonst gewesen", sagte ich, als wir uns der Anlegestelle näherten. „Blut und Schmerz und Tod … reine Verschwendung."

„Sie haben eine ziemlich prosaische Sicht der Dinge", antwortete Bourne. „Und was war es nun?"

„Wie, was war es?"

„War Alessandro das Scheusal, das es verdient hatte zu sterben? Oder war er das Unschuldslamm, das geopfert wurde?"

Wer weiß das schon. Nachdem ich mich viele Jahre mit alten Dokumenten beschäftigt habe, bin ich zu dem Schluss gekommen, dass, wenn sie einander in wichtigen Fragen widersprechen, die Wahrheit häufig irgendwo dazwischen liegt. Das sagte ich Bourne. Und dass es für jeden der gegensätzlichen Standpunkte Caroline Fitzroys und Bernard Hauptmanns, wer bei der Sache der Engel und wer der Teufel gewesen sei, reichlich Belege gebe.

„Duke wird sich für keine der allgemein anerkannten Positionen entscheiden", sagte Bourne. „Das tut er nie. Sein ganzer Ruf – die Show, die er abzieht, besser gesagt – beruht auf der Vorstellung, dass er mehr Wissen und Erkenntnis besitzt als der Rest von uns und dass er es beweisen wird, indem er die Geschichte auf den Kopf stellt."

Das brachte es wohl ziemlich auf den Punkt.

Michelangelo, einen Künstler, der für seine Frömmigkeit und sein freundliches Wesen bekannt war, als Intriganten und Mörder hinzustellen, passte da ins Bild.

„Stört es Sie nicht, dass Sie sich noch immer nicht aus seinem Dunstkreis lösen konnten?", fragte ich ihn. „So viele Jahre nach Cambridge? Ich habe nicht den Eindruck, dass das auf gegenseitiger Zuneigung beruht."

Bourne lachte laut auf. „Zuneigung? Duke kennt nicht mal das Wort. Was mich betrifft … Er war mein Goldesel. Das lässt sich nicht leugnen. Und das könnte er auch weiterhin sein. Das Buch bringt sicher ein Vermögen. Ich meine … Michelangelo. Das ist, als würde man Lewis Carroll als Jack the Ripper entlarven. Ich bring den fiesen alten Sack persönlich um, wenn er es mir nicht überlässt."

„Jetzt übertreiben Sie aber ein bisschen, George."

Er sah mich an, als wäre ich etwas beschränkt. „Sie haben keine Ahnung von dem Geschäft. Es gibt keinen Verleger, der nicht schon mal seinen Autor ermorden wollte."

„Vielleicht gibt es Autoren, die umgekehrt dasselbe denken?"

Auch das fand er lustig. „Unsinn. Zwischen zwei Büchern erinnern sie sich nicht mal daran, dass ich existiere. Für die bin ich nichts weiter als die Unternehmens-Drohne, ein Nichtstuer, der, wenn sie Glück haben, von Zeit zu Zeit Geld auf ihr Bankkonto überweist. Niemand würde einem Verleger etwas antun, guter Mann. Das wären wir gar keinem wert."

Unser Ziel lag auf der anderen Seite des Lidos, am endlosen Strand der Adria, die sich jetzt mitten im Winter kalt und grau in die Ferne erstreckte. Richtung Osten bestimmt hundert Kilometer weit nichts, bis irgendwann die Küste Kroatiens auftauchte. Das Angebot, ein Taxi zu nehmen, lehnte Bourne sofort ab. Trotz seines Körpergewichts und seines Lebensstils war er gut in Form. Tatsächlich hatte ich sogar Mühe, mit ihm mitzuhalten, während er mit großen Schritten Richtung Strandpromenade marschierte, um die Ecke bog, das gewaltige Gebäude des berühmten Hotels aus seinem geliebten Film erblickte und dann enttäuscht auf eine Bank am Straßenrand sank.

„Ich hatte Sie vorgewarnt, es hat sich verändert", sagte ich, als ich ihn einholte.

„Was in Gottes Namen …?"

Das Hotel des Bains hatte schon lange seine Pforten geschlossen. Jetzt war es nur noch ein grauweißer Koloss ohne Leben, verborgen hinter Baugerüsten und hässlichen Fensterläden. Auf dem Lido gab es keinen Bedarf mehr für ein riesiges Fünf-Sterne-Hotel, das auf die Bedürfnisse der europäischen High Society ausgerichtet war. Auch der Strand, an dem Bogardes deutscher Protagonist so sehnsuchtsvoll den geliebten Jungen beobachtet hatte, war geschlossen, ein privater Bereich, der im Winter nicht zugänglich war.

„Sie sagten, Sie wollten es sehen. Nun, das haben Sie jetzt."

„Verfluchtes Kino. Sie gaukeln einem bloß etwas vor."

Er wirkte sichtlich frustriert, bis ich ihn daran erinnerte, dass ich ein Lokal kannte, in dem man hervorragend zu Mittag essen konnte. *„Jetzt ködert den Hamen. Dieser Fisch wird anbeißen."*

Ich schüttelte den Kopf. „Wie bitte?"

„Shakespeare." Er drehte sich um und blickte wieder auf den gestrandeten Wal aus Beton hinter uns. Ohne seine glamouröse Kundschaft und die geschäftigen Pagen und Kellner in Livree war das Hotel des Bains ein trauriger Anblick. „Literarischer Unsinn, der einen pensionierten Archivar nicht zu kümmern braucht. Oder sonst irgendwen heutzutage. Geld regiert die Welt. Und zwar nur Geld. So war es nicht immer. Nicht ganz. Der Mist ist, dass Duke sich angepasst hat. Mir ist das nie richtig gelungen. Ich bin eher der Knapp-vorbei-ist-auch-daneben-Typ, immer kurz davor, aber nie an der Spitze." Er drehte sich um und musterte mich. „Was haben Sie getan, um im öffentlichen Dienst Karriere zu machen?"

„Mich ruhig verhalten, unterwürfig, blindlings loyal. Und ich habe jedem erzählt, was er hören wollte."

„Wie kommt es dann, dass Sie es nie bis ganz nach oben geschafft haben?", fragte er und stieß mich mit dem Ellbogen an, bevor sich ein schuldbewusstes Grinsen über sein Gesicht legte. „Tut mir leid. Das war herzlos und unfair. Da spricht der Godolphin in mir. Das macht dieser Mann mit einem. Zieht jeden runter auf sein eigenes erbärmliches Niveau. Fühlen Sie sich nicht einsam hier, so ganz allein auf weiter Flur?"

„Ich bin nicht … allein auf weiter Flur. Eleanor ist auf gewisse Weise immer bei mir. Wir haben den größten Teil unseres Erwachsenenlebens zusammen verbracht. Da verschwindet man nicht einfach komplett. Nicht nach alldem. Außerdem habe ich Freunde. Einen besonders guten, Luca Volpetti. Der Archivar, der mir bei Godolphins Auftrag hilft."

Bourne blickte noch ein letztes Mal zu dem traurigen Hotelklotz hinüber, bevor er sich seufzend erhob. „*Avanti, cicerone!* Schlagen wir uns den Bauch voll!"

„WO HABEN SIE GEGESSEN?", fragte Valentina.

Ich war erstaunt, dass unser Mittagessen sie anscheinend mehr interessierte als George Bournes düsteres Gerede. Trotzdem sagte ich es ihr: ein charmantes kleines Lokal am alten Markt auf dem Lido, das einen eigenen Fischstand und eine *cicchetti*-Bar mit den typischen leckeren Häppchen betrieb.

„Sie hätten mit ihm ins Il Pagliaccio gehen können."

„Das wäre vermutlich um einiges teurer gewesen."

„Er hatte eine Kreditkarte dabei! Sein Verlag hat gezahlt."

„Tut mir leid. Ein anderes Mal, falls sich die Gelegenheit ergibt. Es hat ihm gefallen. Zwei Flaschen Ribolla, die er fast allein geleert hat, und –"

Sie pochte mit ihrem Kugelschreiber auf den Schreibtisch. „Und er hat das wortwörtlich gesagt? Das könnten Sie beschwören? Er sagte, er würde diesen *fiesen alten Sack* umbringen, wenn er das Buch nicht bekäme. Sie haben es aus ihm rausgepresst, Arnold. Gratuliere. Ziemlich gute Ermittlungsarbeit."

„Ich habe gar nichts aus ihm rausgepresst. Er hat es von sich aus gesagt." Sie reagierte mit einem skeptischen Blick. „Engländern rutscht so was schon mal raus. Wenn früher irgendwer bei der Arbeit den Kaffeebecher meiner geliebten Eleanor umgestellt hat, hat sie ihn auch mit einem bösen Blick und den Worten *Mach das noch mal, und du bist tot* gestraft. Selbst wenn ich derjenige war. Aber das war ein Scherz. Keine echte Drohung."

„Mir scheint, die Engländer sagen ziemlich oft Dinge, die sie nicht wirklich meinen. Trotzdem … es waren seine Worte. Und jetzt ist Godolphin tot."

Wieder schlug die Kirchenglocke. Ich weiß nicht, ob Valentina Fabbri das Gefühl hatte, wir würden weiterkommen. Ich hatte es jedenfalls nicht.

„Wie war seine Stimmung?", fragte sie.

„Gedrückt. Resigniert." Ich dachte daran, wie er über seinen früheren Professor gesprochen hatte, der zum Fernsehstar geworden war. „Er fühlte sich verraten, weil er glaubt, Godolphin habe seinen Erfolg zu einem großen Teil ihm zu verdanken. Und dass er eine wesentliche Rolle bei dessen Karriere gespielt hat. Aber ich kann mir trotzdem nicht vorstellen, dass eine Verlagsgröße wie er jemanden wegen Undankbarkeit umbringt."

Dafür erntete ich einen abschätzigen Blick. „Sie sollten mal die Ermittlungsakten lesen, die ich schon zu Gesicht bekommen habe. Nicht die hiesigen natürlich, aber die aus Rom, Neapel, Mailand. Männer, manchmal Frauen, morden aus den geringsten Gründen. Eine Kränkung. Ein lang gehegter Groll. Ein falsches Wort zur falschen Zeit. Vor allem, wenn Alkohol im Spiel ist. Sie sagten doch, er trinkt ziemlich viel."

„Nein …"

„Sie sagten –"

„Ich meine, nein, ich glaube nicht, dass er jemanden umbringen würde. Das ist undenkbar."

„Dann würden Sie also nicht sagen, dass er in der Stimmung war, einen Mord zu begehen?"

Bourne und ich hatten ein gewisses Thema angesprochen, und ich überlegte, ob ich diesen Teil unserer Unterhaltung vor Valentina wiederholen sollte. Bei näherem Nachdenken kam ich jedoch zu dem Schluss, dass sie die Wahrheit sowieso aus mir herausbekommen würde.

„Wenn überhaupt, dann würde ich sagen, er war in der Stimmung, Selbstmord zu begehen. Es war der Film, wissen Sie."

„Der Film? Den kenne ich nicht."

Ich erzählte ihr kurz, wovon *Tod in Venedig* handelte, zumindest nach George Bournes Ansicht. Von einem alternden, gesundheitlich angegriffenen Mann, der während eines Urlaubs im Hotel des Bains einem schönen Jüngling verfällt. Er beobachtet ihn am Strand und sehnt sich danach, mit ihm zu sprechen, mit ihm zusammen zu sein. Vielleicht nichts weiter zu tun, als seine Gesellschaft zu genießen – eine Aussage, die meine *signora capitano* mit einem abfälligen Schnauben quittierte.

„George schien sich mit Gustav von Aschenbach zu identifizieren, mit der Figur, die Bogarde in dem Film spielt. Er betrachtet sich wohl auch als jemanden, der aus lauter Zurückhaltung und Angst immer gezögert hat, mutige Entscheidungen zu treffen. Ob auf seine Karriere, sein Privatleben oder etwas anderes bezogen … weiß ich nicht. Er sagte …", seine Worte klangen so seltsam, dass ich mich noch ziemlich genau daran erinnerte: „Eins habe ich gelernt, Arnold Clover. Du kannst dir die Haare färben, das Gesicht schminken. Den Clown spielen. Wenn du aber die Dinge aufschiebst, bis es zu spät ist, bist du auf jeden Fall tot. Ich sollte mich zur Ruhe setzen, in ein kleines Haus in der Toskana ziehen und mich in Wein ertränken."

Valentina legte sich die Hand an die Wange und warf mir einen Blick zu, den ich, wäre sie nicht Polizistin gewesen, als kokett bezeichnet hätte.

„Und darauf haben Sie was geantwortet …?"

„Was ich unter diesen Umstanden jedem geantwortet hätte. Wer nicht wagt, der nicht gewinnt. Ich hätte in Wimbledon bleiben und um meine geliebte Frau trauern können. Aber was hätte mir das gebracht? Stattdessen bin ich wie gelähmt vor Schmerz in ein Flugzeug gestiegen und hier gelandet, um mir ein neues Leben aufzubauen. In einer neuen, lebendigen, faszinierenden Welt. Es war das Beste, was ich tun konnte. Viel besser, als mich irgendwo in der Toskana zu Tode zu trinken, selbst wenn ich das Geld dazu hätte."

„Und das haben Sie ihm genau so gesagt?"

„Durch die Blume. Der Mann ist ein führender Verleger. Er hat einen Erfolg, den ich nie erzielen könnte. Das entsprechende Kleingeld ebenfalls, nehme ich an. Es wäre ungehörig zu glauben, ich könnte ihn über irgendwas belehren. Obwohl er tatsächlich nachdenklich wirkte, ein wenig melancholisch sogar, als wir mit dem Vaporetto zurückfuhren."

Sie nahm die Hand von der Wange und notierte sich etwas.

„Sie stehen alle auf meiner Liste", sagte sie. „Die Ehefrau. Der Sohn. Die Freundin. Ihre beiden Akademiker und George Bourne."

Genau wie Luca schien sie zu glauben, ich sei irgendwie für jeden ausländischen Verdächtigen verantwortlich, der sich momentan in Venedig aufhielt. Und es hatte wohl keinen Sinn, ihr weiter zu widersprechen.

„Genug von Ihrem Verleger, Arnold. Fahren Sie fort. Erzählen Sie mir von Godolphins sagenhafter Entdeckung." Sie sah auf ihr Handy, anschließend auf ihre Armbanduhr. „Danach brechen wir zu einem kleinen Mittagessen auf. In ein Lokal, das ich kenne. Und Sie mit Sicherheit nicht."

5
Der Nachlass Wolff

Am Montagmorgen um acht traf ich mich mit Luca zum Kaffee und den versprochenen *frittelle* vor dem Adagio, einem seiner Lieblingscafés nahe der Frarikirche. Er war wieder völlig aus dem Häuschen.

„Es ist möglich, Arnold", sagte er mit einem verschwörerischen Augenzwinkern, während wir hineingingen. „Ich bin die halbe Nacht auf gewesen. Es ist tatsächlich möglich."

Ich war noch ganz verschlafen, nachdem ich selbst bis in die frühen Morgenstunden gelesen hatte. „Was ...?"

„Michelangelo! Ich weiß, es klingt ziemlich abenteuerlich. Verrückt sogar. Trotzdem ... Godolphin ist vielleicht an etwas Großem dran."

Dann erhielt ich eine kurze Geschichtsstunde, was nicht nötig gewesen wäre, denn ich war bereits zu denselben Erkenntnissen gelangt. Es ging alles auf die unruhige Lage in Florenz im dritten Jahrzehnt des 16. Jahrhunderts zurück. Die Medici, die als Herzöge praktisch wie Könige regierten, waren aus der Stadt vertrieben worden, in der man bestrebt war, eine demokratische Republik nach dem Vorbild Venedigs zu errichten. Dabei verwende ich das Wort *demokratisch* natürlich sehr frei, denn von Wahlgleichheit konnte kaum die Rede sein und Frauen zählten sowieso kaum, es sei denn in der Küche oder im Bett. Obwohl unser moderner Anspruch auf diesen Begriff, wie die liebe Eleanor immer wieder betonte, in letzter Zeit unter nicht wenigen Aspekten skeptisch betrachtet werden musste.

Papst Clemens VII. wollte die Medici aus Familienverbundenheit wieder auf dem Thron sehen – wie schon erwähnt, wurde er als Giulio de' Medici, Sohn von Giuliano de' Medici, geboren, der während eines früheren Aufstands gegen die Familie, der sogenannten Pazzi-Verschwörung, ermordet worden war.

Clemens gewann die Unterstützung Karls V., Kaiser des Heiligen Römischen Reiches, Erzherzog von Österreich und König von Spanien. Florenz wurde zehn Monate lang belagert und kapitulierte im August 1530 schließlich. Michelangelo befand sich derweil in einer schwierigen Lage. Wie alle Künstler brauchte er Mäzene, die seine Rechnungen bezahlten – wovon hätte er sonst leben sollen? Vor ihrer Vertreibung 1527 hatte er hoch in der Gunst der Medici gestanden und an Konstruktion und Bau ihrer prächtigen Kapelle in der Basilica di San Lorenzo gearbeitet, der zukünftigen Grabstätte für die berühmtesten Mitglieder der Familie. Als jedoch kurzzeitig die Republik entstand, schlug er sich auf die Seite derjenigen, die den habgierigen Clan für immer loswerden wollten, und ging sogar so weit, die Verantwortung für die Befestigungsanlagen zu übernehmen, die die Belagerungsstreitkräfte ziemlich lange fernhalten sollten.

Als die Stadt später fiel, wurden die republikanischen Führer rasch verhaftet und viele von ihnen hingerichtet. Michelangelo, ein furchtsamer Mann, der zwar gerne Kriegsgeräte entwarf, aber nie selbst welche benutzte, verschwand von der Bildfläche. Niemand wusste, wohin. Der triumphierende Clemens gab den Medici die Macht über „ihre" Stadt zurück und setzte 1531 Alessandro als neuen Herrscher ein. Im Oktober desselben Jahres verkündete der Papst, dass dem flüchtigen Michelangelo vergeben werden würde, vorausgesetzt, er kehrte zurück und vollendete die halb fertige Kapelle in San Lorenzo. Kaum hatte ihn die Nachricht erreicht, kam unser gehorsames Genie aus seinem Versteck und kehrte, erneut untertäniger Diener der Familie, demütig zurück, um mit seiner Aufgabe fortzufahren.

Fünf Jahrhunderte später brachte eine zufällige Entdeckung ans Licht, wo er sich monatelang vor Alessandros Häschern versteckt gehalten hatte: in einem geheimen Raum in San Lorenzo, unweit der Medici-Kapelle selbst, dessen Wände er, um der Einsamkeit zu entgehen und die Zeit zu überbrücken, mit Kohlezeichnungen verschönerte. Doch all das war nun Vergangenheit. Michelangelo arbeitete wieder und bewies abermals sein herausragendes Können, also wurde ihm verziehen. 1534 ging er nach Rom, wo Clemens ihn beauftragte, das gewaltige *Jüngste Gericht* in der Sixtinischen Kapelle zu malen.

„Stellen wir uns vor", sagte Luca, „Michelangelo wäre insgeheim Republikaner geblieben. Stellen wir uns weiter vor, dass er nur ungern Clemens' letzten Wunsch erfüllte, eine so umfangreiche Aufgabe zu übernehmen, die die nächsten sieben Jahre seines Lebens in Anspruch nehmen würde. Und die ihn außerdem in heftige Streitigkeiten verwickeln sollte."

Die Nacktheit in Michelangelos Werk wurde von den konservativeren Kreisen im Vatikan angeprangert, weil man der Meinung war, seine Darstellung grenze ans Obszöne. Ein besonders scharfer und fantasievoller Kritiker behauptete sogar, eine Szene zeige zwei Heilige beim Geschlechtsakt. Nicht lange nachdem Michelangelo das Kunstwerk vollendet hatte, wurden andere Künstler beauftragt, jene Stellen, die die erzürnten Kleriker am meisten verärgerten, zu übermalen. Sie hüllten einzelne Figuren in Gewänder und fügten Veränderungen in Körperhaltung und Aussehen hinzu, die noch heute an der Decke und den Wänden der Sixtinischen Kapelle zu sehen sind.

„Das macht ihn noch lange nicht zu einem Mittäter bei einem Mord."

„Stimmt. Aber wir wissen mit Sicherheit, dass er Alessandro fürchtete, der ihn leicht hätte töten lassen können. Warum sonst hat er sich versteckt? Es ist durchaus denkbar, mein Freund, dass er den Mann immer noch hasste und sich rächen wollte. Mehr behaupte ich gar nicht."

Michelangelo heißt der gemeine Hund, der diese Mörder geschickt hat, um mich zum Schweigen zu bringen und um seine eigene erbärmliche Haut zu retten. Ich schwör's. Ich kann es beweisen. Das waren die Worte, die Duke Godolphins Drehbuch dem Lorenzino-Darsteller in den Mund gelegt hatte. Und sie erlaubten nur eine Interpretation.

„Gehen wir mal davon aus, dass Michelangelo an der ursprünglichen Verschwörung beteiligt war, Alessandro in Lorenzinos Wohnung zu ermorden", fuhr Luca fort. „Elf Jahre später, 1548, gehört er zu päpstlichen Kreisen. Er ist neuberufener Architekt des berühmten Petersdoms. Rackert sich noch immer mit dem *Jüngsten Gericht* ab. Liegt ständig im Streit mit seinen Kritikern und Auftraggebern." Luca tippte mir auf den Arm. „Er schreibt erotische Gedichte für seine Freunde, in einer Zeit, in der Homosexualität einen das Leben kosten konnte. Und Lorenzino ist auf der Flucht, der genau weiß, dass er an dem Mordkomplott gegen den Herzog beteiligt war. Dass sein Pinsel, sein Klüpfel und sein Meißel mit adeligem Blut besudelt waren. Und Michelangelos sexuelle Vorlieben kannte er wahrscheinlich auch. Der Mann konnte zu einer Gefahr für ihn werden."

„Hätte er die Chance gehabt, den Flüchtigen aus dem Weg zu schaffen …"

Luca verschüttete vor Aufregung die letzten Krümel seiner *frittelle* auf dem Tresen. „Wäre er dumm gewesen, sie nicht zu ergreifen. Oder? Und was auch immer er gewesen ist, dumm war er jedenfalls nicht. Wie gesagt, es ist denkbar – mehr behaupte ich gar nicht –, dass dein englischer Historiker einer großen Sache auf der Spur ist."

Genauso denkbar, dachte ich, ist es, dass Godolphin uns mit allerlei Halbwahrheiten und Erfindungen an der Nase herumführt, die ihn zurück in die Schlagzeilen bringen. Es wäre nicht das erste Mal.

„Wir brauchen Beweise", sagte ich.

„Du hast recht." Mein Freund trank seinen Kaffee aus und blickte auf seine leere Tasse. „Aber zuerst noch einen Macchiato."

„ES IST NICHT *DENKBAR*", erklärte Valentina entschieden und ließ mehrfach ihren Kugelschreiber klicken, eine Geste leichter Empörung, die ich inzwischen schon kannte. „Das ist völlig absurd."

„Ich weiß, dass man es als Diffamierung einer wahren italienischen Lichtgestalt betrachten könnte."

„Das ist nicht der Punkt. Aber wie hätte ein solches Geheimnis fast fünfhundert Jahre lang gewahrt werden können? Michelangelo ist eine der berühmtesten historischen Persönlichkeiten überhaupt. Man geht davon aus, alles über ihn zu wissen. Wäre er ein heimtückischer Mörder –"

„Ist er nicht. War er nicht."

„Wie wir ja inzwischen erfahren haben. Mir stellt sich aber die Frage: Wie konnte irgendwer – wie konnte ein bekannter britischer Historiker – das überhaupt jemals glauben?"

Ich versuchte, ihr zu erklären, dass Godolphin schon seit Jahren kein ernstzunehmender Historiker mehr gewesen war. Er war ein

Fernsehstar, ein Geschichtenerzähler, ein Mann, der Märchen und Mythen verbreitete. Es spielte keine Rolle, ob er wirklich glaubte, was er sagte. Für ihn zählte nur, dass er damit genug Aufsehen erregte, um ihn zurück auf den Bildschirm zu bringen und eine zufriedenstellende Anzahl Bücher zu verkaufen.

„Und jetzt", sagte ich, „würde ich, wenn Sie erlauben, mit meiner Geschichte fortfahren." Sie hörte mir kaum zu. Auf ihrem Handy war wieder eine Nachricht eingegangen.

„Bin ich Ihnen eigentlich wirklich eine Hilfe?", fragte ich in der leisen Hoffnung, sie würde Nein sagen und mich gehen lassen.

„Eine größere, als Sie glauben. Vor uns liegt allerdings noch ein gutes Stück Weg."

„Ich hätte angenommen, Ihre Verdächtigen zu befragen, falls sie wirklich verdächtig sind –"

„Das sind sie."

„Dann –"

„Arnold! Hören Sie mir überhaupt zu? Ich habe sie alle schon mehrmals verhört. Wenn ich nicht bald jemanden anklagen kann, muss ich sie gehen lassen. Vielleicht kann ich sie nicht mal in Italien festhalten." Aha. Ein weiterer Grund für die Eile. „Sie haben nichts Brauchbares gesagt. Niemand hat etwas gesehen. Niemand hat etwas gehört. Keiner von ihnen zeigt sonderlich viel Trauer angesichts des grausamen Endes Godolphins. Obwohl das an sich natürlich kein Verbrechen ist."

Ich hatte den Eindruck, dass sie langsam verzweifelte. Und ich fragte mich, was wohl ihr nächster Schachzug sein würde.

„Sie lügen alle", erklärte sie dann zu meiner und, wie mir schien, auch zu ihrer eigenen Überraschung. „Das sagt mir mein Bauchgefühl. Jeder von ihnen verbirgt etwas vor mir. Sobald wir der Lösung näher sind, versammle ich sie vielleicht in einem Raum, und wir beide versuchen, ihre Geheimnisse zu lüften."

„Sie glauben doch wohl nicht, dass sie Godolphin gemeinsam ermordet haben? Dass sie sich alle irgendwie verschworen …"

Ein Schuss mit ihrem Laserblick. „Ich weiß nicht. Was glauben Sie?"

Irgendwo auf dem Dach gurrten Tauben, trippelten über Ziegel.

„Das klingt schon ein bisschen nach Agatha Christie", sagte ich.

„War die nicht auch unglaublich britisch? Aber egal. Wir werden der Sache schon auf den Grund gehen. Ich habe noch eine andere Idee."

„Da bin ich aber froh, denn –"

„Mittagessen", verkündete sie.

„Ich bin mir nicht sicher, ob ich großen Hunger habe."

„Dann essen Sie eben nichts. Wir treffen uns mit Volpetti." Sie lächelte, und irgendetwas an ihrem scheinbar freundlichen Gesichtsausdruck sagte mir, dass ich Valentina Fabbri lieber nicht auf den Fersen hätte, wenn ich ein Krimineller wäre. „Wir drei können das Ganze nachher bei einem Glas Wein und ein paar *cicchetti* besprechen. Und jetzt …", das Lächeln verschwand, „erzählen Sie mir weiter von diesem … Nachlass."

ALS WIR DAS STAATSARCHIV BETRATEN, mussten wir als Erstes überrascht feststellen, dass man uns in einen anderen Teil des Gebäudekomplexes abgeschoben hatte. Anstelle des ruhigen kleinen Büros, das Luca für uns reserviert hatte, waren wir nun in einem kalten, zugigen Lagerbereich abseits der Straße untergebracht.

Die Franziskanermönche, die Napoleon einst für seine Soldaten ausquartierte, hatten in dem Gebäudekomplex, der dann unter den Österreichern ab 1817 zum zentralen Archiv wurde, gut fünfhundert Jahre lang ein angenehmes Domizil gehabt. Zur Anlage gehörten zwei Klöster, das erste, direkt an die Frarikirche angrenzende Chiostro della Trinità, war der Dreifaltigkeit geweiht und wurde gut instand gehalten, da es vom Kapitelsaal aus für die Öffentlichkeit einsehbar war. Das zweite, nach Sant'Antonio benannte, wirkte im Vergleich dazu eher heruntergekommen, die Pflastersteine waren mit Moos und Schmutz bedeckt, die Säulengänge verwittert, der Brunnen in der Mitte voller Ruß und Taubendreck. Ein Bereich, der vom Archiv selten genutzt wurde, schien mir. Hierhin hatte man uns nun verbannt. In unserem ursprünglichen, Richtung Trinità gelegenen, Büro hatte die hereinscheinende Februarsonne für eine heitere, helle Atmosphäre gesorgt. Die neue Räumlichkeit hingegen lag im Dauerschatten und machte einen ziemlich schäbigen Eindruck. Als ich mich umdrehte, sah ich einen roten Luftballon über den leeren Innenhof hüpfen, verfolgt von ein paar gelangweilten Tauben. Mich beschlich ein ungutes Gefühl, was den Raum, was Godolphins Vorhaben und das, was von uns erwartet wurde, anbetraf. Dem Gesichtsausdruck meines Freundes nach zu urteilen, ging es ihm ähnlich.

Dies, so erklärte er mir, während wir den Hof überquerten, sei ein Teil des Gebäudekomplexes, in den er selten käme. Ich vermutete, dass sich hier einst das Refektorium der Franziskanerbrüder befand, ein Ort, an dem sie ungestört essen konnten. Jetzt war es wohl so etwas wie ein Lagerraum für ausrangierte Bürogegenstände – alte Computer, Drucker und Schreibtische.

„Ich verstehe das nicht, Arnold", sagte er, während er die Tür aufschloss. „Dein Godolphin ist uns eine Erklärung schuldig."

Der Grund, warum wir jetzt hier waren und nicht mehr in unserem ursprünglichen Büro, wurde sofort offensichtlich. Der Nachlass Wolff war eingetroffen, und er war riesig. Jede Menge große Umzugskartons mit dem Namen und dem Logo eines Berliner Transportunternehmens stapelten sich an den Wänden, alle mit einer Beschriftung versehen, die den Inhalt als „Hausrat" auswies.

„Interessant", murmelte ich und konnte es kaum erwarten, mir die Sache näher anzusehen. Hier gab es Geheimnisse zu erforschen, da war ich mir sicher. Und Geheimnisse waren meine Passion.

Wir hörten Schritte hinter uns, dann ein nervöses Hüsteln. Ich drehte mich um. Duke Godolphin und sein Sohn standen in der Tür; Letzterer war derjenige, der gehustet hatte.

„Also schön", sagte Godolphin und klatschte in die behandschuhten Hände. Sein Atem kondensierte in der eiskalten Morgenluft. „Zeit, an die Arbeit zu gehen."

Bevor ich etwas erwidern konnte, trat Luca auf ihn zu und gab ihm eine Antwort, die er wahrscheinlich selten zu hören bekam: „Nein." Er ging zum nächststehenden Umzugskarton. „Zuerst müssen Sie uns erklären, was das hier soll. Ich zähle dreizehn Kartons." Mir war klar, worauf mein Freund hinauswollte. Ich holte mein Taschenmesser hervor, schlitzte das Klebeband an dem Karton auf und öffnete ihn. Wir sahen alle hinein. Er war randvoll mit Umschlägen. „Das Ganze hier mal dreizehn ist ein Albtraum für zwei Leute."

Godolphin tätschelte seinem Sohn den Arm. „Deshalb habe ich ihn mitgebracht."

Luca warf mir einen hilfesuchenden Blick zu.

„Bevor hier etwas passiert, brauchen wir mehr Informationen von Ihnen", sagte ich. „Schließlich befinden wir uns im Staatsarchiv von Venedig. Nicht in irgendeinem dubiosen Trödelladen. Wer ist dieser Wolff? Nach was genau suchen wir? Wir erwarten …" Es wurde Zeit, eine Drohung auszusprechen, etwas, das ich in meinem Leben bisher selten getan hatte. Aber ich fand durchaus Gefallen daran. „Wir erwarten, dass Sie ehrlich zu uns sind. Falls nicht, bin ich raus aus der Sache. Und Luca ebenfalls. Wir sind uns einig. Dann können Sie das alles selber durchsuchen."

Ich erntete denselben Blick, mit dem er früher sicher seine Studierenden abgestraft hatte, wenn sie ihn enttäuschten.

„Jolyon", sagte er, „richte dich schon mal häuslich ein. Die Herren und ich müssen uns noch ein wenig unterhalten."

GLEICH GEGENÜBER VOM ARCHIV, auf der anderen Seite des Kanals, befand sich eine Bar. Wir setzten uns an einen Tisch etwas abseits des Trubels an der Theke. Godolphin wirkte leicht verlegen. Mir kam der Gedanke, dass der Umfang des Wolff'schen Nachlasses auch ihn überraschte, wenn er das auch nicht zugeben wollte.

Nachdem unsere Getränke serviert worden waren, überließ ich Luca das Reden. Das Problem war nicht nur der Umfang der Aufgabe, die vor uns lag. Dazu stellte sich auch die Frage der Provenienz. Das Archiv war eine staatliche Institution. Für jedes Dokument, das durch seine Tür gelangte, musste es einen Nachweis geben, aus dem hervorging, woher es stammte und auf welchem Weg es erworben wurde.

„Es stammt alles von mir", sagte Godolphin. „Und ich habe es legal erworben."

Ich hatte Luca selten verärgert gesehen, außer wenn er es mit nervigen Touristen zu tun hatte. Jetzt aber wurde er richtig böse, und er gab sich keine Mühe, es zu verbergen.

„Das reicht nicht!"

„Bei Weitem nicht", stimmte ich ihm zu. „Das wissen Sie genauso gut wie wir. Soweit ich sehe, wurde das Material von einem einfachen Umzugsunternehmen hertransportiert. Ohne ordnungsgemäße Dokumentation. Keinerlei Nachweis, dass es überhaupt aus einer akademischen Einrichtung kommt."

„Das", antwortete Godolphin mit einem kurzen Lächeln, „liegt daran, dass dem nicht so ist. Grigor Wolff war nicht in diesem Umfeld tätig. Er war ein Mann nach meinem Geschmack. Ein Antiquar, der eine Privatsammlung unterhielt. Mehr auf Ergebnisse konzentriert als auf Bürokratie und Papierkram. Sie kannten Ihn sicher?"

Diese Frage schien sich an uns beide zu richten.

„Bis dato hatte ich den Namen noch nie gehört", antwortete ich.

Und Luca schüttelte den Kopf.

„Dann hatte er offensichtlich mit Leuten zu tun, die Sie kannten. Hören Sie mir zu."

Wir waren ganz Ohr. Die Geschichte, die Godolphin uns auftischte, klang, gelinde gesagt, sonderbar.

Einige Jahre zuvor habe er eine Nachricht von einem Antiquar namens Grigor Wolff aus Berlin erhalten, der gehört hatte, dass er auf der Suche nach neuem Material über den Geheimdienst unter Elizabeth I. sei. Wolff erwies sich als zurückgezogener Mensch, der ausschließlich per E-Mail kommunizierte. Anfangs sei er natürlich zögerlich gewesen, weil er fürchtete, es entweder mit einem Spinner oder einem Betrüger zu tun zu haben.

„Aber der Mann kannte meine Arbeit schon seit Jahren. Er war ein großer Verehrer. Er hat mir enorm viel Zeit und Geld bei der Suche nach geeignetem Quellenmaterial erspart. Zum Beispiel hat er mich auf die Existenz einer Depesche von Francis Walsingham über die Armada aufmerksam gemacht, die irgendwo in den Tiefen des Indienarchivs in Sevilla verstaubt ist."

Das klang merkwürdig.

„Was um Himmels willen hat Walsingham in Sevilla gemacht?", fragte ich. „Das dortige Archiv sammelt doch sicher nur Dokumente mit Bezug zur Neuen Welt."

„Seeräuberei, mein Lieber", antwortete Godolphin mit einem Blick, der mir sagte, ich hätte das wissen müssen. „Drake und Raleigh. Sie haben demnach weder mein Buch gelesen noch meine Fernsehsendung gesehen."

„Da hatte ich wohl gerade mal 'ne kleine Auszeit, ohne mich fortzubilden", antwortete ich, was sofort zu einer Nachfrage Lucas führte, der sich wunderte, wie man sich woandershin bilden sollte.

„Es war der erste seiner Hinweise", unterbrach Godolphin, bevor ich meinen Freund aufklären konnte. „Später entdeckte er noch einige Schriftstücke über de Sade und seine Gefangenschaft in Vincennes. Grigor bekam alle möglichen interessanten Dokumente in die Finger."

Luca hatte sein Handy hervorgeholt. „Wer ist dieser Mann?", fragte er. „Wieso haben wir noch nie von ihm gehört? Und warum ist er sogar für Google ein Rätsel?"

Duke Godolphin schwieg ausnahmsweise.

„Sie sind ihm nie begegnet?", fragte ich.

„Das war nicht nötig. Er sagte, er wolle seine Privatsphäre wahren. Das sei die Voraussetzung, wenn ich mit ihm Geschäfte machen wolle."

„Aber Sie haben ihn bezahlt?"

Wieder zögerte er einen Moment. „Grigor meinte immer, irgendwann würde er mir seine Auslagen noch in Rechnung stellen", räumte er ein, als ich weiter drängte. „Sein Hauptinteresse bestand darin, die von ihm entdeckten Schätze einem breiteren Publikum zugänglich zu machen. Und das war nur durch mich möglich. Er war ein Bewunderer, wie ich schon sagte. Mag sein, dass das für Sie schwer zu verstehen ist. Für mich nicht. Ich hielt es für ein Hobby. Er sagte, er verfüge über private Mittel und bräuchte kein zusätzliches Einkommen. Sein Lohn bestünde darin zu sehen, wie ich nutzte, was er ausgegraben hatte. Grigor war gewissermaßen der Archäologe, und ich das Medium, um die Öffentlichkeit zu erreichen." Godolphin trank seinen Espresso aus und schien langsam gelangweilt. Wahrscheinlich musste er sich selten vor jemandem rechtfertigen. „Seine einzige Bedingung war, dass ich ihn weder in irgendeinem Nachwort erwähne noch ihm im Abspann meiner Filme danke. Anonymität. Darauf bestand er. Und ich hatte nichts dagegen einzuwenden."

Luca sah mich an, und ich wusste genau, was er dachte. Also sprach ich es aus.

„Haben Sie auch nur eine entfernte Vorstellung, woher das Material kommt, das wir gleich sichten werden?"

Bis auf ein Stirnrunzeln keine Antwort. Dann: „Keinen blassen Schimmer. Ich hab nie Fragen gestellt. Ich habe das Zeug nur von einem meiner wissenschaftlichen Mitarbeiter überprüfen lassen und mich davon überzeugt, dass es weitestgehend echt ist. Dann hab ich die Sache in Angriff genommen. Dasselbe erwarte ich jetzt von Ihnen."

„Wenn es gestohlen worden wäre", sagte ich, „dann wüssten Sie es also nicht?"

„Ich habe keinen Grund zu der Annahme, dass es sich um Diebesgut handelt."

„Das Material wurde als Hausrat deklariert hierher transportiert. Ohne jegliche Begleitpapiere. Es gibt keine Auflistung oder sonstige Unterlagen. Wir müssen mit diesem Mann reden. Wir müssen hören, was er zu sagen hat."

Duke Godolphin seufzte. „Das ist, so leid es mir tut, nicht möglich. Es sei denn, Sie können Tote zum Leben erwecken."

Jetzt waren wir diejenigen, die verstummten. Godolphin klärte uns auf. Im vergangenen Sommer hatte Wolff ihm per E-Mail mitgeteilt, dass er auf einer Europareise die zwei wertvollsten Dokumente entdeckt habe, denen er je auf die Spur gekommen sei. In diesem Fall, schrieb er, würde er ausnahmsweise Geld verlangen. 10.000 Euro in bar, die Hälfte im Voraus, solle er zu einer Adresse in Koblenz bringen.

„Das konnte ich natürlich nicht ablehnen. Also habe ich gemeinsam mit einer Freundin eine Kreuzfahrt auf der Mosel unternommen. Die Adresse gehörte zu einer Gaststätte, wo eine Frau den Umschlag offenbar erwartete. Auf meine Frage, ob es möglich sei, Grigor Wolff zu treffen, erhielt ich keine Antwort. Da sich in Koblenz das Bundesarchiv befindet, erkundigte ich mich natürlich dort nach ihm. Das gleiche Spiel: Falls ihn dort jemand kannte, sagte man es mir nicht. Kurze Zeit später schickte er mir eine E-Mail, in der er mich wissen ließ, sein Arzt habe ihm mitgeteilt, dass er höchstens noch ein oder zwei Monate zu leben habe. Er würde veranlassen, dass die Dokumente hierher geschickt werden, und wünsche, dass die Sammlung dem Staatsarchiv übereignet würde, sobald ich damit fertig sei. Dort drüben solle sie aufbewahrt werden." Er deutete zur gewaltigen Frontseite der Frarikirche mit ihrer Fensterrose hinüber. „Irgendwo da drin, in der von den Florentinern genutzten Kapelle, liegen angeblich die Gebeine Lorenzino de' Medicis unter einer unbeschrifteten Steinplatte. Es schien ihm wohl passend, dass das Material unweit davon im Boden versenkt wird."

„Und das restliche Geld?"

Godolphin zuckte mit den Schultern. „Hat er nicht mehr erwähnt. Warum sollte ich es also tun? Der Mann hatte die langweiligen Bücher gelesen, die meine früheren Schüler über den kleinen Streit der Medici fabriziert hatten. Er sei, schrieb er mir, entsetzt über die monotone Schreibweise und den Mangel an neuen Erkenntnissen. Also habe er sich an allen geheimnisumwobenen Orten, von denen er wisse, auf die Suche gemacht, und etwas entdeckt, das Florenz entgangen war. Einen Beweis, dass sowohl Caroline Fitzroy als auch Bernard Hauptmann auf dem Holzweg waren." Er zückte sein Handy. „Das hier ist der wahre Pfad zur Erkenntnis. Oder zumindest ein Teil davon."

Irgendwo in den Umzugskartons befänden sich, hatte Wolff ihm versichert, zwei Briefe. Einer von Michelangelo an Lorenzino, in dem er ihm seine Unterstützung beim Mordkomplott gegen Alessandro anbietet. Der zweite, elf Jahre später datiert, von dem Künstler an einen Empfänger in Venedig, der hier Lorenzinos Ermordung arrangieren sollte.

Godolphin fingerte an seinem Handy herum und öffnete ein Foto. Ich ließ Luca zuerst einen Blick darauf werfen und beobachtete, wie sein Gesicht einen Ausdruck der Verblüffung annahm. Er reichte das Gerät an mich weiter. Die Aufnahme zeigte ein Stück eines vergilbten, in kaum zu entziffernder Handschrift verfassten Briefes, oben die Skizze eines Dolches, daneben in verblassten, zittrigen Buchstaben das Wort *Cellini!*.

„Das hat Wolff mir geschickt. Ich habe die Zeilen mit Schriftproben von Michelangelo vergleichen lassen, es ist dieselbe Hand. Das Fragment eines Briefes, den Michelangelo an Lorenzini geschrieben hat, um ihm seine Unterstützung bei der Ermordung Herzog Alessandros anzubieten. Außerdem die benötigte Waffe. Er versprach ihm ein Stilett, um die Tat auszuführen. Das wollte er bei keinem Geringeren in Auftrag geben als bei Benvenuto Cellini."

Godolphin blickte sich um, als wollte er sichergehen, dass niemand uns beobachtete, dann zog er den Dolch aus dem Ärmel, den der Bibboni-Darsteller auf der Ponte San Tomà geschwungen hatte.

„Außerdem hat er mir diesen Dolch geschickt, den er nach dem Entwurf hatte anfertigen lassen; als Beweis für den Wert seiner Entdeckung. Ein außergewöhnliches Stück. Danach starb er schneller als erwartet, bevor er mir weitere Einzelheiten mitteilen konnte. Alles, was ich sonst noch habe, ist eine Nachricht von ihm, in der er ziemlich verwirrt klang und mich wissen ließ, dass er mir die komplette Sammlung vermache und dass ich darin finden würde, wonach ich suche."

„Und der zweite Brief?", fragte Luca.

„Wie schon gesagt, darin ging es um Lorenzinos Ermordung hier in Venedig. Das ist alles, was ich weiß."

„Wann ist Wolff gestorben?", fragte ich. „Und wo?"

Duke Godolphin warf die Hände in die Luft, eine theatralische Geste, die er auch im Fernsehen gern benutzte. „In Berlin. An Weihnachten, glaube ich. Was spielt das für eine Rolle? Zur Beerdigung hat mich niemand eingeladen. Der Mann legte Wert auf seine Privatsphäre. Wer bin ich, ihm die im Tod zu verwehren? Ich hatte gehofft, er würde sich uns hier anschließen und ich könnte ihn vielleicht zu einem Fernsehauftritt bewegen, falls er halbwegs fotogen gewesen wäre. Stattdessen gab er mir Ihren Namen, Clover, als ob er gewusst hätte, dass er es nicht mehr lange machen würde. Er meinte, ich könne Sie über die hiesigen Bibliothekskreise erreichen. Was mir, dank Ihres Freundes, auch gelungen ist."

Wir sahen auf unsere Kaffeetassen und lauschten dem Geplauder an der Bar. Das Archiv befand sich auf der anderen Seite der Brücke, direkt neben der Frarikirche, nicht weit von den begrabenen Gebeinen des ermordeten Lorenzino, falls sie wirklich dort lagen. Keiner von uns hatte große Lust, in den Raum mit den Umzugskartons und Godolphins missmutigem Sohn zurückzukehren.

„Wenn irgendetwas von dem Material auf unkonventionelle Weise erworben wurde –", begann Luca.

„Sie meinen gestohlen", fiel Godolphin ihm ins Wort, „sprechen Sie's ruhig aus."

„Ich meine, wenn etwas von dem Material auf eine Weise erworben wurde, die das Staatsarchiv in Verruf bringen könnte –"

„Wurde es nicht. Ich habe keinen Grund zu der Annahme, dass Wolff irgendwas anderes als ein etwas komischer Kauz war, der sich als Antiquar betätigte und lebte wie ein Einsiedler."

Ich legte meinem Freund die Hand auf den Arm. „So oder so, Luca, wir müssen suchen. Wenn diese Briefe wirklich in dem Nachlass sind ... Wir können das nicht einfach ignorieren. Oder? Es verstauben weiß Gott zu viele bedeutende Schätze irgendwo in dunklen Ecken, unentdeckt und ungelesen. Wir müssen es einfach rausfinden."

Godolphin klopfte mir auf die Schulter. „Guter Mann! Fliss meinte, ich müsste mich aus Cambridge an Sie erinnern."

„Warum sollten Sie? Ich habe nie zu Ihren Studenten gehört."

„Es wird sich für Sie lohnen. Ich bin vielleicht manchmal ein strenger Boss, aber ich zeige mich immer erkenntlich."

In dem Moment musste ich an Felicitys Geschichte über die junge Frau denken, die Godolphin belästigt hatte. Julie Dean. Sie hätte, da war ich mir sicher, dem nicht zugestimmt.

Er stand auf und warf schnaubend einen Zwanzigeuroschein auf den Tisch. „Und vergessen Sie nicht, dass wir hier beim Fernsehen sind, nicht in der Welt der Wissenschaft. Es geht um Unterhaltung. Ich bezahle Sie nicht dafür, mir kryptische Erkenntnisse zu liefern, die irgendeinen Uralt-Professor im Ruhestand von den Scheintoten wecken. Ich erwarte, dass Sie ausfindig machen, was ich brauche, um meine Story von der Blut-*passeggiata* zu erzählen: dass Michelangelo Mitverschwörer bei dem Mordkomplott gegen den Herzog von Florenz gewesen ist und dass er der Verräter jenes Mannes war, den er zu der Tat angestiftet hat. Das wird Schlagzeilen machen. Ich hab einen Kumpel bei der *Sunday Times*, der es als Exklusivmeldung auf der Titelseite bringt, sobald die Sache spruchreif ist. Alles klar?"

„Glasklar", antwortete ich, bevor Luca noch etwas sagen konnte.

„Dann legen Sie am besten gleich los." Unser Auftraggeber knöpfte seinen Mantel zu. „Und jetzt hab ich zu tun. Genau wie Sie."

GODOLPHIN ENTSCHWAND in den eisig kalten Vormittag. Luca und ich trotteten zum Archiv hinüber und begaben uns zu dem Außenposten im hinteren Kloster, den man uns zugewiesen hatte. Die Umzugskartons schienen sich während unserer Abwesenheit vermehrt zu haben. Neben einem saß Jolyon Godolphin und verspeiste einen Müsliriegel. Er war ein ruhiger Bursche, der jünger aussah als seine etwa dreißig Jahre. Seine dünnen blonden Haare benötigten einen Schnitt, sein Gesicht war genauso markant wie das seiner Mutter, aber der Ausdruck darin längst nicht so aufmerksam. Sein Blick wirkte irgendwie trüb und leer, was vermutlich nicht erst zutage getreten war, nachdem sein Vater ihn praktisch rausgeworfen und verfügt hatte, er solle von vorne anfangen. Soweit ich mich erinnerte, war das einzige Buch, das er im Anschluss an seine Fernsehserie veröffentlicht hatte, von den Kritikern wegen schlampiger Recherche und miserablem Stil zerrissen worden. Vielleicht war er, anders als sein Vater, das Risiko eingegangen, es selbst zu schreiben.

Während wir die Kartons betrachteten und überlegten, wo wir anfangen sollten, kam Jolyon zu uns und fragte, was er tun solle.

„Haben Sie schon gefrühstückt?", fragte Luca.

Jolyon hielt das Müsliriegelpapier hoch und erklärte, er sei spät dran gewesen und habe das Buffet im Hotel sausen lassen.

„Dann holen Sie sich erst mal einen Kaffee und etwas zu essen und kommen wieder her, wenn wir uns einen ersten Überblick verschafft haben. Ein guter Archivar arbeitet nicht mit leerem Magen, nicht wahr, Arnold?"

„Niemals", stimmte ich zu. „Kommt gar nicht infrage."

Er lächelte uns dankbar an und verschwand.

„Bleiben Sie aber nicht zu lange weg!", rief ich ihm nach. „Es gibt viel zu tun."

Wir sahen ihn noch durch den moosbewachsenen Kreuzgang laufen.

„Der junge Mann wirkt wie ein Opfer der Umstände?", sagte Luca, als er im Torbogen am anderen Ende des Hofes verschwand.

„Von denen hat Godolphin über die Jahre wahrscheinlich einige zurückgelassen."

„Wir werden uns nicht zu ihnen gesellen, oder?"

Ich blickte zum Säulengang gegenüber. Dahinter befand sich das Kloster der Dreifaltigkeit. Und dahinter die Frarikirche mit der Kapelle, unter deren Bodenplatten irgendwo die Überreste Lorenzino de' Medicis begraben lagen. Zumindest wollte Godolphin uns das glauben machen. Ob das stimme, fragte ich Luca. War einer der berüchtigtsten Mörder der Renaissance wirklich unter den Steinplatten begraben, an denen heute Zehntausende von Touristen vorbeipilgerten, die eine der berühmtesten Basiliken in einer Stadt voller Kirchen besuchten?

Er zuckte mit den Schultern. „Gestern hab ich mit einem Freund, der dort arbeitet, über Lorenzino gesprochen. Zumindest existiert das Gerücht, er sei heimlich in der Kapelle Johannes des Täufers rechts vom Querschiff bestattet worden. Die Kapelle war für die Florentiner bestimmt, die in der Stadt lebten und die für ihre Nutzung zahlten." Er seufzte. „Ich weiß, Godolphin wirkt wie ein Hochstapler, aber er scheint tatsächlich auf ein paar interessante Zusammenhänge gestoßen zu sein."

In dem frostigen ehemaligen Refektorium, in dem wir die nächsten Tage verbringen würden, hatte ich die Kapelle genau vor Augen. Dort stand eine außergewöhnliche, mehrfarbige Holzskulptur Johannes des Täufers, die im 15. Jahrhundert von Donatello, dem herausragendsten florentinischen Bildhauer seiner Zeit, angefertigt wurde. Der Prophet war in zerrissenes Ziegenleder gehüllt und trug einen goldenen Umhang um die Schultern. Auf seinem ausgemergelten Gesicht lag ein schmerzverzerrter Ausdruck, der mich immer an die Figur der abgemagerten, reumütigen Maria Magdalena erinnerte, die vom selben Bildhauer stammte und sich heute im Museo dell'Opera del Duomo in Florenz befand. Keins der beiden Kunstwerke konnte ich lange betrachten, ohne zu schaudern und mich an einen anderen Ort zu wünschen.

Mein Freund lachte, als ich ihm das erzählte. „Weißt du, was lustig ist? Donatello wurde von Cosimo de' Medici dem Alten beauftragt, diese Skulptur anzufertigen, von genau dem, der die Medici in den 1450er-Jahren auf ihr Podest hob. Es war ein Geschenk an Venedig, zum Dank, dass die Stadt ihn und seine Familie aufgenommen hatte, als sie aus Florenz vertrieben wurden. Im einen Moment Freunde. Im nächsten Feinde. Sag ich immer wieder, Arnold. Kann gut sein, dass Godolphin etwas Großem auf der Spur ist. Damals waren wir noch keine Italiener. Es gab nur einzelne Städte mit Kriegsherren, die um

Territorien kämpften, in einem von Gewalt, Habgier und Hass gezeichneten Land."

Mein venezianischer Freund wurde mir von Tag zu Tag sympathischer. Er wusste so viel und gab seine hart erarbeiteten Kenntnisse so bereitwillig an jeden weiter, der sie brauchen konnte.

Ich klopfte auf den nächsten Karton. „Es gibt nur einen Weg, das herauszufinden."

Jolyon kam zurück und sah nach seinem Frühstück schon viel zufriedener aus. Luca nahm eine Schere und verkündete, da sein Vater diesen riesigen Berg Material ins Archiv bestellt habe, sei es natürlich sein Privileg, als Erster mit der Sichtung zu beginnen.

Der junge Mann grinste, sichtlich erleichtert, dass sein alter Herr nicht mehr anwesend war. Er fuhr mit der Schere über das Klebeband, mit dem der Karton verschlossen war, und klappte ihn auf. Als wir hineinsahen, bot sich uns das gleiche Bild wie bei dem, den wir zuvor inspiziert hatten. Umschläge in allen Größen, einige klein und weiß, andere groß und braun, darunter ein paar gepolsterte Versandtaschen, die man verwendete, um empfindliche Gegenstände zu verschicken.

Luca gab Jolyon ein Zeichen anzufangen.

Zaghaft – und mit zierlichen Fingern, wie ich fand – griff er hinein und nahm einen verblassten A4-Umschlag mit verstärkter Rückseite heraus. Er öffnete ihn und entnahm den Inhalt. Alle drei starrten wir auf eine Dessertkarte aus dem Hotel Adlon in Berlin, datiert auf September 1999.

DIE NÄCHSTEN STUNDEN sollten noch viele solcher Überraschungen bringen. Auf den Kartons befanden sich keine genauen Angaben, nur Nummern, Transportaufkleber und ab und zu ein paar unleserliche Worte, die vermutlich von den Speditionsmitarbeitern stammten. Nach einer Weile gaben wir den Versuch auf, sie der Reihe nach zu bearbeiten, und beschlossen, die Sache anders anzugehen.

Wir öffneten sämtliche Deckel und fanden in allen Kartons das gleiche Bild vor: Umschläge unterschiedlichster Art, einige eindeutig alt, andere relativ neu. Ausgehend von der Annahme, dass der verstorbene Grigor Wolff erst kürzlich Zugang zu diesen mysteriösen

Michelangelo-Briefen gehabt haben musste, um Godolphin den Schnappschuss von der Briefseite mit der Dolchskizze zu schicken, begannen wir, Letztere zuerst zu öffnen. Diese Vorgehensweise erwies sich jedoch als falsch. Die neuesten Umschläge enthielten wahllose Objekte beliebigen Alters: Ausschnitte aus deutschen und niederländischen Zeitungen, weitere Speisekarten, Cocktailkarten aus Bars in Amsterdam und Paris, Reisebroschüren von Sehenswürdigkeiten in ganz Europa, und ein kurzes Gedicht auf Französisch, das auf die Rückseite eines eingerissenen Guinness-Bierdeckels gekritzelt war.

Luca und ich wussten nicht recht, wie wir weitermachen sollten. Man hatte uns Archivmaterial versprochen, das von einem verstorbenen Antiquar stammte. Was wir hier vor uns hatten, sah eher wie ein Haufen alter Plunder aus der Haushaltsauflösung eines verschrobenen Sonderlings aus, der nicht mehr unter uns weilte. Dennoch verbot unser Berufsethos es uns, einfach loszulegen, die Umschläge überhastet zu öffnen und alles auszusondern, was uns wertlos erschien. Das hätten wir nicht übers Archivarherz gebracht.

Nach längerer erfolgloser Suche schickten wir Jolyon Kaffee holen und unterbrachen die Arbeit, um über unsere weitere Vorgehensweise zu beraten. Wir waren beide der Ansicht, das Mysterium, das uns inzwischen als Grigor Wolff bekannt war, hatte sich entschlossen, ein Spiel mit Duke Godolphin zu spielen. Vielleicht existierten diese Michelangelo-Briefe gar nicht. Oder wenn doch, dann hatte Wolff sich wer weiß warum dazu entschieden, unserem TV-Historiker die Aufgabe zu stellen, die wertvollen Archivalien mühsam aus dem ganzen Krimskrams zutage zu fördern. Nach Lucas Ansicht konnte es nur einen Grund dafür geben: Die Briefe waren tatsächlich gestohlen und mussten vor den neugierigen Blicken anderer versteckt werden. Falls das zutraf, würden wir uns alle Mühe geben, sie aufzuspüren, und zu gegebener Zeit das Staatsarchiv über unseren Fund informieren.

Für den Fall, dass sich bei dem Material, das wir auspackten, irgendwelche Hinweise befanden, im Zusammenhang mit den Kartons, aus denen es stammte, zum Beispiel, war es wichtig, eine gewisse Systematisierung einzuführen. Aus Chaos muss Ordnung entstehen, sagten wir uns. Wenn wir überhaupt Erfolg haben wollten, mussten wir aus dem Inhalt dieser hunderten Umschläge eine Art strukturierte

Basis bilden, von der aus wir mit der Zeit eingrenzen konnten. Es war nicht damit getan, jeden Karton in der Hoffnung zu durchwühlen, die beiden Briefe würden auf wundersame Weise plötzlich auftauchen.

Wir entschieden uns für eine Ordnung nach geografischen Aspekten. Nachdem wir den Inhalt der einzelnen Umschläge kurz geprüft hatten, platzierten wir alles aufgegliedert nach Herkunftsort auf den langen Tischen im hinteren Teil des Raumes. Falls eine weitere Unterteilung nötig sein würde, um das Rätsel zu lösen, das Wolff uns gestellt hatte, konnte sie später erfolgen.

Nach ein paar Stunden stellten wir fest, dass der Wahnsinn des verstorbenen Antiquars eine gewisse Methode hatte. Die Kartons waren nicht, wie zuerst befürchtet, völlig wahllos gefüllt worden. Die Herkunftsorte des Inhalts beschränkten sich auf sechs Länder: Italien, Deutschland, die Niederlande, Frankreich, Großbritannien; vereinzelte Stücke stammten aus Irland.

Wissenschaftliche Aufsätze, Zeitungsausschnitte, Touristenfotos, einige gerahmt, Filmplakate und eine ganze Menge Zugfahrpläne gesellten sich nach und nach zu dem übrigen Material auf dem Tisch. Nichts, was mit Michelangelo zu tun hatte, soweit wir sehen konnten. Gegen Mittag legten wir alle drei eine Pause ein. Wir hatten noch etliche Kartons vor uns. Bis jetzt hatten wir noch nicht einmal den Boden unseres jeweils ersten erreicht. Die ganze Unternehmung würde Tage dauern. Vielleicht sogar Wochen. Und wir hatten keine Ahnung, ob die sensationellen Schriftstücke jemals auftauchen würden, die Duke Godolphin suchte.

Ich wollte vorschlagen, es für diesen Tag gut sein zu lassen und ins Ai Pugni zu einer aufheiternden Mahlzeit zu gehen, bei der wir erstens darüber nachdenken konnten, wie um alles in der Welt wir in diesen Schlamassel geraten waren, und zweitens, wie wir uns wieder herausmanövrieren sollten.

Da marschierte Caroline Fitzroy durch die Tür, und mir fiel mein Versprechen von Samstagabend wieder ein. Ihr einen Blick ins Buch der berühmten Kurtisanen zu ermöglichen, der sie motivieren könnte, über die legendären Prostituierten Venedigs in der Renaissance zu forschen.

Sie warf einen Blick auf das Chaos, das uns umgab, sah in unsere Gesichter und fing lauthals an zu lachen.

VERONICA FRANCO WAR VON GEBURT AN dazu bestimmt gewesen, Männern gefällig zu sein. Ihre Mutter gehörte zum Berufsstand der *cortigiane oneste*, der ehrbaren Kurtisanen. Sie war meilenweit entfernt von der Welt der gewöhnlichen Prostituierten, die an Orten wie der berüchtigten Ponte delle Tette, der „Brücke der Brüste", in San Polo auf Laufkundschaft warteten. Dort wurden die Frauen von den Behörden obendrein dafür bezahlt, sich barbusig zu zeigen, um, so glaubte die Stadtobrigkeit, die Homosexualität in der Arbeiterklasse einzudämmen.

Veronica Franco und ihresgleichen bedienten eine ganz andere Klientel: Aristokraten aus Venedig und anderswoher, die sich gern am gesellschaftlichen Leben in literarischen Salons erfreuten, die ihr zuhörten, wenn sie ihre eigenen Gedichte vortrug, musizierte und sang, und die sie anschließend mit ins Bett nahmen. Sex war ein wichtiger Bestandteil ihrer Rolle, wie sie in ihren Liebesgedichten freimütig eingestand. Aber nur mit den richtigen Männern, darunter Heinrich III. von Frankreich, dem sie angeblich als Geschenk dargeboten wurde, als er einmal die Stadt besuchte.

Tintoretto malte sie. Venedig liebte sie. Bis man sie irgendwann fallen ließ und sie sich zuerst gegen den Vorwurf der Hexerei wehren musste, dann in Armut fiel und von denselben Männern im Stich gelassen wurde, die sich einst nach ihrer Gesellschaft sehnten. Mit fünfundvierzig Jahren starb sie, und nachdem ich einiges über sie und einen Teil ihrer Werke gelesen hatte, bin ich zu der Überzeugung gelangt, dass sie es verdient hatte, einem heutigen Publikum nahegebracht zu werden. Viele ihrer Äußerungen über weibliche Stärke und über die Gefahren, denen Frauen ausgesetzt waren, wenn sie versuchten, ihren Weg in der männerdominierten Welt zu gehen, schienen mir äußerst zeitgemäß.

Ein Zitat aus ihren Briefen hatte ich auf meinem Handy gespeichert und las es Caroline Fitzroy während einer kurzen Unterbrechung meiner Arbeit im kalten Klosterhof vor: *Wenn auch wir Frauen bewaffnet und ausgebildet sind, werden wir euch Männern beweisen, dass wir Hände und Füße und Herzen haben wie ihr.* Caroline hörte mir aufmerksam zu. Ich würde, wie vereinbart, einen der freundlichen Archivare im Lesesaal aufsuchen und veranlassen, dass sie das gesamte relevante Material zu sehen bekäme, einschließlich des hochinteressanten

Verzeichnisses der venezianischen Kurtisanen der Renaissance, in das die wohlhabenden Besucher sich einst vertieften, als würden sie die Speisekarte eines Nobelrestaurants studieren. Doch offenbar hatte sie es sich inzwischen anders überlegt.

„Sehr freundlich von Ihnen. Das klingt verlockend", sagte sie mit einem aufgesetzten Lächeln. „Vielleicht ein anderes Mal."

Bevor ich sie aufhalten konnte, steuerte sie schon wieder auf die Tür zu unserem Arbeitsraum zu. Dort waren Jolyon und Luca noch dabei, die Umschläge zu sichten, die Nummern der Umzugskartons zu notieren, aus denen sie stammten, und sie anschließend auf den entsprechenden Stapeln abzulegen.

„Haben Sie Dukes magische Papiere schon gefunden?", fragte sie.

Ich erklärte ihr, dass es eine komplizierte Aufgabe sei, bei der es gelte, eine riesige Menge von Unterlagen in Augenschein zu nehmen, von denen nur wenige von Bedeutung seien. Der Spender sei leider verstorben, bevor er uns das Material in überschaubarem Zustand habe zukommen lassen können.

„Wer war er?"

„Ein Mann namens Wolff."

„Und wer war das?"

„Das weiß ich nicht. Und ich bin mir auch nicht sicher, ob Godolphin es weiß. Trotzdem haben wir zugesagt, uns die Sachen anzusehen. Es könnte nur eine Weile dauern."

Sie langte in den nächststehenden Karton, nahm einen Umschlag und zog die herausgerissene Seite einer Maastrichter Zeitung heraus, den Bericht über ein Radrennen aus dem Jahr 1989. „Mir scheint", sagte sie und holte ihr Handy hervor, „Sie brauchen ein bisschen Hilfe."

Zwanzig Minuten später spazierten die restlichen Mitglieder des Goldenen Zirkels, George Bourne, Bernard Hauptmann und sogar Felicity, amüsiert durch den Raum. Patricia Buckley war wohl von Godolphin auf eine Bootstour eingeladen worden – zu zweit natürlich. So ganz sich selbst überlassen, konnten es unsere neuen Hilfskräfte offenbar kaum erwarten, sich über unsere kuriose Materialsammlung herzumachen.

Wir hatten keine Ahnung, was Godolphin davon halten würde, es interessierte uns auch nicht. Was wir hier tun mussten, entsprach nicht der Archivtätigkeit, zu der wir uns bereit erklärt hatten. Es schien mir eher wie eine skurrile Nebenvorstellung zu dem Karnevalstreiben, das draußen durch die Gassen zog.

Abgesehen davon waren wir dankbar für die Hilfe. Ich versorgte jeden mit einem Umzugskarton und den entsprechenden Anweisungen – die Umschläge daraufhin zu überprüfen, ob sie irgendetwas enthielten, das aussah wie ein Schriftstück aus der Renaissance, und, wenn nicht, den Inhalt zu kennzeichnen und auf dem richtigen Stapel am Ende des Raumes abzulegen. Alle machten sich gewissenhaft ans Werk, obwohl ich einräumen muss, dass die Stimmung nach einer halben Stunde, in der wir nur wertloses Zeug fanden, etwas albern wurde. Vor allem George Bourne schien die Vorstellung, dass sich zwei Briefe Michelangelos zwischen dem ganzen unnützen Kram verbergen könnten, höchst amüsant zu finden und begann bei jedem neuen Umschlag, den er öffnete, zu kichern.

Das konnte nicht lange gut gehen.

VALENTINA FABBRI SCHOB VERWIRRT ihren Stuhl zurück „Was Sie da beschreiben, klingt ausgesprochen seltsam."

Erstaunlicherweise verspürte ich langsam ein wenig Hunger. Die Aussicht, in ein neues, etwas abgeschiedenes Lokal geführt zu werden, war doch verlockend. Außerdem konnte ich es kaum erwarten, aus der Dienststelle der Carabinieri hinauszukommen. Dabei war es nicht wirklich unangenehm dort, viel freundlicher als erwartet sogar. Hätten wir uns im Herzen von Rom oder Neapel befunden, hätte zweifellos eine weniger entspannte Atmosphäre geherrscht. Aber, wie *signora capitano* zu Beginn schon erklärt hatte, Venedig war anders. Für eine Polizeidienststelle herrschte eine recht gelöste Stimmung.

„Das war es auch. Ich wollte Ihnen gerade noch von Godolphin erzählen."

„Alles zu seiner Zeit. Arbeitet man immer so in der Wissenschaft? Mit Umzugskisten voller Altpapier?"

Wo sollte ich anfangen? Nein, antwortete ich. Normalerweise erhielten wir Archivgut zusammen mit einem Ablieferungsverzeichnis und mit Provenienznachweis. Es ließ sich genau feststellen, um was es sich handelte, woher es ursprünglich stammte und wer es abgegeben hatte. Entsprechende Unterlagen hatten Luca und ich beim Nachlass Wolff vergeblich gesucht.

„Was ich nicht verstehe", sagte sie, „warum haben Sie nicht einfach den ganzen Kram danach durchgesehen, worauf Sie aus waren? Sie haben sich offensichtlich viel Arbeit gemacht. Und Godolphins Gästen auch."

Von denen sich allerdings keiner beklagt hatte.

Ich versuchte, es ihr zu erklären. Als Archivare gingen wir zunächst immer davon aus, dass jedes Dokument von Bedeutung sein könnte, auch wenn es auf den ersten Blick wertlos erschien. Zu viele kostbare Objekte waren im Lauf der Jahrhunderte schon weggeworfen worden, für immer verloren. Hätte man sie aufbewahrt, bis jemand, der etwas davon verstand, sie hätte begutachten können, hätte man ihren wahren Wert bestimmt erkannt.

„Zugfahrpläne? Zeitungsausschnitte? Reiseprospekte?"

„Wir konnten nicht wissen, was im nächsten Umschlag stecken würde."

Der Kuli pochte wieder auf den Schreibtisch. „Und?"

„Und wir haben uns gefragt, ob das alles nicht zu einem riesigen, komplizierten Puzzle gehörte. Zu einer Aufgabe, die der verstorbene Wolff Godolphin vielleicht gestellt hatte, um zu sehen, ob er wirklich der begnadete Historiker war, für den er sich ausgab. Wir wussten es einfach nicht. Und wenn man sich einer Sache nicht sicher ist, hält man sich sämtliche Optionen offen, erfasst und ordnet alles so, dass man es später leicht wiederfindet."

Die Tür ging auf. Einer der Carabinieri in Uniform, die sich zuvor um den Betrunkenen gekümmert hatten, kam herein und wirkte sichtlich verlegen.

„Was ist?", fragte Valentina, während der Mann nervös von einem Fuß auf den anderen trat.

„Leider muss ich melden, *capitano*, dass einer der Verdächtigen geflohen ist."

Auf die Information hin erwartete ich einen Wutausbruch, in diesem Fall wohl gerechtfertigt. Aber nein. Valentina neigte nicht zu Vorhersehbarkeit. „Wer?"

„Der Sohn."

„Wie?"

Es folgten eine gestammelte Erklärung und so etwas wie eine Entschuldigung. Jolyon hatte offenbar darum gebeten, seine Zelle verlassen zu dürfen, um auf die Toilette zu gehen. Während er, nur in Begleitung eines jungen Auszubildenden, auf dem Weg dorthin gewesen war, ging plötzlich die Eingangstür der Carabinieristation auf: Fensterputzer, die ihren Lohn haben wollten. Jolyon Godolphin nutzte die Gelegenheit und lief weg. Offenbar war er nur in Pullover und Jeans in die eisige Februarkälte geflüchtet.

„Haben wir seinen Ausweis?", fragte Valentina.

„Natürlich."

„Hat er Geld bei sich?"

Der Mann zuckte mit den Schultern. „Höchstens das, was er in den Hosentaschen hat. Die Mutter ist ziemlich außer sich."

Valentina erhob sich und nahm einen dunkelblauen Mantel vom Garderobenständer hinter sich. „Kommen Sie, Arnold. Zeit fürs Mittagessen." Sie sah den Beamten kurz an. „Sie wissen, was zu tun ist."

Ein Salut, dann hastete er davon.

Ich hatte langsam das Gefühl, ich würde die Polizeiarbeit nie verstehen. Zumindest nicht in Venedig.

„Aber ... Jolyon ist geflohen."

„Richtig."

„Sollten Sie nicht ... sollten Sie nicht nach ihm suchen?"

Ich zog meinen alten Dufflecoat an und wartete auf eine Antwort. Vergeblich.

„Ich meine –"

„Wie oft muss ich es Ihnen noch sagen? Wir sind hier in Venedig. In einer Stadt wie keine zweite. Der junge Godolphin hat kein Geld. Keinen Ausweis. Keinerlei Ortskenntnis, bis auf das, was er auf seiner Anreise gesehen hat. Er ist zum ersten Mal hier. Das hatte ich ihn schon gefragt."

„Und?"

„Wohin kann er schon gehen? Zum Bahnhof. Oder, wahrscheinlicher noch, zum Piazzale Roma, wo es Busse und Taxis gibt, von denen er sich keins leisten kann. Wir sind eine Insel. Ein kleine, abgeschlossene Welt, aus der nur ein Venezianer entkommen könnte, und das auch bloß mit etwas Glück."

Sie zog eine Wollmütze aus der Tasche und setzte sie auf ihr gepflegtes dunkles Haar. Von ihrer Uniform war nichts mehr zu sehen. Valentina Fabbri wirkte wie eine von den vielen eleganten venezianischen Damen auf dem Weg zum Mittagessen. „Wenn wir zurückkommen, wird er hier sein, da bin ich mir sicher. Mich interessiert eher die Frage, warum der junge Mann die Flucht ergreift, obwohl er wissen muss, dass er nicht die geringste Chance hat zu entkommen."

Draußen war es inzwischen nicht wärmer geworden. Und die Tauben waren wieder da.

Carabinieri, ranghöher und gesetzter als die, die ich kurz vorher gesehen hatte, telefonierten im Freien. Ich hörte den Namen *Godolphin*. Vielleicht hatten sie ihn schon gefasst.

„Mögen Sie *baccalà*?", fragte Valentina.

Baccalà mantecato, Stockfischcreme, die auf Brot gestrichen wird. Eine venezianische Spezialität.

„Sehr sogar."

„Gut. Gleich bekommen Sie die beste weit und breit."

Wir gingen zur Riva degli Schiavoni, wo sich Kostümierte zwischen die Touristen mischten, und alle, genau wie wir, den Ausblick über die Lagune nach San Giorgio hinüber genossen. Venedig erschien mir so oft wie ein lebendiges Gemälde. Nur dass der jeweilige Künstler mit den Jahreszeiten wechselte. Canaletto im Sommer. Turner jetzt im Winter mit seinem blassblau leuchtenden Himmel und der schimmernden Wasserfläche vor uns.

„Würden Sie sagen, Jolyon Godolphin ist ein intelligenter Mensch?"

Er hatte mir erzählt, er habe gegen den Willen seines Vaters in Oxford studiert. Es wäre sicher ein Leichtes für Duke gewesen, ihn in Cambridge unterzubringen. Doch Jolyon war dagegen. Er habe sich einen eigenen Namen machen wollen, sagte er, und später nur aus Mangel an Alternativen zugestimmt, beim Fernsehen in die Fußstapfen seines Vaters zu treten.

„Ich glaube schon. Aber was Ihre Ermittlung angeht –"

„Dann weiß er, dass er sich nirgendwo verstecken kann", sagte Valentina und warf mir einen ihrer typischen Laserblicke zu. „Trotzdem läuft er weg. Mir scheint, das ist gar keine Ermittlung. Eher die Persönlichkeitsstudie an ein paar intriganten Ausländern."

Ich zögerte einen Moment. „Mich etwa eingeschlossen?"

Sie lächelte in den endlos blauen Himmel hinauf und zum *campanile* auf der anderen Seite des *bacino* hinüber, eines Spiegelbilds des Turms von San Marco zu unserer Rechten. Dann setzte Valentina Fabbri ihren Weg fort.

6
Geheimnisse

Bis zum Nachmittag hatte unser neues Forscherteam die Anzahl der zu bearbeitenden Kartons um ungefähr ein Drittel reduziert. Luca, ein Mann mit fundiertem mathematischen Verstand, hatte ausgerechnet, dass wir, wenn wir noch zwei Tage so weitermachten, jeden Umschlag aus dem Nachlass Wolff geöffnet und untersucht haben würden. Wir hegten natürlich die Hoffnung, die beiden Michelangelo-Briefe lange vorher zu finden. Eine eher verhaltene Hoffnung allerdings. Denn was da aus den Kartons zum Vorschein kam, glich eher der sonderbaren Anhäufung Unrat eines Messies als einer vielversprechenden Sammlung historischen Materials. Es war nichts darunter, das auch nur im Entferntesten wie die Korrespondenz zweier berühmter Renaissance-Persönlichkeiten aussah.

Felicity und George Bourne schienen begeistert von dem Gedanken, dass Godolphins ambitioniertes Vorhaben, die Geschichte auf den Kopf zu stellen, sich als der größte Reinfall aller Zeiten erweisen könnte. Sein Sohn hingegen erledigte mit leerem Blick, fast schon roboterhaft, einfach seine Aufgabe. Die psychische Verfassung des jungen Mannes machte mir, ehrlich gesagt, ein wenig Sorgen. Nicht nur weil er so niedergeschlagen wirkte – nach den Verkündungen seines alten Herrn am Wochenende war es kaum verwunderlich, dass er sich deprimiert fühlte –, mir kam es so vor, als würde mehr dahinterstecken als die Tatsache, dass er von seinem Rabenvater aus dem Nest gestoßen worden war. Der arme Kerl schien richtig verstört. Ich musste daran denken, was Felicity mir über seine Gefühle für die unglückselige Julie Dean erzählt hatte. Dass ihm damals der Mut fehlte, aktiv zu werden, und er mitansehen musste, wie sein Vater sich an die junge Frau heranmachte, um sie für sich zu gewinnen. Etwas Ähnliches, schien mir, hatte der alte Godolphin jetzt bei der attraktiven Patricia Buckley vor, seiner vermutlich neuen Produzentin und potenziell nächsten Eroberung. Glaubte der Mann wohl zumindest.

Caroline Fitzroy und Bernard Hauptmann ließen sich nicht von der wachsenden Schadenfreude ihrer früheren Kommilitonen anstecken, was mich, zugegeben, etwas erstaunte. Doch im Gegensatz zu ihrem ehemaligen Professor waren sie offenbar ernstzunehmende Historiker, die nach der Wahrheit strebten, auch wenn die vielleicht ihren eigenen Überzeugungen widersprach. Beide hielten es für höchst unwahrscheinlich, dass Michelangelo in Alessandros Ermordung oder in das spätere Attentat auf Lorenzino in Venedig verwickelt gewesen war. Aber aus denselben Gründen, die auch Luca und ich schon in Erwägung gezogen hatten, schlossen sie es auch nicht ganz aus. Es galt als anerkannte Tatsache, dass Michelangelo sich die Medici eine Zeit lang zu Feinden gemacht hatte, so sehr, dass er sich 1530 mehrere Monate in einem Raum unterhalb ihrer Kapelle, der Basilica di San Lorenzo, in Florenz versteckt halten musste.

Hauptmann, so stellte sich heraus, hatte am Vortag in seinen Forschungsunterlagen recherchiert und war auf etwas gestoßen, das Godolphins gewagte Theorie untermauern könnte. Über irgendein wissenschaftliches Archivnetz hatte der Amerikaner Zugriff auf die komplette bekannte Korrespondenz Michelangelos und hatte einen eindeutigen Beweis dafür entdeckt, dass er schon einmal einen Dolch skizziert hatte, ganz ähnlich dem vielleicht, der am Samstagabend vor unseren Augen geschwungen worden war. Einige Jahre vor Alessandros Ermordung hatte der Florentiner Aristokrat Piero Aldobrandini über Michelangelos Bruder Leonardo anfragen lassen, ob er einen solchen für seinen persönlichen Gebrauch entwerfen könne. *Non é mia professione*, das ist nicht mein Beruf, hatte der Künstler erklärt und versucht, den Auftrag abzulehnen. Doch Aldobrandini hatte nicht lockergelassen, genau wie Leonardo, der auf das Geld aus gewesen war, das dabei für ihn herausspringen sollte. Abgesehen davon besaß Michelangelo so viele künstlerische Talente, dass kaum etwas vorstellbar war, was er nicht konnte. Allerdings fand sich keine Zeichnung des Dolches unter seinen bekannten Briefen. Während sein älterer Rivale Leonardo da Vinci gerne alle möglichen Kriegsgeräte und Waffen erfand, bestand

Michelangelos einziger Beitrag zur Wehrtechnik, den wir heute kennen, aus dem Plan zum Bau der Befestigungsanlage von Florenz, um 1528 die päpstlichen Truppen abzuwehren, jenes Vorhaben, das ihm den Ärger mit den Medici überhaupt erst einbrachte.

Dennoch schienen sowohl Hauptmann als auch Caroline Fitzroy von dem Gedanken ziemlich angetan, dass an Godolphins Vermutung etwas dran sein könnte, und diskutierten diese Möglichkeit während der Arbeit eifrig mit uns. Überraschenderweise hob sich dadurch die Stimmung, und selbst Felicity und George hörten nach einer Weile auf zu spotten.

Um kurz nach vier dröhnte eine Stimme an der Tür, die ich inzwischen nur zu gut kannte. Duke Godolphin war zurück, wohlgesättigt und den Durst reichlich gestillt, seinen geröteten Wangen nach zu urteilen. Sein Hemdkragen war zerrissen und über seinen schlaffen Hals verliefen hellrote Streifen, die aussahen wie Kratzspuren.

„Was in Gottes Namen ist das?!", brüllte er und sah die versammelte Mannschaft zornig an.

Felicity genügte ein Blick, sie ging zu ihm, strich ihm über Kragen und Hals und stieß ihm den Finger in die Brust. „Und was ist *das?*" Ausnahmsweise schien der Mann sprachlos. Verlegen. Schuldbewusst. „Ich dachte, du wolltest deine junge amerikanische Freundin zum Mittagessen ausführen. Wo ist sie denn?"

„Ihr war nicht gut, sie ist zurück ins Hotel", brummte Godolphin in einem Tonfall, der mir neu war. Leise, betreten, beschämt vielleicht sogar. „Wahrscheinlich etwas, das sie gegessen hat."

Es folgte einer dieser merkwürdigen Augenblicke, in denen eine Lüge ohne weitere Erklärung für alle offensichtlich wird.

Luca sah mich an, und ich wusste, dass wir beide dasselbe dachten. Ein heftiger Ehekrach stand kurz bevor. Und dabei schien Felicity Godolphin Publikum ebenso zu schätzen wie ihr Mann bei seinen TV-Auftritten.

„SCHRECKLICH", SAGTE VALENTINA FABBRI mit einer verächtlichen Handbewegung, während sie mich durch eine schmale Gasse führte. „Vor anderen Menschen seine Streitigkeiten auszutragen. Wie theatralisch. Diese Fernsehleute glauben wohl, sie stehen immer vor der Kamera."

Eine äußerst treffende Beobachtung. Meine neue Carabinieri-Bekanntschaft schien ein tieferes Verständnis für die Dynamik zwischen der Familie Godolphin und ihren Gästen zu haben, als ich zunächst dachte. Was mich dazu veranlasste, mich leicht beklommen zu fragen, warum sie so sehr an mir interessiert war.

„Darf ich mich erkundigen, wo wir hingehen?"

„Das sagte ich doch schon. Zum Mittagessen."

Das war's. Keine weiteren Auskünfte. Ich gab auf und folgte ihr in dem Wissen, dass der Tag niemals kommen würde, an dem ich mich nicht in dem Labyrinth aus Gassen, die sich wie Venen und Arterien durch die Stadt schlängelten, verlaufen würde. Valentina war in Venedig geboren und aufgewachsen. Sie kannte jeden *sotoportego*, jeden *campo*, jeden *corte*, hinter dem es nicht weiterging. Und jede Abkürzung. Der schiefe Turm der griechisch-orthodoxen Kirche war ein oder zwei Minuten lang über den Dächern zu sehen. Wir liefen über den Platz vor San Giovanni in Bragora, dem bescheidenen Gotteshaus, in dem Vivaldi getauft wurde und – allerdings nicht ebenso historisch belegt – die sterblichen Überreste Johannes des Täufers begraben liegen. Danach war ich wieder der Ahnungslose, ein Fremder, der weder wusste, wo wir waren, noch wohin wir gingen.

Kurz darauf überquerten wir eine Brücke über einen Kanal, die mir entfernt bekannt vorkam, wobei meine Begleiterin ein so flottes Tempo an den Tag legte, dass es mir schwerfiel, mit ihr Schritt zu halten. Sie wirkte dermaßen auf irgendetwas konzentriert, dass es keinen Sinn hatte, ein Gespräch anzufangen. Vielleicht war es der verschwundene Jolyon Godolphin. Obwohl sie sicher zu sein schien, dass er schon bald gefasst werden würde. Mein Blick fiel kurz auf die weiße Fassade der Scuola di San Giorgio degli Schiavoni, wo Carpaccios heiliger Georg seit mehr als fünfhundert Jahren den unglückseligen Drachen tötete, und ich fühlte mich langsam heimischer. Diesen Teil von Castello kannte ich, doch kaum hatte ich das festgestellt, bog Valentina in einen engen dunklen Torbogen ab, den ich für den Eingang zu einem privaten Wohnhaus gehalten hätte. Aber nein. Irgendwo zwischen Arsenale und Uferpromenade betraten wir ein Gassengewirr, durch das wir auf einen kleinen Platz gelangten. Inmitten der niedrigen, heruntergekommenen Häuserreihen befand sich dort eine leuchtend grüne

Doppeltür, darüber ein handgemaltes Schild mit der schlichten Darstellung eines halbvollen Weinglases und dem rustikalen Schriftzug *Bar da Ugo* darauf.

Ugo war ein wohlbeleibter, rotgesichtiger Geselle um die siebzig mit vollem silbergrauem Haar und einer fleckigen Kochschürze um den kugelrunden Bauch. Valentinas ehemaliger Chef bei den Carabinieri und inzwischen der Besitzer der kleinen Bar, die seinen Namen trug. Die beiden tauschten jede Menge Küsschen und Umarmungen aus, obwohl sie sich, wie ich erfuhr, erst zwei Tage zuvor das letzte Mal gesehen hatten. Typisch Engländer, lächelte ich natürlich und hielt mich diskret zurück. Die Bar war spärlich beleuchtet, an den Wänden hingen Fotos von Venezianern, ein paar davon sicher mehrere Jahrzehnte alt, und der alte abgenutzte Holztresen sah aus, als hätte er schon da gestanden, als Napoleons Truppen der Republik Venedig ein Ende setzten. Ganz hinten gelangten wir durch eine klapprige Terrassentür in einen kleinen Innenhof mit Fasstischen und Heizpilzen. Hugo führte uns an einen der Tische, dann holte er eine Karaffe Prosecco und eine Platte mit den köstlichen venezianischen *cicchetti*, die ich inzwischen so liebte: *sarde in saor*, in Essig eingelegte Sardinen mit Zwiebeln; die obligatorische *baccalà; polpette di melanzane*, Auberginenbällchen; gegrillten Babyoktopus und Brot mit einem ganzen Berg Käse.

„Hierher finde ich nie wieder", sagte ich, als wir anfingen zu essen. Ugo grinste und klopfte sich auf den Bauch. Er wirkte eher wie ein Weihnachtsmann, der sich in der Jahreszeit geirrt hat, als wie ein pensionierter Carabiniere.

„Das sollen Sie auch nicht", sagte Valentina.

Unser Gastgeber hob mahnend den Zeigefinger. „Er wohnt doch jetzt hier, oder? Wenn er den Weg findet, ist er auch willkommen." Er strahlte sie an. „Besonders, wenn er meine Lieblingspolizistin mitbringt. Also …" Er sah sich demonstrativ um, als wollte er sichergehen, dass uns niemand belauscht. Dabei waren der Innenhof und die Bar völlig leer. „Ihr habt tatsächlich einen Mord, *capitano*? Hier in Venedig? Ein berühmter Engländer?"

Valentina hielt einen *moscardino* hoch und betrachtete den kleinen Oktopus im hellen Mittagslicht eingehend.

„Stimmt irgendwas damit nicht?", fragte Ugo und wirkte plötzlich besorgt. „Ich bin nämlich Barkeeper und kein Koch. Im Gegensatz zu deinem Mann."

„Er ist annehmbar", antwortete sie, was vermutlich so etwas wie einem Kompliment gleichkam. „Ja. Wir haben einen mysteriösen Todesfall."

„Und einen Verdächtigen?"

„Mehr als ich brauche, danke der Nachfrage."

Ugo wartete. Valentina sagte nichts mehr. Er verstand die Botschaft und ließ uns allein. Es war wunderbar, aus ihrem Büro herauszukommen, muss ich ehrlich sagen, auch wenn ich mich nach einem halben Glas Prosecco ein wenig schwindelig fühlte.

Ich wollte gerade weiter von dem Streit erzählen, als sie anfing, ein Stück Sardine zu untersuchen. „Wir wissen", sagte sie, „dass Godolphin seine ehemaligen Studenten, einschließlich seiner Frau und seines Verlegers, kaltstellen wollte."

„Sieht so aus."

„Glauben Sie, er hatte vielleicht die Vermutung, dass einer von ihnen dasselbe mit ihm vorhaben könnte?"

Ihre komplizierten Gedankengänge verwirrten mich einen Moment. „Verzeihung. Sie meinen …?"

„Ich meine, ob Sie es für möglich halten, dass er den Verdacht hatte, einer oder mehrere von ihnen könnten den mysteriösen Antiquar Grigor Wolff erfunden haben, um ihn als das zu entlarven, was er in Wirklichkeit war, nämlich ein Betrüger?"

„Aber das war er nicht. Ein Betrüger, meine ich. Er war genau das, wofür er sich ausgab. Ein Fernsehstar. Ein Anekdotenerzähler. Jemand, der unterhaltsame Geschichten spann, ob sie nun der Wahrheit entsprachen oder nicht."

Sie sah mich verdutzt an. „So haben Sie den Mann vielleicht gesehen. Nicht aber er sich selbst. Was hätte er wohl getan, wenn er herausgefunden hätte, dass einer von diesen Leuten ihm eine Falle gestellt hatte?"

Darauf gab es nur eine Antwort. „Er hätte sie zuschnappen lassen. Mit dem Fallensteller selbst darin."

Ihr Handy klingelte. Sie hörte einen Moment zu, antwortete mit einem knappen *sì* und beendete das Gespräch.

„Haben Sie den Sohn gefunden?"

„Es war Volpetti. Ich habe ihn gebeten, herzukommen. Sie schenkte uns den Rest des Proseccos ein. „Die Sache birgt noch zu viele Geheimnisse. Die offenbar niemand für mich lüftet. Bitte fahren Sie mit Ihrer Geschichte fort. Ich bin, wie ihr Engländer sagt, alle Ohren."

„Ganz Ohr", korrigierte ich sie.

„DUKE", SAGTE HAUPTMANN und trat, in der Hoffnung, den bevorstehenden Streit abwenden zu können, zu den Ehepartnern an der Tür. „Wir versuchen nur zu helfen. Um im Zweifel zu deinen Gunsten zu entscheiden. Michelangelo hat tatsächlich mal einen Dolch für jemanden entworfen, weißt du. Es ist also durchaus möglich –"

„Falls du von Aldobrandini sprichst, bin ich im Bilde, danke, Bernard. Ich war dir schon in Cambridge immer zehn Schritte voraus. Das gilt noch heute. Was …" er drehte sich um und sah Luca und mich wütend an, „machen diese Leute hier?"

Luca schluckte und wurde rot. Mir reichte es. Ich ging zu Hauptmann, legte ihm meine Hand auf den Arm, bis er zur Seite trat, und sah Godolphin ins Gesicht. Vierzig Jahre zuvor wäre ich ihm vielleicht mit bangem Blick gegenübergetreten. Inzwischen nicht mehr.

„Sie sind hier, um zu helfen. Sie haben nämlich versäumt, Luca und mir zu sagen, dass wir einen riesigen Berg wertloses Material durchsehen müssen."

„Das wusste ich nicht."

„Jetzt wissen Sie es. Zu zweit schaffen wir das unmöglich. Das könnte Monate dauern." Eine Übertreibung, aber das brauchte er nicht zu wissen. „Bernard und Caroline waren so nett, uns ihre Hilfe anzubieten, ebenso Felicity und George. Gemeinsam mit Jolyon sollten wir in der Lage sein, den Inhalt aller dreizehn – randvollen – Kartons innerhalb von ein paar Tagen zu sichten, zu beschriften, zu sortieren und Ihre kostbaren Briefe zu finden. Vielleicht …", ich machte ihm ein zaghaftes Friedensangebot, „fördern wir sie sogar innerhalb der nächsten zwei Minuten zutage, wenn Sie uns jetzt in Ruhe arbeiten lassen."

Nie hatte ich mich irgendwelchen Cholerikern, die mir als Archivar gelegentlich begegnet waren, widersetzt. In diesem Augenblick fragte ich mich, warum eigentlich nicht. Es war richtig, und es tat not.

„Ich bezahle Sie beide –"

„Wollen Sie, dass wir weitermachen oder nicht?", fragte ich in einem entschiedenen Versuch, ihn anzufahren.

„Natürlich."

„Dann lassen Sie uns in Ruhe arbeiten. Ich rühre keinen Finger mehr, wenn Sie die Abläufe weiter mit Ihrem inakzeptablen Verhalten unterbrechen. Dann können Sie Ihr Geld behalten, Godolphin."

„Genau", sagte Luca und stieß den Zeigefinger in die Luft. „Wir sind nämlich Profis, Sir. Nicht Ihre Befehlsempfänger."

Felicity schob sich vor mich und herrschte Godolphin erneut an. „Deine dämlichen Briefe interessieren mich nicht. Wo ist sie? Was hast du getan?"

„Wie ich schon sagte. Das Essen vielleicht …", murmelte er.

„Gott, Duke. Ich kenne dich. Ich kenne diesen Ausdruck in deinem Gesicht. Wir reden draußen weiter."

Ausnahmsweise gehorchte er.

Es folgte ein Streit mit allem, was dazugehört. Godolphin, Felicity und der Sohn. Viel Geschrei. Wildes Gestikulieren, heftige Anschuldigungen, etwas Widerspruch vonseiten Godolphins, so schwach, dass es unüberhörbar schuldbewusst klang. Und jede Menge Beschimpfungen. Irgendetwas musste bei diesem Mittagessen mit Patricia Buckley vorgefallen sein. Bei einem Ausflug mit dem Privatboot nach Torcello, wie es schien, in die abgelegeneren Gebiete der Lagune, was immerhin eine galante Geste war. Aber in Godolphins Blick lag eine gewisse Verschlagenheit, und hinter seinem Zorn verbarg sich offenbar ein Anflug von Furcht. Gerade, als mir dieser Gedanke durch den Kopf ging, verlor Jolyon völlig die Beherrschung.

„Du bist ein Riesenarschloch!", brüllte er und stieß seinen Vater so fest an die Schulter, dass er gegen den Brunnen in der Mitte des Innenhofes knallte.

„Jolyon." Seine Mutter versuchte, seinen Arm zu nehmen. „Das ist es nicht wert."

„*Er* ist es nicht wert. Er behandelt uns alle wie den letzten Dreck", erwiderte der Sohn. „Warum hast du uns überhaupt hergeholt?", wandte er sich wieder an Godolphin. „Bloß, um diesen ganzen Zirkus zu veranstalten? Damit du deinen Spaß daran haben kannst, uns zu demütigen?"

Godolphin erlangte sein Gleichgewicht wieder und wischte sich Moos und Schmutz vom Mantelärmel. „Wäre es dir lieber gewesen, dass ich dich per E-Mail feuere?"

„Ich sollte dir deinen verdammten Schädel einschlagen!", brüllte Jolyon und drohte mit der Faust. „Du hast dich Mum gegenüber wie ein Schwein benommen. Und mir gegenüber auch. Das machen wir nicht noch mal mit. Nicht nach der Sache mit Julie. Verstanden?"

„Arnold …", sagte hinter mir jemand mit leiser Stimme. Luca natürlich. „Komm, wir haben zu tun. Lass uns weitermachen."

Hauptmann klopfte mir auf die Schulter. „Nehmen Sie sich's nicht zu Herzen, mein Lieber. Das will er nur."

Mehr als er die Michelangelo-Briefe wollte? Mehr als den Ruhm, den er erlangen könnte, wenn es ihm wirklich gelang zu beweisen, dass einer der berühmtesten Künstler und Denker der Welt ein intriganter Verbrecher gewesen ist, der an zwei abscheulichen Morden beteiligt war? Das bezweifelte ich. Nichtsdestotrotz war Herzlosigkeit eine typische Eigenschaft Marmaduke Godolphins. Ein fester Charakterzug, ein Teil seiner Persönlichkeit, genau wie das gelegentliche Stottern für mich. Er konnte einfach nicht anders, was natürlich absolut keine Entschuldigung war.

Felicity und Jolyon kamen wieder herein. Der Sohn tupfte sich mit einem Taschentuch das Gesicht ab. Er hatte Blut unter der Nase. Im Hof war es offenbar zu Handgreiflichkeiten gekommen. Felicitys Gesichtsausdruck nach zu urteilen, hatte sie wohl eingreifen müssen.

„Ich glaube", sagte sie, „Jolyon macht für heute Schluss."

„Mit mir ist alles in Ordnung, Mum", wiedersprach ihr Sohn wie ein trotziger Teenager, der zurechtgewiesen wird, weil er in eine Prügelei geraten ist.

„Du bist ein Godolphin. Mit dir ist nie alles in Ordnung. Komm. Wir besorgen uns irgendwo einen Drink. Ich brauch jetzt weiß Gott einen."

Wir beobachteten alle wortlos, wie sie gingen. „Ein Spritz wäre jetzt eine großartige Idee", blökte George Bourne, kaum dass sie außer Sichtweite waren. „Vorausgesetzt, er besteht aus Gin und Wermut, und sie lassen das Wasser und das Obstgedöns weg."

„Du meinst wohl einen Negroni?", fragte Caroline Fitzroy.

Er schlug sich gegen die Stirn. „Richtig. Die verwechsle ich immer. Einen Negroni. Ganz in der Nähe hab ich eine nette Cocktailbar entdeckt ...“

Sie holten ihre Mäntel. Luca warf mir einen hoffnungsvollen Blick zu. Mir reicht's für heute auch mit der Arbeit und den Godolphin'schen Plänen, sollte der wohl ausdrücken.

Während Bourne voranging und versprach, am nächsten Morgen wiederzukommen, betrachteten wir noch einmal unser neu eingerichtetes Archiv, sofern man es so nennen konnte. Dann schlossen wir die Tür hinter uns ab.

„Vielleicht werden wir ja morgen fündig“, sagte Luca und atmete tief die kalte Spätnachmittagsluft ein. Es war schon dunkel geworden, und diese abgelegene Ecke des Gebäudekomplexes war kaum beleuchtet.

„Glaubst du wirklich, dass sich etwas unter den Sachen verbirgt?“

Er nickte. „Das glaube ich. Was allerdings ... keine Ahnung. Die Sache mit dem Aldobrandini-Dolch. Der Umstand, dass Michelangelo diese ganzen Leute kannte. Dass er auf Cellini zurückgreifen konnte, falls er das Ding anfertigen lassen wollte. Irgendetwas wartet hier darauf, enthüllt zu werden. Spürst du es nicht auch?“

Natürlich spürte ich es. Und ich war ebenso entschlossen, es zu finden, wie er.

MEIN BESCHEIDENES WOHNVIERTEL lag an der Grenze zwischen San Polo und Dorsoduro. Nur Touristen, die sich hoffnungslos verlaufen hatten, fanden den Weg in den kleinen Hof, wo ich in einer einfachen Erdgeschosswohnung lebte. Sie merkten gewöhnlich schnell, dass er nur zu einem schmalen grauen Kanalabschnitt hinter der Scuola di San Rocco führte. Geschäftiges Treiben fand sich allerdings nur wenige Minuten entfernt auf dem Campo Santa Margherita, wo wegen der Bars, Restaurants und einiger Geschäfte Tag und Nacht zahlreiche Venezianer und Touristen unterwegs waren. In meiner unmittelbaren Nachbarschaft begegnete ich meistens nur Einheimischen, Menschen, die in Venedig arbeiteten oder die, wie ich, schon den Ruhestand genossen. Während der Vorlesungszeit traf man in der Stadt auch auf viele Studierende, die quirlige junge Einwohnerschaft, die an der Universität Ca' Foscari eingeschrieben war, die ihren Hauptsitz in einem ehemaligen Palazzo des Dogen am Canal Grande hatte, oder die auf die Architekturschule im Gebäudekomplex des ehemaligen Konvents der Tolentini-Kirche ging. Sie dabei zu beobachten, wie sie abends ausgelassen von Bar zu Bar zogen, manchmal in albernen Kostümen und mit Lorbeerkränzen auf den Köpfen, während sie schlüpfrige Lieder sangen, um ihr Examen zu feiern – ein jahrhundertealter Brauch hier –, erinnerte mich an Cambridge und daran, wie es gewesen war, jung zu sein und noch frei von den Sorgen, Ängsten und Zweifeln, die das zukünftige Leben bringen würde.

Die jungen Leute waren fast immer freundlich, wenn auch manchmal ein wenig zu laut. Zu ihren Lieblingskneipen gehörte eine einfache kleine Bar in der Nähe von Tonolo. Der Wein und der Spritz dort waren gut und günstig, und es gab Sitzplätze mit Blick auf die schmale Gasse, die davor entlang verlief. Manchmal, wenn ich etwas Zeit zum Nachdenken brauchte, setzte ich mich auf einen davon und sah hinaus, beobachtete die Schlange vor der *pasticceria* und den stetigen Strom der Fußgänger zwischen Frarikirche und Campo und in Richtung Piazzale Roma. Es war ein bisschen, als betrachtete man ein lebendiges Gemälde, einen venezianischen L. S. Lowry, eine Darstellung der geschäftigen Alltäglichkeit, der permanenten Bewegung des gewöhnlichen Lebens. Das empfand ich als beruhigend, besonders in jenen ersten Tagen, als mich noch regelmäßig Unsicherheit über den überstürzten Umzug aus Wimbledon überkam, und über meine Zukunft als Fremder an einem Ort, den ich noch kaum kannte.

Die Benutzerausweise, dieses freundliche Geschenk aus London, die mir den Zugang zu den Bibliotheken der Stadt und die Freundschaft des stets gut gelaunten Hansdampf in allen Gassen Luca bescherten, hatten mich von dieser kurzzeitigen Schwermut geheilt. Trotzdem war mir nach Godolphins nachmittäglichem Auftritt nicht danach, direkt nach Hause zu gehen, wo ich sicher nicht der Versuchung hätte widerstehen können, weiter Bücher und Online-Datenbanken nach Informationen über die Medici und ihre Beziehung zum Universalgenie Michelangelo di Lodovico Buonarroti Simoni zu durchforsten, um zwischen den pergamentenen Aufzeichnungen von einst nach Blutspuren zu suchen. Der Drang des Archivars nach Ordnung und Erkenntnis lässt einen niemals los. Er war eine Sucht. Für mich jedenfalls.

Also schob ich mich durch den Eingang der kleinen Bar und setzte mich auf einen abgenutzten Stuhl am Fenster. Die junge Frau hinter der Theke, eine Kunststudentin, die gerne Englisch sprach, registrierte mich sofort und brachte mir unaufgefordert einen Spritz mit Campari und eine Schale Kartoffelchips. Als ich den ersten wohltuenden Schluck trank, merkte ich, dass ich beobachtet wurde. An einem Tisch weiter hinten saßen Felicity Godolphin, ihr Sohn und, wie ein Häufchen Elend, Patricia Buckley.

Verflucht, dachte ich und überlegte, einfach etwas Geld auf den Tresen zu legen und mich davonzumachen. Zu spät. Sie hatten mich entdeckt. Felicity war schon aufgesprungen und kam auf mich zu, während ich sehnsüchtig zur Tür blickte.

„Wir müssen reden."

Auf Jolyons lädierter Nase bildete sich langsam ein Bluterguss. Die junge Amerikanerin war den Tränen nah und schien zwischen Selbstmitleid und Verzweiflung hin- und hergerissen. Felicity Godolphin blähte die Nasenflügel und schäumte vor Wut. Es war, das muss ich zugeben, ein ziemlich imposanter Anblick.

„Es tut mir leid", sagte ich, bevor sie anfangen konnten zu sprechen, „aber eins sollte ich vielleicht klarstellen: Ich lasse mich nicht in einen Familienstreit hineinziehen. Ich habe im Archiv gesehen, wie das abläuft. Das ist nichts, wobei ein Außenstehender sich einmischen sollte."

„Clover!", rief Felicity. „Sie haben noch nicht einmal zugehört, was wir zu sagen haben."

Richtig, das hatte ich nicht. So viel war ich ihnen wenigstens schuldig.

Die Geschichte war schnell erzählt und völlig vorhersehbar. Sie ähnelte dem, was der verstorbenen Julie Dean mit Godolphin passiert war. Nachdem der amerikanische Sender sie geschickt hatte, um eine Vereinbarung über eine neue Geschichtsserie zu treffen, hatte Duke sich wochenlang bei Patricia Buckley eingeschmeichelt. Jolyon, der den Eindruck gewonnen hatte, dass sie auf einen Job bei der BBC hoffte, hatte sie beiseite genommen, um sie vor seinem Vater zu warnen, und ihr London und seine Sehenswürdigkeiten gezeigt. Doch Godolphin senior war kein Mann, dem man sich so einfach verweigerte, schon gar nicht, wenn er das Gefühl hatte, der Preis, um den es ging, könnte ihm von seinem schüchternen Sohn weggeschnappt werden. Bislang war es Patricia offenbar gelungen, ihn so freundlich wie möglich auf Abstand zu halten. Der amerikanische Sender war fest entschlossen, ihn der BBC abspenstig zu machen. Wenn sie ohne einen Deal mit ihm zurückkehren würde, könnte sie ihre Anstellung verlieren. Es gab keine Alternative. Sie musste in Venedig bleiben, bis er den Vertrag unterschrieben hätte.

Dann erhielt sie die Einladung zum Mittagessen in der Locanda Cipriani auf Torcello, wo einst Hemingway an seinem Roman *Über den Fluss und in die Wälder* arbeitete, während er eine Affäre mit der achtzehnjährigen venezianischen Schönheit Adriana Ivancich unterhielt. Er hatte die junge Frau, die ihn beim Schreiben inspirierte, 1948 kennengelernt. Das erzählte Godolphin Patricia Buckley auf dem Rückweg vom Mittagessen im Wassertaxi und schilderte ihr, wie der fast fünfzigjährige Hemingway über die Romanze eines todkranken, vom Krieg gezeichneten Soldaten mittleren Alters mit einer jungen Contessa schrieb. Ihre Jugend und ihre Leidenschaft dämpften seine Erinnerungen an den Krieg und linderten seine Furcht vor dem Tod. Die Beziehung des Autors zu Adriana spiegelt sich in der Handlung des Romans, obwohl nie wirklich bekannt wurde, wie sexuell ihr als platonisch geltendes Verhältnis in Wirklichkeit war. Hemingway hatte Adriana eine Schreibmaschine geschenkt und sie ermuntert, mit dem Schreiben anzufangen. Er kaufte ihr auch eine Kamera und brachte ihr bei, wie man sie benutzte. Er sorgte sogar dafür, dass sie die Illustration für den Schutzumschlag der Erstausgabe des Romans gestalten durfte, bevor er nach Kuba und zu seiner unglücklichen Ehefrau zurückkehrte. Nach ein paar Jahren ging die von einem ausgiebigen Briefwechsel begleitete Affäre, die im Dezember 1948 in Venedig begonnen hatte, langsam zu Ende. Jung und Alt hatten sich ein paar leidenschaftliche Augenblicke lang etwas Glück geschenkt. Beide hatten ihre Beziehung eine Weile als Bereicherung empfunden, aber nicht sehr lange.

All das wusste ich schon. Als wir uns für den Umzug entschieden, hatte ich mir vorgenommen, jeden Roman zu lesen, der in Venedig spielte. *Über den Fluss und in die Wälder* gehörte bei Weitem nicht zu meinen

Favoriten, und die Geschichte dahinter war lange nicht so schön, wie Godolphin sie darstellte. Genau wie in seinen Fernsehsendungen erzählte er die Version, die ihm gefiel, und nicht die oft traurige Wahrheit. Die arme Adriana hatte tatsächlich einen Schutzumschlag für das Buch entworfen, doch zumindest der britische Verlag hatte den Entwurf abgelehnt und durch einen professioneller angefertigten ersetzt.

Übermäßiger Alkoholkonsum, Depressionen und Diabetes, die Hemingway schon lange begleiteten, verschlimmerten sich über die Jahre, und 1961 erschoss sich der Schriftsteller. Seine entfernte venezianische Muse stand ihm im Unglück nicht viel nach. Sie schrieb Gedichte, die keinem gefielen, und später, lange nach seinem Selbstmord, verfasste sie ein autobiografisches Buch mit dem Titel *La Torre Bianca* über ihre Beziehung, das aus Urheberrechtsgründen nie einen amerikanischen Verleger fand. Mit Anfang fünfzig, verheiratet und unglücklich, erhängte sie sich an einem Baum im Hof ihres Hauses in der Toskana und wurde in Porto Ercole beigesetzt, an dem Ort, an dessen Strand man einst Caravaggio tot aufgefunden hatte.

Davon hatte Godolphin Patricia Buckley nichts erzählt, und auch ich hatte nicht vor, es der verzweifelten Frau gegenüber zu erwähnen, die in der ruhigen Bar mit mir am Tisch saß. Was auf dem Rückweg von Torcello in dem Wassertaxi passiert war, ließ sich leicht erraten. Nachdem er sie mit fantasievollen Geschichten über Hemingways und Adriana Ivancichs Romanze becirct hatte, war er zudringlich geworden. Während das Boot langsam Richtung Venedig tuckerte – auf Godolphins Geheiß womöglich –, hatte sie auf den Ledersitzen in der Kabine mit aller Kraft versucht, die gewaltsamen Annäherungen des Mannes abzuwehren.

Einzelheiten erfuhr ich nicht und konnte auch gern darauf verzichten. Ich hatte Mühe, den Namen Julie Dean und den Anblick des Bahnsteigs am Oxford Circus, dem sich gerade ein Zug näherte, aus meinen Gedanken zu vertreiben.

„Das tut mir sehr leid", sagte ich.

Felicity sah mich zornerfüllt an. „Bedauern ist nicht genug."

„Was erwarten Sie denn von mir?"

„Er hat versucht, sie zu vergewaltigen, Arnold! Ich habe über die Jahre weiß Gott genug mitgemacht mit diesem Mann. Aber das …"

„Gehen Sie zur Polizei. Zeigen Sie ihn an."

Patricia Buckley erschrak. „Das kann ich nicht tun. New York würde mich auf der Stelle feuern. Außerdem steht sein Wort gegen meins. Ich … ich war gestern Abend bei ihm im Zimmer. Er hatte mich darum gebeten. Ich wollte nicht, dass er denkt, ich hätte etwas gegen ihn. Er wollte über den Vertrag sprechen. Irgendwie …"

„Dann sollten Sie abreisen." Etwas anderes fiel mir nicht ein. „Luca und ich werden ihm sagen, dass wir bei diesem Zirkus nicht mehr mitmachen. Das ist kein großer Verlust. Irgendwas an der Sache war mir von Anfang an suspekt."

„Ich kann nicht!", rief sie und fing an zu weinen. „Verstehen Sie das nicht? Sie werden mir die Schuld geben. Ich kann nicht …"

„Sie hat recht", meldete Jolyon Godolphin sich zu Wort. „Es wäre nicht das erste Mal, stimmt's, Mum?"

In seiner Stimme lag ein unüberhörbar vorwurfsvoller Unterton. Wieder hörte ich die U-Bahn aus der dunklen Tunnelöffnung rasen.

Felicity leerte ihren Spritz. „Von jetzt an dürfen Sie nicht mehr mit ihm allein sein. Überlassen Sie das mir. Ich kümmere mich darum. So, wie ich es vor Jahren schon bei Julie Dean hätte tun sollen. Damals hatte ich keine Ahnung. Jetzt weiß ich Bescheid. Wir müssen alle weitermachen, als wäre nichts geschehen", erklärte sie mit diesem kurzen verbitterten Lächeln, das ich schon kannte. „Gewähren wir meinem Mann seinen Moment des Triumphs. Seinen Auftritt im *ridotto*. Seine Apotheose. Oder nicht?"

Sie wandte sich mir zu. „Im Valier kann Patty nicht länger wohnen. Bitte suchen Sie uns ein anderes Hotel. Ich zahle."

„Das Al Sole", sagte ich spontan. „Das ist gleich hier um die Ecke."

Sie suchte mit ihrem Handy die Telefonnummer heraus, rief dort an, erfuhr, dass ein Zimmer frei war, und buchte es auf der Stelle. „Jolyon. Du holst ihre Sachen. Ich bringe sie rüber. Wir sind uns einig. Duke darf nicht in ihre Nähe kommen, wenn keiner von uns dabei ist."

Patricia Buckleys Tränen flossen jetzt ungehemmt. Felicity schloss die weinende Frau in die Arme.

„Das macht dieser Mistkerl nicht noch einmal."

WÄHREND ICH AM TISCH in Ugos Innenhof meine Geschichte erzählte, stieß Luca zu uns. Er war entsetzt, als ich von dem Zusammentreffen mit den dreien in der Bar berichtete. Bis dahin hatte ich das für mich behalten. Felicity hatte darauf bestanden. Ich glaube, sie traute meinem venezianischen Freund nicht ganz, was ich natürlich nicht sagte.

Eine weitere Karaffe Prosecco wurde gebracht, zusammen mit einer zweiten Runde *cicchetti*. Valentina schaute dauernd auf ihr Handy. Ob sie vielleicht doch nicht so zuversichtlich war, was den flüchtigen Jolyon Godolphin betraf? Aber nein. Als sie sah, dass ich es bemerkte, erklärte sie, dass sie das neue Menü für das Restaurant ihres Mannes begutachten müsse.

„Der Kerl ist ein Wüstling", sagte Luca plötzlich und griff nach seinem Glas. „Ein richtiges Monster. Wenn ich das gewusst hätte, hätte ich seine Bitte abgelehnt."

„Dann hätte er sich jemand anderen gesucht", sagte Valentina. „Es bringt nichts, sich Vorwürfe zu machen, Luca. Was passiert ist, ist passiert. Das hat ja nichts mit dir zu tun." Sie zögerte kurz, dann beugte sie sich vor. „Oder?"

Luca murmelte etwas Unverständliches vor sich hin, und mir wurde klar, dass die beiden ein gemeinsames Geheimnis hatten.

„Tut mir leid, ich verstehe nicht."

Sie nickte in meine Richtung. „Erzähl du's ihm. Das, was du mir erzählt hast."

Das schlechte Gewissen stand Luca ins Gesicht geschrieben, während er schuldbewusst erklärte, wie leid es ihm täte. „Es war mir unangenehm. Außerdem hielt ich es für keine große Sache."

„Ha!", rief Valentina, so laut, dass Ugo den Kopf durch die Tür steckte. „Ein bekannter Schürzenjäger bittet dich, ihm eine Frau für die Nacht zu besorgen, ein Mann, der später halbbetrunken durch die Gassen taumelt und schließlich irgendwo mausetot in einem Kanal endet … und du denkst, das ist keine große Sache?"

„Ich habe es dir doch letztendlich gesagt."

„Gottlob."

„Luca. Valentina. Ich verstehe kein Wort. Würdet ihr mir bitte erklären, worum es hier geht."

Ich wusste, dass Godolphin Luca nach dem schauderhaften Abend im sogenannten *ridotto* beiseite genommen hatte. Bis zu diesem Augenblick war Luca mir eine Erklärung schuldig geblieben, warum.

„Der Mann wollte Gesellschaft. Eine Frau. Es sei ein körperliches Bedürfnis, sagte er. Ich sei der einzige Einheimische hier. Den Portier zu fragen war vermutlich unter seiner Würde. Es spiele keine Rolle, was es koste. Er wollte wissen, wohin er gehen könnte."

Mir verschlug es die Sprache. Godolphins dunkle Seite schien noch dunkler zu sein, als ich dachte.

„Die Ehefrau sagt, dass er das schon seit Jahren auf seinen Reisen macht", erklärte Valentina. „Wann immer sie in eine fremde Stadt kamen, besuchte er Bordelle. Als sie noch jünger war, erwartete er manchmal, dass sie ihn begleitet und …"

Gott sei Dank beließ sie es dabei.

„Grundgütiger", flüsterte ich. „Was führen diese Leute doch für ein erbärmliches Leben. Ich hoffe, du hast ihm eine Abfuhr erteilt, Luca."

Luca fuchtelte mit den Armen, wie er es öfter tat. „Du kennst den Mann. Er ist einer von euch. Wie sollte irgendwer einem wie ihm eine Abfuhr erteilen? Wenn das eine Option gewesen wäre, hätten wir es früher tun sollen."

„Also –"

„Ich habe keine Ahnung, wo man in Venedig eine Prostituierte findet. Ich hab versucht, ihn irgendwie loszuwerden, hab ihm geraten, er soll sich am Piazzale Roma umsehen. Ein Busbahnhof. Autos. Taxis. Wenn, dann würden solche Dienstleistungen wahrscheinlich dort …"

Valentina Fabbri lachte.

„Was ist so lustig?"

„Dass du glaubst, der Piazzale Roma sei der Ort, um lockere Gesellschaft zu finden. Du meine Güte. Für einen Kerl, der sich so gut mit Frauen auskennt, weißt du ziemlich wenig über die Schattenseiten dieser Stadt."

„Von so was hab ich keine Ahnung, und ich lege auch keinen Wert darauf."

Sie schwenkte ein Stück Polenta vor seinen Augen. „Du hättest es mir jedenfalls gleich erzählen sollen. Stattdessen musste ich es dir mühsam aus der Nase ziehen."

„Es war mir peinlich. Der Mann war schließlich tot. Ich musste immer daran denken, was seine Frau wohl dazu sagen würde."

„Seine Frau kannte, wie gesagt, seine Gewohnheiten. Ich bezweifle, dass irgendetwas, was er tat, sie noch schockiert hat."

Da irrte sie sich. Felicity hatte Duke Godolphin wegen seines Verhaltens ins Gewissen geredet und erwartet, dass er ihre Worte beherzigt. Dass er ihre Warnung ignorierte, hatte ihr sicher ziemlich zugesetzt.

„Da muss ich widersprechen", sagte ich. „Nach dem, was ich gehört habe, hat der Mann offenbar ein Versprechen ihr gegenüber gebrochen. Dass er nämlich sein früheres Verhalten nicht wiederholen würde."

„Und daraufhin dachte sie", fragte Valentina, „dafür müsse er büßen?"

„Vielleicht. Ich habe keine Ahnung. Selbst wenn, heißt das noch lange nicht, dass sie ihn umgebracht hat. Darf ich jetzt meine Geschichte beenden? Über unsere Untersuchung des Nachlasses Wolff?"

Sie überlegte noch. „Vielleicht hat er sich wirklich mit Ernest Hemingway identifiziert. Ein großer Liebhaber. Ein großer Künstler. Ein großes Ego."

„Letzteres auf jeden Fall", sagte Luca.

„Große Egos sind in Wirklichkeit oft klein und zerbrechlich. Hemingway hat sich eine Schrotflinte an den Kopf gehalten und abgedrückt. All seine Träume, all seine Leidenschaft, all seine Hoffnungen – dahin." Sie seufzte. „Die Fremden, die diese Stadt anzieht …"

Wir warteten darauf, dass sie weitersprach.

Doch Valentina schnipste Ugo auf der anderen Seite des Fensters zu, damit er die Rechnung brachte. „Fahren Sie fort, Arnold. Wir haben nicht mehr viel Zeit."

AM DIENSTAG MACHTEN WIR UNS wieder an die Arbeit. Jolyon, Felicity, Caroline, George und Bernard Hauptmann halfen mit, die meiste Zeit schweigend. Duke Godolphin ließ sich nicht blicken. Patricia Buckley hatte vor, auf ihrem Zimmer im Al Sole zu bleiben und den Mann bis zur geplanten Feier am Mittwochabend zu meiden. Dort sollte der Geschäftsabschluss mit dem amerikanischen Sender vereinbart werden, sobald der Beweis für Godolphins Behauptungen vorlag. Dann, so flüsterte Felicity mir zu, während wir weiter Wolffs

Plunder sichteten und sortierten, würde sie nach New York zurückkehren und darum bitten, dass jemand anderes die Verpflichtungen übernimmt, die mit der Produktion der geplanten Serie zusammenhingen.

Um vier Uhr am Nachmittag hatten wir zu siebt alle dreizehn Umzugskartons ausgepackt. Der Inhalt lag ordentlich gestapelt – geografisch geordnet sozusagen – auf den Tischen im hinteren Teil des Raumes. In Venedig schien es heutzutage mehr Läden zu geben, die unbrauchbaren Ramsch verkauften, als Geschäfte, in denen man normale Haushaltswaren bekam, beschwerte Luca sich oft. Bei jemandem, der dort Kunde und auf der Suche nach alten Karten und Drucken und hübschen Fotografien diverser Touristenorte von Cornwall bis Kampanien war, hätten die Bestandteile des dubiosen Wolff'schen Nachlasses sicher ein willkommenes Zuhause gefunden. Aber es war nicht ein einziges Dokument darunter, das irgendeinen Bezug zu den Medici oder Michelangelo aufwies.

Luca und ich waren, um ehrlich zu sein, beinah erleichtert. Es ersparte uns die mühsame Aufgabe, das, was womöglich aufgetaucht wäre, auf seine Echtheit zu überprüfen. Godolphin mochte vielleicht einfach so überzeugt gewesen sein, sein verstorbener Wohltäter sei auf pures historisches Gold gestoßen. Wir aber hätten versucht, dafür auch so etwas wie einen Beweis zu erbringen, um für die Glaubwürdigkeit mit unseren Namen bürgen zu können. Die anderen waren zu meiner Überraschung enttäuscht. Vielleicht nur deshalb, weil wir uns alle so viel Mühe gemacht hatten, um diese vermaledeiten Michelangelo-Briefe zu finden, und am Ende nichts dabei herausgekommen war. Oder, was Caroline Fitzroy und Hauptmann betraf, weil sie nun nichts hatten, was sie eingehend studieren und wissenschaftlich auseinandernehmen konnten. George Bourne schien das alles so oder so nicht zu kümmern, und kaum war der letzte Karton leer, verkündete er, er sei dann mal weg, um sich ein paar Negronis in der schicken Bar um die Ecke zu genehmigen. Dort war er offenbar inzwischen gern gesehen. Beziehungsweise, angesichts der zehn Euro, die sie pro Glas berechneten, sein Geld.

„Und wer", fragte Luca, während wir ernüchtert auf die Tische blickten, „wird unserem Herrn und Meister nun mitteilen, dass diese sinnlose Suche fruchtlos war?"

„Das kann ich übernehmen", meldete sich Hauptmann zu Wort. „Wenn es das ist, was wir wollen."

Ich schritt währenddessen auf der anderen Seite des Raums auf und ab und betrachtete nachdenklich die leeren Kartons. Irgendetwas stimmte damit nicht. Bestimmt hatten wir etwas übersehen.

„Am besten, du erledigst es gleich, Bernard", sagte Felicity. „Bevor er ein, zwei Drinks intus hat." Sie sah ihn vielsagend an. „Er ist in letzter Zeit sowieso nicht besonders gut drauf, wie du dir denken kannst."

„Na schön. Wird wahrscheinlich nicht angenehm werden."

„Moment", sagte ich. „Nur nichts überstürzen. Wir sind hier noch nicht fertig. Ich glaube, wir sollten lieber noch einen Blick auf –"

BEVOR ICH MIT EINEM meiner Meinung nach hochspannenden Teil meiner Geschichte beginnen konnte – dem Bericht über den verschlungenen Pfad, der uns zu Wolffs gut versteckten Briefen geführt hatte –, signalisierte Valentina mir, still zu sein.

Sie hatte ihr Handy hervorgeholt und tippte eine Nachricht.

„Was ist?", fragte Luca.

„Der Godolphin-Sohn. Er hat sich am Bahnhof gestellt."

„Ich dachte, du hättest ihn mit den anderen zusammen eingesperrt."

„Das erklär ich dir später, Luca. Du hast bestimmt noch zu tun. Oder eine Freundin zu besuchen. Arnold und ich müssen zurück zur Dienststelle. Vielleicht brauche ich dich später noch."

Sie tippte eine weitere Nachricht auf ihrem Handy und steckte es wieder in die Tasche. „Es sieht so aus, als wollte der junge Mann den Mord an seinem Vater gestehen."

7
Die Palimpseste

Sosehr ich mich auch sträubte, Valentina bestand darauf, dass ich an dem Verhör teilnahm, in dem Jolyon unbedingt seinen Vatermord gestehen wollte.

„Vielleicht brauche ich Ihre Sprachkenntnisse", sagte sie, während wir zurückgingen, diesmal auf dem kürzeren Weg am Wasser entlang.

„Als Übersetzer."

„Ihr Englisch klingt großartig. Deutlich besser als das mancher Briten, die ich kenne."

„Trotzdem."

Ich konnte den Blick nicht vom Becken von San Marco wenden. Nicht von der weiten Wasserfläche, die sich auf unserer Seite bis zum Dogenpalast erstreckte, nicht vom *campanile* der Basilika San Giorgio Maggiore gegenüber, von den Einmündungen in den Giudecca-Kanal und den Canal Grande, von der spitz wie ein Schiffsbug im Wasser liegenden Punta della Dogana und der Kuppel der Salutekirche direkt dahinter. Es war ein vertrauter Anblick, aber dennoch atemberaubend an einem kalten, klaren Wintertag wie diesem. Wirkten die Fußgängerströme, die ich aus dem Fenster der Studentenbar in der Nähe von Tonolo beobachten konnte, wie Lowry, dann erschien die Stadt hier wieder wie Turner.

„Worte sind nur Worte, Arnold. Sie verraten uns keine Bedeutungsnuancen. Die Sprache Ihrer Landsleute, wenn sie auch primitiver ist, als sie denken, strotzt förmlich vor sprachlichen Feinheiten. Das registriere ich zwar. Aber Hören und Verstehen sind etwas Grundverschiedenes."

Da war etwas dran. Zumindest hätte es das sein können, wenn Valentina mir jemals eine einzige Frage gestellt hätte, die sprachliche Feinheiten betraf.

„Wie lange brauchen Sie, um mir den Rest zu berichten? Wie Sie diese merkwürdigen Briefe gefunden haben, auf die Godolphin aus war?"

„Nicht sehr lange", antwortete ich. Obwohl die Geschichte noch viele Wendungen haben sollte. Valentina sah auf die Uhr, rief auf der Dienststelle an und erteilte die Anweisung, man solle Jolyon zusammen mit seiner Mutter in einen Raum bringen und, bis sie einträfe, von einem Polizeibeamten bewachen lassen.

„Mit seiner Mutter? Er ist doch kein Kind mehr", sagte ich, als sie aufgelegt hatte. „Werden Verdächtige normalerweise nicht getrennt?"

„Trinken wir einen Kaffee", sagte sie nur und steuerte auf eines der Touristenlokale zu, die die Riva degli Schiavoni Richtung Dogenpalast säumten. „Wir müssen diesen Teil Ihrer Geschichte zu Ende bringen."

So nervös wie der Kellner reagierte, als sie einen Platz im Freien unter einem Heizpilz einnahm, kannte er sie offenbar. Ich hätte ein solches Café niemals ausgewählt, denn ich kannte die entsprechenden Preise.

„Ich verstehe das nicht. Sie haben einen Mann, der ein Geständnis ablegen möchte, und trotzdem anscheinend alle Zeit der Welt."

„Manchmal zahlt es sich aus, die Leute ein bisschen schmoren zu lassen." Macchiatos und ein Teller mit winzigen Keksen. Mein Blick fiel auf die Rechnung, die behutsam auf den Tisch gelegt wurde. Die Hälfte dessen, was es mich gekostet hätte. „Sie haben also zwei Tage damit zugebracht, diesen Plunder durchzusehen, den Sie Nachlass Wolff nennen."

„Ich würde nicht alles als Plunder bezeichnen. Und Godolphin war derjenige, der vom Nachlass Wolff sprach. Nicht wir. Bitte hören Sie auf, mir alles und jedes zuzuschreiben, was jemals irgendein Engländer gesagt oder getan hat."

Das schien sie zu amüsieren. „Momentan hab ich eben keinen anderen Engländer zur Hand. Zwei Tage hat es also gedauert, sich durch den ganzen Schrott zu wühlen. Und plötzlich stoßen Sie auf Gold. Obwohl Sie schon vorher alles eingehend untersucht hatten." Ihr Espresso war in zwei raschen Schlucken geleert. „Wie das?"

WEIL ICH ENTSCHLOSSEN GEWESEN WAR, nicht aufzugeben. Deshalb. Nachdem wir an jenem Dienstag jeden einzelnen Umschlag geöffnet und den Inhalt für uninteressant befunden hatten, war unsere Stimmung auf dem Tiefpunkt angelangt. Wir warteten noch auf Godolphin. Hauptmann hatte sich bereit erklärt, ihm die Wahrheit zu sagen, wenn er eintreffen würde: dass seine Schatztruhe leer war. Und der verstorbene Grigor Wolff entweder verrückt oder ein Schwindler.

Aber ich konnte mich nicht geschlagen geben. Während die anderen weiter halbherzig die Materialstapel durchsahen, wandte ich meine Aufmerksamkeit den Behältern zu, in denen die Umzugskartons nach Venedig gelangt waren. Sie bestanden aus festem, verstärktem Sperrholz, und an den Seiten klebten Klarsichtumschläge mit Papierstreifen, auf die, offensichtlich mit Textmarker, etwas geschrieben worden war; zur Nachverfolgung wahrscheinlich. Auf dem mittleren stand eindeutig *pal*, allerdings hatte ich keine Ahnung, was das bedeuten sollte. Und ich wollte es herausfinden.

Ohne etwas zu den anderen zu sagen, drehte ich die dreizehn Kisten so herum, dass die relativ schlecht leserlichen Buchstabenfolgen darauf zu sehen waren. Als Felicity mich fragte, was in aller Welt ich da tue, antwortete ich nur: „Ich versuche, ein Rätsel zu lösen."

Luca wirkte noch unzufriedener, als er das hörte. Wir hatten die Möglichkeit bereits in Erwägung gezogen, dass Wolff versucht haben könnte, die Michelangelo-Briefe irgendwo zu verbergen, wo sie nicht offen sichtbar waren. Wäre das wirklich der Fall gewesen, hätte es dafür eigentlich nur einen Grund geben können. Es handelte sich tatsächlich um Schmuggelware, womöglich gestohlen, aber zumindest nicht für den Export bestimmt.

Ich machte mich daran, die Transportkisten zu inspizieren und neu zu ordnen. Die anderen verstanden schnell, was ich im Sinn hatte. Die seitlich angebrachten Textmarkernotizen – die für sich betrachtet willkürlich erschienen –, reihten sich bald schon zu einer über alle dreizehn Kisten verlaufenden Botschaft aneinander: *tro-va-pal-in-se-s-ti-lon-dra-3-mil-ano-7.*

Trova ist natürlich das italienische Wort für „sucht". *Palinsesti* heißt übersetzt „Palimpseste", für die meisten ein unverständlicher Begriff, nicht jedoch für Luca und mich. Er bezeichnet eine Manuskriptseite, aus Pergament oder Papier, die wiederverwendet und neu beschrieben wurde, nachdem der ursprüngliche Text durch Schaben oder Waschen entfernt worden war.

Die Glocke der Frarikirche schlug vier. Godolphin sollte uns jede Minute einen Besuch abstatten. Die geheimnisvolle Zeile konnte eigentlich nur bedeuten, dass einer der Briefe aus London kam und in Karton drei gewesen war, und dass der zweite aus Mailand stammte und sich in Karton sieben befunden hatte.

Jetzt verstehen Sie sicher, warum Archivare so gewissenhaft sind, wenn es um die sogenannten Metadaten geht. Unser Bestand war nun nach dem geografischen Prinzip geordnet, aber jedes Dokument steckte auch noch in einem Umschlag mit der Nummer des Kartons, aus dem dieser stammte. Dank unseres sorgsamen Umgangs mit dem Material war es nun ein Leichtes, die entsprechenden Archivalien zu finden. Umso einfacher noch durch die Tatsache, dass sich bei jedem unserer Stapel nur zwei Umschläge mit der magischen Sendungsnummer befanden. Wolff, so schien es, hatte das Ganze sehr sorgfältig geplant.

Luca und ich suchten sie heraus und legten sie auf den leeren Schreibtisch am Ende des Raums. Draußen war es inzwischen schon fast dunkel. Wir knipsten zwei Leselampen an, um zu sehen, was wir hatten. Einer der Umschläge aus London enthielt eine Miniversion des Filmplakats von Monty Pythons Film *Das Leben des Brian*. Im zweiten befand sich der gerahmte Druck einer Zeichnung, die ich als ein Werk des exzentrischen britischen Künstlers Louis Wain erkannte, der für seine Darstellungen anthropomorpher Katzen berühmt geworden war. Das Bild wirkte seltsam verstörend; es zeigte eine schreiende Katze mit blitzenden Augen und darunter eine Textzeile in der Handschrift des Künstlers: *Caught! Keep your mouth shut and let me open your mind for you* – Erwischt! Halt den Mund und lass mich dir den Geist öffnen.

Der erste Umschlag aus Mailand enthielt nichts weiter als das Programmheft eines Heimspiels zwischen Inter und Lazio 1997. Der nächste ein weiteres gerahmtes Bild, die sepiafarbene Fotografie einer Szene aus der Aufführung von Monteverdis Oper *Macbeth* im La Fenice im selben Jahr, die den mordgierigen Titelhelden zeigte, wie er mit dem Dolch in der Hand durch die Dunkelheit schleicht.

Ein Palimpsest ist, wie gesagt, ein Schriftstück, auf dem über einem ursprünglichen, später entfernten Text etwas Neues geschrieben wurde. Wenn man die Botschaft auf den Packkisten wörtlich nahm, schien von diesem Material absolut nichts auf diese Beschreibung zu passen.

„Vielleicht", sagte Luca, „hat dieser sonderbare Wolff Duke Godolphin schon die ganze Zeit an der Nase herumgeführt."

„Unsinn!", dröhnte es von der Tür. „Papperlapapp. Lassen Sie mal sehen."

Der Meister persönlich betrat den Raum, das Gesicht gerötet – vom Alkohol, vermutlich. Nachdem Patricia Buckley von der Bildfläche verschwunden war, hatte er wahrscheinlich niemanden mehr, der ihn durch seine Gesellschaft bei Laune hielt.

Er kam zu uns, betrachtete unsere Ausbeute und verlangte eine Erklärung. Ich schwieg. Luca übernahm das Reden und schloss mit den Worten: „Ich kann mir nicht vorstellen, dass irgendetwas hiervon ein Palimpsest sein könnte."

Godolphin warf einen wütenden Blick auf die Dokumentenstapel. „Dann müssen Sie eben alles noch mal durchgehen, bis Sie etwas finden, das eins ist."

Luca schüttelte den Kopf. „Nein, Sir. Ohne mich. Ich habe genug Zeit in die Sache investiert. Es ist offensichtlich, dass dieser Wolff, wer immer er war, Sie zum Narren gehalten hat."

„Niemand nennt mich einen Narren! Sie bekommen schließlich Geld dafür."

„Stecken Sie sich's sonst wohin!", brüllte Luca und grinste mich an.

„Donnerwetter", sagte Hauptmann, „verliert ihr Briten immer so leicht die Beherrschung? Lass es gut sein, Duke. Genug ist genug."

Der nächste hitzige Streit war vorprogrammiert; eine wenig erfreuliche Aussicht, fand ich.

Als ich plötzlich lachen musste, hielten sie inne.

„Was ist?", fragte Luca.

Ich nahm das Opernfoto, griff nach einer Schere und begann, das braune Rückenpapier zu entfernen.

„Vielleicht nehmen wir das alles viel zu genau", sagte ich. „Ein Palimpsest kann im weiteren Sinn auch einfach etwas sein, das aus mehreren Schichten besteht, wobei ein Teil des Originals noch sichtbar ist. Wolff hat offenbar seine Fantasie gebraucht. Also sollten wir auch unsere einsetzen. Handschuhe, Luca?"

Luca nahm ein Paar weiße Baumwollhandschuhe aus einer Schreibtischschublade und reichte sie mir.

Da war es, verborgen hinter der Fotografie. Ein einzelnes Blatt vergilbtes Papier mit einem Tintenfleck in der Ecke, der aussah wie der Klecks eines kindlichen Rorschachtests. Sprachlos scharten wir uns alle darum.

Verblasste, schwer leserliche Schrift und die äußerst präzise Zeichnung einer Stichwaffe. Godolphin zückte sein Handy und suchte das Foto heraus, das Wolff ihm geschickt hatte. Es zeigte dieselbe Skizze eines Stiletts, die Zeichnung, die Michelangelo angefertigt haben sollte; ursprünglich für Aldobrandini vielleicht. Den Text würde Luca später entziffern müssen. Ein Detail war jedoch sofort zu erkennen, das gerade noch lesbare Wort auf dem Foto, das Wolff Godolphin geschickt hatte: *Cellini!*

„Oh, ihr Kleingläubigen", sagte unser berühmter Historiker Godolphin mit einem triumphierenden Grinsen.

Er griff nach der Schere, die ich auf den Schreibtisch gelegt hatte, lehnte mit einer wegwerfenden Geste die Handschuhe ab, die ihm hingehalten wurden, nahm das Bild mit der Katze und entfernte das Rückenpapier. Tatsächlich befand sich auch dahinter ein Blatt Papier. Dieselbe unleserliche Handschrift, der gleiche vergilbte Untergrund.

„Wetten, dass Michelangelo hier irgendwo seinem Gegenüber schreibt, er soll Verschwiegenheit wahren?"

Luca, der einen Adlerblick hatte und es gewohnt war, Dokumente aus der Renaissance zu entziffern, beugte sich vor und sah sich die handgeschriebenen Zeilen näher an. „Tatsächlich, Arnold", sagte er und deutete auf eine Stelle ziemlich am Ende des Textes. „An dir ist wirklich ein Detektiv verloren gegangen."

Godolphin beauftragte uns, so schnell wie möglich Übersetzungen anzufertigen. Sie würden gleich am nächsten Morgen gebraucht werden. Es gäbe einiges mit dem Fernsehsender in New York zu besprechen.

„Wo ist eigentlich George Bourne?", fragte er dann und sah sich im Raum um. „Hat er sich euch nicht angeschlossen, um mich mit Dreck zu bewerfen?"

„Verdammt, Duke!", zischte Felicity. „Wegen dir haben wir uns hier zwei Tage abgerackert. Und das ist der Dank?"

Godolphin schnaubte. „Ihr durftet schließlich auf meine Kosten nach Venedig jetten, oder? Morgen noch das Highlight im *ridotto*. Vertragsabschluss. Fernsehdeal." Er lächelte. „Neustart. Für uns alle. Falls einer von euch Bourne vor mir sieht, sagt ihm, es bleibt dabei. Der Trottel hat das letzte Buch von mir verlegt." Er deutete auf die beiden Briefe auf dem Tisch. „Die da haben mir gerade ein Vermögen eingebracht. *Ihr* habt mir ein Vermögen eingebracht. Wer weiß? Vielleicht erwähne ich euch sogar in der Danksagung."

Beim Hinausgehen nickte er Luca zu. „An die Arbeit, Mann. Ich will die Übersetzungen morgen beim Frühstück lesen."

* * *

VOR IHRER DIENSTSTELLE bei San Zaccaria blieb Valentina stehen. „Sie waren der Einzige, der die Verbindung gesehen hat, um dieses Rätsel zu lösen? Sonst niemand?"

„Eleanor war ganz versessen auf Kreuzworträtsel. Um die Ecke denken war ihre Spezialität. Sie bat mich oft um Hilfe."

„Und ohne Ihren Glückstreffer … wären die Briefe unentdeckt geblieben? Weder Volpetti noch die anderen hätten diesen doch recht offensichtlichen Hinweis entdeckt?"

Irgendwann vielleicht schon. Woher sollte ich das wissen. Obwohl wir uns alle hauptsächlich darauf konzentriert hatten, in braunen Umschlägen nach Godolphins Schatz zu suchen, nicht darauf, Ausschau nach unverständlichen Wortfetzen auf Transportkisten zu halten.

„Godolphin hätte sich dankbarer zeigen sollen", sagte sie und öffnete die Tür.

Im Verhörraum saß Jolyon, zusammen mit seiner Mutter. Niemand hatte es für angebracht gehalten, in Valentinas Abwesenheit mit ihm zu reden.

„Es wäre mir wirklich lieber, wenn ich nicht dabei sein müsste", sagte ich noch einmal. „Bitte."

Nichts zu machen. „Mir wäre es lieber, Sie wären dabei. Kommen Sie."

Der Raum war kahl und kalt, Leuchtstoffröhren warfen ein grelles Licht auf zwei armselige Gestalten, die zusammengesunken am Ende eines langen Stahltisches saßen. Ich hörte Tauben auf dem Dach gurren und scharren, und die Glockenschläge zur halben Stunde. Wir warteten, bis der Klang verhallte, dann holte Valentina ein kleines Aufnahmegerät, einen Stift und ein Notizbuch hervor und fragte: „Warum sind Sie geflohen, Jolyon?“

Die Frage überraschte ihn offenbar. „Weil … weil ich schuldig bin.“

„Wir sind hier in Venedig. Sie hatten kein Geld. Keine warmen Kleider. Keine Fahrkarte nach irgendwo. Keine Möglichkeit zu entkommen. Das war Ihnen doch sicher klar.“

Felicity schimpfte leise. „Das ist nicht fair“, murmelte sie.

„Bitte“, sagte Valentina. „Lassen Sie ihn selbst antworten. Warum –“

„Weil ich ein Dummkopf war“, blaffte er. „Das bin ich schon immer. Und werde es auch bleiben. Dad hat's mir oft genug gesagt, stimmt's? Blindgänger. Das war eine seiner Lieblingsbezeichnungen für mich.“

Der junge Mann tat mir unglaublich leid. Es war offensichtlich, dass er todunglücklich war.

„Ihr Vater ist ein herzloser Mann, Jolyon“, sagte ich. „Ich kenne niemanden, der so wenig Mitgefühl zeigt. Es ist sicher leicht gesagt, aber Sie müssen aus seinem Schatten treten.“

„Welcher Schatten?“, erwiderte er. „Das Arschloch ist tot. Und ich bin froh darüber. Grund zum Feiern.“

„Das dürfte schwierig werden, wenn Sie wegen Mordes im Gefängnis sitzen“, bemerkte Valentina. „Wie haben Sie es gemacht? Warum? Wann?“

„Warum?“ Er lachte. „Sie fragen mich allen Ernstes, warum?“

„Ja, genau. Er ist offenbar schon immer ein Scheusal gewesen. Warum gerade jetzt?“

„Weil er uns abserviert hat! Mum. Mich. Uns alle. Ohne Job keine Zukunft.“

„Wir werden schon nicht verhungern, Jo“, sagte Felicity und legte ihm beschwichtigend die Hand aufs Knie.

„Vielleicht nicht sofort“, erwiderte er mit der Spur eines verschmitzten Lächelns. „Ich musste es einfach tun. Wenn es nur ein bisschen

Gerechtigkeit gäbe, dann wäre er ins Gefängnis gewandert, weil er sich an Patty vergreifen wollte."

„Wenn ihn jemand angezeigt hätte", antwortete Valentina, „dann vielleicht. Aber das hat niemand."

„Dann hätte er sich irgendwie aus der Affäre gezogen. So läuft es immer. Sie verstehen das nicht."

„Sehr richtig. Klären Sie mich auf. Wann genau haben Sie ihn umgebracht?"

Er zögerte einen Moment. „Das muss so gegen Mitternacht gewesen sein."

„Wo?"

„Sie wissen doch, wo. Alle wissen das. An dieser Brücke, zu der er uns am ersten Abend geführt hat."

„Richtig", stimmte sie zu. „Das ist uns bekannt. Erzählen Sie mir, was Sie vorher gemacht haben."

Wieder zögerte er. Die Veranstaltung im Danieli hatte in einem solchen Chaos geendet, dass ich tatsächlich nicht wusste, wohin danach jeder gegangen war.

Jolyon Godolphin schien einen Spaziergang mit Patricia Buckley gemacht zu haben. Die beiden hatten auf dem Campo Santa Margherita Pizza gegessen und Bier getrunken. Dann war sie in ihr Hotel zurückgekehrt. Er hatte sich auf den Weg in seines gemacht.

„Dad stand an dieser Brücke. An der von seiner armseligen kleinen Theateraufführung. Wir haben gestritten. Er ist immer wütender geworden. Dann hat er seinen Dolch gezückt und damit vor mir herumgefuchtelt. Ich hab mir das Ding geschnappt. Er wollte mich schlagen. Wieder mal. Also hab ich zugestochen. Und ihn dann in den Kanal gestoßen."

Valentina machte sich keine Notizen. „Wo? Wo genau haben Sie zugestochen?"

Er tippte sich an die Brust. „Hier."

„Wie oft?"

„Einmal. Fest. So fest ich konnte."

Valentina klappte ihr Notizbuch zu, ohne irgendetwas aufgeschrieben zu haben. Dann nahm sie das Aufnahmegerät vom Tisch und hielt es uns demonstrativ hin. Es war nicht eingeschaltet.

Langsam wurde die Sache lächerlich, also beschloss ich, mich einzumischen. „Duke wurde mit zwei Stichen getötet, Jolyon. Sie lügen, und dafür gibt es, denke ich, nur einen Grund. Warum um alles in der Welt glauben Sie, Ihre Mutter hätte ihn umgebracht? Das ist absurd. Fast genauso absurd wie die Vorstellung, dass Sie es waren."

Valentina wandte sich lächelnd zu mir um. „Sehen Sie, Arnold. Jetzt sind Sie doch froh, dass Sie mitgekommen sind."

„Er spielt uns etwas vor. Das ist offensichtlich."

Jolyon Godolphins Wangen liefen rot an. „Ich ... ich ... ich glaube nichts dergleichen."

„Was glaubst du nicht?" Das kam von Felicity.

„Signora", sagte Valentina, „Signor Clover hat recht. Es ist sonnenklar, dass Ihr Sohn seinen Vater nicht umgebracht hat. Er hat keinen blassen Schimmer, wie es genau passiert ist. Er weiß nur, was er sich aus dem zusammenreimt, was er gehört hat. Trotzdem ist er in dem hoffnungslosen Versuch, sich selbst zu belasten, von hier weggelaufen. Er hat sich meinen Beamten gestellt. Dann hat er ein Geständnis abgelegt, obwohl er uns, wäre das wirklich sein Anliegen gewesen, den ganzen Ärger hätte ersparen und es gleich hätte tun können, als wir alle in Gewahrsam genommen haben." Sie runzelte die Stirn, setzte wieder diesen typischen Gesichtsausdruck auf. „Dafür kann es nur einen Grund geben. Er wollte den Verdacht von jemand anderem ablenken. Und dieser jemand können nur –"

„Ich habe Duke nicht umgebracht!", rief Felicity. Ihr Sohn sah sie an. Sie tätschelte ihm die Hand, wie man es bei einem Kind tun würde. „Ach, um Himmels willen, Jo ..."

Er schien den Tränen nahe.

„Du hast gesagt, du hättest genug, Mum. Nachdem das mit Julie passiert war ... Wenn er das noch mal macht, hast du gesagt, dann bringst du ihn um. Ich hatte dich noch nie so aufgebracht gesehen."

„Das habe ich in den letzten vierzig Jahren fast jeden verfluchten Tag gesagt. Meinst du nicht, ich hätte es schon früher hingekriegt, wenn ich es wirklich gewollt hätte?"

Signora capitano sah auf die Uhr und seufzte. „Die Zeit der Polizei zu verschwenden ist eine Straftat, Jolyon. Sie können froh sein, dass ich Sie nicht belange." Sie nickte Richtung Tür. „Sie dürfen gehen."

Er blinzelte sie ungläubig an. „Aber …“

„Sie dürfen gehen, habe ich gesagt. Immerhin konnte ich einen Verdächtigen von meiner Liste streichen. Nicht, dass ich je geglaubt hätte, es wäre ein törichter junger Mann gewesen, der versucht hat, seine Mutter zu schützen.“ Das Aufblitzen eines Lächelns. „Und das grundlos, womöglich.“

„Mum …“

„Signora Godolphin bleibt hier, bis wir geklärt haben, was passiert ist. Was *wirklich* passiert ist.“

Jolyon verschränkte die Arme und wirkte ziemlich erbost. „Dann bleibe ich auch.“

„Nein.“ Valentina stand auf und öffnete die Tür. „Wir sind eine Carabinieristation und kein Hotel. Gehen Sie zurück ins Valier. Wir melden uns, sobald es etwas Neues gibt.“ Ein weiterer Blick auf die Uhr. „Was sicher nicht mehr lange dauern wird.“

„Mum …“ Seine Stimme klang nach beleidigtem Teenager.

Felicity beugte sich vor und gab ihm einen Kuss auf die Wange. „Geh schon, Jo. Ich weiß, du hast es gut gemeint. Aber … glaub mir. Ich habe deinem Vater niemals wehgetan. Das lief immer nur andersrum.“

Valentina rief einen ihrer Beamten, um Felicity zurück in ihre Zelle zu bringen, bevor sie ihren Sohn zum Empfangsbereich begleitete und ihm sein Jackett und seinen Mantel reichte. Er gab eine ziemlich traurige Gestalt ab, als sie ihn hinaus in den zur Neige gehenden Nachmittag entließ.

„Das hat mir nicht gefallen“, sagte ich, während wir vor der Tür standen und zusahen, wie er, die Hände in den Taschen und mit hängenden Schultern, gedankenverloren Richtung Piazza schlurfte.

Valentina brummelte etwas, das ich nicht richtig verstand. „Nicht?“, fragte sie dann.

„Nein.“

Sie verschränkte die Arme, legte den Kopf zur Seite und zuckte mit den Schultern. „Trotzdem haben Sie sich zu Wort gemeldet – ungefragt.“

„Es war sonnenklar, dass der Bursche das alles frei erfunden hat.“

„Stimmt. Aber danke, dass Sie es ausgesprochen haben. Kommen Sie.“

Wir gingen wieder hinein und sie führte mich in den hinteren Teil der Dienststelle. Ich habe nie viel Zeit in Polizeigebäuden verbracht, aber das hier wirkte eher wie eine Stadtverwaltung als wie ein Ort, an dem man sich mit Strafverfolgung beschäftigte. Allerdings befand sich am Ende das langen Ganges eine Doppelreihe Zellen mit Sichtfenstern in den Türen, wie man sie aus dem Fernsehen kannte. Sechs an der Zahl, drei auf jeder Seite, eine davon leer, nachdem Jolyon nun hinausbefördert worden war. Valentina öffnete die Fensterklappen und begrüßte die Zelleninsassen freundlich. Jeder von ihnen saß im schwachen Licht einer nackten Glühbirne und hatte ein kaum angerührtes Essenstablett vor sich auf dem Boden stehen. Ein ziemlicher Gegensatz zum Luxusleben im Valier, wie mir schien.

„Herrgott noch mal, Clover!", rief Caroline. „Informieren Sie das britische Konsulat oder so. Das Ganze ist doch lächerlich. Ich muss zurück nach Paris."

„Und die amerikanische Botschaft", sagte Hauptmann. Felicity und George Bourne sagten nichts. Patricia Buckley, die, von einem erneuten Weinkrampf vermutlich, ganz rote Augen hatte, starrte nur auf den nackten Betonfußboden.

„Die zuständigen Behörden wurden bereits alle informiert", sagte Valentina. „Ein Mensch ist unter fragwürdigen Umständen zu Tode gekommen. Sie können nicht von uns erwarten, dass wir da die Verdächtigen frei herumlaufen lassen."

Caroline stand auf und kam zum Sichtfenster. „Wieso um alles in der Welt bin ich verdächtig?", fragte sie und umklammerte die Gitterstäbe.

„Das sind Sie alle, Signora. Sie alle hatten eine schwierige Beziehung zum Opfer und, soweit ich sehe, die Gelegenheit zur Tat."

George Bourne wurde munter und kam an sein Fenster. „Es gäbe nicht vielleicht die Möglichkeit, einen Drink zu bekommen?", fragte er. „Aus medizinischen Gründen."

Valentina sah ihn scharf an. „Wenn einer von Ihnen ein Geständnis ablegen möchte, können die anderen sofort gehen."

Bourne verdrehte verdutzt die glasigen Augen. „Ich dachte, Jolyon hat zugegeben, seinen alten Herrn erstochen zu haben. Das hat zumindest jemand von den Aufpassern hier erzählt."

„Jolyon hat gelogen."

„Gelogen, um mich zu schützen", warf Felicity ein. „Obwohl es keinen Grund dafür gab."

„Dumm von ihm, also", grummelte Bourne. „Ein Spritz und ein paar Chips vielleicht?"

„Wir sind hier bei den Carabinieri, Sir. Nicht in Harry's Bar. Die Sache ist ganz einfach. Ich würde gern wissen, wer von Ihnen Godolphin in seiner Todesnacht an der Ponte San Tomà begegnet ist." Schweigen. „Oder ob jemand von Ihnen eine Vermutung hat, wer von den anderen es gewesen sein könnte. Falls jemand mit in mein Dienstzimmer kommen möchte, um ein Gespräch unter vier Augen zu führen …"

Hauptmann seufzte. Der Rest blieb stumm.

„Keine Interessenten?", fragte sie. „Na dann."

Wir gingen zurück in ihr Büro. Ich brachte mein Erstaunen darüber zum Ausdruck, dass sie ihre Verdächtigen unter solchen Bedingungen festhielten. Was das Essen betraf, das habe wirklich ekelhaft ausgesehen.

„Haben Sie meine Bemerkung über Harry's Bar nicht gehört? Einer von ihnen weiß über Marmaduke Godolphins Tod Bescheid, vielleicht auch mehrere." Sie nahm ihren Platz ein, legte ihr Notizbuch vor sich hin und notierte etwas auf eine neue Seite. „Einer oder mehrere von ihnen haben sich diesen Unsinn mit dem Nachlass Wolff ausgedacht, um ihn hierherzulocken. Mit dem Ziel wahrscheinlich, ihn lächerlich zu machen, während er glaubte, er würde dasselbe mit den anderen tun. Das kann nur heißen, dass derjenige oder diejenigen Godolphin sehr gut kannten und genau wussten, welche Knöpfchen man drücken musste. Die Ehefrau …"

Zum wiederholten Male sagte ich ihr, dass mir unklar sei, wie ich ihr bei der Sache helfen könnte.

„Sie sind ein neutraler Beobachter, Arnold. Jemand, der sich bei keinem für irgendetwas revanchieren will, stimmt's? Fanden Sie Felicity Godolphin überzeugend, als sie leugnete, ihrem Mann etwas angetan zu haben?"

„Eigentlich schon. Ich bin kein Experte, aber –"

„Ich hatte auch das Gefühl. Aber bis unsere beiden Rätsel, das um Godolphins Tod und das um die Sache mit Wolff, nicht gelöst sind, gebe ich mich nicht zufrieden."

Ein Schulterzucken meinerseits. Draußen im *campanile* schlug es zur Viertelstunde.

„Und jetzt erzählen Sie mir von diesen angeblichen Michelangelo-Briefen", bestimmte Valentina Fabbri.

ICH MUSS GESTEHEN, mein Interesse gilt mehr der Geschichte als der Kunst. Die war eher Eleanors Ding, die auf all unseren Reisen immer jede Galerie erkunden wollte, die sie finden konnte; je unbekannter, umso besser. Eine Sammlung, wie die Accademia sie bot, gefiel mir zwar, vor allem Carpaccio und der Ursulazyklus, meine Begeisterung reichte aber nicht bis zu modernen Installationen in fernen Städten. Ich hatte schon immer eher eine Vorliebe für die politische, staatsgeschichtliche und militärische Seite der Vergangenheit, nicht so sehr für die kulturelle. Michelangelo und da Vinci kannte ich natürlich, und auch ihre berühmtesten Werke, was aber ihre Persönlichkeiten und ihre Beziehung zueinander betraf, hatte ich keine Ahnung.

Luca fand es erstaunlich, dass ich nicht wusste, dass die beiden miteinander bekannt und erbitterte Rivalen um Aufträge und Anerkennung gewesen waren. Anscheinend besaß da Vinci, der Geselligere und zwanzig Jahre Ältere, die Angewohnheit, mit einer Gruppe von Bewunderern durch die Straßen zu ziehen und seinen jüngeren Widersacher zu beleidigen. Einen Einzelgänger mit nur wenigen Freunden, der ihm, was Malerei, Bildhauerei, Baukunst und Erfindergeist betraf, offensichtlich ebenbürtig war. Beide wahre Künstlergenies, weltberühmte Lichtgestalten, ein guter Grund, warum Godolphins Versuch, den Jüngeren als Mitverschwörer an zwei Morden hinzustellen, einen Sturm der Entrüstung auslösen würde, erklärte Luca. Was Duke Godolphin zweifellos genau wusste und worauf er es anlegte.

Es war mir auch neu, dass Michelangelo seinen Drang, mit Tinte oder Kohle zu zeichnen und Figuren aus Wachs oder jedem Stück Stein und Holz herzustellen, das ihm in die Hände fiel, kaum beherrschen konnte. Außerdem war er ein enthusiastischer Briefeschreiber. Mehrere Hundert seiner Briefe sind noch erhalten, die letzten vier Tage vor seinem Tod verfasst. Neben der Korrespondenz in nüchterner, geschäftsmäßiger Sprache existierten auch fast manieristisch anmutende

Liebesgedichte im Stil Petrarcas von ihm, einige davon brisanterweise an einen seiner jungen Schüler namens Tommaso de' Cavalieri gerichtet. Der war noch nicht einmal zwanzig, als der vier Jahrzehnte ältere Michelangelo für ihn entflammte. Cavalieri war an seiner Seite, als der alte Mann kurz vor seinem neunundachtzigsten Geburtstag in seinem Haus in Rom starb. Die Liebe seines Lebens, vielleicht, eine gefährliche allerdings in einer Zeit, in der Homosexualität als Verbrechen galt. Michelangelo lebte zurückgezogen, scheute aber nicht die Gefahr. Was Godolphins Geschichte natürlich noch mehr Gewicht verlieh.

Und nun hatten wir das Genie in Form von zwei Briefen direkt vor uns. Zumindest schien es so, als Luca und ich uns hinsetzten, um die beiden Schriftstücke aus dem Nachlass Wolff näher zu begutachten. Mit Kalligrafie und dem Erkennen von Fälschungen hatte ich mich in Kew nicht beschäftigt, aber Eleanor war ein wenig in diesem Bereich tätig gewesen, bis sie sich mit dem Abteilungsleiter überwarf, den sie für einen desinteressierten Einfaltspinsel hielt. Auch Luca war nicht wirklich auf diesem Gebiet bewandert, aber er deutete an, dass er jemanden kenne, der uns vielleicht weiterhelfen könnte, falls wir fachkundigen Rat bräuchten. Doch eins nach dem anderen. Da uns durch die Onlinequellen des Archivs Digitalisate von Michelangelos Originalbriefen zur Verfügung standen, war es ein Leichtes, die Korrespondenz des berühmten Künstlers aufzurufen und die Schrift zu vergleichen.

Rasch befanden wir uns auf hochinteressantem Terrain. Das Abfassen von Texten mit der Hand war im Italien vor der Zeit des Buchdrucks, der Schreibmaschinen und der Computer eine professionelle Tätigkeit gewesen, nicht zu vergleichen mit der eher nachlässigen Schreibweise vieler Leute heutzutage, mich eingeschlossen. Man brachte schon den Schülern bei, sorgsam und ordentlich in einem ganz bestimmten Stil zu schreiben, der für andere mühelos lesbar war. Sollte etwas schwer zu entziffern sein, waren das Schriftstück und derjenige, der es verfasst hatte, nicht zu gebrauchen.

Die Handschrift der Briefe, die wir gefunden hatten, war ziemlich außergewöhnlich, fast schon ein Kunstwerk, umso eindrucksvoller, weil sie mit nichts als Tinte und einer Vogelfeder angefertigt wurde. Sie war so besonders, dass Luca sogar eine wissenschaftliche Publikation fand, die sich ausschließlich mit Michelangelos Art zu schreiben befasste. Für mich sahen all diese Buchstaben ähnlich aus. Glücklicherweise hatte Luca einmal einen Kurs in Paläografie gemacht, jener Wissenschaft, die sich mit der Entwicklung und den Formen unserer Schrift beschäftigt, und begann bald schon, etwas von Majuskeln, Minuskeln, Oberlängen, Unterlängen und Ligaturen zu murmeln, das meinen Horizont deutlich überstieg. Die Abhandlung zeigte, dass sich Michelangelos Handschrift im Lauf seines Lebens grundlegend verändert hatte, und lieferte uns einen wichtigen Hinweis, was die Datierung und die Frage einer möglichen Fälschung anbetraf.

Die frühesten persönlichen Briefe und Gedichte des Künstlers wurden in einer Schriftart namens *mercantesca* verfasst, der damaligen Gebrauchsschrift für Handel und Gewerbe. Dabei handelte es sich um eine gotische Kursive, die er in der Schule gelernt hatte. Damit, so glaubte man, hätten die Schüler später einmal die besten Chancen, eine Anstellung im kaufmännischen Bereich zu finden. Später entschied er sich bewusst für eine Schriftform namens *cancellaresca*, einer humanistischen Kursive, die eleganter und angenehmer lesbar sein sollte, und die, soweit ich es verstanden habe, eher in Gelehrten- und Künstlerkreisen beliebt war. Der Wechsel vollzog sich ungefähr drei Jahrzehnte vor der Zeitspanne, die uns interessierte.

Luca drehte die Lampe über unsere beiden Briefe, beugte sich vor und sah durch eine Lupe.

„Hier", sagte er nach einer Weile. „Sieh selbst."

Er hatte auf dem Computerbildschirm ein Schriftbeispiel von Michelangelos frühem *mercantesca*-Stil und der *cancellaresca* seiner späteren Jahre aufgerufen. Der Unterschied war bei näherer Betrachtung nicht zu übersehen. Die spätere Handschrift wirkte irgendwie fließender, persönlicher, gefälliger und besaß eine künstlerische Ausprägung.

„Wenn er nicht der Verfasser ist, Luca, dann ist es eine extrem gut gemachte Fälschung."

„Ich stimme dir zu."

„Was ist mit dem Papier? Der Tinte? Der … Haptik?" Ich deutete auf den Rorschach-Fleck an der rechten unteren Ecke. „Und damit?"

„Selbst Genies können ungeschickt mit Tinte sein, könnte ich mir vorstellen." Er verzog das Gesicht. „Wir haben eine Expertin hier im

Archiv, die sich mit so was sehr gut auskennt. Leider ist sie gerade nach Ägypten verreist. Lucia hasst *Carnevale* und flieht deshalb jedes Jahr. Aber …", er zwinkerte, „mir fällt natürlich auch etwas dazu ein."

Wie immer, dachte ich.

„Nehmen wir vorerst einmal an, die Briefe sind echt, und beschäftigen wir uns mit dem Text." Er boxte mir sanft gegen die Schulter. „Nun, Arnold. Welche Sprache ist das?"

Natürlich ging ich ihm nicht auf den Leim und erklärte: Kein Italienisch jedenfalls. Denn das existierte als offizielle Nationalsprache damals noch nicht, genauso wenig wie der Nationalstaat Italien existierte. Michelangelo schrieb in der zu dieser Zeit in seiner Gesellschaftsschicht gebräuchlichen *lingua franca*, dem florentinischen Dialekt. Infolge der Renaissance wurde er zum Vorläufer des modernen Italienisch, wie wir es heute kennen, nicht, dass ich je versucht hätte, beide zu vergleichen. Das Englisch des 16. Jahrhunderts, mit dem ich in Kew regelmäßig zu tun hatte, war nicht ganz so unverständlich wie die Sprache Chaucers, kostete mich aber trotzdem immer viel Mühe. Außerdem war die allgemein verwendete englische Handschrift jener Zeit lange nicht so sorgsam angefertigt und so deutlich lesbar wie die *cancellaresca*, die wir vor uns hatten.

Als Erstes betrachteten wir das ältere Schreiben näher, adressiert an Lorenzino de' Medici und datiert auf den 30. Dezember 1536, eine Woche vor Alessandros Ermordung. Es handelte sich um ein Blatt beschriebenes Papier, am oberen Rand die Zeichnung des Dolches und der Schriftzug *Cellini!*.

Etwa achtzig Prozent des Textes konnte ich sofort verstehen, fast wie modernes Italienisch, obwohl ein paar merkwürdige Schreibweisen dabei waren und die Wortfolge nicht den Regeln entsprach, die man Eleanor und mir an der Abendschule beigebracht hatte.

„Godolphin wird sicher eine englische Version davon wollen, oder?", fragte Luca.

„Darauf kannst du wetten. Er wird damit bei den Amerikanern punkten wollen, um seinen Fernsehdeal abzuschließen." Mir klang wieder im Ohr, was er am Vortag zu mir gesagt hatte: Es ging um Unterhaltung, nicht um wissenschaftliche Erkenntnisse. „Und zwar eine mit Pep, so viel steht fest."

„*Mit Pep* hab ich nicht im Programm", entgegnete mein Freund kopfschüttelnd.

„Gut", sagte ich. „Dann überlass die Endfassung mir."

Lorenzino, *caro amico,*

in welchen Zeiten leben wir. Scheusale regieren die Welt. Ich verstehe Eure Qual. Ich teile Euren Schmerz. Doch was soll ich zu Eurer Bitte sagen? Ihr kennt mich. Ich bin ein bescheidener, gottesfürchtiger Mann, keiner Seele dieser Welt ein Feind. Trotzdem weckt Ihr solch dunkle Gedanken und Wünsche in mir!

Ach, mein Freund, ach, lieber Gefährte von einst. Seid eines versichert. Ich sehne mich nach meinem Zuhause. Wie Ihr wünsche auch ich mir aus tiefster Seele eine Republik, wie die Venezianer sie haben. Wir sind beide Florentiner. Freie Männer, keine Vasallen eines selbst ernannten Königs. Mit jedem Tag, den ich noch weiter hier verweile, stirbt ein kleiner Teil von mir. Wenn ich noch länger in Rom bleibe, wird mein eigenes Grab noch vor dem Grab des Papstes ausgehoben. Aber er wird mich nicht gehen lassen. Ich bin ein Gefangener, umgeben von Niedertracht, voller Sehnsucht nach Florenz. Doch nach welchem Florenz eigentlich? Jene, die mit mir gegen die grausamen, teuflischen Medici kämpften, sind entweder tot, verbannt oder im Kerker, wo sie tägliche Folter erleiden. Nur meine Geistesgröße, mein Scharfsinn und mein künstlerisches Geschick bewahren mich vor diesem Schicksal; vorerst.

Sollte ich in meine geliebte Heimatstadt zurückkehren, was würde Euer ruchloser Vetter Il Moro mit mir tun? Drei Mal schon hat er mein Leben bedroht, mich gezwungen, mich in den letzten Winkeln der kalten, übelriechenden Medici-Kapelle zu verbergen. Verwechselt Macht nicht mit Klugheit, Lorenzino! Besäßen sie Verstand, dann hätten sie mich in meinem Gefängnis unter San Lorenzo direkt vor ihren langen, spitzen Nasen gefunden, wo ich zum Zeitvertreib die kalten, feuchten Wände vollgezeichnet habe.

Aber Dummheit, Bestechlichkeit und Gewalt gedeihen. Überall hört man von den Gräueltaten des Herzogs. Kein Mensch in Rom, der ihn nicht für ein infames Scheusal hält, besudelt mit dem Blut Unschuldiger, die Seele befleckt durch Folter, Mord und Plünderung;

Sünden, die selbst die Vorstellungkraft der schlimmsten Verbrecher übersteigen, die zum Schafott verurteilt sind. Ein solches Monstrum regiert Euch. Ein Monstrum, das für sein Leben gern möchte, dass ich zurückkehre, damit es mir meines nehmen kann.

Also harre ich hier aus, als Sklave des Papstes, des Geldes beraubt, das er mir rechtmäßig schuldet, halb verhungert, von seinen Prälaten verhöhnt, und wanke mit Meißel, Palette und Pinsel durch den Vatikan wie ein Bettler. Im Grunde bin ich eine bescheidene Seele, was bleibt mir anderes übrig. Ihr seid von Adel und könnt Euren Weg frei wählen. Ich unterdessen schreibe, erträume, erfinde, erschaffe. Das sind große Gaben, die den meisten abgehen. Für große politische Taten jedoch sind andere bestimmt.

Alles, was ich dazu beitragen kann, ist das Geschenk, das ich oben auf diese Seite skizziert habe. Wenn Ihr euch zu Cellini begebt, werdet Ihr feststellen, dass er dieselbe Zeichnung besitzt, feiner ausgearbeitet und mit Maßen und Anweisungen zur Herstellung dieses Dolches versehen, der die Welt zum Besseren verändern könnte. Auch dass Benvenuto mit Geld ausgestattet wurde, werdet Ihr erfahren, um eine solche Waffe anzufertigen. Und dass er sie Euch als Geschenk überlassen wird, in der Hoffnung, Ihr könnt sie gut gebrauchen.

Ich wünsche Euch viel Erfolg bei Euren Bestrebungen und bete darum, dass ich eines Tages in ein erneuertes Florenz zurückkehren kann.

Michelagniolo

„Mit der Unterschrift stimmt etwas nicht", sagte ich, nachdem ich unsere Übersetzung noch einmal durchgelesen hatte. „Der Name ist falsch."

„Nein", sagte Luca. „Der Name ist richtig. Es ist eine alte toskanische Version: *Michelagniolo*. Er hat nie mit Michelangelo unterzeichnet."

Mein Freund fuhr mit dem Zeigefinger über die Seite und hielt bei einer merkwürdigen Zeichenfolge inne. „Sieh mal, wie er *che* schreibt."

Weil ich mich darauf konzentriert hatte, die Wörter zu erkennen, war mir das gar nicht aufgefallen. Aber es war ziemlich ungewöhnlich. Die drei Buchstaben *c*, *h* und *e* bildeten ein einziges Zeichen, wobei die Schulterlinie des *h* nach links oben diagonal hochgezogen durch die Rundung des *c* stieß und dann quer über den Stamm das *e* bildete. Das Gebilde ähnelte fast einer unbekannten Musiknotation und war dennoch nach kurzem Hinschauen leicht als *che* zu erkennen.

„Ist das *cancellaresca*?"

Luca schüttelte den Kopf. „Das stammt von ihm. Ich weiß noch, dass meine Kollegin Lucia mir mal einen Vortrag darüber gehalten hat, als in der Accademia eine Ausstellung seines Briefwechsels zu sehen war. Diese drei Buchstaben zusammenzuziehen, ist eine ganz spezielle Eigenheit, die er sich ausgedacht hat. Michelangelo, der unentwegte Schöpfer, verstehst du. Es ist alles sehr ...."

„Überzeugend?"

„Irgendwie schon. Wobei wir normalerweise von der Annahme ausgehen würden, die Dokumente wären gefälscht und wir hätten die Aufgabe, dieses Urteil zu widerlegen."

Das war allerdings genau das Gegenteil dessen, was Godolphin von uns erwartete.

„Das letzte Wort ist noch nicht gesprochen", sagte ich und wandte mich dem zweiten Brief zu.

Er war auf den 3. Februar 1548 datiert, etwas mehr als drei Wochen vor der Ermordung Lorenzinos auf der Ponte San Tomà. Dieselbe Handschrift, bis hin zu dem eigentümlichen *che*, das Papier vergilbt, genau wie beim Gegenstück. Kaum verwunderlich, dachte ich. Eine Vogelfeder, ein Tintenfläschchen, ein Blatt Papier zum Schreiben; die Hilfsmittel, um einen Brief zu verfassen, konnten sich in etwas mehr als elf Jahren kaum groß verändert haben, genauso wenig, wie Michelangelos Handschrift eine andere geworden war. Die Lebensumstände des Mannes jedoch hatten sich völlig gewandelt. Papst Clemens VII., der Mann, der ihn unter der Bedingung, dass er seine Arbeit wieder aufnahm, vor Alessandros Zorn bewahrt hatte, war tot. Inzwischen trug Paul III. die Papstkrone, der Michelangelo, noch mehr als sein Vorgänger, dazu drängte, sein gewaltiges Werk *Das Jüngste Gericht* in der Sixtinischen Kapelle fertigzustellen, eine enorme Aufgabe, die ihn mehrere Jahre voller Streitigkeiten kosten sollte und, wie schon erwähnt, zu einem Ergebnis führte, das so viel Nacktheit zeigte, dass die Kirche Anstoß daran nahm und alsbald bemüht war, diese teilweise zu verbergen.

Der Michelangelo von 1548 war also ein anderer gewesen als jener, der das umsichtige Schreiben mit dem nicht gerade dezenten Hinweis an Lorenzino verfasst zu haben schien, er könne ihm eine vom ruchlosen Benvenuto Cellini angefertigte Mordwaffe zur Verfügung stellen. Trotz ihrer gelegentlichen Meinungsverschiedenheiten von Paul III. verehrt und als einer der größten Künstler gepriesen, die die Welt je gesehen hatte, war er nun eigentlich unangreifbar.

Der Brief zeichnete jedoch ein anderes Bild.

Antonio, *amico*,

Euer bemitleidenswerter Briefpartner schreibt Euch aus dem Sündenpfuhl, der Rom ist. Erwartet keine guten Neuigkeiten. Ich muss Euch berichten, dass ich gleichsam barfuß und nackt für den heiligen Sklaventreiber schufte. Mein Leben besteht aus nichts als Mühsal, Elend und Erschöpfung. Ruhm bedeutet mir nichts, ebenso wenig wie der Traum von Liebe oder die bescheidene Zuneigung einfacher Leute.

In diesem Zustand bin ich nun seit Florenz, und wir kennen beide den Grund. Eines Menschen Sünden verfolgen ihn sein Leben lang. Genau wie jene, die in seinem Namen sündigten.

Und nun, lieber Zantani, berichtet Ihr mir, dass dieser Rohling, den ich einst um einen Gefallen bat, auf Eurer Türschwelle steht, in Eurem Bett liegt, Euch des Nachts zum Gehörnten macht, Vater eines Kindes ist, das Euren Namen tragen sollte. Mit La Barozza habt Ihr eine Schönheit zum Weib genommen. Ihr hättet Euch lieber mit einer gewöhnlicheren Frau begnügen sollen, mit einer, die weniger Ehrgeiz und Verstand besitzt; wenn sie nur nicht missgestaltet oder boshaft wäre.

Meine eigenen Vorlieben verschaffen mir von Zeit zu Zeit kurze Erholung von derlei Nöten, doch Vorsicht, lieber Freund, ist stets meine Maxime. Dabei wie bei vielem anderen, und das muss auch die Eure sein.

Mich geht Euer Peiniger eigentlich nichts mehr an. Was immer ich vor all den Jahren mit ihm zu tun hatte, liegt hinter uns, wir werden kein Wort mehr darüber verlieren. Sollte jedoch dieser Brief in seine Hände gelangen – was ich nicht hoffe –, könnte es sich zu meinem Schaden wenden. Ein Geheimnis muss stets gut gewahrt werden. Hat man das Glück auf seiner Seite, nimmt sein Wahrer es mit ins Grab. Der Mann, der Euch Hörner aufsetzt, könnte jedoch mein Verderben sein. Noch immer gibt es jene, die mich gern tot sehen würden.

Zu meinem Nutzen, wie auch zu Eurem, befindet sich die Adresse in San Polo, die Ihr mir habt zukommen lassen, nun in fähigen Händen. So Gott will, werden sie handeln, und wir werden beide von dieser verräterischen Existenz befreit. Falls sich in den kommenden Wochen ein Schurke, der sich Bibboni nennt, bei Euch meldet, behandelt ihn wohlwollend, aber seid auf der Hut. In Venedig ist man unserem Lorenzino, wie ich höre, zugeneigt, und wer sich mit denen einlässt, die ihm auf den Fersen sind, hat einiges zu fürchten. Was die Madrigale und die Gedichte betrifft, die Ihr mir geschickt habt, so fehlt es mir an Kenntnis, sie zu beurteilen, sowie an Mitteln, um Euren Wunsch, sie zur Aufführung und Publikation zu bringen, zu befördern.

Vielleicht gestattet man mir eines Tages, dieses päpstliche Gefängnis zu verlassen und Euch in Venedig zu besuchen. Wenngleich das sicher nicht so bald sein wird. Wir dürfen nie wieder über diese Angelegenheit sprechen oder uns deswegen schreiben.

Ihr solltet Euch um Eure treulose Ehefrau kümmern und sie zurück auf die Wege Christi bringen. Danach, sobald wir unsere Genugtuung haben, BEWAHRT STILLSCHWEIGEN. So erbärmlich dieses Leben ist, ich bin zu beschäftigt, um über die Alternative auch nur nachzudenken.

Michelagniolo Buonarroti

Es war fast zehn, als wir fertig waren. Aus dem Durchgang hinter dem Archiv drangen Gesang und Stimmen herein, Betrunkene, Ausländer, die auf Karnevalstour waren. Dann der Glockenschlag der Frarikirche, derselbe, den ich zu Hause so oft hörte. Ich war erschöpft und sehnte mich nach meinem Bett. Luca ging es offenbar nicht anders, aber er hatte dieses manische Funkeln in den Augen. Manchmal erinnerte er mich an einen hyperaktiven Lehrer, der vor seiner Klasse fieberhaft über ein schwieriges Problem nachdenkt, wobei es ihm wichtiger ist, es selbst zu lösen, als es zu erklären.

„La Barozzas betrogener Ehemann. Der erfolglose Musiker und Dichter Antonio Zantini", sagte er und verstaute die Briefe zum Schutz in mit Holz eingefassten Glasrahmen. „Sehr interessant."

Die saubere florentinische Handschrift auf dem zweiten Blatt war einfacher zu lesen gewesen als der Text des ersten Briefes. Auch die Übersetzung fiel leichter, denn der verzweifelte, gequälte Ton des Originals bedurfte keiner weiteren Ausschmückung meinerseits, um so dramatisch zu klingen, wie Godolphin es wünschte. Jetzt befanden sich beide englischen Versionen auf Lucas Laptop und warteten darauf, dem Mann übersandt zu werden.

Luca hatte in den Digitalisaten des Archivs ein paar Hinweise auf Zantani gefunden. Er war bereits im Jahr zuvor darauf gestoßen, als er für eine Ausstellung über berühmte venezianische Frauen recherchiert hatte, darunter Veronica Franco, die Kurtisane, für die Caroline Fitzroy sich vermutlich interessieren würde. Elena Barozzi war zwar keine bezahlte Bettgefährtin gewesen, aber eine stadtbekannte Schönheit, die mehr als ihr Mann für ihren Verstand und ihre geistreichen Beiträge in den literarischen Salons der damaligen Zeit bekannt war. Ihre Tochter trug nach ihrem Vater ganz offen den Namen Lorenzina de' Medici. Wie das der betrogene Ehemann aufgenommen hatte, war offenbar nicht belegt. Nur in ein paar Fachzeitschriften wurde erwähnt, dass es für venezianische Damen von höherem Stand nicht ungewöhnlich war, sich in aller Öffentlichkeit Liebhaber zu nehmen; ohne irgendwelche Einwände ihrer Angetrauten, die zweifelsohne ihrerseits Mätressen hatten. Nach dem, was Luca herausgefunden hatte, war Zantani ein bedauernswerter Mann gewesen, der permanent versucht hatte, andere für seine Dichtung und seine Musik zu interessieren, nur dass sie niemandem gefielen. Michelangelo eingeschlossen, wie es schien.

„Kaum zu glauben", sagte mein Freund, „dass Duke Godolphin rein zufällig auf zwei Briefe gestoßen sein soll, die vermuten lassen,

Michelangelo wäre in zwei hinterhältige Morde verwickelt gewesen. Und hätte den Dolch beschafft, den Lorenzino benutzt hat, um seinen Cousin zu ermorden, um elf Jahre später zwei Attentätern, die diesem auf den Fersen waren, seinen Aufenthaltsort zu verraten und vermutlich Antonio Zantani anzuheuern, damit er ihnen hilft, ihn dort aufzuspüren."

„Können wir ihm nicht einfach morgen früh unsere Übersetzungen geben und dann ihm die Entscheidung überlassen, was er damit macht?"

Luca sah mich entgeistert an. „Was redest du da? Ob du willst oder nicht, unsere Namen sind mit diesen Dokumenten verbunden. Wir haben das Recht, ja sogar die Pflicht, herauszufinden, was sie bedeuten."

Was sie aussagten – zumindest vorgeblich –, war ziemlich klar. Im Jahr 1537 hatte ein gekränkter Michelangelo, der darunter litt, dass er gezwungen war, in Rom zu arbeiten statt in seinem geliebten Florenz, und sich immer noch maßlos ärgerte, dass man die Republik Florenz erneut einem Medici auf dem Silbertablett serviert hatte, Lorenzino seine persönliche Unterstützung bei der Ermordung seines Cousins angeboten und ihm die Mordwaffe gleich mitgeliefert. Dann, elf Jahre später, während er an der Sixtinischen Kapelle arbeitete, immer noch unglücklich und angeblich verarmt – ein Zustand, in dem er sich wohl den größten Teil seines Lebens befand –, überkam ihn ein Sinneswandel. Aus Furcht, Lorenzino könnte seine Beteiligung an dem Mordkomplott gegen Alessandro verraten und seine gefährlichen sexuellen Neigungen offenbaren, nutzte er die Informationen, die Zantani ihm geliefert hatte, um Bibboni und seinen mörderischen Komplizen nach Venedig zu lotsen und die Hilfe des betrogenen Ehemanns in Anspruch zu nehmen, um Lorenzinos Ermordung auf der Ponte San Tomà zu bewerkstelligen.

„Ich muss zugeben, Luca, das Wort, das mir immer wieder in den Sinn kommt, lautet: plausibel."

Luca überflog noch einmal den englischen Text auf dem Bildschirm. „Das ist es. Ich bin wirklich baff. Genau darauf sind die Leute aus, stimmt's? Hauptsächlich auf den Beweis, wie viel sie auf dem Kasten haben."

Ich musste mir ein Lachen verkneifen. Mein Freund Luca war schon eine Marke. Bei ihm konnte es manchmal innerhalb kürzester Zeit mal hüh, mal hott heißen. Es war noch gar nicht lange her, da hatte er sich vor lauter Begeisterung, die Briefe könnten echte Entdeckungen sein, kaum noch beruhigen können.

„Leute wie Godolphin, meinst du?"

Er zog eine Grimasse und wirkte einen kurzen Moment etwas schuldbewusst. „Auch der. Die halbe Menschheit besteht aus Selbstdarstellern, die unbedingt im Rampenlicht stehen wollen. Während Leute wie wir ihnen die entsprechende Bühne verschaffen und unbemerkt im Hintergrund bleiben. Wo ich für meinen Teil mich auch am wohlsten fühle. Aber entschuldige diese kleine Predigt. Es war ein langer Tag, mein Freund, und wir haben morgen noch einiges zu tun."

„Haben wir das?"

„Ja, aber davon später mehr. Jetzt etwas trinken, und dann …"

Die Tür flog so heftig auf, dass der Knall uns beide zusammenzucken ließ. Godolphin, dessen Augen im grellen Deckenlicht glänzten, stand da und schwankte leicht.

„Ich konnte nicht mehr warten", blaffte er. „Sagen Sie es mir. Jetzt."

WÄHREND ICH ERZÄHLTE, wie Luca und ich uns darangemacht hatten, die Wolff'schen Briefe ins Englische zu übersetzen, hatte Valentina erneut auf ihrem Handy und auf ihrem Bildschirm nach eingehenden Nachrichten geschaut. Irgendetwas war im Gang. Vielleicht wichtig, vielleicht bedeutungslos. An ihrem Gesichtsausdruck, der so unergründlich war wie der Blick von Carpaccios mythischer Ursula, ließ sich das nicht ablesen. Mittlerweile waren wir seit über sechs Stunden damit beschäftigt durchzugehen, was sich vor Godolphins gewaltsamem Tod abgespielt hatte. Ich fühlte mich ausgelaugt und war nassgeschwitzt, selbst an diesem kalten Februartag. Valentina hingegen saß immer noch da wie aus dem Ei gepellt und sah aus, als könnte sie locker noch sechs Stunden pausenlos weitermachen, vorausgesetzt, die kleinen Tassen mit Espresso wurden in regelmäßigen Abständen gebracht.

„Sie und Volpetti sind also eng befreundet?", fragte sie plötzlich, ohne von ihrem Handy aufzublicken. „Sie mögen ihn?"

Ich merkte, wie ich rot wurde. „Warum fragen Sie?"

„Weil es mein Job ist, Fragen zu stellen, manchmal auch unerwartete."

„Natürlich mag ich ihn. Luca war unglaublich nett zu mir. Ohne ihn würde ich mich niemals so heimisch hier fühlen."

„Völlig uneigennützig, sicherlich."

Ich bekam eine Gänsehaut. „Ja, selbstverständlich uneigennützig. Sie kennen ihn doch besser als ich. Sollte ich Grund haben, daran zu zweifeln?"

Sie machte eine wegwerfende Handbewegung. „Er war mal mit einer Freundin von mir zusammen. Kurzzeitig. Was ich dem Mann nicht verdenken kann."

Es war mir schleierhaft, warum sich das Gespräch in diese Richtung entwickelte, und das äußerte ich auch.

„Weil ich auf der Suche nach der Wahrheit bin", erklärte sie. „Und die ist schwer zu fassen. Belügen Freunde sich nicht gegenseitig? Oder Liebespaare? Oder Ehemänner und Ehefrauen? War es nicht Volpetti, der Sie in das Ganze mit hineingezogen hat?"

„Ja, aber –"

„Und dieses merkwürdige Gespräch mit Godolphin. Dass das spätere Mordopfer sich bei ihm erkundigt haben soll, wo er in Venedig eine Frau für die Nacht finden kann. Klingt das für Sie überzeugend?"

Absolut, antwortete ich, nach dem, was ich über den Mann wüsste. „Ich kann nicht glauben, dass Sie das fragen. Luca ist einer der ehrlichsten und aufrichtigsten Menschen, die ich kenne."

Sie stieß ihren Stift in meine Richtung. „Trotzdem musste ich ihm diese Information erst mühsam aus der Nase ziehen. Hätte er nicht ein so schuldbewusstes Gesicht gemacht –"

„Weil es ihm peinlich war. Das hat er doch gesagt. Was sollte es sonst für eine Erklärung geben?"

Sie murmelte etwas Unverständliches darüber, dass es immer eine andere Erklärung gebe. „Ich habe vier Mitglieder Ihres Goldenen Zirkels in Gewahrsam. Die Frau des Toten. Fitzroy, Hauptmann und Ihren trinkfreudigen Verleger Bourne. Außerdem die verängstigte junge Amerikanerin. Verängstigt, weil sie womöglich etwas weiß."

„Oder weil sie wenig Vertrauen in Ihr Justizsystem hat."

Das konnte ich mir nicht verkneifen.

„Möglicherweise auch das", stimmte Valentina mir kopfnickend zu. Sie überraschte mich immer wieder. „Wenn Sie allerdings ihre Geschichten gehört hätten, alle frei erfunden, scheint mir, dann würden Sie meine Skepsis vielleicht teilen."

Ich seufzte. „Wie ich schon mehrfach sagte ... ich bin kein Detektiv."

„Ach, Arnold", entgegnete sie mit einem neckischen Grinsen. „Ich glaube, in Ihnen steckt mehr von einem, als Ihnen lieb ist." Dann ein Schwung mit der gebräunten, perfekt manikürten Hand durch die Luft, gefolgt von einem Hauch Parfümduft, der über den Schreibtisch wehte. „Wissen Sie, wo Luca Volpetti nach eigener Aussage zum Todeszeitpunkt Marmaduke Godolphins gewesen ist? Zu Hause auf dem Lido. Im Bett. Allein. Ein Buch lesend."

„Haben Sie denn irgendeinen Grund zu der Annahme, dass dem nicht so war?"

„Nein. Aber ebenso wenig habe ich einen eindeutigen Beweis, dass dem so war."

„Das ist doch lächerlich. Ich war zu dem Zeitpunkt auch allein. Zu Hause. Im Bett. Ohne irgendwen, der es bezeugen könnte. Und um einiges näher an der Ponte San Tomà als Luca."

Sie reagierte mit ihrem zuckersüßen, trügerischen Lächeln. „Dessen bin ich mir natürlich ebenfalls bewusst. Beenden Sie doch bitte Ihren Bericht über den Abend im Archiv."

GODOLPHIN DRÄNGTE SICH blitzschnell zwischen Luca und mir hindurch zum Computer, wo er leise vor sich hin glucksend mit seinen dicken Wurstfingern auf dem Bildschirm auf und ab fuhr. Er roch nach Alkohol und nach noch etwas anderem. Dem Parfüm einer Frau. Auch Luca war das nicht entgangen. Ich sah es an seinem Gesichtsausdruck.

„Hatten Sie einen angenehmen Abend, Sir?", fragte er spitz.

„Einen verdammt teuren, was Sie allerdings nichts angeht." Godolphin stieß so fest mit dem Finger auf den Bildschirm, dass er wackelte. „Sind Sie sich da sicher?"

Luca sah mich an. Ich wusste, was dieser Blick bedeutete. Mein Einsatz.

„Wir sind überzeugt, dass dies eine genaue Übersetzung der Briefe ist."

„Gute Arbeit", sagte Godolphin und klopfte mir übertrieben fest auf die Schulter. „Ich hab gewusst, dass Sie der richtige Mann für den Job sind, Clover. Der alte Wolff hatte recht."

„Ohne Luca …"

„Ach ja", grummelte er. „Der auch." Er nickte uns beiden zu. „Schicken Sie mir die Übersetzungen per E-Mail. Ich leite sie gleich nach New York weiter, für den Vertrag. Und zur *Sunday Times*, für die Story. Titelseite der Wochenendausgabe. In Windeseile um die Welt. Rechnen Sie mit Anrufen. Das wird die größte Story Ihres mickrigen Lebens."

„Ist das nicht ein wenig voreilig?", fragte ich, während Lucas Miene sich verfinsterte.

Godolphin wusste genau, was ich meinte. Trotzdem gab er sich verwirrt. „Warum sollte es voreilig sein?"

„Weil", erklärte Luca in verärgertem, zunehmend lauter werdendem Tonfall, „alles, was Sie haben, die Übersetzungen zweier mutmaßlich historischer Briefe unbekannter Herkunft sind. Sonst nichts."

„Ich vertraue Wolff. Er hat mich nie enttäuscht."

„Aber –"

„Warum zweifeln Sie an ihrer Echtheit?"

„Weil", erwiderte Luca mit einem Ausruf der Empörung, „wir nichts haben, was sie beweist, Sir!"

„Sie sind nur zwei verstaubte Aktensortierer", entgegnete Godolphin grinsend. „Keine Historiker. Ich hingegen bin einer, und ich erkenne die Wahrheit, wenn ich sie vor mir habe. Ich hab 'ne Antenne für so was. Denken Sie bloß an diese ganzen Zusammenhänge. Cellini. Der Aldobrandini-Dolch. Michelangelos Verhalten nach dem Fall von Florenz. Ein solches Netz an Verbindungen könnte niemand erfinden."

Er hatte offensichtlich recherchiert, genau wie wir. Oder, und das war wahrscheinlicher, er hatte es von jemand anderem für sich erledigen lassen. Vielleicht von Wolff.

„Das mag sein." Ich versuchte, die Stimmung etwas zu beruhigen. „Trotzdem muss die Echtheit überprüft werden. Das Urteil zweier … Aktensortierer wird Ihnen doch sicher nicht reichen. Nicht, wenn es darum geht, einen Fernsehvertrag abzuschließen oder mit Ihrer Entdeckung vor der ganzen Welt aufzutrumpfen." Ich wartete einen Moment, um zu sehen, ob irgendetwas davon bei ihm ankam. „Die Briefe müssen systematisch untersucht werden, von Spezialisten auf dem Gebiet. Die Handschrift, die Tinte, das Papier. Das alles müssen sich Leute anschauen, die sich mit so etwas auskennen."

„Sie reden von Monaten, Mann."

„Oder von Jahren", warf Luca ein. „Und selbst dann könnte die Schlussfolgerung lauten, dass niemand es mit Sicherheit sagen kann."

Godolphin schien das amüsant zu finden. „Es geht hier um Fernsehen. Wie ich schon öfter sagte. Um lebendige, anschauliche Geschichtsvermittlung. Nicht um Ihre dröge Wissenschaft. Kapieren Sie das nicht? Ich kann wie diese Trottel sein, die ich früher zu unterrichten versucht habe, Fitzroy und Hauptmann, und mich mein Leben lang für einen Hungerlohn abmühen, um ein paar spitzfindige Langweiler zu erreichen. Oder ich vereinfache und verschönere, poliere das Ganze ein bisschen auf; verpasse der Vergangenheit einen Touch Theatralik. Und erreiche Millionen, die mich gut für dieses Privileg bezahlen, weil es das ist, was sie wollen. Für sie ist das Geschichte."

„Das", erwiderte Luca, „ist billige Unterhaltung."

Godolphin warf einen Blick auf die Briefe, die nun in den Rahmen steckten, die Luca aus dem Lager des Archivs geholt hatte. „Eigentlich hatte ich daran gedacht, Sie beide auch für die Serie zu engagieren. Ein Fehler offenbar. Sie sind nicht Primetime-geeignet. Ehrlich gesagt finde ich Sie ziemlich langweilig." Er streckte die Hand nach den Briefen aus. „Ich kümmere mich selbst um die Echtheitsprüfung. Ich suche die Experten aus. Es werden …", er zwinkerte, er zwinkerte doch tatsächlich, „geeignete Leute sein, von denen ich weiß, dass sie das Richtige tun."

Luca war ein sportlicher Mann, gut fünfzehn Jahre jünger als ich. Er reagierte blitzschnell, schnappte sich die beiden Rahmen, griff nach seinem Cape und seinem Hut.

„Her damit!", brüllte Godolphin und fuchtelte mit den Händen. „Die Briefe gehören mir."

Ich stellte mich meinem Freund zur Seite. Zwei schmächtige Kerle, von denen vermutlich keiner jemals in Handgreiflichkeiten verwickelt war. Uns gegenüber ein stämmiger, übel gelaunter Engländer in betrunkenem Zustand.

„Sie haben sie uns anvertraut. Die Briefe bleiben hier", sagte ich. „In einem Safe. Sie sind nicht in der Verfassung, mit derart wertvollen Dokumenten einfach in die Nacht zu verschwinden. Falls sie wirklich wertvoll sind."

Er fuhr sich durchs silbergraue Haar. „Sie haben natürlich recht", sagte er und klopfte mir auf die Schulter. „Die Begeisterung hat mich übermannt. Aber morgen, meine Herren …", er schwenkte den erhobenen Zeigefinger vor uns, „müssen Sie meine Gäste sein. Schicken Sie mir die Übersetzungen. Mehr brauche ich nicht. Ich besorge Ihnen Kostüme."

„Nicht für mich. Ich trage kein Kostüm", erwiderte Luca.

„Sie stammen von hier. Da ist das verständlich."

„Ich dachte, wir sind nur Personal", sagte ich. „Aktensortierer. Nichts weiter als Lakaien."

„Wir sind wohl etwas überempfindlich, Clover? Ich möchte, dass Sie beide kommen. Bringen Sie die Briefe mit. Danach können Sie sie wieder mit her nehmen, wenn Sie wollen." Er beugte sich vor, und wieder roch ich seine Alkoholfahne, vermischt mit einem Hauch Parfüm. „Der Stein ist am Rollen, Jungs. Jetzt dürft ihr staunen, wohin die Reise geht."

Mit diesen Worten steuerte Duke Godolphin etwas wackelig auf den Beinen hinaus in den Hof, der im dunklen Schatten der Frarikirche lag.

„Was für ein Tag", sagte ich. „Ich glaube, wir haben uns einen Spritz verdient."

„Ich glaube, wir haben uns noch viel mehr verdient."

„Luca. Der Mann hat recht. Wir sind Archivare. Über die Echtheit dieser Briefe zu urteilen steht uns nicht zu. Und wir werden auch kaum einen Weg finden, das bis morgen Abend zu bewerkstelligen."

„Ach ja?" Er öffnete seine Aktentasche, und zu meiner Überraschung wanderten die beiden Schriftstücke hinein. „Keine Zeit für einen Spritz. Ich muss einige Telefonate führen." Er trat zu mir und nahm meinen Arm. „Wir treffen uns morgen früh am Bahnhof Santa Lucia. Wir machen einen kleinen Ausflug. Du wirst eine sehr interessante Frau kennenlernen."

„Wir nehmen den Zug?"

Er grinste und hielt seine Aktentasche hoch. „Wir müssen uns auf Godolphins Auftritt morgen vorbereiten."

„Das verstehe ich nicht."

„Ich auch nicht. Noch nicht." Als wir das Archiv verließen und Richtung Brücke gingen, blieb er kurz stehen. Die Cocktailbar, an der George Bourne so sehr Gefallen gefunden hatte, kam in Sicht. Ich konnte ihn in der Nähe der Tür sitzen und in Gedanken versunken vor sich hin lächeln sehen. Ausnahmsweise einmal wirkte er nicht betrunken. „Mir ist noch nie ein so unverschämter Kerl wie Godolphin über den Weg gelaufen. Dir, Arnold?"

„Glücklicherweise nicht."

„Am besten, wir werden ihn so schnell wie möglich wieder los." Er hob die Hände und machte eine Würgegeste. „Bevor ich noch in Versuchung komme, diesem Widerling an die Gurgel zu gehen."

8
Ein Ausflug nach Verona

„Sehen Sie", sagte Valentina. „Wieder macht Volpetti einen auf geheimnisvoll. Hat er Ihnen gesagt, warum er Sie am Bahnhof treffen wollte?"

Nicht an diesem Abend. Luca ließ mich im Unklaren. Nicht einmal eine Uhrzeit erfuhr ich, bis er mir später eine Nachricht schickte. Aber das machte mir nichts aus. Er war eben genervt, aus mehreren Gründen. Weil er uns die Sache mit Godolphin eingebrockt hatte. Wegen des Drucks, den der Mann auf uns auszuüben versuchte, damit wir die Wolff'schen Briefe ungeprüft, wenn schon nicht als echt – das konnte nicht einmal er ernsthaft erwarten –, zumindest als ernstzunehmende historische Artefakte absegneten. Die es wert waren, näher untersucht zu werden, was wohl ausgereicht hätte, ihm den Vertragsabschluss mit dem amerikanischen Sender einzubringen, obwohl ich keine Ahnung hatte, was aus seinem guten Verhältnis zu Patricia Buckley geworden war. Sie war von der Bildfläche verschwunden und blieb in ihrem neuen Hotel, wo Felicity sich um sie kümmerte.

Und noch etwas machte Luca zu schaffen. Er war ein anständiger, geradliniger Mensch, dem jede Art von Unehrlichkeit gegen den Strich ging. Sicher fragte er sich, ob Godolphin uns beide und das Staatsarchiv wirklich nur auf Anregung dieses rätselhaften, inzwischen toten, Grigor Wolff, den er nicht einmal kannte, als Ziel seiner Aufmerksamkeit ausgewählt hatte.

Ich fand es verständlich, dass mein Freund erst einmal genug hatte, und Valentinas wiederholte Versuche, seine Integrität infrage zu stellen, ärgerten mich.

„Das brauchte er nicht. Ich habe es nicht erwartet. Wir waren beide müde. Und es sah so aus, als würde noch mehr Arbeit vor uns liegen.

Wollen Sie ernsthaft behaupten, Sie verdächtigen ihn, irgendwie in diese ganze Sache verwickelt zu sein?"

Sie überlegte einen Moment. „Auf die ein oder andere Weise sind Sie alle darin verwickelt. Meine Aufgabe besteht darin nachzuvollziehen, auf welche. Sie haben es doch selbst gesagt. Dass er gedroht hat, den Mann zu erwürgen."

„Das war doch bloß bildlich gemeint."

„Wieder einmal. Solche Sprüche bekommen Sie offenbar häufig zu hören."

Godolphin sei, erklärte ich, ein streitsüchtiger Mensch gewesen, der es praktisch darauf angelegt habe, andere gegen sich aufzubringen. Wahrscheinlich sei kein Tag vergangen, an dem nicht irgendwer ihm insgeheim Böses gewünscht hätte.

„Na, also. Da sind wir uns doch einig."

„Valentina. Er hat es genossen, eine derartige Reaktion bei anderen zu provozieren. Es gehörte zu seiner Natur. Eine ziemlich ungesunde Eigenschaft, würde ich sagen. Er wollte nicht gemocht werden."

„Eher gefürchtet, glauben Sie?"

„Ein bisschen vielleicht. Hauptsächlich wollte er wohl der Boss sein, derjenige, nach dessen Pfeife alle tanzen. Er war gierig nach Anerkennung. Und je weniger …" Ich sprach nicht weiter. Zu dieser Erkenntnis war ich erst gelangt, nachdem er schon tot war.

„Je weniger …?"

„Je weniger er bekam, umso unangenehmer wurde er. Ich hatte den Eindruck, diese ganze Sache war sein letzter Versuch, seinen Fernsehthron zurückzuerobern. Man merkte ihm eine gewisse Verzweiflung an. Als wollte er unbedingt beweisen, dass er immer noch jemand war und seinen Mann stehen konnte. Er konnte einem fast schon leidtun."

Sie widersprach mir nicht. Stattdessen blätterte sie ihre Notizen durch. „Interessant, dass Sie *seinen Mann stehen* sagen. Dachten Sie nicht beide, er könnte mit einer Frau zusammen gewesen sein, bevor er an diesem Abend ins Archiv kam?"

Das Parfüm. Es war deutlich zu riechen gewesen.

„Ich war mir nicht sicher. Luca, der sich auf diesem Gebiet besser auskennt, schien überzeugt."

„Aber mit wem? Seine Ehefrau war es nicht. Sie hat mit Hauptmann und dieser Fitzroy ein Konzert der Interpreti Veneziani in der Kirche San Vidal am Campo Santo Stefano besucht. Das bestätigen die Aufnahmen der dortigen Videoüberwachung. Auch Patricia Buckley ist es nicht gewesen, die, davon gehen wir aus, an diesem Abend in ihrem Hotelzimmer geblieben ist. Essen vom Zimmerservice. Äußerst bedauernswert in dieser Stadt."

Vielleicht habe er eine heimliche Geliebte mit nach Venedig gebracht, sagte ich.

Sie verzog das Gesicht. „Seien Sie nicht naiv. Um eine Geliebte zu haben, muss man eine Beziehung führen. Wenn wir eins über unseren verstorbenen Historiker wissen, dann, dass es ihm ein Gräuel war, irgendjemandem verpflichtet zu sein, außer sich selbst. Da sind wir uns doch wohl einig. Godolphin gehörte zu den Männern, die glauben, die Welt drehe sich nur um sie. Für Verbindungen, bei denen irgendeine Gegenleistung erwartet wird, sind sie sich zu schade. Uns wurde eine Ruhestörung aus einer Wohnung in der Nähe der Accademia gemeldet. Das Geschrei einer Frau. Eine uns bekannte Edelprostituierte. Sieht so aus, als hätte sie Streit mit einem Freier gehabt. Über ihre Dienstleistungen. Der Mann ist aggressiv geworden."

„Sie glauben, es war Godolphin?"

„Die Frau wollte keine Einzelheiten preisgeben, auch mir gegenüber nicht. Das tun sie nie. Sie hat behauptet, sie wisse nicht, wer der Kunde war. Nur dass er Engländer gewesen sei, silbergraue Haare gehabt habe und wie ein Gentleman wirkte, bis sie zur Sache kamen gewissermaßen. Im Restaurant gegenüber haben sie ausgesagt, sie hätten einen älteren Mann aus dem Haus kommen sehen, der aussah wie Godolphin und etwas mitgenommen wirkte. Meine Vermutung ist, dass er bei der Frau nicht zum Zug kam und nicht noch einmal zum selben Zuhälter zurückgehen konnte. Wir haben hier nicht viele, und die wenigen, die in der Stadt aktiv sind, bevorzugen reiche Kunden, die ihnen keine Probleme machen. Venedig ist nicht Rom oder Neapel."

Mord. Prostitution. Womöglich Betrug. Das war mir alles ein paar Nummern zu groß. Einen kurzen Moment wünschte ich mich fast nach Wimbledon zurück. Mir wurde langsam klar, dass Valentina Fabbri nicht nur die Schritte der fünf Personen hinterfragte, die sie in ihren Zellen festhielt. Auch Luca und mich hatte sie aus irgendeinem Grund im Visier.

„Also", sagte sie, „inzwischen ist es Mittwoch. Sie unternehmen mit Volpetti einen Ausflug mit der Bahn. Godolphin ist um Mitternacht tot."

„Ich wünschte, das wäre er nicht. Ich wünschte, er wäre einfach … in London geblieben und hätte uns hier unseren Frieden gelassen. Ich wünschte nichts mehr, als dass ich diese verfluchten Briefe nie gefunden hätte."

Ihr Stift fuhr noch einmal übers Papier des Notizblocks, dann ein kurzes Lächeln. „Aber das haben Sie, Arnold. Also erzählen Sie mir, was Sie in Verona erlebt haben." Dreimaliges Pochen mit dem Kuli auf den glänzenden Schreibtisch. „Mit dem Vorspiel sind wir durch. Die Bühne für unser tödliches Drama ist bereitet. Die Besetzung steht fest. Den Höhepunkt kennen wir. Nur das Dénouement fehlt uns noch. Die abschließende Auflösung, die sich mir derzeit nicht erschließt." Sie warf einen Blick auf ihr Handy. „Was sich aber sicher bald ändern wird. Sie haben gut gespeist, nehme ich an?"

Essen. Immerzu wollte sie wissen, was wir gegessen hatten.

„Sehr gut", antwortete ich und fuhr mit meiner Erzählung fort.

LUCA WARTETE AM BAHNHOF SANTA LUCIA mit zwei Rückfahrkarten für den Schnellzug Richtung Mailand auf mich. Er hatte seine Aktentasche dabei und, zu meinem Erstaunen, einen kleinen Tortenkarton von Tonolo. Weder wehendes venezianisches Cape dieses Mal noch schwarzer Schlapphut. Er trug einen klassischen Mantel und einen Anzug darunter, mit Nadelstreifen und sehr elegant. Ich war wie gewöhnlich leger gekleidet, was so viel wie leicht verlottert hieß. Er musterte mich von oben bis unten und seufzte.

„Ich hätte etwas zum Dresscode sagen sollen. Die *dottoressa* kann manchmal etwas schwierig sein. Aber …", er klopfte auf seine Tasche, „das hier wird sie ablenken."

„Ich bin pensioniert, Luca. Und Klamotten haben mich noch nie besonders interessiert. Wer ist diese *dottoressa* überhaupt? Wo genau fahren wir hin? Und warum?"

„Das erfährst du noch früh genug", murmelte er, während wir unsere Plätze suchten.

Ich warf einen Blick auf mein Ticket. Verona. Das lag eine gute Stunde entfernt, und ich war noch nie dort gewesen. Eleanor war ein paar Mal allein hingefahren, um in die Oper zu gehen, was mich nicht so interessierte. Bei ihrer Rückkehr war sie von der Stadt begeistert gewesen, aber die Touristenmassen, die auf den vermeintlichen Spuren Romeos und Julias wandelten, fand sie furchtbar. Wir hatten so viele Orte besuchen wollen, wenn wir erst im Ruhestand wären. Padua und die Scrovegni-Kapelle, Vicenza wegen Palladio, Ravenna, um mehr Sehenswürdigkeiten zu bewundern, als ich mir merken konnte. Die Berge im Trentino und die Südtiroler Alpen gehörten auch dazu, wobei ländliche Gegenden nicht so ihre Sache waren wie Städte, aber sie dachte, man könnte dort sicher gut der glühenden Sommerhitze entfliehen. Ohne meine Frau jedoch hatte ich mich in einem bequemen, einsamen Müßiggang eingerichtet, der das Reisen ziemlich unnötig machte.

Venedig war mehr als eine Stadt, mehr als ein Land sogar. Je länger ich dort wohnte, umso deutlicher konzentrierte sich mein Leben auf diesen Ort, eine ganz eigene Welt, begrenzt durch den entfernten grauen Horizont über der Adria im Osten und durch die hohen Berge in entgegengesetzter Richtung, deren Spitzen jetzt schneebedeckt und nur an klaren Tagen zu sehen waren; vorzugsweise vom *campanile* von San Giorgio Maggiore aus. Irgendwie schien die Liste der Dinge, die es vor meiner Haustür zu erkunden gab, jeden Tag länger zu werden. Seit ich kurz nach der Beerdigung deprimiert und teilnahmslos in Venedig angekommen war, hatte ich praktisch keinen Fuß mehr vor die Lagune gesetzt. Selbst der Ausflug mit George Bourne auf den Lido, bei dem ich nach Wochen zum ersten Mal wieder Autos und Busse gesehen hatte, war mir wie eine Reise über die Grenzen der Normalität vorgekommen.

Luca schwieg noch bestimmt weitere fünf Minuten, während wir durch das triste Industriegebiet in Mestre fuhren. Als wir diese Gegend, von der ich wusste, dass er sie nicht mochte, hinter uns gelassen hatten und der Zug in der offenen Landschaft Richtung Vicenza langsam Geschwindigkeit aufnahm, zog er seinen Mantel aus und fragte:

„Freust du dich auf dieses Affentheater heute Abend? Auch noch in einem *ridotto*, der Mann hat Nerven. Scheut sich nicht, die Kultur anderer für seine eigenen Zwecke zu missbrauchen. Einfach unmöglich."

Ich hatte eine relativ gute Vorstellung davon, was ein *ridotto* war. Ein Ort, dessen Ursprünge Jahrhunderte zurücklagen. Eine Art Casino oder Salon für gesellige Zusammenkünfte der gehobenen Gesellschaft, vor allem, um dem Glücksspiel zu frönen, aber auch, um Konversation zu machen und amouröse Begegnungen zu pflegen.

„Godolphin hat doch was von einem Spieler, Luca. Vielleicht ist das passend."

Er blickte aus dem Fenster auf die saftig grünen Wiesen, dann tippte er auf seine Aktentasche. „Und was, wenn er ein gezinktes Blatt benutzt?"

Ich dachte an all die dubiosen Geschichtssendungen, die Godolphin im Lauf der Jahre fabriziert hatte. Erfolgreich, ohne Frage, aber inhaltlich so selektiv und dermaßen frei erzählt, dass sie eher als Fiktion gelten konnten denn als Tatsachenberichte. Caroline Fitzroy und Bernard Hauptmann wussten das natürlich und verübelten es ihm vielleicht, dass er die stillen Flure von Cambridge für Ruhm und Reichtum beim Fernsehen verlassen hatte. Auch George Bourne war zweifellos klar, dass Godolphin ein Schwindler war. Aber er war ein Schwindler, dessen Bücher sich verkauften, und für Bourne war das alles, was zählte. Nun sollten alle drei, gemeinsam mit Felicity und dem jungen Jolyon, einem letzten Akt der Herzlosigkeit dieses Mannes zum Opfer fallen. Die Wissenschaftler vorgeführt, Bourne geschasst, Felicity und Jolyon im Stich gelassen.

„Dann ist es seine Sache, denke ich, nicht unsere."

„Verdammt noch mal, Arnold!" Luca war wütend, was selten vorkam. „Er hat es zu unserer gemacht."

Wir hatten uns noch nie gestritten. Luca war mein bester Freund in Venedig, eine Seele von Mensch, der mich aufmunterte, wenn ich mal ein Tief hatte, und der mir viele Türen öffnete, die mir sonst verschlossen geblieben wären. Und das alles tat er aus reiner Freundlichkeit und ohne irgendwelche Gegenleistungen zu erwarten.

Ich versuchte, die Wogen zu glätten. „Willst du mir nicht verraten … wer diese *dottoressa* ist?"

Er grinste, und die Spannung zwischen uns verflog. „Ah! Die Große Greta. Eine Frau, die diese Sache so oder so klären kann. *Dottoressa* Greta Rizzo aus der Biblioteca Capitolare. Hast du noch nie von ihr gehört?"

„Ich hatte nie viel mit Auslandsangelegenheiten zu tun, das erwähnte ich doch schon."

„Aber die Bibliothek hast du doch sicher schon besucht?"

„In Venedig gibt es so viel zu sehen …", antwortete ich, während der Zug begann, mit Spitzengeschwindigkeit über die *terraferma* zu sausen. „Glaubst du wirklich, sie kann die Echtheit dieser Briefe beurteilen?"

„Wenn irgendwer uns eine rasche Einschätzung geben kann, dann sie." Er schien von meiner Reaktion überrascht. „Willst du das etwa nicht?"

„Es könnte ziemlich unangenehm werden, wenn wir Godolphin sagen müssen, dass es Fälschungen sind. Dann wird nämlich er zum Gespött, und zwar genau vor den Leuten, die er selbst bloßstellen wollte."

Nach unten gezogene Mundwinkel, Schulterzucken. „Was soll's, wenn es die Wahrheit ist? Vielleicht schätzt Greta sie ja auch als echt ein. Es gibt nur einen Weg, das herauszufinden."

Gehört hatte ich schon von der berühmten Biblioteca Capitolare, und die Wissenslücken, die ich noch hatte, begann mein Freund Luca entschlossen zu füllen. Die Capitolare galt als die älteste noch in Betrieb befindliche Bibliothek der Welt. Ursprünglich ein Skriptorium, in dem Pergmanenthandschriften hergestellt wurden, das wahrscheinlich bereits im 5. Jahrhundert gegründet wurde und im Verlauf von mehr als fünfzehnhundert Jahren zum Aufbewahrungsort einiger der kostbarsten historischen Dokumente wurde, die heute noch existieren. Dazu gehören die älteste bekannte Abschrift des *De Civitate Dei* von Augustinus, entstanden im 5. Jahrhundert, und das *Indovinello Veronese*, das Veroneser Rätsel, aus dem 8. oder 9. Jahrhundert, eine in jüngerer römischer Kursive auf dem Seitenrand einer religiösen Handschrift angebrachte Marginalie, die in Teilen der Forschung als das erste Schriftbeispiel in der italienischen Volkssprache gilt.

„Unglaublich, dass du nie dort gewesen bist, Arnold. Sogar Dante hat die Bibliothek besucht und später Petrarca. Die Sammlung ist zwar nicht so umfangreich wie unser Staatsarchiv, aber sie wird dir gefallen."

Ich fühlte mich geschmeichelt, weil er von *unserem* Archiv sprach, und sagte: „Im Staatsarchiv wird auch das Gedächtnis eines ganzen Landes aufbewahrt und in dieser Bibliothek bloß –"

„Raritäten. Alte, kostbare Handschriften. Größtenteils religiös. Aber trotzdem …"

Den Rest der Fahrt verbrachten wir weitgehend schweigend, während der Zug Richtung Westen fuhr. Irgendwann kam Verona in Sicht, oder zumindest ein moderner Teil davon, nichts als Beton und viel befahrene Straßen. Ganz anders als das, was ich mir unter der bereits zur Römerzeit gegründeten Stadt mit den klassischen Bauwerken vorgestellt hatte. Eine Enttäuschung zunächst, obwohl der Bahnhof, wie so oft in Italien, natürlich außerhalb des historischen Stadtkerns lag.

Eine zehnminütige Taxifahrt beförderte uns Jahrhunderte zurück, vorbei an der Silhouette der Arena, in der einst Gladiatoren starben und wo meine Eleanor verzückt den Klängen der Oper gelauscht hatte, anschließend an den Flussbiegungen der Etsch entlang. Mich überkam wieder dieselbe Aufregung, mit der wir beide vor über zwei Jahrzehnten angefangen hatten, Italien zu erkunden. Dies war das Land, das wir liebten, ein bisschen verschlissen an den Rändern, aber mit dieser atemberaubenden Schönheit von Natur und Architektur gesegnet, die viele Einheimische scheinbar als selbstverständlich betrachteten. Auf allen Seiten erhoben sich Kirchtürme und Kuppeln zwischen den mit terrakottafarbenen Tonziegeln gedeckten Dächern, ein Labyrinth hübscher Gässchen erstreckte sich in die Richtung, in der ich das historische Stadtzentrum vermutete. Jenseits des Flusses standen zwei Basiliken im winterlichen Grün, von denen die eine einen entfernten Hügel überragte wie ein antiker Tempel. Es war ein malerischer Anblick, den Gemälden mythischer Gefilde ebenbürtig, wie man sie in der Accademia oder im Dogenpalast bewundern konnte. Eine friedvolle, traumhaft schöne Idylle, die dem Pinselstrich eines Carpaccio würdig gewesen wäre, oder – angesichts der Tatsache, dass wir uns in Verona befanden, passender – Veroneses.

Wir bogen ziemlich unvermittelt vom Flussufer ab, fuhren eine Reihe enger, verwinkelter Sträßchen entlang und erreichten die Piazza vor dem *duomo* der Stadt, dessen helle romanische Fassade in der Wintersonne leuchtete.

„Ich wusste gar nicht, dass es hier so schön ist", sagte ich und stand staunend vor der Kathedrale, die sich vor uns erhob.

Luca wandte den Blick zu einer bescheidenen Tür in der angrenzenden Mauer. Dort hing ein Schild, das auf die Bibliothek hinwies. „Du hast nicht mal einen Bruchteil gesehen. Überlass mir das Reden, wenn wir drin sind."

WAS IHREN RUF BETRAF, mochte Greta Rizzo vielleicht groß sein. Als Person war sie eine zierliche vogelartige Frau zwischen sechzig und siebzig mit schmalem, strengem Gesicht und zurückgebundenen Haaren, die dieselbe graue Farbe hatten wie ihr grob gestrickter Cardigan. Sie saß hinter einem Schreibtisch, der so abgenutzt aussah, als hätten ihn schon die Mönche beim Illuminieren ihrer Handschriften benutzt, und studierte durch die halben Gläser ihrer Lesebrille eine Handschrift. Ich fragte mich unwillkürlich, ob vielleicht irgendwo mit einem antiken Taschenmesser die Namen Dante und Petrarca ins altersgedunkelte Holz geritzt waren.

Als wir ihr kleines, hell erleuchtetes Büro betraten, sah sie kaum von ihrer Arbeit hoch. Es war ein interessanter Spaziergang gewesen vom schlichten Bibliothekseingang bis zur Richtung Fluss gelegenen Seite des Domkomplexes, von wo aus man auf die langsam dahinfließende Etsch blickte. Ich verglich die Anlage automatisch mit dem Staatsarchiv in Venedig, das ich so gut kannte. Auch hier gab es einen Innenhof, kleiner, aber gepflegt, mit einem ordentlich geschnittenen Rasen. In den Regalen, an denen wir vorbeikamen, reihte sich Band an Band, mit dem Rücken nach außen. Wir befanden uns, rief ich mir in Erinnerung, in einer Bibliothek für alte Handschriften, nicht in einem Archiv mit seinen Beständen und Ablagesystemen. Luca erzählte mir später, dass Greta alles, was sie brauchte, rein aus dem Gedächtnis in den Beständen finden konnte, ohne auch nur einen einzigen Katalogeintrag zu konsultieren.

Auch die Atmosphäre war ganz anders, eher wie in einer klösterlichen Einrichtung als in einer öffentlichen Dokumentationsstelle. Das reichte bis hin zu Lucas Verhalten. Normalerweise begrüßte er jeden, den er kannte, mit herzlicher Umarmung, Küsschen und Komplimenten. Dieses überschwängliche Hallo hatte er offenbar in Venedig zurückgelassen. Jetzt sagte er „Guten Morgen" und erhielt bis auf eine hochgezogene graue Braue keine Antwort. Anschließend nickte *dottoressa* Rizzo in Richtung der beiden Stühle am Fenster, warf noch einen kurzen Blick auf die Handschrift vor sich und wandte den Kopf, um mir mit eisblauen Augen direkt ins Gesicht zu sehen. Sie erinnerte mich an meine strenge Französischlehrerin auf dem Gymnasium, die einen für den kleinsten Fehler anfuhr, anschließend die Sache sofort wieder vergaß und einem etwas Wichtiges beizubringen versuchte.

„Und wen hast du da mit in mein Domizil gebracht?"

„*Dottor* Arnold Clover. Ehemals Nationalarchiv Großbritannien. Er ist vor Kurzem nach Venedig gezogen, frisch pensioniert."

„Ach", sagte sie und musterte mich kritisch. Weiter nichts.

Luca öffnete lächelnd den Tonolo-Karton und präsentierte ihr die Torte, die er außer den beiden gerahmten Briefen noch mitgebracht hatte. Eine teuer aussehende. Er nickte Greta Rizzo zu und stellte die Kreation – Sahne und frische Früchte, kunstvoll garniert – seitlich auf ihren Schreibtisch.

„*Grazie.*" Sie strich mit ihrem dünnen Finger etwas Sahne davon ab und kostete sie. „Du musst aber einen sehr großen Gefallen von mir wollen, Luca."

„Deine Meinung. Die ich immer als solchen betrachte."

Wieder die hochgezogene Augenbraue.

„*Dottor* Clover und ich sind auf zwei Dokumente gestoßen, die kürzlich nach Venedig geliefert wurden. Wir finden sie äußerst interessant. Nicht wahr, Arnold?"

„Interessant und rätselhaft zugleich", sagte ich.

„Er spricht so was wie Italienisch", bemerkte Greta.

„Ich gebe mir Mühe, *dottoressa.*"

Luca nahm die Briefe aus seiner Tasche und legte sie auf den Schreibtisch. Sie schlug den Kodex vor sich zu. Eine Staubwolke erhob sich und sprenkelte das hereinfallende Sonnenlicht. In Kew hatten wir etwas gegen Staub. Er war ein Zeichen für Nachlässigkeit, Trägheit, Rückständigkeit. Hier schien er ziemlich selbstverständlich. Dort war es unsere Aufgabe gewesen, die Vergangenheit zu strukturieren und zu kategorisieren. Die Biblioteca, so schien es mir, war ein Ort, an dem man sie so nah wie möglich am Originalzustand für die Ewigkeit bewahren wollte.

Greta Rizzo beugte sich vor und warf einen flüchtigen Blick auf die beiden Dokumente. „Ich bin sehr beschäftigt. Ungeachtet deines köstlichen Geschenks.“

„Wir auch.“

„Im April komme ich vielleicht dazu, mich mit etwas anderem zu befassen als mit dem, was momentan meine Zeit in Anspruch nimmt. Also könnte ich euch im Mai vielleicht Auskunft geben …“

Luca sah mich seufzend an. Natürlich.

„*Dottoressa* Rizzo“, sagte ich. „Wir müssen bereits heute Abend eine Einschätzung abgeben. Es ist wichtig. Uns ist bewusst, dass Sie nicht so schnell überprüfen können, ob die Briefe wirklich echt sind. Alles, was wir gern wüssten, ist, ob es … denkbar wäre.“

„Sie glauben es also nicht?“

„Das ist eine lange Geschichte“, antwortete Luca. „Und da du so beschäftigt bist …“

„Was genau soll ich mir da ansehen, meine Herren?“

Ich hatte nicht vor, die Antwort Luca zu überlassen. „Zwei Briefe, die anscheinend von Michelangelo verfasst wurden. Wie zu erwarten, mit *Michelagniolo* unterzeichnet.“

„Und …“

„Einer deutet auf eine Mittäterschaft an der Ermordung Alessandro de’ Medicis hin. Sogar darauf, dass er für die Tat einen Dolch für Lorenzino de’ Medici entworfen hat. Eine Waffe, die anschließend von Benvenuto Cellini geschmiedet wurde.“

Das schien sie nicht im Geringsten zu erstaunen. Ich fragte mich, was es dazu wohl bedurfte.

„Die beiden kannten sich, *dottor* Clover.“

„Der zweite impliziert, dass er die Ermordung Lorenzinos elf Jahre später in Venedig initiiert hat, wahrscheinlich aus Angst, sein früherer Verrat könnte ans Licht kommen.“

Sie zog die beiden Briefe zu sich, nahm die Brille ab und beugte sich hinunter, um sie näher zu betrachten.

„Greta", sagte Luca. „Du hast dich doch schon mit solchem Material beschäftigt. Du kennst seine Schrift. Du verstehst etwas von diesem Papier. Von der Tinte. Von –"

„Die Handschrift eines Menschen charakterisiert ihn mehr als alles andere", fiel sie ihm ins Wort. „Wissenschaft ist schön und gut. Aber die Worte, der Ton, die Stimmung, die aus der Feder des Schreibers fließen, sind das Wichtigste. Sie bilden sein Markenzeichen, so unverkennbar wie seine DNA."

„Und das ist alles, was wir momentan wissen müssen", sagte ich. „Sieht das hier nach ihm aus oder nicht?"

Sie rollte mit ihrem Stuhl vom Schreibtisch zurück und sah uns beide an. „Ich bin zu beschäftigt für solche Späße, ganz ehrlich", sagte sie. „Wenn ihr vielleicht nächste Woche wiederkommen könntet …"

„Nächste Woche ist es zu spät", erklärte ich, „wenn wir einem berühmten Mann ersparen wollen, sich lächerlich zu machen."

Luca warf mir einen ungnädigen Blick zu und hüstelte in die Faust.

„Was ist mit der Provenienz?", fragte Greta Rizzo. „Woher stammen die Briefe? Wer hat sie euch beschafft?"

„Ein Mann namens Wolff", sagte Luca, bevor ich antworten konnte. „Ein Toter. Jemand, über den wir nichts wissen. Wobei das keine große Rolle spielt. Wenn du uns nicht helfen willst, müssen wir eben nach Venedig zurückfahren und zusehen, was wir machen können …"

Er stand auf und machte Anstalten, die Briefe an sich zu nehmen.

„Wolff, sagst du?" Sie streckte die Hand aus, um ihn davon abzuhalten.

„Du kennst den Namen?"

Sie wiegte den Kopf. „Kommt um vier zurück."

„Sie kennen also den Namen?", fragt nun ich.

„Kommt … um … vier … zurück."

Luca klatschte so freudig in die Hände wie ein Kind, das ein unerwartetes Geschenk bekommt. „Darf ich Arnold in der Biblioteca herumführen? Er wird begeistert sein –"

„Nein, das darfst du nicht. Dein Freund kann ein anderes Mal wiederkommen. Dann wird ihm einer meiner Mitarbeiter eine richtige Führung anbieten."

„Das würde mich freuen", sagte ich schnell. „Ich war noch nie in Verona. Vielleicht …"

Sie hob den Zeigefinger. „Castelvecchio und San Zeno", sagte sie zu Luca. „Und wenn ihr das nächste Mal da seid, zeige ich deinem englischen Freund den Dom und Sant'Anastasia. Und …", sie hob ihre Stimme, „sollte mir zu Ohren kommen, dass du seine Zeit mit diesem albernen Balkon verschwendet hast, ist es mit unserer Freundschaft vorbei."

Eine Kirchenglocke schlug elf. Der Klang schien im Licht der Wintersonne, das durchs Fenster fiel, den Staub aufzuwirbeln.

„Ihr wirkt so verdutzt. Habe ich mich etwa nicht klar ausgedrückt?", fragte Greta Rizzo.

„Glasklar", antwortete Luca. „Ich überlege nur gerade, wo wir Mittagessen gehen."

WIR HATTEN FAST FÜNF STUNDEN Zeit herumzubringen, die in Begleitung meines sachkundigen Führers jedoch vergingen wie im Flug. Zuerst besuchten wir Castelvecchio, die mittelalterliche Burganlage an der Etsch, in der sich heute ein Museum befindet. Wir schlenderten durch Räume voller Kunstwerke, Gemälde und alter Waffen und bewunderten den Blick auf den Fluss und die Ponte Scaligero. Natürlich versuchte ich, über das plötzlich aufkommende Interesse Greta Rizzos zu sprechen, als der Name Wolff fiel. Bis zu dem Punkt hatte sie uns offensichtlich abweisen wollen. Doch Luca wollte nichts davon hören. Die Große Greta, sagte er, sei eben eigen. Unschlagbar, was die Beurteilung historischer Dokumente betraf, unberechenbar in allem anderen.

„Auf keinen Fall darf man die Dame zu einer Entscheidung drängen", erklärte er, während wir vor einem prächtigen Reiterstandbild von Cangrande I. della Scala standen, einem der Herrscher von Verona im 14. Jahrhundert. Der Bursche saß lässig zurückgelehnt auf seinem Gaul und grinste wie ein Honigkuchenpferd.

„Scheint ein lustiger Geselle gewesen zu sein", sagte ich.

„Der *große Hund*?" Luca legte den Kopf zur Seite. „Er war ein grausamer, zutiefst religiöser Kriegsherr. Wie alle Scaliger. Obwohl er Dante Zuflucht gewährte, nachdem die Florentiner ihn zum Tode verurteilt und verbannt hatten." Wir umrundeten das Standbild. Es war eine recht ungewöhnliche Skulptur, die, wie Luca mir verriet, ursprünglich als Grabdenkmal entworfen worden war. „Vor ein paar Jahren haben sie den Burschen exhumiert. Es stellte sich heraus, dass er mit Digitalis vergiftet wurde. Merkwürdig, oder?"

„Was denn?"

„Manchmal gelingt es uns, die Geheimnisse der Vergangenheit zu lüften. Manchmal erweist sich etwas, das wir jahrelang geglaubt haben, als Ammenmärchen. Trotzdem …"

Er beließ es dabei, und wir setzten unseren Weg am Fluss entlang fort bis zu einem weiteren prächtigen Bauwerk, der Basilika di San Zeno. Das gewaltige, lichtdurchflutete Innere erinnerte mich ein wenig an die Frarikirche, wo angeblich Lorenzino de' Medici unter der Erde lag. Hier befand sich gut sichtbar und eindeutig verehrt der einbalsamierte Leichnam des Stadtpatrons San Zeno, eines Afrikaners, in der Krypta – dessen dunkle Hautfarbe an einer Statue ganz in der Nähe gut zu erkennen war, ebenso wie seine Vorlieben, die Angel in der Etsch auszuwerfen sowie nach Seelen zu fischen. Es war schon nach eins, als wir das ruhige Stadtviertel San Zeno verließen und Luca uns ein Taxi zur Piazzetta Chiavica rief, dem *kleinen Platz der Kanalisation*.

Ein seltsames Ziel fürs Mittagessen, könnte man meinen. Doch dort fanden wir weder einen Abwasserkanal noch den entsprechenden Geruch vor, nur ein Restaurant namens Vecchia Fontanina, wo Luca wie ein alter Freund begrüßt wurde. Das Lokal war voller Einheimischer, die ein reichliches Arbeitermittagessen für zwölf Euro verspeisten, Wein inklusive. Ich hielt mich auch daran und aß Nesselpasta als Vorspeise und anschließend Hähnchenschnitzel mit gemischtem Gemüse. Meinem Freund wurde ein riesiger Teller *bollito misto* hingestellt: Hühnchen, Zunge, *cotechino*-Wurst und nicht identifizierbare Fleischbrocken.

„Probier mal", sagte er und bot mir an, ein Stück Brot in die bräunliche Soße zu tunken, die dazu gereicht wurde. „*Pearà*. Die kriegst du nur in Verona. Und nirgendwo besser als hier."

Brotbrösel, Rindermark, Fleischbrühe und jede Menge schwarzer Pfeffer, erklärte er und klatschte einen Löffel voll davon auf das zarte Zungenfleisch, bevor er es genüsslich verspeiste. Ich schaffte es nicht, meine Portion aufzuessen, obwohl sie nur halb so groß war wie seine. Luca dagegen vertilgte sein Mittagessen komplett, inklusive Pannacotta, zwei Espresso und einem Fenchellikör.

„Wir schlagen Zeit tot, oder?", fragte ich.

„Stimmt, aber dafür wird man nicht bestraft. Nur ein wahrer Held würde es wagen, die Große Greta zu erzürnen, indem er zu früh auftaucht, um nach ihrem Urteil zu fragen."

Es war schon drei, als wir aus dem Lokal taumelten. Ich hatte das Gefühl, ein oder zwei Tage nichts mehr essen zu können. Luca ließ mich Verschwiegenheit schwören, bevor er mich in die Via Cappello führte, wo ich einen kurzen Blick in den Innenhof werfen konnte, in dem man an dem Balkon an der Wand die Casa di Giulietta, Julias Wohnhaus, erkennen konnte. Wobei es, wie er mir sagte, natürlich nie eine Julia oder einen Romeo hier gegeben habe, genauso wenig wie die Familie dal Capello, nach der die Straße benannt war, die Capulets aus der ursprünglichen italienischen Geschichte gewesen seien, die Shakespeare ausgeschlachtet hatte, um sein Stück zu schreiben. In dem Hof wimmelte es von Touristen, die mit Handys und Kameras Schnappschüsse machten. Vor der Bronzestatue einer jungen Julia an der hinteren Mauer hatte sich eine Menschentraube gebildet. Auf dem Balkon darüber – ein vom Fremdenverkehrsamt in den vierziger Jahren dort angebrachter antiker Sarkophag, den man in den Katakomben der Arena gefunden hatte, erklärte Luca – posierte ein frisch verheiratetes Paar für den Fotografen.

„Das ist wohl Godolphins Version von Geschichte?", grummelte er, ausnahmsweise einmal etwas betrübt. „Bunt ausgeschmückte Erzählungen, die der Fantasie entsprungen sind. Liebe und Tod. Ruhm und Verzicht. Was sagt der Priester in *Romeo und Julia* noch mal? *So wilde Freude nimmt ein wildes Ende.* Sieh dir diese Menschenmassen an, Arnold. Das ist es, wonach sie suchen. Und was Godolphin ihnen liefern will. Michelangelo als frisch entlarvter Verschwörer, als Anstifter eines grausamen Mordes. Stell dir nur vor, wie viele von denen für so etwas Geld bezahlen würden."

„Aber wenn es nicht wahr ist …"

„Das spielt keine Rolle. Diese Briefe könnten sich, wenn das alles vorbei ist, eindeutig als Fälschungen erweisen. Godolphin wird trotzdem seinen Spaß gehabt haben. Seine billige Boulevardsendung wird produziert sein. Und weißt du was? Seine Version wird am Ende immer die Version sein, die sie …", er deutete auf die Menschenmenge vor dem Haus, in dem Julia nie gewohnt hatte, „glauben. Wo Rauch ist, ist auch Feuer. Dann ist die erfundene Katze aus dem Sack voller Lügen, und es gibt kein Zurück mehr. Denk drüber nach. Ich sag das nicht nur so dahin. Heutzutage legen die Leute keinen Wert mehr auf die Wahrheit. Sie wünschen sich nur etwas, woran sie glauben können. Und genau das verkauft der Mann ihnen. Geschichte als Placebo. Schöner Schein, der über die missliche Realität hinwegtröstet. Und wir sind seine Helfershelfer. Komplizen, genau wie, seiner Vermutung nach, Michelangelo bei den Morden an Alessandro und Lorenzino de' Medici."

Er packte mich am Arm und sah mich aufgebracht an. „Gefällt uns das etwa, mein Freund? Ist das etwa der Grund, warum wir hier sind?"

Ich lachte in der Hoffnung, es würde seine Stimmung vielleicht aufhellen. „Wir sind hier, um die Große Greta zu konsultieren, oder?" Ich tippte auf meine Armbanduhr. „Und wenn wir uns jetzt nicht sputen, kommen wir zu spät."

Sein Griff um meinen Arm wurde fester. „Was auch passiert, verrate ihr unter keinen Umständen, dass ich dich hierhergeführt habe. *Mi spellerà vivo.*"

„Wie bitte?"

„Arnold … dann zieht sie mir bei lebendigem Leib die Haut ab."

ALS WIR IN DIE BIBLIOTECA CAPITOLARE zurückkehrten, saß Greta Rizzo noch immer am Schreibtisch in ihrem zum Flussufer gelegenen Büro. Draußen dämmerte es schon. An der Etsch waren die Straßenlampen angegangen, schöne gusseiserne Gebilde mit geschwungenen Armen, die denen in Venedig ähnelten. Auch die Basilika auf dem Hügel wurde angestrahlt und wirkte jetzt noch mehr wie ein römischer Tempel. Greta Rizzo sah nicht hoch, als wir eintraten. Wir setzten uns auf die Stühle vor dem Schreibtisch und warteten.

Es dauerte mehrere Minuten, bis sie sich uns lächelnd zuwandte und „Entschuldigung, meine Herren" sagte. Die Michelangelo-Briefe, die sie aus ihren Rahmen genommen hatte, lagen vor ihr. Einer davon schien irgendwie verändert. „Ich war gerade so vertieft. Es wäre nicht nötig gewesen, mir Torte von Tonolo mitzubringen, Luca. Die Freude, die mir diese … Erzeugnisse bereitet haben …" Sie fuhr mit ihrem mageren Finger über die Seiten, „war mehr als genug."

„Es sind Fälschungen", sagte Luca, und das war keine Frage.

Greta lachte. „Natürlich sind es Fälschungen. Aber keine gewöhnlichen. In meiner ganzen beruflichen Laufbahn ist mir noch nie so etwas gut Gemachtes untergekommen. Es ist wirklich verblüffend." Sie deutete auf einige Bücher, die auf der Seite ihres Schreibtischs lagen. Umfangreiche Forschungsbände in Englisch und Italienisch. „Ich bin die Daten, die Verbindungen, Cellinis Memoiren durchgegangen. Und die Erinnerungen von Leuten wie Giorgio Vasari, der alle Beteiligten kannte. Diese beiden Briefe sind wahre Kunstwerke. Oder genauer gesagt, kunstvoll erdichtete Fiktion. Sie erschaffen eine Wirklichkeit, wie sie hätte sein können." Sie wiegte den Kopf. „Wie sie vielleicht sogar war. Meiner Ansicht nach ist es unwahrscheinlich, dass ein empfindsamer, religiöser Mensch wie Michelangelo sich an einem Mordkomplott beteiligen würde. Aber unwahrscheinlich heißt nicht unmöglich. Immerhin war er in Florenz an den kriegerischen Plänen gegen die päpstlichen Streitkräfte beteiligt. Nicht lange danach befand er sich in Rom und war von der Gunst des Vatikans abhängig."

Das wüssten wir bereits, sagte ich. Die Geschichte, die die Briefe entwarfen, sei durchaus … plausibel. Da war es wieder, dieses Wort.

„In der Tat", stimmte sie zu. „Aber plausibel oder nicht, eins steht fest. Diese Schreiben …", sie deutete auf die vergilbten Blätter vor sich, „sind nicht echt. Michelangelo hat sie nie verfasst. Und die Tatsache, dass ich mir da so sicher sein kann, ist an sich schon äußerst bemerkenswert."

Der erste Anhaltspunkt, erklärte sie, sei die Verwendung des ungewöhnlichen *che* gewesen.

„Seine Handschrift wurde außergewöhnlich gut kopiert, sowohl was den Stil als auch individuelle Eigenheiten anbetrifft. Beim ersten

Brief, den er geschrieben haben soll, als er sich noch nach Florenz sehnte, würde ich dieses seltsame *che* auch noch für authentisch halten. Aber nicht im zweiten, der mehr als ein Jahrzehnt später in Rom verfasst worden sein soll, als er dort schon sesshaft war und die Vergangenheit größtenteils ad acta gelegt hatte."

Je länger Michelangelo vom Vatikan abhing, umso mehr hatte sich offenbar seine Handschrift verändert. Die Schnörkel und Besonderheiten, die er sich in Florenz angewöhnt hatte, gab er nach einigen Jahren wieder auf; vielleicht weil ihm bewusst geworden war, dass seine Zeit in seiner Geburtsstadt hinter ihm lag.

„1548 hätte er das nie so geschrieben. Und was den Inhalt des Briefes betrifft, so etwas wie das hier …"

Sie fuhr mit dem Zeigefinger über eine Zeile: *„Ich muss Euch berichten, dass ich gleichsam barfuß und nackt für den heiligen Sklaventreiber schufte.* Zweifellos Michelangelos Worte. Aber aus einem Brief an seinen Vater, zu dem er ein schwieriges Verhältnis hatte. Ich habe nur einen kurzen Blick auf die Texte geworfen – ihr habt mir nicht genug Zeit gelassen –, aber ich bin mir ziemlich sicher, dass bestimmt zwei Drittel dieser Betrügereien aus der echten Korrespondenz stammen, die der Mann im Lauf der Jahre geführt hat."

„Du meinst", sagte Luca, „irgendwer hat Auszüge aus seinen echten Briefen kopiert und die Teile dazugedichtet, die darauf hindeuten, dass er an der Ermordung Alessandros und elf Jahre später an der Lorenzinos beteiligt gewesen ist?"

Sie nickte. „Ganz genau. Der Spruch über die Wahl der Frau, die weder missgestaltet noch boshaft sein sollte? Das wörtliche Zitat eines dummen Ratschlags, den er einmal einem Freund gegeben hatte, als er noch in Florenz lebte. Dann ist da noch das …"

Sie schob den ersten Brief näher zu uns, und wir konnten erkennen, was inzwischen anders daran war. Der Tintenklecks in der rechten unteren Ecke war fast verschwunden, mit irgendeiner Flüssigkeit entfernt offenbar. Darunter war etwas zu erkennen, das wie der Stempel einer Institution aussah. „Ihr habt hoffentlich nichts einzuwenden, aber ich war so frei, den Fleck von dem Papier zu entfernen, der offensichtlich neueren Datums war."

„Was ist das?", fragte ich und deutete auf den Aufdruck.

„Der Besitzstempel des Service historique de la Défense, des zentralen Archivs des französischen Verteidigungsministeriums und der französischen Armee. Es befindet sich im Château de Vincennes, einem Schloss am östlichen Stadtrand von Paris. Ich habe keine Ahnung, wie alt dieses Papier genau ist. Es lohnt sich auch nicht, Zeit und Geld zu verschwenden, um es herauszufinden. Soweit ich es beurteilen kann, sieht es wie 16. Jahrhundert aus, vielleicht sogar früher. Es stammt aber mit Sicherheit nicht aus Italien. Die Beschaffenheit passt nicht. Wahrscheinlich kann Vincennes euch da helfen, falls ihr das weiterverfolgen wollt. Aber nun, meine Herren ..." Sie schob die beiden Briefe mit ihren Vogelfingern über den Schreibtisch, „dürft ihr diese Schöpfungen entfernen. Es wird Zeit, sich wieder anderen Dingen zuzuwenden. Ich habe schon so einige Fälschungen gesehen, aber noch nie etwas Derartiges, muss ich sagen."

„Und worin liegt der Unterschied?", fragte ich.

„Das hier sind keine gewöhnlichen Imitate, *dottor* Clover. Es wurde zu viel Mühe und, ja, Talent eingesetzt, um sie echt erscheinen zu lassen. Um Zusammenhänge zwischen wirklichen Personen und ebenso realer Geschichte herzustellen. Um Michelangelos Handschrift nachzuahmen, ja sogar den Stil seiner Dolchskizzen. So etwas erfordert außergewöhnliches Geschick. Fundiertes und detailliertes Wissen über den Künstler, seine Korrespondenz, seine Schrift, seine Zeichenkunst. Das bewundere ich wirklich zutiefst."

Sie lächelte und wartete auf die unvermeidliche Frage.

„Aber?", fragte Luca.

„Aber all die Anstrengungen wurden auch dazu aufgewendet, um zu gewährleisten, dass dies eine Fälschung ist, die man sicher als solche erkennt. Ein Laie mit Halbwissen würde auf den ersten Blick ..." Sie machte eine wegwerfende Handbewegung in unsere Richtung. „Riskante Sache, dieses Halbwissen. So jemand würde bestimmt darauf reinfallen. Legt ihr sie aber einem Experten auf dem Gebiet vor, erkennt er den Schwindel innerhalb kürzester Zeit. Sieht so aus, als hätte der Urheber genau das beabsichtigt: alle, die nicht vom Fach sind, zu täuschen, und den Betrug so schnell wie möglich auffliegen zu lassen, sobald jemand das Material begutachtet, der sich auskennt."

„Könnte gut sein", murmelte Luca, „dass es so war." Er verstaute die Briefe in seiner Aktentasche. „Wir sind dir wirklich sehr dankbar. Ich glaube, du verdienst mehr als nur ein bisschen Torte."

Sie klatschte in die Hände und grinste. „Unsinn. Es war mir ein Vergnügen. Ich hätte es auch umsonst gemacht." Sie wartete darauf, dass wir noch etwas sagten. „Ihr habt mir noch nicht die offensichtliche Frage gestellt."

„Sie kennen den Namen Wolff", stellte ich fest.

Ein Kopfnicken. „Wie schön, dass es Ihnen aufgefallen ist. In unserem Beruf sollte man immer aufmerksam sein. Vor ungefähr einem halben Jahr erhielten wir von einem Mann, der sich so nannte, eine Anfrage per E-Mail. Er schrieb, er sei auf der Suche nach überschüssigem Papier oder Pergament aus dem frühen 16. Jahrhundert. Er sei ein begeisterter Sammler. Was darauf stünde, spiele keine Rolle. Eigentlich wäre es ihm sogar am liebsten, die Blätter wären ganz unbeschrieben."

„Wer war er?", fragte ich.

Greta Rizzo runzelte die Stirn. „Wer weiß? Ich habe nichts weiter gesehen als diesen Namen in einer E-Mail. Ein Antiquar aus Berlin mit speziellem Geschmack, schrieb er. Solches Material würden wir nicht verkaufen, habe ich geantwortet und danach nie mehr etwas von ihm gehört. Natürlich habe ich die zuständige Abteilung bei den Carabinieri informiert. Wer will schon altes, unbeschriebenes Papier für einen rechtmäßigen Zweck? Aber es ist nichts passiert. Hier vor Ort hat in der Folge niemand etwas Ungesetzliches getan. In Paris war man offensichtlich weniger abgeneigt, dem Mann zu helfen. Ihr solltet die Franzosen fragen. Oder ihn selbst."

„Er ist tot", sagte Luca. „Soweit wir wissen, jedenfalls."

„Ach." Erneutes Stirnrunzeln. „Dann wird dieses Rätsel wohl immer ungelöst bleiben." Sie sah auf die Wanduhr. „Zeit für eine Pause. Darf ich die Herren auf einen Spritz auf der Piazza Erbe einladen? Ich glaube, ich bin euch etwas schuldig."

Luca stand auf und nahm seine Aktentasche. „Sehr freundlich von dir. Ein anderes Mal. Jetzt müssen wir nach Venedig zurück. Es ist schon spät." Er drückte ihr einen Kuss auf die Wange, was sie offenbar beide überraschte. „Du hast was gut bei Arnold und mir."

9
Ende der Vorstellung

„*Pearà*. Hat es Ihnen geschmeckt?"

Langsam durchschaute ich ihre Masche. Sie stellte nie die offensichtliche Frage. Immer zuerst eine Ablenkung, und zum eigentlichen Punkt kam sie später.

„Für Brotbrösel, Knochenmark und Pfeffer war es ganz gut."

„Sie hätten Pferderagout essen sollen. *Pastissada de caval*. Das lohnt sich in Verona immer."

„Engländer essen keine Pferde."

„Sehr nobel. Nur Batteriehühner, die niemals Tageslicht sehen, also. Als die Veroneser nach einer Belagerung einmal hungern mussten und außer den toten Tieren auf dem Schlachtfeld nichts zu beißen hatten, blieb ihnen nichts anderes übrig, als auf Pferde zurückzugreifen. Hier in Italien sind wir von der Geschichte und der Geografie geprägt. In Verona gibt es Fleisch und Käse aus den Bergen. In Venedig halten wir uns ans Wasser, die Lagune oder die Adria. Essen Sie keinen Fisch in Verona." Sie lächelte. „Essen Sie gar nichts, wenn Sie nach England fahren, würde mein Mann jetzt sagen. Das ist seine Art von Humor. Er ist genau so ein Scherzbold wie Luca. Worüber haben Sie beide sich auf der Rückfahrt unterhalten?"

Da waren wieder die Tauben. Mistviecher. Gurrend und flügelschlagend trippelten sie übers Dach der Carabinieristation. Eigentlich hatten Luca und ich kaum ein Wort gewechselt, während der Zug Richtung Venedig gefahren war. Erst als am Ende der Brücke, die von Mestre übers Wasser zum Bahnhof Santa Lucia führt, die Stadt mit ihren funkelnden Lichtern in Sicht kam, sagte mein Freund etwas. Und zwar nur: „Wer wird es ihm mitteilen? Du oder ich?"

Ich erklärte mich freiwillig bereit. Luca schien durch Godolphin etwas verunsichert. Und schließlich war das Problem durch einen Engländer entstanden. Da war es nur recht und billig, dass ich die unangenehme Aufgabe übernahm, ihm die Nachricht zu überbringen.

„Wir haben nicht viel geredet. Wozu auch? Es war offensichtlich, was passiert war."

„Und das wäre …?"

Dass jemand viel Zeit, Geld und Handfertigkeit investiert hatte, um dem berühmten TV-Historiker Marmaduke Godolphin eine Falle zu stellen, in Form einer vermeintlich spektakulären Entdeckung, die ihn zurück auf den Bildschirm bringen sollte. Das würde garantiert den Höhepunkt seiner langen Karriere bilden. Zwei Briefe, die jeden, der sich auch nur halbwegs mit Italien in der Renaissance auskannte, überzeugen würden, dass Michelangelo an zwei berühmten Morden beteiligt gewesen war. Nur dass es sich bei den Briefen um Fälschungen handelte, die ein wirklicher Spezialist auch sofort als solche erkennen würde.

„Wer immer das getan hat, muss genau gewusst haben, wie Godolphin tickte", stellte Valentina, scharfsinnig wie immer, fest. „Dieser Wolff ging offenbar davon aus, dass er, ohne die gebührende Sorgfalt eines richtigen Historikers walten zu lassen, sofort anbeißen würde."

Wobei er, wie ich bereits versucht hatte, ihr zu erklären, sowieso kein richtiger Historiker mehr war. Diese Version seiner selbst hatte er Jahrzehnte zuvor in Cambridge zurückgelassen. Marmaduke Godolphin hatte die Welt der Wissenschaft für ein Leben als Entertainer aufgegeben. Alles, was zählte, war das Drehbuch, nicht, wie viel Wahrheit darin steckte. Das hatte er uns deutlich zu verstehen gegeben.

Trotzdem lag ein Denkfehler in dieser Fragestellung, und ich fand, es war an der Zeit, darauf hinzuweisen.

„*Capitano*, ich bin verwirrt. Richtig, Godolphin wurde eindeutig hinters Licht geführt, um zu glauben, dass die Michelangelo-Briefe echt sind."

„In der Tat."

„Aber spricht denn irgendetwas dafür, dass das etwas mit seinem Tod auf der Ponte San Tomà zu tun hat?"

Schulterzucken. „Nichts. Weder dafür noch dagegen."

„Dann …"

„Ich versuche nur nachzuvollziehen, was passiert ist. Mir ein Bild von den Ereignissen zu machen. Ich denke gern in Bildern. Sie nicht?"

„Jetzt gerade würde ich gern nach Hause gehen und mich ein wenig hinlegen."

Valentina Fabbri gab ein Schnauben von sich, einen seltsamen, fast schon britisch klingenden Laut. „Reden Sie keinen Unsinn. Sie sind genauso daran interessiert herauszufinden, was passiert ist, wie ich. Außerdem wartet im Il Pagliaccio ein kostenloses Essen auf Sie."

„Ach ja." Das hatte ich ganz verdrängt.

„Aber nur, wenn Sie es sich verdienen. Erzählen Sie mir von diesem … Event im *ridotto*."

DUKE GODOLPHIN WOLLTE UNBEDINGT die richtige Location für die Verkündung seines Triumphes. Was das betraf, so dachte er, hatte er seine Hausaufgaben gemacht. Doch er irrte sich. Er hatte einen Raum im ehemaligen Palazzo Dandolo gemietet, in dem Glauben, dort habe sich der erste *ridotto* Venedigs befunden, eine Art Separee für die soziale Elite, wo man sich traf, um zu plaudern, Streitgespräche zu führen, einander rund um Kartentische zu verführen. Eine Art Spielcasino für den Adel, in dem man auch Masken trug.

Im Ca' Rezzonico, einem prächtigen Barockpalast am Canal Grande, in dem sich heute ein Museum befindet, das sich der Kunst Venedigs im 18. Jahrhundert widmet, hatte ich einige interessante Gemälde von *ridotti* von venezianischen Künstlern wie Francesco Guardi und Pietro Longhi gesehen. Farbenprächtige Werke, die das Leben in der Periode des dekadenten Niedergangs der Stadt zeigten und teils mehr als nur ein Quäntchen Skurrilität besaßen. Das eigentümlichste von allen war Longhis Darstellung Claras, eines bedauernswerten Rhinozerosses, das vor einer Gruppe von Venezianern zur Schau gestellt wird, ein paar von ihnen maskiert, einer mit dem Horn des unglücklichen Tieres in der Hand, das es entweder verloren hatte oder das ihm abgetrennt wurde, was offenbar niemand so genau weiß. Angesichts meiner berufsbedingten Neugier, die auch im Ruhestand ungebrochen war, hatte ich Claras Geschichte recherchiert. Sie wurde im Alter von ungefähr einem Monat in Indien von Menschen aufgenommen, nachdem Jäger ihre Mutter getötet hatten, und später für ihre siebzehnjährige Ausstellungstour durch Europa berühmt, auf der das arme Tier 1751 als Attraktion beim *Carnevale* in Venedig zu sehen war, wo Longhi sie malte. Nachdem sie sieben Jahre später in London im Horse and Groom Pub in Lambeth präsentiert wurde, wo man sie für anderthalb Shilling besichtigen konnte, segnete sie schließlich das Zeitliche; das meistgereiste Nashorn seiner Zeit endete im Trubel einer schäbigen Londoner Kneipe.

Es war eine bedrückende, bizarre Geschichte, die ziemlich gut zu all den Gemälden maskierter Venezianer passte, die in einer Republik, die bald schon untergehen und Napoleon in die Hände fallen sollte, bei ihren abendlichen Vergnügungen auf Spielgewinne und erotische Abenteuer aus waren. Dies war die Serenissima Giacomo Casanovas, den Godolphin in einer seiner Fernsehsendungen als Intellektuellen und galanten Liebhaber dankbarer Frauen gepriesen hatte. Als eine Art Rockstar inmitten der herrschenden Verderbtheit der damaligen Zeit, den es zu bewundern galt. Selbst ein Amateur-Historiker wie ich wusste, dass die Wahrheit weit schmutziger ausgesehen hatte. Casanova war, wie er selbst zugab, ein sittenloser Sexualverbrecher, der angeblich eine dreizehnjährige Russin als Sklavin gekauft, Inzest mit der eigenen Tochter getrieben und jede Frau, die er verführte, sitzen lassen hatte, sobald sie ihm langweilig wurde. Es hätte mich nicht im Geringsten gewundert, wenn Godolphin sich selbst für einen modernen Casanova gehalten hätte. Das hätte jedenfalls perfekt ins Bild gepasst.

Ausnahmsweise einmal hatte er persönlich recherchiert und war zu dem Schluss gekommen, den Ort gefunden zu haben, an dem Longhi gemalt und Casanova an den Spieltischen Geld ergaunert und nach neuen Eroberungen gesucht hatte. Der einstige Palazzo Dandolo war heute das Hotel Danieli, ein altrosa Prachtbau in venezianischer Gotik mit Spitzbogenfenstern und Maßwerkverzierungen, die der Architektur des Dogenpalastes nicht weit entfernt an der Riva degli Schiavoni ähnelte. Das Hotel, das bei Hollywoodstars sehr beliebt war, die alljährlich zum Filmfestival anreisten, hatte von Dickens bis zu Byron und Wagner schon viele Berühmtheiten beherbergt. Aber das Stammlokal Giacomo Casanovas war der damalige Palazzo Dandolo nicht gewesen. Wie Luca mir erklärte, war Godolphin auf die venezianische Angewohnheit hereingefallen, ähnliche Namen für verschiedene Palazzi zu benutzen, die sich seinerzeit im Besitz einer Familie befanden. Der wirkliche *ridotto* hatte sich im Palazzo Dandolo di San Moisè auf der anderen Seite der Piazza in der Nähe der Vaporetto-Haltestelle Vallaresso befunden.

Wir waren uns jedoch einig, dass wir schon genug schlechte Neuigkeiten für ihn hatten. Dieser Irrtum war belanglos im Vergleich zu den Fälschungen aus dem Nachlass Wolff. Trotzdem bekam ich eine Gänsehaut, als wir das Hotel betraten. Hinter der beinah nüchternen Fassade des Gebäudes verbarg sich noch immer ein richtiger Palast, mit einem überdachten Innenhof, von dem aus eine gewendelte Treppe zwischen gotischen Bogen bis zu einem gläsernen Dach empor führte, durch das gerade noch die Sterne zu sehen waren. Ich zögerte. Luca blieb stehen und fragte, ob ich etwa kalte Füße bekommen hätte. Keineswegs, antwortete ich. Ich fühlte mich nur schrecklich fehl am Platz. Dies sei das Venedig des Luxus, der Reichen und Mächtigen. Die Stadt von Harry's Bar und Ciprianis exklusiver Enklave auf der Giudecca, eine Welt, in die ich mich sonst nie begäbe und auch keinen Wert darauf legte. Ich gehörte nicht dazu.

„Ich auch nicht", sagte Luca. „Aber es gibt eben nicht nur ein Venedig, Arnold. Je länger du hier lebst, umso mehr wirst du das zu schätzen wissen. Im Moment ist das hier die Version, mit der wir uns abfinden müssen."

Eine vornehme Dame in eng anliegendem Cocktailkleid schlenderte vorbei und nippte an einem Bellini. Sie bewegte sich wie eine Statistin am Filmset oder in einer dieser Fernsehwerbungen für Luxuspralinen, die irgendwo herumgereicht wurden, wo es wie bei einem Empfang einer ausländischen Botschaft aussah. Dennoch lächelte sie uns im Vorbeigehen kurz zu. Luca verbeugte sich und erwiderte ihr Lächeln. Er konnte sich einfach überall anpassen.

Der Innenhof und der Treppenaufgang mit seiner gotischen Ornamentik wirkten wie eine Hommage an den Dogenpalast. Weltberühmte Künstler, Schriftsteller und Musiker waren diese Stufen hinaufgestiegen. Mir war bewusst, dass einen in Venedig stets die Geister der Vergangenheit verfolgten, so wie Lorenzinos Schatten auf seinem letzten Weg vom Campo San Polo zur Ponte San Tomà. Dass sie jedoch auch in diesem prachtvollen Palast lauerten, der so hell erleuchtet war, dass ich das Gefühl hatte, ich müsste einfach durch sie hindurchschauen können, war eine neue Erkenntnis.

„Komm", sagte Luca.

Er wusste, wo Godolphin war. Der Mann hatte einen kleinen Saal im ersten Stock mit Blick auf das Becken von San Marco gemietet, eine Räumlichkeit, die auch das Staatsarchiv gelegentlich für Veranstaltungen nutzte.

An der Tür stand ein Hotelmitarbeiter in Livree und musterte uns von oben bis unten. Er wollte unsere Einladungen sehen. Natürlich hatten wir keine. Also musste er kurz weggehen, um auf einer Liste nachzuschauen.

„Sie brauchen Kostüme", sagte er, als er zurückkam.

Durch die Glastür konnten wir etwas verschwommen die Anwesenden in dem Saal erkennen. Godolphin auf einer Art Podest, draußen vor den Fenstern dahinter Fähren und Vaporetti, die durch dunkles Wasser fuhren, darüber die strahlend silberne Mondscheibe, die sich in der Lagune spiegelte.

„Brauchen wir nicht", erwiderte Luca ziemlich schroff.

„Ohne Kostümierung hat niemand Zutritt, Sir. Wurde mir gesagt." Er warf einen Blick auf seine Notizen, ging zu einer Garderobe und deutete auf zwei aufwendig gemachte Gewänder. „Das hier ist für Sie, Signor Volpetti." Eine einheitlich schwarze Kluft mit weißem Plisseekragen. „Scaramouche. Sie müssen sich das Gesicht schminken. Und das hier ist für Ihren Kollegen."

Ein dunkles Etwas. Ein weiter Kapuzenmantel und diese schreckliche weiße Maske, die ich so verabscheute.

„Machen Sie sich nicht lächerlich", blaffte Luca. „Arnold." Er packte mich am Arm. „Komm."

„KOSTÜME", SAGTE VALENTINA.

Ich wartete. Und?, fragte ich mich im Stillen.

„Kostüme, Arnold. Erinnern Sie sich, welche Godolphin für die anderen beschafft hatte?"

„Ist das wichtig?"

„Vielleicht schon. Tun Sie mir den Gefallen."

Zu Beginn des *Carnevale*, während unseres entspannten Mittagessens im Ai Pugni, hatte Luca mich über die verschiedenen Kostümierungen aufgeklärt, die mir in den kommenden Wochen überall auf den Straßen begegnen würden. Einige davon modern, Früchte einer blühenden Fantasie, manchmal sogar einer ins Kraut geschossenen. Der neueste Trend schien etwas namens Steampunk zu sein, eine Mischung aus pseudoviktorianischen Technikelementen und traditionellen Masken und Gewändern, soweit ich es erkennen konnte. Ausnahmsweise einmal brachte das meinen Freund nicht auf die Palme. *Carnevale*, erklärte er, sei sowieso nur bis zu einem gewissen Punkt traditionell. Jahrhundertelang hatten die Venezianer ihn mit üppigem Essen, ausgiebigen Trinkgelagen und anderen Ausschweifungen vor dem Beginn der entbehrungsreichen Fastenzeit gefeiert. Im 19. Jahrhundert sei das Ganze jedoch praktisch eingeschlafen und erst 1979 durch die Stadt wiederbelebt worden. Und zwar, so wurde behauptet, in dem Bestreben, die traditionelle venezianische Kultur zu fördern, wobei mein Freund felsenfest überzeugt war, dass es sich dabei nur um einen Vorwand handelte, um die Stadtkasse zu füllen.

Für Luca war diese Veranstaltung nichts als Kokolores, ich hingegen hatte meinen Spaß daran, die Unterschiede zwischen all den Karnevalsmasken zu erkennen, während ich durch Dorsoduro spazierte. Die gebräuchlichste war die schlichte *bauta* mit ihrer vorgewölbten eckigen Kinnpartie. Dann gab es noch die *moretta*, ein ziemlich gespenstisch wirkendes Etwas, das das Gesicht der Trägerin – die ovale, oft mit schwarzem Samt bezogene, Maske wurde typischerweise von Frauen getragen – von der Stirn bis zum Kinn bedeckte und nur zwei runde Öffnungen für die Augen hatte. Betrachtet man Longhis Darstellung des unglücksseligen Rhinozerosses Clara, so wird der Blick unwillkürlich von dem armen Tier auf eine vornehme Dame im hinteren Teil des Raumes gelenkt, die die Attraktion durch eine tiefschwarze *moretta* betrachtet. Bei der weniger verbreiteten *gnaga* handelte es sich meistens um eine Katzenmaske, die ihren Namen wohl erhielt, weil *miau* auf Venezianisch *gnao* heißt. Luca erzählte mir, dass sie in früheren Jahrhunderten von Homosexuellen getragen wurde, die sich als Frauen verkleideten und Vorübergehenden gern Beleidigungen zuriefen, weil sie sich hinter der Maske kurzzeitig sicher fühlten, während ihnen harte Strafen drohten, hätten sie ihre sexuelle Neigung öffentlich zur Schau gestellt. Schließlich gab es noch die Maske, die man überall in den Geschäften sah, die des *medico della peste*, des Pestdoktors, mit ihrem langen Schnabel, der einst in dem sinnlosen Bemühen mit Kräutern gefüllt wurde, sich vor der Ansteckung zu schützen.

Sie alle waren in diesen Wochen auf den Straßen und Plätzen zu sehen, und an diesem Abend im Danieli. Godolphin musste sich natürlich davon abheben. Er trug nichts als Schminke im Gesicht. Hellen Puder und Rouge auf den Wangen. Als Kostüm hatte er das Dogengewand gewählt, einen prächtigen roten Umhang mit Goldbesatz, darunter ein weißes Rüschenhemd und auf den silbergrauen Haaren den *corno ducale*, die Dogenmütze mit dem abgerundeten Zipfel, ebenfalls in Rot und Gold. Ein eindrucksvoller Anblick, Ehrfurcht gebietend, Macht ausstrahlend, wie von ihm beabsichtigt.

Auch die anderen hatte ich noch vor Augen. Ihre Kostüme entstammten alle der Commedia dell'Arte. „George Bourne war ein stämmiger Pantalone in scharlachroter Montur, mit weißhaariger Perücke und schwarzer *gnaga*."

„Mit der Maske, die früher die Homosexuellen trugen. Hatte man sie deshalb für ihn ausgewählt?"

„Keine Ahnung. Das hätten Sie Duke Godolphin fragen müssen, und der ist tot. Bernard Hauptmann war Harlekin, in einem Kostüm mit buntem Rautenmuster. Felicity erschien als Vittoria verkleidet, ziemlich aufgedonnert und mit Diadem auf dem Kopf."

„Vittoria." Ein Lächeln. „Die Siegerin also. Genau das war sie am Ende, oder? Befreit von der Last, mit diesem Mann verheiratet zu sein."

„Das ist ziemlich weit hergeholt, wenn ich das anmerken darf."

„Caroline Fitzroy?"

„Sie trug eine Art Morgenhaube, eine Schürze und ein Kleid mit Rautenmuster."

„Wie das Harlekinkostüm. Colombina dann wohl. Eine Magd. Aus dem gemeinen Volk. Vermutlich in Harlekin verliebt, aber in der Commedia dell'Arte ist nichts so ganz einfach. Und der Sohn? Die Amerikanerin?"

Godolphin hatte versucht, über jeden von ihnen etwas auszusagen. Er ließ kein Mittel aus. Jolyon trug eine schlichte graue Jacke und eine lila Pluderhose. Patricia Buckley, aus ihrem neuen Hotel gekommen, um der siegreichen Präsentation der Michelangelo-Briefe ihren Segen zu erteilen, war in einem cremefarbenen, tief ausgeschnittenen Seidenballkleid mit Goldbrokatborte erschienen. Um den schlanken Hals trug sie Perlenketten, und die Haare hatte sie zu einer Frisur hochgesteckt, die mich an Marie Antoinette erinnerte. Eleanor hatte nie viel Aufwand mit ihren Haaren betrieben, daher wusste ich nicht, wie ich das, was ich gesehen hatte, genau benennen sollte. Godolphin, schien es mir, hatte sehr bewusst dafür gesorgt, dass die junge Amerikanerin sich von den anderen abhob. Ihr Kleid hatte nichts Komödiantenhaftes; sie war da, um bewundert zu werden. Angestarrt, was Godolphin betraf. Begehrt. Und, in seiner Vorstellung wahrscheinlich noch immer, besessen.

Das alles sagte ich Valentina jedoch nicht. Es war auch nicht nötig.

„Patricia Buckley sollte Isabella sein. Ein hübsches junges Ding, auf das es die älteren Männer abgesehen haben. Jolyon … ich weiß nicht recht."

„Die beiden waren die *Innamorati*. Die Liebenden. Naiv. Unstet, zu Klatsch und Tratsch und gelegentlicher Untreue neigend. Passend, finden Sie nicht?"

„Ich weiß nicht."

„Natürlich nicht. Und Sie beide, Arnold? Was sollten Ihre Kostüme wohl darstellen?"

„Wir haben sie nicht getragen. Wir haben nicht mal einen Blick daran verschwendet."

„Ich wusste gar nicht, dass Sie eine solche Spaßbremse sind."

„Luca hatte keine Lust, Godolphins Spiel mitzuspielen. Genauso wenig wie ich."

Sie nahm ihr Handy und zeigte mir ein Foto. Darauf war ein langer dunkler Mantel zu sehen, der auf einem grauen Bürotisch ausgebreitet war. „Wissen Sie noch, was ich Ihnen erzählt habe? Eine Gestalt in schwarzem Kapuzengewand wurde beobachtet, wie sie gegen Mitternacht an der Ponte San Tomà mit einem Mann stritt, der nur Marmaduke Godolphin gewesen sein konnte. Das hier haben wir einen Tag nach seinem Tod in einem Mülleimer nahe der Frarikirche gefunden. Bedauerlicherweise befinden sich keine Spuren daran, die uns helfen könnten, seinen Träger zu identifizieren. Liegt die Frari nicht an Ihrem Nachhauseweg?"

Ich blinzelte, leicht überrumpelt. „Das ist eine der belebtesten Strecken in diesem Teil der Stadt. Wie Sie sicher wissen."

Sie fingerte an ihrem Handy herum und öffnete ein weiteres Bild. Es zeigte ein Stück Papier, das mit einer Sicherheitsnadel an den Kragen des Mantels geheftet war. Darauf ein Name, mit blauem Filzstift notiert. Mein Name.

Ich merkte, wie ich rot wurde. In dem Zimmer war es zu heiß. Und auf dem Dach scharrten noch immer diese verfluchten Tauben.

„Sie sollten der Pestdoktor sein, Arnold. Haben Sie das wirklich nicht gewusst?"

Ich streckte ihr beide Hände hin. „W-wollen Sie mich jetzt auch als Verdächtigen verhaften?"

Ein Lächeln. Eine kurze Handbewegung. Ich wusste inzwischen, was das hieß …

Erzählen Sie weiter.

* * *

KAUM WAREN WIR DURCH DIE TÜR, ließ Godolphin den Rest der Gesellschaft stehen und stürzte wütend auf uns zu. Rotes Gesicht, glasige Augen, bereits betrunken.

„Wo zum Teufel waren Sie so lange?"

Luca senkte den Kopf und schwieg. Ich sagte: „Wir müssen reden. Es ist wichtig."

Er hörte mir gar nicht zu. Stattdessen riss er Luca die Aktentasche aus der Hand. „Ich werde Ihnen sagen, was wichtig ist. Diese zwei Briefe. Die hoffentlich hier drin sind, sonst breche ich Ihnen, das schwör' ich, eigenhändig das Genick. Einem nach dem anderen. Was bilden Sie sich eigentlich ein?"

„Ich sagte …"

Er öffnete die Tasche, grinste angesichts des Inhalts, nahm die beiden gerahmten Briefe heraus und hielt sie hoch über seinen Kopf. Wir waren in diesem Augenblick praktisch Luft.

„Die kostbare Fracht ist eingetroffen!", dröhnte er. „Wegen italienischer Trägheit leider mit Verspätung. Aber jetzt kann die Vorstellung beginnen."

Ich wollte ihm nach, wollte ihn dazu bringen, mich anzuhören. Doch Luca hielt mich zurück.

„Lass dem Mann seinen Moment." Er betrachtete die kostümierten Gestalten um uns herum, die alle recht befremdet wirkten, das Ereignis aber offenbar dennoch nicht verpassen wollten. „Es ist seine Vorstellung."

„Das ist nicht in Ordnung. Er muss es wissen."

„Er will es nicht wissen, Arnold. Die Sache wird früh genug ein Ende haben."

Wie recht er behalten sollte.

Godolphin hastete so schnell zu seinem Podest am Fenster, dass ihm der schlecht sitzende *corno ducale* beinah vom Kopf fiel. Während ich mich in diesem seltsamen Zirkus umblickte und die albernen Kostüme betrachtete, die er allen aufgenötigt hatte, fiel mir wieder ein, wie nah doch Tragödie und Farce schon immer beieinanderlagen. In diesem Moment war es unmöglich zu erkennen, welche von beiden die Oberhand hatte.

„Warum machen sie alle bloß bei diesem Unsinn mit?", flüsterte ich Luca zu. „Ziehen an, was er ihnen vorschreibt? Befolgen, was er befiehlt? Spielen sein ergebenes Publikum?"

„Sagtest du nicht, er hat sie in Cambridge zu etwas gemacht?"

„Das liegt vier Jahrzehnte zurück."

Er nahm zwei Gläser Prosecco vom Tablett eines vorbeikommenden Kellners und reichte mir eins. „Dann ist die Strahlkraft seiner Persönlichkeit wohl über die Jahre nicht verblasst. Oder sie wollen einfach sehen, was passiert." Er stupste mich so fest an den Ellbogen, dass ich mein Getränk verschüttete. „Du etwa nicht?"

Nicht unbedingt, dachte ich. Im Geist war ich wieder in meiner Studienzeit und versuchte eine Grenze zwischen damals und heute zu ziehen, zu ergründen, was diese Menschen nach so vielen Jahren hierhergeführt hatte. Warum auch ich mit von der Partie war. Godolphin stand im Zentrum von allem, ein Star-Gelehrter, ein brillanter Geist, wie allgemein behauptet wurde, ein nimmermüder Macher mit intellektueller Schaffenskraft. Die Klugen und die Ehrgeizigen wünschten sich nichts mehr als seine Anerkennung, aber nur wenigen wurden Aufmerksamkeit und Wohlwollen gewährt. Also hatte Luca vielleicht recht, und die einmal geknüpften Bande rissen nicht so leicht, nicht einmal nach all den Jahren und dem ganzen Gift, das der Mann in letzter Zeit gegen seine ehemaligen Schüler versprühte. Er wollte Hauptmann und Caroline Fitzroy lächerlich machen, damit sie in Wissenschaftlerkreisen kein Bein mehr auf die Erde bekämen. Auch seine Frau und seinen Sohn wollte er abservieren. Und George Bourne war ein weiterer Verstoßener. Es schien, als hätte Godolphin vor, sich von allem zu befreien, was ihn mit der Vergangenheit verband, in dem Glauben, er könnte in Amerika als neuer Mensch eine neue Karriere beginnen. Und zweifellos mit einer neuen Flamme, nachdem Patricia Buckley ihn offenbar hatte abblitzen lassen. Angesichts der Tatsache, dass ein Altersunterschied von bestimmt vierzig Jahren zwischen ihnen lag und er versucht hatte, sie zum Sex zu zwingen, war das natürlich zu erwarten gewesen. Nur nicht von Marmaduke Godolphin selbst.

Diese Erkenntnis bewirkte etwas Seltsames bei mir. Ich merkte, dass ich Mitleid mit dem Mann hatte. Dass Menschen das dringende Bedürfnis haben, geliebt zu werden, ist nicht ungewöhnlich. Bis ich meine Eleanor kennenlernte, gehörte ich selbst in diese Kategorie. Nicht jeder ist wie Luca Volpetti, der frei wie ein Vogel von Arm zu Arm schwebt und im Grunde glücklich ist, allein zu sein. Godolphins Verlangen war jedoch ein anderes. Er gierte danach, beneidet zu werden, und bewundert, als jemand, der sich durch Verstand und harte Arbeit Lorbeeren verdient hatte, die uns anderen für immer verwehrt bleiben würden. Siegen war nicht genug. Die Welt musste Zeuge seines Triumphes sein. Er brauchte Beachtung, Bestätigung, Bewunderung von allen Seiten. Ohne fortwährende Beifallsbekundungen wäre er gewöhnlich gewesen; ein Gedanke, der ihn erschreckt haben muss.

Ich kam nicht umhin, mich zu fragen, ob die anderen – Hauptmann, Fitzroy, Bourne, sogar Felicity und ihr Sohn – das Spiel vielleicht nur mitspielten, weil sie ahnten, dass sie Zeugen von Marmaduke Godolphins Abgesang werden würden, eines letzten verzweifelten Versuchs, an dem festzuhalten, was ihn seiner Meinung nach ausmachte: Ruhm, Erfolg und Ansehen. Farce und Tragödie. Beide konnten einen in ihren Bann ziehen. Beide schienen an diesem Abend in dem luxuriösen Saal im alten Palazzo Dandolo in der Luft zu liegen, während draußen vor den Fenstern die Lichter am Bacino di San Marco funkelten, große und kleine Boote auf den sanften, silbrig schwarzen Wellen auf und ab fuhren und von der Adria langsam feine Nebelschwaden hereinzogen.

In der Ecke des Saals hing ein großer Bildschirm. Ein Mann mittleren Alters mit Zahnpastalächeln war eingeblendet, am unteren Rand der Name eines Fernsehsenders, im Hintergrund ein Bild von New York, die zerklüftete Skyline aus Wolkenkratzern. Patricia Buckleys Boss, der Vorstandsvorsitzende des amerikanischen Senders, offenbar.

„Ganz schöner Aufwand", flüsterte Luca.

Und wie immer hatte er recht.

Godolphin gab ein Zeichen. Hinter uns ertönte ein schriller Schrei. Erschrocken, wie alle anderen, drehte ich mich um. Eine schöne junge Frau war hereingekommen – schimmernd goldenes Seidenkleid, zerzauste schwarze Haare, wild fuchtelnde Arme. Gleich danach ein Mann in schlichtem historischen Kostüm, dunkle Hose, dunkle Samtjacke, eine Kette um den Hals. Er war zornig, sie nicht weniger.

„Elena!", brüllte der Mann. „Du elendes Weibsstück! Du hintergehst mich, setzt mir jede Nacht Hörner auf –"

„Mit einem prächtigeren Kerl!", rief die Frau – Elena Barozzi offenbar, mit ihrem Ehemann, dem erfolglosen Musiker und Dichter Antonio Zantani. „Einem edlen und mutigen."

Zantani schäumte vor Wut. „Und ein noch edlerer wird deinen Liebhaber ins Jenseits befördern!"

Es war dieselbe drittklassige Theatergruppe, die Godolphin schon einmal angeheuert hatte. Auch der Text des Stücks war wieder ebenso primitiv, wie aus einer historischen Seifenoper. Godolphins eigene Worte wahrscheinlich. Nirgends in der kurzen Geschichte, die er erzählte, gab es Zweifel oder Ungewissheit. Zantani trumpfte damit auf, dass er Unterstützung aus Rom erhalten habe, von Michelangelo höchstpersönlich, um sich bei Lorenzino dafür zu rächen, dass er es mit seiner Frau getrieben und sie geschwängert habe. Der Künstler sei verunsichert, weil er befürchte, der redselige Lorenzino würde Geheimnisse über ihn ausplaudern, die ihn seine hohe Stellung, wenn nicht sogar sein Leben kosten könnten.

Bibboni erschien auf der Bildfläche, der bullige, höhnisch grinsende Schauspieler, den wir schon kannten, und jonglierte das kunstvoll verzierte Stilett in der Hand. Anschließend erschien sein Gehilfe Bebo, und schon befanden wir uns wieder dort, wo wir am Samstag zuvor gewesen waren: in den feuchtkalten Gassen rund um den Campo San Polo und die Ponte San Tomà. Auf der anderen Seite des Saals tauchte in Begleitung seines Onkel Soderini der fesche Lorenzino de' Medici auf, lächelnd, todgeweiht, nichts ahnend. Es folgte jede Menge Geschrei von der schönen La Barozza. Dann ein Kampf, der eine Spur besser einstudiert war als die Worte, die ihn begleiteten.

Zuerst wurde Soderini verletzt, dann folgte, verbunden mit einer grauenhaft kitschigen Darbietung, die Ermordung Lorenzinos. Zwei Mal in einer Woche hatten wir das nun gesehen, und es gab keinen Zweifel daran, dass die *storia* stimmte. Nur dass die Gründe und Machenschaften, die angeblich dazu führten, frei erfunden waren, um Godolphin zu ködern, damit er sich öffentlich blamierte.

Ich war froh, dass die Vorstellung sich nicht noch länger hinzog. Genau wie alle anderen in diesem eleganten Saal über dem Wasser. Der Applaus war nur schwach, glich kaum einem Plätschern. Doch der Mann auf dem Bildschirm wirkte beeindruckt, und ihm galt das Ganze schließlich.

„Duke", sagte er mit routiniertem Lächeln, „es ist mir eine Ehre, Sie an Bord zu haben. Das wird unsere Top-Geschichtsdoku. Patty bereitet die Verträge vor. Haben Sie die Presse informiert?"

„Die *Sunday Times* bringt einen Exklusivbericht", antwortete Godolphin. „Wenn der raus ist, werden sich alle darum reißen."

Der Amerikaner nickte. „Gut. Den Titel *Blut-passeggiata* müssen wir übrigens ändern. Fremdsprachige Wörter ziehen bei unserem Publikum nicht. Ich denke … *Die Medici-Morde*! Der funktioniert."

Das Lächeln in Godolphins Gesicht gefror und war plötzlich so starr wie das der kostümierten Schaufensterpuppen, die in der ganzen Stadt ausgestellt waren. „Cyrus … darüber können wir doch sicher später reden?"

„Klar", antwortete der Mann, was ein deutliches Nein war. „Toi, toi, toi für den restlichen Abend. Ich bin auf dem Sprung. Patty kümmert sich um alles Weitere. Geben Sie mir ein paar Tage, dann haben Sie einen Vertrag zur elektronischen Unterschrift in Ihrem Postfach."

Der Bildschirm wurde schwarz. „Na, dann ...", sagte George Bourne und steuerte Richtung Bar.

Duke Godolphin hielt die beiden gerahmten Briefe in die Höhe und begann mit einer Rede. Langsam, stockend, scheinbar unvorbereitet; zusammenhanglos sogar, was ihm gar nicht ähnlich sah. Er bedankte sich ausgiebig bei allen, die er zu diesem Anlass eingeladen hatte, auch bei Luca und mir. Dann bot er lächelnd Caroline Fitzroy und Bernard Hauptmann an, für die neue Fernsehserie interviewt zu werden, vorausgesetzt, er wisse im Voraus, was sie sagen würden.

„Die wahre Geschichte", fuhr er fort, „liegt auf der Hand. Diese Beweise ...", er zeigte die Briefe, „lügen nicht. Lorenzino de' Medicis Ermordung hier in Venedig war nicht das Werk Cosimo de' Medicis oder Karls V., wie viele ...", sein Blick wanderte zu seinen beiden ehemaligen Schülern, die in ihren Büchern entsprechend argumentiert hatten, „irrtümlicherweise behaupten. Sie lässt sich vielmehr auf einen Fall von ehelicher Eifersucht zurückführen und wurde durch den größten Künstler seiner Zeit erst ermöglicht: Michelangelo! Denn der befürchtete, sein früherer Verrat könnte aufgedeckt werden. Die Anerkennung, die wir diesem großartigen Genie zollen, werden unsere neuen Erkenntnisse aber nicht im Geringsten schmälern. Im Gegenteil, durch seine Makel wird der Mann nur menschlicher."

Das betretene Schweigen, das darauf folgte, wurde schließlich von Felicity gebrochen. „Glückwunsch, Duke", sagte sie. „Wenn das doch bloß bei dir auch so wäre."

„Entspann dich, meine Liebe", antwortete er und schwenkte die Briefe vor ihrem Gesicht. „Du kriegst schließlich die Hälfte von dem, was ich mit diesen zwei Schätzchen hier verdiene. Die Wahrheit, glaubt mir, kommt ans Licht."

Die Schauspieler aus Padua, denen die unangenehme Atmosphäre nicht entgangen war, verbeugten sich, ohne Applaus zu bekommen, und verließen grummelnd den Schauplatz.

Es brachte nichts, die Sache noch hinauszuzögern. Hätte Godolphin vorher zugestimmt, mit uns zu sprechen, wäre es so viel einfacher gewesen. Doch er hatte sich anders entschieden.

Ich marschierte nach vorn und stellte mich vor ihn hin wie ein aufmüpfiger Student, der dem Inhalt einer Vorlesung widerspricht.

„Tut mir leid", erklärte ich etwas nervös, aber entschieden, „so einfach ist es mit der Wahrheit nicht."

ES HATTE KEINEN SINN zu versuchen, irgendetwas schönzureden. Ich sagte Godolphin geradeheraus, wir seien uns sicher, dass die Briefe Fälschungen seien. Gut gemacht, historisch fundiert, aber trotzdem Fälschungen. Während die anderen sich hinter mir versammelten und aufmerksam zuhörten, erläuterte ich der Reihe nach die einzelnen Beweise, wobei Luca hier und da etwas ergänzte. Die Fehler in der Handschrift. Die Tatsache, dass Textteile wortwörtlich aus anderen Briefen Michelangelos übernommen wurden. Die Wahrscheinlichkeit, dass das Papier nicht echt war. Niemand sagte etwas, und mir kam der Gedanke, dass auch sie den Mann bemitleideten, trotz der Art und Weise, wie er sie in letzter Zeit behandelt hatte. Verbindungen, so eng und komplex, dass ich sie nicht durchschauen konnte, waren offenbar in Cambridge geknüpft worden und hatten all die Jahre überdauert. Nur George Bourne schien die Angelegenheit lustig zu finden, und als er einen spöttischen Spruch losließ, war es Felicity, die sich umdrehte und ihm sagte, er solle den Mund halten.

Als wir fertig waren, legte Godolphin die Briefe auf den Tisch vor dem Fenster und betrachtete sie noch einmal.

„Und wer", fragte er, „glauben Sie, dass Sie sind, so etwas zu behaupten? Entgegen der Aussage eines Antiquars, der mich schon früher mit wahrem Gold versorgt hat? Zwei subalterne Archivangestellte, die nie übers Aktenordnen rausgekommen sind? Zwei Niemande?"

„Das ist nicht unser Urteil", antwortete ich. „Es stammt von *dottoressa* Greta Rizzo aus der Biblioteca Capitolare in Verona."

„Eine Frau von internationalem Ruf, was historische Handschriften betrifft", fügte Luca hinzu. „Sie hält Ihre Fälschungen zwar für oberflächlich gut gemacht, aber absichtlich mit Fehlern versehen, damit man sie relativ schnell als die Täuschungen erkennt, die sie sind. Dieser Wolff hat Sie reingelegt, Godolphin. Er scheint Ihnen jahrelang mithilfe von relativ unbedeutendem echten Material Sand in die Augen gestreut zu haben, damit Sie dann nicht so genau hinsehen, wenn's drauf ankommt."

Er trat einen Schritt vor und stieß mit dem Finger auf die Stelle, wo der Tintenklecks entfernt worden war, um den Stempel des Service historique de la Défense sichtbar zu machen.

„Warum sonst diesen verräterischen Besitzstempel verbergen? Sie wurden dazu gebracht, sein Märchen zu glauben, weil Sie es glauben wollten."

„Was beweist das schon?", erwiderte Godolphin. „Der Stempel einer Institution auf einem Dokument, dessen Herkunft Sie nicht kennen. Vielleicht ist es ein Nachweis, dass es sich in deren Besitz befand und viele Jahre irgendwo verstaubte."

Mein Freund Luca seufzte. Godolphin mitten ins Gesicht zu lachen brachte er nicht übers Herz. „Ist das Ihr Ernst? Wie sollte ein Archiv, das dem Militärwesen gewidmet ist, in den Besitz eines Briefes kommen, der angeblich von Michelangelo verfasst wurde? Und diesen jahrelang außer Acht lassen? Warum sollte jemand den Besitzstempel mit einem Tintenfleck verdecken? Es sind Fälschungen. Gut gemachte, originelle Imitate, die viel Mühe und Kosten erfordert haben, aber trotzdem Fälschungen."

Erneut begann Godolphin zu widersprechen, erbärmliche Protesterklärungen abzugeben.

Ich mischte mich ein. „Der schlagendste Beweis befindet sich in Verona. Jemand namens Wolff hat in verschiedenen Bibliotheken und Museen versucht, altes Papier zu kaufen. Unter anderem in der Biblioteca Capitolare. Sie haben ihn bei den Carabinieri gemeldet, aber vor Ort ist in der Folge kein Betrugsfall aufgetreten. Wer immer dieser Wolff gewesen ist –"

„Der Mann hat mir geholfen! Schon früher! Inzwischen ist er leider tot."

„Sie haben keinen Beweis, dass er jemals existiert hat", erwiderte ich. „Und Sie haben keine Ahnung, woher diese Briefe stammen oder warum sie so sorgfältig zwischen dem ganzen wertlosen Zeug versteckt waren, das Sie erworben haben. Der Mann hat Sie getäuscht. Und zwar schon eine ganze Weile, wie es scheint."

„Warum in Gottes Namen sollte er so etwas tun?", rief Godolphin. „Der Bursche hat nie mehr als ein paar Euro verlangt."

„Ach, Duke", sagte Felicity kopfschüttelnd. „Du hast dir im Lauf der Jahre so viele Feinde gemacht. Und so wenige Freunde."

Godolphin wurde immer wütender. „Das lass ich mir von keinem von euch gefallen! Wenn auch nur ein Wort davon nach außen dringt –"

Patricia Buckley unterbrach ihn. „Machst du Witze? Natürlich muss ich das New York melden."

„Was melden? Dass zwei unbedeutende Aktenknechte meinen, sie wüssten es besser als Duke Godolphin?"

„Unter diesen Umständen …"

„Wir haben einen Vertrag!"

Plötzlich war sie gar nicht mehr so schüchtern. „Du hattest einen Entwicklungsvertrag. Mehr nicht." Sie nickte Richtung Fake-*ridotto*, Leihkostüme, Prosecco und Häppchen. „Und hast das ganze Geld für so was ausgegeben."

„Patricia …"

Sie war schon am Gehen. Godolphin wurde noch röter im Gesicht. Er hob anklagend den Zeigefinger und ließ ihn vor sich herumwandern.

„Das hab ich einem von euch zu verdanken. Wer war es?"

Felicity seufzte. „Lass es einfach gut sein, ja? Wir haben Geld genug. Du bist fünfundsiebzig. Denk an den Ruhestand."

„Es geht nicht um das verdammte Geld! Und aufs Altenteil zieh ich mich noch lange nicht zurück." Er klopfte sich an die Brust. „Es geht um mich! Um mich persönlich. Wer ist dafür verantwortlich?" Er zeigte auf Caroline Fitzroy. „Paris … Warst du es?"

Sie verzog keine Miene. Schüttelte nur den Kopf und sagte: „Mit so was meine Zeit verschwenden? Denk doch mal nach. Und denk daran, was du in Cambridge zu uns gesagt hättest, wenn wir mit so einer haarsträubenden Geschichte angekommen wären. Du warst mal ein hervorragender Wissenschaftler, Duke. Wir haben alle viel von dir gelernt."

„Allerdings", stimmte Bernard Hauptmann ihr zu. „Bis du alles weggeworfen hast. Und wofür?" Er trat einen Schritt vor, strich Godolphin mit dem Finger über die Wange und zeigte ihm die Schminke, die daran hängen blieb. „War es das wert?"

„Einer von *euch* ...“

Zu spät. Felicity, Caroline und Hauptmann steuerten schon zur Tür. Jolyon, der Patricia Buckley nachgelaufen war, war bereits verschwunden.

Luca nahm die Briefe und steckte sie in seine Aktentasche. Ohne dass Godolphin protestierte. Oder überhaupt etwas sagte. Nur George Bourne war noch da, und vielleicht nicht ganz so betrunken, wie ich anfangs dachte. Er ging entschlossen auf Godolphin zu und stieß ihn in die Brust.

„Da könnte glatt ein Buch drinstecken, alter Junge. Arbeitstitel: *Wie der berühmte Star-Historiker für dumm verkauft wurde*. Du müsstest natürlich rausfinden, wer dieser Wolff war. Ins Fernsehen wird's die Story wohl nicht schaffen. Und es würde ein bisschen Arbeit, richtige Arbeit, du weißt schon, für dich bedeuten. Aber einen bescheidenen Vorschuss könnte ich vielleicht –“

Godolphin stürzte sich mit erhobenen Fäusten auf ihn und ließ eine Salve übelster Schimpfwörter los. Bourne war noch nüchtern genug, um lachend zurückzuweichen. Der aufgebrachte Historiker stolperte, stürzte und blieb japsend auf dem Teppich liegen.

Es war ein bemitleidenswerter Anblick. Ich half ihm auf die Beine, ohne ein Wort des Dankes zu bekommen natürlich, und er wankte zu einem Stuhl und setzte sich nach Atem ringend hin. Keine Spur mehr von seiner Arroganz und Überheblichkeit. Er wirkte alt, erschöpft, verloren.

„Es tut mir leid“, sagte ich. „Ich wünschte, es wäre anders.“

„Sparen Sie sich Ihr Mitleid. Clover. Ihnen geht's doch genau wie den anderen. Sie freuen sich über die Vorstellung, mich fertigzumachen.“

Es hatte keinen Sinn zu streiten. Meine Geduld war am Ende. Und bis heute weiß ich nicht, wie ich die Treppe in diesem prächtigen alten Palast hinuntergekommen bin. Erst als ich durch die Drehtür des Danieli hinaus auf die kalte Uferpromenade trat, wo ein feiner, eisiger Dunst aus Richtung Lido hereinzog, setzte mein Gedächtnis wieder ein. Die Vaporetti, die sich über das Becken von San Marco bewegten, waren nur noch spärlich beleuchtete gespenstische Umrisse. Inzwischen kannte ich diesen Winternebel. Er würde die ganze Nacht durch die Stadt ziehen, von *sestiere* zu *sestiere*, bitterkalt, und mit seiner salzigen

Gegenwart alles umhüllen. Die Lagune konnte sich auf ganz unterschiedliche Weise in Erinnerung bringen, in jeder Jahreszeit anders.

Luca folgte nur ein paar Schritte hinter mir. Wir standen schweigend da und betrachteten die graue Dunstwolke, die zwischen uns und San Giorgio über dem Wasser lag. „Du wirst nicht glauben, was dieser Widerling mich gerade gefragt hat."

„Was denn?"

„Nein. Ich kann nicht. Das ist einfach der Gipfel der Unverschämtheit."

„Hätte er doch nur vorher mit uns gesprochen."

Mein Freund schien nicht überzeugt. „Glaubst du wirklich, das hätte einen Unterschied gemacht?"

„Vielleicht."

„Nie und nimmer. Er hatte sich eingeredet, dass das sein Comeback wird. Dabei wurde er ausgetrickst, um seinen eigenen Untergang herbeizuführen."

Ich musste die Frage stellen. „Wer, glaubst du, ist dieser Wolff?"

Er runzelte die Stirn. „Keine Ahnung, und es interessiert mich auch nicht. Was spielt das schon für eine Rolle? Du hast seine Frau doch gehört. Da draußen muss es Heerscharen von Leuten geben, die auf diesen Moment anstoßen werden, wenn sie erst davon hören. Es kann uns egal sein. Konnte es schon immer. Tut mir leid, dass ich überhaupt auf seine Anfrage eingegangen bin." Er hielt seine Aktentasche hoch. „Für diese beiden kuriosen Schätzchen werde ich schon ein passendes Zuhause finden. Der Rest des Sammelsuriums, das Wolff uns geschickt hat, landet morgen im Müllcontainer. Und jetzt …", er wirkte aufgewühlt, genau wie ich wahrscheinlich, „mache ich einen kleinen Fußmarsch, um wieder zu mir zu kommen. Erst ein Spaziergang nach Sant'Elena und dann das Boot nach Hause. Dieser Mann hinterlässt einen gewissen Ekel in mir, selbst nachdem er so am Tiefpunkt angelangt ist. Tut mir leid, dass ich dich in das Ganze mit reingezogen habe, Arnold."

„Wie hättest du das wissen sollen?"

Er ließ den Blick über die Uferpromenade gleiten, konnte es kaum erwarten zu gehen. Endlich allein zu sein. „Ich bedaure es trotzdem. Aber wenigstens haben wir es jetzt hinter uns."

VON WEGEN.
Als ich mich an jenen Abend in diesem Luxustempel zurückerinnerte, in dem, wie Godolphin fälschlicherweise geglaubt hatte, einst Casanova sein Glück am Spieltisch suchte, wurde mir ganz übel. Valentina schien das zu merken oder sie dachte vielleicht schon an den Showdown, den sie für uns alle geplant hatte. Jedenfalls rief sie einen uniformierten Polizeibeamten herein, den sie Giorgio nannte, orderte zwei weitere Espresso, und bot mir an, meinen als *corretto* zu nehmen, mit einem Schuss Grappa.

Was ich ablehnte. Nach dem langen anstrengenden Tag schwirrte mir der Kopf schon genug.

„Das haben Sie sehr schön erzählt, Arnold.“

„Inwiefern?“

„Indem Sie mir das Gefühl gegeben haben, wirklich, dabei gewesen zu sein. Es wirkte äußerst real.“

„Es *war* real. Zu real sogar. Ich war froh, dass ich es hinter mir hatte.“

„Und da“, fuhr sie fort, „liegt das Problem. Wohin sind Sie alle hinterher gegangen?“

Mit dieser Frage hatte ich nicht gerechnet. „N-nach Hause, was mich betrifft. Genau wie Luca. Die anderen … Da müssen Sie sie fragen.“

Ein erneuter Blick auf ihre Notizen. „Sie haben sich zu Fuß auf den Weg gemacht?“

„Ja!“

„In welche Richtung?“

Ich fand das Ganze ermüdend und hoffte, man merkte es mir auch an. Zur Accademia-Brücke, antwortete ich ihr, dann über den Campo Santa Margherita zurück nach San Pantalon. Eine andere Strecke gebe es nicht, abgesehen von der längeren über die Rialtobrücke, und dafür sei ich zu müde gewesen.

„Zu dem Zeitpunkt war der Nebel bereits so dicht, dass auf den Aufzeichnungen unserer Überwachungskameras nicht viel zu sehen ist.“

„Mir war nicht bewusst, dass es meine Pflicht ist, mich von Ihren Kameras erfassen zu lassen.“

Sie seufzte. „Das ist es natürlich nicht. Unter den gegebenen Umständen war es zu erwarten, dass Sie ihnen entgehen würden. Genauso wie ihnen offenbar Volpetti auf seinem Weg nach Sant'Elena und im Vaporetto nach Hause entgangen ist. Mein Problem ist ...", sie drehte den Computerbildschirm herum, um mir die kurzen Aussagen der anderen zu zeigen, „dass ich von keinem von Ihnen den Aufenthaltsort nach dieser Veranstaltung verifizieren kann. George Bourne sagt, er sei etwas trinken gegangen, in diese Cocktailbar, die es ihm so angetan hat. Das trifft zu, allerdings hat er sie schon vor dem vermutlichen Todeszeitpunkt Godolphins wieder verlassen. Die Amerikanerin und der Sohn behaupten, sie hätten sich auf dem Campo Santa Margherita Pizza gekauft und trotz der Kälte draußen zusammengesessen, sich unterhalten und sie verspeist. Ich habe keinen Grund, ihnen nicht zu glauben. Schließlich sind sie noch jung. Aber ich habe auch keinen Beweis dafür, dass sie die Wahrheit sagen."

Ich dachte an den Nebel an diesem Abend, eine eisig kalte, gespenstische Wolke. Für mich klang die Geschichte unwahrscheinlich, aber ich behielt den Gedanken für mich. Darauf brauchte Valentina vermutlich sowieso niemand hinzuweisen.

„Bleiben noch", fuhr sie fort, „die Ehefrau, Hauptmann – ihr Geliebter oder Ex-Geliebter, wer weiß das schon? – und Caroline Fitzroy. Die alle behaupten, sie seien direkt ins Hotel zurückgekehrt. Irgendwer verheimlicht hier etwas, Arnold. Wenn ich eins in diesem Job von meinem alten Freund Ugo gelernt habe, dann ist es, wie man die Unwahrheit erkennt. Und wie man der Wahrheit auf die Spur kommt. Die derzeit noch schwer fassbar scheint. Das Einzige, was ich momentan mit Sicherheit kenne, ist der Umweg, den Marmaduke Godolphin vom Hotel Danieli bis in seinen Tod genommen hat. Möchten Sie Näheres wissen?"

Sie tippte etwas auf ihrer Tastatur, und schon war er zu sehen, wie er in seinem derangierten Dogenkostüm durchs Danieli stolperte. Ein Mann, der nicht mehr lange zu leben hatte.

ER VERLIESS DAS HOTEL zwanzig Minuten nach uns. Die Videoaufzeichnung einer Überwachungskamera zeigte ihn im Foyer, von wo er durch die Drehtür nach draußen taumelte. Alt, frustriert, resigniert. Und durchgefroren, nahm ich an, in diesem lächerlichen, leuchtend roten Aufzug.

Zwanzig Minuten. Bis zu dem Zeitpunkt hatte sich der heranziehende Dunst, den wir gesehen hatten, in eine trübe Suppe verwandelt. Auf dem Videomitschnitt war gerade noch zu sehen, wie er ins Freie trat und darin verschwand. Valentina ging mit mir seinen weiteren Weg durch. Er wurde an der Haltestelle San Zaccaria gefilmt, wie er das Vaporetto Richtung Piazzale Roma nahm. Naheliegend, wenn er zum Valier gewollt hätte und bei San Tomà ausgestiegen wäre. Allerdings wussten wir inzwischen, dass es in seiner Unterhaltung mit Luca darum gegangen war, eine Frau für die Nacht zu finden. Trost, Ablenkung oder vielleicht einfach eine Angewohnheit, die er über die Jahre angenommen hatte. Auf dem langsamen Boot der Linie 1 dauerte es 35 Minuten von San Zaccaria bis zum Piazzale Roma. Tatsächlich erfassten ihn die Kameras gegen elf am stets belebten Vaporetto-Knotenpunkt beim Aussteigen. Er trug noch immer sein Karnevalskostüm, die *bauta* hatte er um den Hals hängen; nur der *corno ducale* fehlte. Ich beobachtete, wie er auf den Steg stolperte, während er nur noch weniger als eine Stunde zu leben hatte. Ein junger Mann lief ihm nach. Er hatte die Dogenmütze aufgehoben, erntete aber nur ein Kopfschütteln, bevor Godolphin seinen Weg fortsetzte.

Ich kannte die Gegend recht gut. Es war der Platz, an dem der Flughafenbus hielt und sich die Anfangshaltestelle für viele Vaporettolinien befand. Hinter der Uferzone drängten sich Busse und Tram, an der Straße zur Brücke Richtung *terraferma* standen Autos Schlange, um in eins der mehrstöckigen Parkhäuser zu gelangen. Ein schmuddeliges, unromantisches Stück moderner Stadtatmosphäre, notwendig zwar, aber nicht zum restlichen Venedig passend. Tagsüber drückten sich ein paar merkwürdige Gestalten herum. Ich glaube nicht, dass es dort irgendwie gefährlich ist, aber es ist trotzdem kein Ort, an dem ich mich nachts freiwillig länger aufhalten würde. Es leuchtete mir ein, dass Luca, als er gedrängt wurde, den Piazzale Roma als die richtige Anlaufstelle nannte, um nach einer Frau zu suchen. Doch Godolphin hatte wohl kein Glück. Valentinas Beamte hatten jeden seiner Schritte verfolgt. Ein älterer, aufgebrachter, angetrunkener Mann, der im Karnevalskostüm durch die Nacht irrte, fiel sogar dort auf. Sie hatten mit einem Taxifahrer gesprochen, den Godolphin anheuern wollte, um ihn in ein Bordell zu fahren. Ein untadeliger Mann mit christlicher

Grundhaltung offenbar, der diesem *ungehobelten, alkoholisierten, englischen Clown* deutlich die Meinung sagte und ihn abblitzen ließ.

Das Gleiche passierte ihm in einer Bar in der Nähe des menschenleeren People Mover, der führerlosen Hochseilbahn, die die Touristen von den Kreuzfahrtschiffen in die Stadt brachte, als die riesigen *grandi navi* noch an den nahe gelegenen Hafenterminals anlegten. Danach torkelte der erfolglose Doge in die Nacht und verschwand bald darauf in dem Labyrinth aus Gassen, das sich zwischen ihm und dem Valier erstreckte. Eine weitere Kamera erfasste ihn in Rialto, wo die hellen Lichter der Bars rund um den Markt ihn angezogen haben mussten, als er ziemlich weitab vom direkten Weg zum Hotel herumwankte. Auch dort hatten Valentinas Männer die Leute befragt, darunter einen Barkeeper, der sich geweigert hatte, Godolphin zu bedienen, als der wieder anfing, sich nach Gesellschaft für die Nacht zu erkundigen. Auch wenn ich den Mann nicht gut gekannt hatte, war es nicht schwer, sich vorzustellen, welche Auswirkung das auf seine Stimmung gehabt haben musste.

„Und danach …", sagte Valentina und legte als abschließende Geste ihren Kugelschreiber auf den Schreibtisch, „nur noch zweierlei. Wie ich bereits sagte, berichtete ein Cafémitarbeiter, auf dem Heimweg einen Mann in Dogenkostüm gesehen zu haben, der in der Nähe der Ponte San Tomà mit einer Person stritt, die ein dunkles Kapuzengewand trug. Am nächsten Morgen dann die Leiche. Ein berühmter TV-Historiker, den niemand als vermisst gemeldet hat. Wir fischen ihn aus dem Wasser. Wir gehen ins Hotel und informieren seine Frau. Und diejenigen, die ihn kannten."

Mehr nicht, also musste ich nachfragen. „Was haben sie gesagt?"

Ein mattes, fast trauriges Lächeln legte sich über ihr Gesicht, und ich ärgerte mich über mich selbst, dass ich hatte annehmen können, ihr würde das alles vielleicht gefallen. Es war ihr Job. Eine intellektuelle Herausforderung, die sie irgendwie zu reizen schien. Trotzdem war unter ungeklärten, grausamen Umständen ein Mensch zu Tode gekommen, und das ließ vermutlich selbst eine erfahrene Polizeibeamtin nicht völlig kalt.

„Darf ich Ihnen eine persönliche Frage stellen, Arnold?"

„Bitte."

„Was haben Sie gesagt, als Sie festgestellt haben, dass Ihre Frau tot war?"

„Nichts, woran ich mich erinnern könnte", antwortete ich etwas verdutzt. „Wir waren allein. Ich hätte mit ihrem Geist gesprochen. Ich habe geweint. Das weiß ich noch."

„Mit Marmaduke Godolphins Geist wollte niemand sprechen."

„Auch mit dem lebendigen Marmaduke Godolphin", merkte ich an, „wollte niemand groß sprechen."

Sie dachte einen Moment nach, dann seufzte sie und ich merkte, dass das Ganze ihr auch persönlich irgendwie naheging. „Trauer ist eine seltsame Sache, Arnold. Ein Phantom in der Dunkelheit, von dem wir wissen, dass es uns allen eines Tages begegnet. Nur sehen wir selten voraus, wann es so weit ist oder wie wir dann reagieren werden. Jeder ist anders. Nur der Schmerz ist derselbe. Ich habe schon Menschen erlebt, die laut geschrien und geklagt haben. Andere schweigen, weigern sich beharrlich zu akzeptieren. Wollen partout nicht wahrhaben, dass sich etwas geändert hat."

Letzteres traf auch auf mich zu, nachdem Eleanor gestorben war und ich allein in unserem Haus in Wimbledon zurückblieb. Umgeben von ihren Kleidern, ihren Büchern, all den Gegenständen, die für mich untrennbar zu ihr gehörten. Nur dass ich bald schon feststellte, dass das nicht stimmte. Es waren nur Belanglosigkeiten, Nichtigkeiten, nutzloser Kram, die sie zurückgelassen hatte. Das Einzige, was zählte, war nicht mehr da.

„Manche ziehen sich so tief in ihr Schneckenhaus zurück", fuhr Valentina fort, „dass sie nur noch sich selbst sehen und nicht mehr in der Lage sind, einen Blick auf die Welt draußen zu werfen, wo das Leben trotzdem weitergeht."

„Welche Reaktion ist die richtige?", fragte ich leise.

„Es gibt kein Richtig. Oder Falsch. Es gibt nur Trauer in all ihren Formen."

„Und auf welche Form sind Sie bei Felicity gestoßen, als Sie ihr die Nachricht überbrachten?"

Sie zögerte kurz. „Nicht auf die mit Schreien und Wehklagen zumindest. Weniger nett ausgedrückt würde ich sagen, sie schien eher verwundert, leicht erschrocken bestenfalls. Auch das allerdings nicht ungewöhnlich. Obwohl …", ausnahmsweise wirkte sie wirklich verwirrt, „ich auch den Eindruck hatte, dass irgendetwas sie ein wenig in Verlegenheit brachte. Das war neu."

Ihr Telefon klingelte. Ein längerer Anruf, und was immer der Inhalt war, schien ihr zu gefallen.

„Luca Volpetti ist da", sagte sie. Ich hatte gar nicht mitbekommen, dass sie ihn einbestellt hatte. „Und einer meiner Männer kommt gerade von meiner Pathologen-Freundin im Ospedale Civile."

„Ah", war alles, was mir dazu einfiel.

„Es ist so weit." Sie sah mich an. „Sind Sie bereit?"

10
Der Zirkel, fest vereint

Valentina hopste förmlich aus dem Büro, direkt in die ausgebreiteten Arme ihres ehemaligen Vorgesetzten Ugo, mittlerweile Besitzer der Bar, in der wir am Nachmittag die köstlichen *cicchetti* gegessen hatten. Er hatte einen Kellner mitgebracht, der zwei Tabletts trug. Darauf: *baccalà*, Lagunenkrabben, Artischocken, Tomaten, Käse, Schinken, *crudo* und *cotto*. Mein erster Gedanke war, dass vielleicht eine Geburtstags- oder Abschiedsfeier stattfinden sollte. Aber nein, die Köstlichkeiten waren für die Leute bestimmt, die sie inzwischen ihre „ausländischen Gäste" nannte. Für mich nicht, teilte sie mir mit. Ich müsse meinen Appetit fürs Restaurant aufsparen. Auch Luca sollte offenbar nichts abbekommen, der verdutzt und ein wenig nervös dabeistand.

Wir folgten Ugo und seinem Mitarbeiter den Korridor entlang, bis wir zu einem großen, seitlich im Gebäude gelegenen Raum kamen – ich konnte die Lichter von San Zaccaria durch die hohen Fenster sehen. Einige Flaschen Prosecco, Campari und ein Kübel mit Eis standen auf einem langen Archivtisch, wie wir sie auch in Kew benutzt hatten.

Langsam fragte ich mich, ob mein Kopf überhaupt noch einmal aufhören würde zu schwirren. Es dauerte nicht lange, da befand sich ein uniformierter Polizeibeamter an Valentinas Seite. Er erhielt den Auftrag, die anderen „Gäste" zu holen. An der Wand gegenüber der Fenster wurden Stühle für sie aufgestellt. Dann kamen sie der Reihe nach herein. Zuerst Felicity, gefolgt von Hauptmann, Caroline Fitzroy, George Bourne und schließlich, wie ein Häufchen Elend, Patricia Buckley. Alle wirkten abgeschlagen, müde, ein bisschen verunsichert.

„Bitte", sagte Valentina und bat sie zu dem Tisch, an dem Ugo und sein Helfer damit beschäftigt waren, Spritz zu mixen und Pappteller für das Essen bereitzustellen. „Entschuldigen Sie, wenn wir vielleicht ungastlich erschienen sind. Die letzte Zeit war gewissermaßen Ausnahmezustand für uns. Es war ziemlich viel los. Wie ich Ihren Freunden Arnold und Luca …", ein Wink in unsere Richtung, „schon erklärt habe, kommt es hier in Venedig nicht oft vor, dass wir uns mit derartigen … *Ereignissen* beschäftigen müssen. Tatsächlich ist es äußerst ungewöhnlich. Und dann noch an *Carnevale*. Denkbar ungünstig. Deshalb möchte ich Sie gerne auf einen Imbiss und einen Spritz einladen. Als Entschädigung sozusagen."

Ein zweiter Uniformierter, der Jacken, Mäntel, Handtaschen und einen kleinen Karton mit Handys, Geldbörsen und Brieftaschen dabeihatte, war erschienen.

„Heißt das, wir können gehen?", fragte Hauptmann. „Ich habe für morgen einen Flug nach New York gebucht."

„Versuchen Sie das Essen und den Spritz", antwortete Valentina, ohne auf seine Frage einzugehen. „Mein Freund und früherer Kollege führt das beste *bàcaro* in diesem Teil Castellos."

„Stimmt", sagte Ugo. „Sie sehen alle aus, als wären Sie am Verhungern."

„Und am Verdursten", sagte George Bourne und nahm sich zwei Plastikbecher von dem leuchtend roten Mixgetränk.

Valentina deutete auf die Mäntel und den Karton. „Nehmen Sie sich Ihre Sachen. Natürlich sollen Sie nicht ohne sie gehen. Sie dürfen auch Ihre Handys einschalten und nachsehen, welche Nachrichten Sie erhalten haben."

Luca warf mir quer durch den Raum einen Blick zu. Ich wusste genau, was er dachte. Hinter dieser Aktion steckte mehr als das Offensichtliche.

Felicity nahm einen hellblauen Mantel von dem Stapel, dann eine kleine Handtasche. Caroline Fitzroy griff zu einer knallgrün karierten Jacke und einer roten Handtasche, die farblich alles andere als damit harmonierte, Hauptmann zu einem eleganten grauen Wollmantel. Bourne stellte seine Becher ab und nahm sich einen Lodenmantel, dunkelgrün und sehr teuer vermutlich. Als Letzte ging Patricia Buckley zu dem Tisch und holte sich, was noch von dem Stapel übrig war – einen schlichten schwarzen Mantel mit Kapuze –, bevor sie in den Karton griff, um ihr Handy herauszunehmen.

Niemand von ihnen bemerkte, dass Valentina sie keine Sekunde aus den Augen ließ, während sie sich wieder setzten und sich dem heutzutage selbstverständlich gewordenen Alltagsritual widmeten, nach eingegangenen Nachrichten zu schauen.

„Bitte nur lesen", sagte sie, während sämtliche Blicke auf die Displays gerichtet waren. „Sie werden bald Zeit genug haben, um zu antworten."

Ihrem Gesichtsausdruck nach zu urteilen, hatte sich gerade etwas herausgestellt, obwohl ich keine Ahnung hatte, was.

„Ich glaube, ich muss noch mal nachfragen", sagte Hauptmann. „Werden wir jetzt entlassen? Kann ich morgen nach Hause fliegen?"

„Natürlich", antwortete Valentina mit einem freundlichen Lächeln. „Ich brauche vorher nur eins von Ihnen. Etwas ganz Einfaches. Das mir bisher verwehrt wurde."

Ein Seufzer von Felicity. Und, im Stillen, von mir.

„Die Wahrheit", fügte *signora capitano* hinzu.

„Aber wir haben Ihnen doch alles gesagt", protestierte Caroline. „Wir waren bei Dukes idiotischem Commedia-dell'Arte-Klimbim. Wir haben mitangesehen, wie er mit fliegenden Fahnen untergegangen ist. Dann sind wir zurück ins Valier und haben uns schlafen gelegt."

„Signora, das ist nur ein Teil der Wahrheit. Ich brauche die ganze."

„Aber es stimmt!", rief Felicity. „Ich habe nichts mehr von Duke gehört oder gesehen, bis Ihre Leute aufgetaucht sind, um uns in die Mangel zu nehmen." Sie war offenbar ziemlich mit den Nerven am Ende. „Absolut nichts …"

„Ihr Sohn war überzeugt, dass Sie ihn umgebracht haben."

Das provozierte einen verärgerten Blick. „Jo hatte schon immer eine allzu blühende Fantasie."

„Vielleicht." Valentina setzte sich und gab zuerst Luca, dann mir ein Zeichen, es ihr nachzutun. Der beflissene Carabiniere holte ein Notizbuch und ein kleines Aufnahmegerät hervor. „Aber es wird langsam Zeit, dass dieses Affentheater ein Ende findet. Einer von Ihnen muss wissen, was an diesem Abend wirklich passiert ist, vielleicht auch mehrere der hier Anwesenden. Wenn ich Ihnen jedoch die einfache Frage stelle, wo Sie gewesen sind, bekomme ich nichts als ausweichende Halbwahrheiten zur Antwort. Nur das, was ich wissen soll. Nicht das, was ich wissen muss."

„Wir haben wirklich keine Ahnung, wovon Sie reden", sagte Caroline.

„Ach ja? Dann lassen Sie mich mit einer Tatsache beginnen, die einen Schatten auf Ihre Geschichte wirft. Piero …"

Der Polizeibeamte schlug das Notizbuch auf. „Ich habe mit dem Hotelpersonal gesprochen. In Ihrem Bett, Signor Hauptmann, hat in dieser Nacht niemand geschlafen." Er wandte den Blick zu Caroline Fitzroy. „Genauso wenig wie in Ihrem, Signora."

„Weshalb sich", fuhr Valentina fort, „natürlich eine bestimmte Frage stellt. Wären Sie bitte so freundlich, mir zu sagen, wo Sie waren?"

Schweigen. Bis die Stille durch George Bournes Kichern unterbrochen wurde.

„Du ahnst es nicht", sagte er und leerte einen seiner Plastikbecher. „Alles wieder wie in alten Zeiten, was?"

„Ich kann es erklären", murmelte Hauptmann und warf ihm einen bösen Blick zu.

Felicity legte ihm die Hand auf den Arm. „Nein, Bernard. Überlass das mir."

DAS BEKENNTNIS, DAS NUN FOLGTE, versetzte mich ins ferne Cambridge zurück, wo ich in längst vergangenen Tagen den Goldenen Zirkel fasziniert beobachtet und mich gefragt hatte, ob seine Mitglieder wirklich ein so aufregendes, unabhängiges, sexuell befreites Leben führten, wie der Rest von uns annahm. Mir war bewusst gewesen, dass ich niemals zu ihrer privilegierten Welt gehören würde, trotzdem war ich neugierig. Doch mit dieser Neugierde ging auch eine gewisse Dankbarkeit dafür einher, dass ich nie genau erfahren würde, was da vor sich ging, wenn sie sich hinter verschlossenen Türen trafen; unter sich oder zusammen mit Marmaduke Godolphin, dem Regenten ihres innig verbundenen Kreises. Irgendetwas mit dieser Clique von Bessergestellten kam mir schon immer merkwürdig vor.

Dasselbe Unbehagen hatte ich in diesem protzigen Veranstaltungsraum im Danieli verspürt, während ich viel lieber draußen gewesen wäre und beobachtet hätte, wie der Nebel von der Lagune hereinzieht, anstatt Godolphins Untergang einzuleiten und das erbärmliche Ende dessen mitzuerleben, was eigentlich sein Triumph hätte sein sollen. Luca ging es sicher genauso. Wir hatten die Träume des Mannes vor unseren Augen platzen sehen, mit all den traurigen Auswirkungen, die das hatte, und waren zu einem nicht geringen Anteil verantwortlich dafür. Hätte Godolphin doch nur zugestimmt, vorher mit mir zu sprechen, dann hätten wir ihn vielleicht überzeugen können, mit seiner großen Bekanntgabe noch zu warten, zumindest bis weitere Meinungen über die Briefe eingeholt werden konnten.

Diese ganze Wolff-Angelegenheit – diese Geheimnistuerei, die Tatsache, dass der Mann sich vor seinem Tod nie persönlich bei Godolphin vorgestellt hatte, das Sammelsurium an wertlosem Zeug, zwischen dem sich die beiden Palimpseste verborgen hatten – all das war von Anfang an äußerst kurios gewesen. Trotzdem konnte ich verstehen, warum ein Mann wie Godolphin sich herzlich wenig um zwei *subalterne Archivangestellte* scherte, die in seinen Augen ihre Kompetenzen überschritten hatten. Oder sogar um die Meinung einer Expertin aus der ältesten Bibliothek der Welt. Er dachte, er könnte irgendeinen willigen Wissenschaftler auftreiben, der uns widerlegt, aber das Material gab genug her, um das ziemlich unwahrscheinlich zu machen. Die Briefe waren so genial gefälscht, dass sie einfach entdeckt werden mussten. Ihrerseits quasi Palimpseste, moderne Lügen, die alte Wahrheit überlagerten, was vielleicht auch der Grund war, warum der mysteriöse Grigor Wolff sie so genannt hatte. Es schien, als wäre die ganze Geschichte ein ausgeklügelter absurder Scherz auf Kosten Marmaduke Godolphins gewesen.

Wir hatten an dem Abend kaum beachtet, wie die Gesellschaft sich auflöste. Jetzt berichtete uns Felicity, einen Becher von Ugos Spritz in der Hand, in ihrem bedächtigen, fast schon gleichgültigen Tonfall, der sich, so außergewöhnlich die Umstände auch sein mochten, nie änderte, wie der Rest ihrer Nacht verlaufen war.

VERWIRRT DURCH DAS, was sie gerade erlebt hatten, wussten Felicity, Caroline und Hauptmann nicht recht, wohin, und schlugen die falsche Richtung ein, als sie das Danieli verließen. Am einfachsten wären sie zu ihrem Hotel gelangt, wenn sie zur Vaporettostation gegangen wären und die Linie 1 zurück nach San Tomà genommen hätten. Dort hätten sie allerdings dem aufgebrachten Godolphin begegnen können. Und darauf hatte keiner von ihnen Lust.

Stattdessen spazierten die drei alten Studienfreunde an der Uferpromenade entlang Richtung Arsenale und bogen in eine Gasse ab, die nach San Zaccaria führte. Sie mussten genau an dem Gebäude vorbeigekommen sein, in dem wir jetzt saßen und leicht nervös auf unseren Stühlen hin und her rutschten, während wir dem Bericht über ihre Erlebnisse in jener Nacht lauschten. Nachdem sie die Kirche passiert hatten, wurden sie durch die Lichter auf der Piazza San Marco angelockt. Dort hing noch die Karnevalsbeleuchtung, und hier und da saßen noch ein paar Gäste, kostümiert wie sie, und lauschten einer Combo, die Jazz-Standards spielte.

„Gott", sagte Felicity, als sie vor der Basilika stehen blieben. „Wie touristisch."

Die Musik war gut gespielt, aber ziemlich seicht. Trotzdem hatten sie wohl ihre Freude daran.

„Nach dem Auftritt von Duke ist mir alles recht", sagte Hauptmann.

„Mir auch", sagte Caroline und steuerte auf einen der Tische unter einem Heizpilz zu. „Dann mal los."

Sie bestellten einen Negroni und zwei Spritz bei einem Kellner, der halb erfroren aussah, und lachten über den horrenden Preis, als sie kamen. Sie unterhielten sich übers Wetter, *Carnevale*, die Heimreise, das Essen. Über alles Mögliche, nur nicht über das Thema, das alle drei eigentlich ansprechen wollten.

„Damit ist die Sache noch nicht geklärt", sagte Caroline schließlich.

Felicity stellte fest, dass ihr der Spritz nicht schmeckte, und bestellte sich stattdessen einen Negroni. „Welche Sache?"

„Wir wissen alle, dass Dukes Geschichte Blödsinn ist. Der Gedanke, dass ein betrogener Ehemann hinter Lorenzinos Ermordung stecken soll. Und Michelangelo. Du meine Güte, wie konnten wir bloß auf so eine lächerliche Vorstellung reinfallen?"

Die anderen beiden schwiegen. „Sieht so aus, als wäre die Sache präzise vorbereitet gewesen", sagte Hauptmann dann. „Und ziemlich professionell durchgeführt. Ein ausgeklügelter Plan, der über einen

Zeitraum von Jahren in die Tat umgesetzt wurde. Von seinem größten Bewunderer, dachte er zumindest."

„Ich war's jedenfalls nicht", erklärte Caroline.

„Dito", sagte Hauptmann.

Felicity schüttelte den Kopf und fragte, warum um Himmels willen die beiden sie ansähen. „Alles, was ich mal über Geschichte wusste, hab ich vergessen, kaum dass ich verheiratet war. Aus meiner Erinnerung gelöscht, ehrlich gesagt. Ich war schwanger und wollte hauptsächlich einen Vater für mein Kind. Außerdem hatte ich genug damit zu tun, Karriere beim Fernsehen zu machen und unsere sogenannte Familie zusammenzuhalten."

Eine Weile sagte keiner mehr etwas. Niemand war sich sicher, wem oder was er glauben sollte. Dann stellte Caroline klar, dass die Ereignisse der zurückliegenden Woche nichts am zentralen Streitpunkt änderten. Sie und Hauptmann seien sich noch immer uneins über Alessandro de' Medicis Persönlichkeit. War er ein anständiger Mensch, der aus Eifersucht umgebracht wurde, wie sie es behauptete? Oder ein grausamer Tyrann, der den Tod verdient hatte, wie Hauptmann in seinem Buch schrieb?

„Außerdem", fügte sie hinzu, „ist die Frage nach Lorenzino – oder vielmehr Lorenzaccio – und seiner Ermordung hier in Venedig weiterhin ungelöst. Du glaubst, Karl V. steckt dahinter, Bernard. Ich bleibe bei meiner Meinung, dass es Cosimo de' Medici gewesen ist, obwohl ich zugeben muss, dass du ziemlich starke Argumente hast. Wenn ich dazu komme, dein Buch noch mal zu lesen, könnte ich meine Ansicht vielleicht revidieren. Was nicht häufig passiert. Es ist eben verdammt schwer ...", eine Taube flatterte im Dunkeln vorbei, „erneut die Richtung zu ändern, wenn du schon auf halbem Weg zum Ziel bist. Nach dieser ganzen Arbeit, die hinter einem liegt. Da will man seine Überzeugung nicht einfach so aufgeben, verstehst du."

Sie berührte auf der zugigen Piazza lächelnd seine kalte Hand. Die Straßenlampen gaben einen gedämpften Lichtschein ab, genau wie die prächtige Fassade der Basilika, ein kunstvoll verzierter byzantinischer Schemen, der in der Dunkelheit schimmerte.

„So viele Jahre haben wir damit zugebracht, alten Papierkram zu durchforsten. Haben versucht, irgendetwas zu erforschen, das Menschen erlebt haben, die wir nicht kannten, alle schon seit Jahrhunderten tot. War's das wirklich wert? Wozu das Ganze, wenn Marmaduke Godolphins Fake-Version von Geschichte ein Millionenpublikum vor die Bildschirme lockt, während unsere Erkenntnisse außerhalb der verstaubten akademischen Kreise, in denen wir uns bewegen, keinen interessieren?"

Felicity erhob ihr Glas. „Das ist nun mal euer Job, Schätzchen. Es gibt Schlimmeres. Ich war die Moderatorin bei Dukes alltäglicher Zirkusvorstellung. Da stellst du manchmal lieber keine Fragen."

Die Musik verstummte. Die Spieler gingen fröstelnd hinein.

„Ich hab mich nur seinetwegen auf das Ganze hier eingelassen", sagte Hauptmann. „Er war immer so voller Energie und Tatendrang. Er suchte nach Antworten, forderte sie von anderen. Er hat uns motiviert, uns angetrieben, bis an unsere Grenzen zu gehen. Was immer wir inzwischen von ihm denken, Duke hat etwas in uns geweckt, das müsst ihr zugeben, oder?"

Felicity schnaubte. „Etwas, das schon immer in uns steckte. Er hat den Forschergeist schließlich nicht erfunden. Wir besaßen ihn von Anfang an."

„Er hat ihn in Gang gesetzt", sagte Caroline. „Oder uns zumindest dabei geholfen. Aber dann … reichte ihm das nicht mehr. Warum hat er bloß alles hingeworfen? Wegen des Geldes? Wegen der Frauen? Verzeihung, wenn ich das frage, Felicity."

„Schon gut", sagte Felicity sofort. „Geld hatte er schon reichlich. Weibliche Gesellschaft auch. Nein. Er wollte mehr. Duke will immer mehr. Kaum hat er etwas an Land gezogen – eine Eroberung, ein Projekt, eine seiner fantasiereichen Storys –, wird ihm langweilig, und er wendet sich dem nächsten Vorhaben zu. Mir. Euch. Irgendeinem hübschen jungen Ding, wie dieser Amerikanerin. Oder dieser verfluchten Blut-*passeggiata*. So was wie *genug* existiert für ihn nicht. Er würde jede flachlegen, die nicht bei drei auf dem Baum ist, wenn er könnte. Und anschließend wieder in seine Fernsehrolle schlüpfen, in die Kamera lächeln und sich irgendeinen neuen Blödsinn ausdenken, um das naive Volk zu unterhalten. Bloß …", sie blickte sich auf der Piazza um, und ihre Augen nahmen einen feuchten Glanz an, so nah war sie den Tränen, „jetzt nicht mehr. Er ist erledigt. Er ist nur noch ein zorniger alter Mann, dem keiner mehr zuhört, und wenn er sich auf den Kopf stellt."

Sie zupfte Hauptmann am Ärmel. „Was ich dich schon immer fragen wollte, Bernard. Hat er's eigentlich jemals bei dir versucht?"

Das erwiderte Hauptmann mit einem langen, herzhaften Lachen. „Natürlich nicht. Warum fragst du?"

„Nur so."

„Du warst doch mit ihm verheiratet. Du *bist* doch mit ihm verheiratet."

„Und? Du kannst vierzig Jahre mit jemandem zusammenleben, mit ihm schlafen, wenn er zufällig mal da ist. Seine dreckige Wäsche waschen. Ihm einen Sohn schenken. Das heißt noch lange nicht, dass du ihn kennst. Sein wahres Ich, meine ich. Duke hatte nie Geheimnisse. Es gab nur einiges, was er lieber für sich behielt. Das hat mir nichts ausgemacht. Es ging mir gut. Ich hatte meine Gründe, ihn nicht zu verlassen. Bequemlichkeit vielleicht." Sie zögerte kurz. „Angst. Aber ehrlich gesagt war ich froh, wenn er nicht so oft zu Hause war. Dann hatte ich das Gefühl, frei atmen zu können."

„Angst wovor?", fragte Caroline.

„Vorm Alleinsein hauptsächlich. Davor, dass ich mich einsam fühle. Er ist zwar jähzornig, aber er hat mich nie geschlagen. Auch Jo nicht. Bis vor Kurzem. Das war immer unter seiner Würde. Was uns anbetraf jedenfalls. Anderswo war er oft genug in Prügeleien verwickelt."

„Nein", sagte Caroline. „Wir waren doch in Cambridge nie einsam, Fliss. Wir waren jung. Da kommt so was nicht vor."

„Das gilt vielleicht für euch beide … Ich schaffe es locker, mich in einem Raum voller Menschen einsam zu fühlen."

„Was haben wir damals nicht alles angestellt", sagte Hauptmann.

„Seid ihr zwei eigentlich auch irgendwann zusammen im Bett gelandet?", fragte Felicity. „Sorry, wenn das vielleicht zu privat ist." Sie hob ihr Glas. „Das ist der Alkohol. Aber heute scheint ja ein Abend für Enthüllungen zu sein …"

Hauptmann orderte noch zwei Negroni für die Runde. „Irgendwas klingelt da bei mir", sagte er.

Vor einem anderen Café fing ein kleines Orchester an zu spielen.

„Mensch, Bernard", sagte Caroline, als der Kellner zurück zur Theke steuerte. „Du weißt ganz genau, dass es passiert ist. Als ich diese Phase hatte."

„Welche Phase?"

„In der ich mit jedem in die Kiste gehüpft bin, auf den ich Lust hatte. Um zu sehen, ob ihr alle unterschiedlich seid."

„Und, waren wir es?"

„Was den unterschiedlichen Grad meiner Enttäuschung betrifft … ja."

Felicity prustete los und verspritzte dabei Negroni auf dem eiskalten Tisch. Zwei neue wurden gebracht. Der Kellner warf einen Blick auf die seltsame kleine Gruppe, legte ihnen die Rechnung hin und eilte wieder davon.

„Diese Unterhaltung scheint sich gerade in ziemlich persönliche Gefilde zu bewegen." Hauptmann klang etwas nervös und neugierig zugleich. „Ich frage mich, ob das vernünftig ist?"

„Und ich frage mich", sagte Felicity, „ob wir nicht langsam ein Alter erreicht haben, in dem es nicht mehr nötig ist, vernünftig zu sein? Ob wir nicht einfach *Ihr könnt uns mal* sagen können. *Wir sind, wer wir sind. Ob's euch passt oder nicht.* Ob das nicht inzwischen *vernünftig* ist?"

„So wie Duke?"

„Nein. Ganz und gar nicht wie Duke. Ihm ging es und geht es immer nur um sich, und so wird es auch bleiben. Wir dagegen sind füreinander da. Zumindest waren wir das früher einmal."

Hauptmann trank einen Schluck Negroni. „Wo wir schon dabei sind, indiskrete Fragen zu stellen, ich hab mich immer gefragt … ob ihr beide …?"

„Ob wir was?", fragte Caroline.

„Du weißt schon …"

„Eine Nummer geschoben haben? Oder wie sagt man heute? Armer, verklemmter Bernard. Bringst du's etwa nicht über die Lippen?"

Er hob sein Glas.

„Ich gebe zu, die Neugier hat uns übermannt", sagte Felicity. Einmal. Nach irgendeinem Ball, stimmt's, Caroline?"

Caroline nickte. „Stimmt. Mit der Etepetete-Stephanie aus Windsor, wenn ich mich recht erinnere. Ist die nicht inzwischen Tory-Abgeordnete?"

„Staatssekretärin", antwortete Felicity. „Und immer noch 'ne aufgeblasene Kuh. Tut so, als wäre sie religiös geworden. In ihrem Wahlkreis würden sie ausflippen, wenn sie wüssten, was sie damals alles getrieben hat."

„Nichts anderes als das, was wir getrieben haben."

„Wir, meine Liebe, stehen nicht im Licht der Öffentlichkeit. Gott sei Dank."

Hauptmann sah mit Dackelblick auf seinen Negroni. „Ihr habt offenbar beide ein deutlich aufregenderes Leben geführt als ich. Nach Cambridge ist in Sachen Sex bei mir nicht mehr viel gelaufen. Ich war zu beschäftigt damit, an meiner Karriere zu basteln, Bücher zu lesen, zu schreiben und so weiter."

Felicity tätschelte ihm die Hand. „Wir beide hatten doch unsere amourösen Abenteuer im Lauf der Jahre. Jetzt klingst du undankbar."

„Das bin ich ganz und gar nicht. Ich rede eher von der Quantität des Angebots als von der Qualität der gelegentlichen Performance. Idiotisch, aber so ist es."

Es folgte ein Moment des Schweigens, vielleicht auch der Erkenntnis oder des Erinnerns an etwas, das sie alle schon Jahrzehnte vergessen hatten.

Felicity sah Caroline an.

Caroline sah Felicity an.

Hauptmann starrte auf sein Glas und wartete.

„Hast du deine blauen Wunderpillen dabei?", fragte Felicity.

Er schüttelte den Kopf. „Natürlich nicht. Ich bin ein zweiundsechzigjähriger Geschichtsprofessor. Kein Student auf der Suche nach 'nem One-Night-Stand. Sie liegen im Hotel."

Nun war Caroline mit Tätscheln an der Reihe. „Ich weiß noch genau, wie du über den Flur laufen musstest, um bei einem deiner Kommilitonen ein Kondom zu schnorren. Damals ... Vorausplanen war noch nie deine Stärke, was?"

„Es handelte sich eher um die vernunftbedingte Abwesenheit von Hoffnung als um mangelnde Vorbereitung, vielen Dank auch."

Die beiden Frauen wechselten wieder Blicke, dann stießen sie mit ihren Negronis an und leerten ihre Gläser auf Ex.

„Na dann …", sagte Felicity und erhob sich. Sieht aus, als hätten wir eine lange Nacht vor uns, Bernard. Trink aus, Darling. Deine Zeit ist gekommen."

ES WAR EINE PERSÖNLICHE ANGELEGENHEIT, vielleicht sogar eine peinliche. Ich konnte verstehen, dass sie darüber nicht mit einer Fremden sprechen wollten, vor allem, weil sie eisern darauf beharrten, nichts mit dem Tod des gefallenen TV-Stars zu tun zu haben.

Valentina war da weniger nachsichtig. „Ich verstehe nicht, warum Sie mir das bisher verschwiegen haben, Signora Godolphin."

„Weil es Sie nichts angeht", erwiderte Felicity geradeheraus.

„Das tut es zweifelsohne doch. Ich muss nämlich wissen, wo Sie in der betreffenden Nacht gewesen sind."

„Wir waren im Hotel."

„Zwei von Ihnen haben nicht im eigenen Zimmer geschlafen. Das fand ich natürlich verdächtig."

Felicity nickte. Ebenso Caroline. Hauptmann lief vor Scham rot an.

„Verständlich", sagte Caroline. „Wir wussten nicht, dass Sie das bemerkt haben. Wenn Sie vielleicht gefragt hätten …"

„Das habe ich gerade."

„Und wir haben geantwortet. Wollen Sie Details? Soll ich Ihnen vielleicht jeden Höhepunkt einzeln ausmalen? Ein Porno ist es nicht gerade. Die meiste Zeit haben wir geredet, gelacht und gescherzt und versucht so zu tun, als wären wir vierzig Jahre jünger. Wobei Physis und Vergänglichkeit uns deutlich daran erinnert haben, dass wir das nicht sind."

„Und währenddessen ist mein Mann draußen gestorben. Oder war schon tot", sagte Felicity mit stockender Stimme. „In diesem dreckigen Kanal. Während …"

Sie verstummte und kniff die Augen zusammen. Caroline rückte näher zu ihr und ergriff ihre Hand, bevor sie sie, als das nicht genug schien, fest in den Arm nahm. Luca wartete auf meine Reaktion. Ich sah, dass wir beide dasselbe dachten. Was hier gerade ablief, ging uns wirklich nichts an. Wir wurden Zeugen des persönlichen Leids anderer, und es stand uns weder zu, noch hatten wir Lust, es mitanzusehen. Und doch gehörten auch wir zur Besetzung, waren auch wir Mitglieder des Ensembles der Blut-*passeggiata*.

„Sie hatten also keine Ahnung …?", begann Valentina.

„Natürlich hatte ich keine Ahnung!", schrie Felicity. „Was glauben Sie denn? Dass ich davon wusste, dass man Duke ein Messer in den Bauch rammen würde, während wir … während wir drei zusammen im Bett waren? Duke und ich hatten getrennte Zimmer, in unterschiedlichen Stockwerken. Er hatte darauf bestanden. Wahrscheinlich weil er glaubte, er könnte Patty bei passender Gelegenheit in seins locken. Ich bin davon ausgegangen, dass er ins Hotel zurückgekommen ist, um seinen Rausch auszuschlafen. Oder dass er sich auf die Suche nach irgendeinem Flittchen für die Nacht gemacht hat. Das kam oft genug vor. Sogar, wenn ich mit auf seinen Reisen war. Man gewöhnt sich daran."

„Warum, Signora? Wie konnten Sie sich daran gewöhnen?"

Ihr Ärger ließ ein wenig nach.

„Wenn Sie mir diese Frage stellen müssen, *capitano*, dann wird Sie keine meiner Antworten zufriedenstellen. Wir haben zusammengelebt. Wir haben zusammengewohnt. Wir haben zusammengearbeitet. Meistens haben wir uns gegenseitig toleriert, und wenn das nicht ging, sind wir eben auf Abstand gegangen. Als Jo noch klein war, wollte ich ihn auf keinen Fall mit einer Trennung belasten. Als er älter wurde, hat sich daran im Grunde nicht viel geändert. Er ist das genaue Gegenteil seines Vaters. Sensibel. Unselbstständig. Anhänglich. Letztlich ist er aber nicht wirklich der Grund gewesen, warum ich geblieben bin. Genauso wenig wie Duke selbst übrigens. Aber wir waren beide einfach zu sehr mit anderen Dingen beschäftigt, um unsere Zeit mit etwas so Belanglosem wie einer Scheidung zu verschwenden. Zu träge, um eine tote Ehe aufzulösen, nur damit sie offiziell begraben werden kann."

Tränen stiegen ihr in die Augen und flossen ihr in zwei parallelen, glänzenden Streifen über die Wangen.

„Sogar, als das mit dieser jungen Frau passierte …", Valentina konsultierte ihre Notizen, obwohl ich bezweifelte, dass das nötig war,

„Julie Dean. Die sich das Leben nahm, nachdem sie die Zudringlichkeiten Ihres Mannes zurückgewiesen hatte und sich niemand darum kümmerte, was mit ihr passierte?"

Felicity hörte auf zu weinen und sah sie wütend an. „Davon wusste ich nichts! Bis es zu spät war. Danach gab es einen Moment des Zweifels. Aber er verging. Für mich. Für alle anderen in Dukes Umfeld. Wie sonst auch immer. Glauben Sie … glauben Sie etwa wirklich, ich hätte meine Hände bei seiner Ermordung im Spiel gehabt?"

Valentina Fabbri zögerte einen Augenblick. „Der Gedanke kam mir. Kurzzeitig. Mehr nicht", antwortete sie dann. „Sie und Ihre Freunde waren nicht besonders gesprächig. Sie sind mir ausgewichen. Ich bin Polizeibeamtin. Wenn mich jemand belügt, muss ich herausfinden, warum. Das ist mein Beruf. Meine Berufung, wenn Sie so wollen."

„Ich habe Ihnen gesagt, was der Grund war. Dabei geht es Sie wirklich nichts an."

Keine Reaktion.

„Können wir jetzt gehen?", fragte Hauptmann. „Ich muss wirklich langsam packen."

„Es dauert nicht mehr lange", antwortete Valentina und rief jemanden an. Kurz darauf traf ein weiterer uniformierter Beamter ein, der eine blaue Plastiktüte dabeihatte. Der Mann sah blass aus und etwas verschreckt.

„Mein Kollege kommt gerade aus dem Leichenschauhaus", erklärte Valentina. Sie wandte sich zu ihm und fragte: „Konnten Sie es entsperren?"

„*Sì.*"

„So, wie ich gesagt habe?"

Er holte tief Luft. „So, wie Sie gesagt haben."

„Gut." Sie nahm ihm die Tüte aus der Hand und zog, während ihr Mitarbeiter zur Tür zurückging, ein Smartphone heraus. Es wies deutliche Gebrauchsspuren auf und das Display war gesprungen. „Erkennen Sie dieses Handy, Signora Godolphin?"

„Sieht aus wie Dukes."

„Es steckte in seiner Jackentasche, als wir die Leiche aus dem Wasser gezogen haben. Noch voll funktionstüchtig. Wirklich erstaunlich." Sie wendete das Gerät hin und her. „Leider war es gesperrt. Wie zu erwarten. Aber …", Valentina blickte sich im Raum um, „Sie werden es nicht glauben. Der Fingerabdruck eines Toten ist in dem Fall genauso brauchbar wie der eines Lebenden. Als die Techniker das Handy nicht in Gang setzen konnten, habe ich meinen Mitarbeiter in die Pathologie geschickt, um zu sehen, ob ein Finger unserer Leiche den entsprechenden Zweck noch erfüllt. Und siehe da …"

Sie hielt das Smartphone hoch. Das gesprungene Display war an und leuchtete hell. „Marmaduke Godolphin hat kurz vor seinem Tod noch jemanden angerufen. Aber wen? Betätigen wir doch einmal die Wahlwiederholung."

Sie berührte das Display. Wir warteten.

Irgendwo ertönte ein Vibrieren. Nervöse Blicke. Patricia Buckley begann zu schluchzen und zog ein kleines Samsung-Gerät aus der Tasche ihres schwarzen Mantels.

„Signora", sagte Valentina. „Darauf hätte ich gern verzichtet. Sie haben sich Ihren Mantel ohne nachzudenken genommen. Was glauben Sie, wo wir ihn gefunden haben?"

Nur Schluchzen als Antwort.

„Im Danieli natürlich", fuhr Valentina fort. „Sie haben ihn dort am Abend der Zusammenkunft im *ridotto* hängen lassen. Stattdessen haben Sie versehentlich den Mantel des Pestarztes angezogen, der für Arnold hier vorgesehen war. Er sieht Ihrem wohl sehr ähnlich, und Sie waren aufgeregt. Später hat Godolphin Sie dann angerufen, und Sie haben sich an der Ponte San Tomà mit ihm gestritten. Als Sie Ihren Irrtum mit dem Mantel bemerkten, haben Sie ihn in einen Mülleimer in der Nähe der Frarikirche geworfen, bevor Sie in Ihr Hotel zurückgekehrt sind."

Patricia Buckley hielt den Kopf gesenkt und starrte auf die grauen Fliesen.

„So viel weiß ich schon", sagte Valentina. „bitte erzählen Sie uns den Rest."

Ich muss zugeben, dass ich leichte Wut in mir aufsteigen spürte. Sie hatte diese Menschen fast zwei Tage unter spartanischen Bedingungen hinter Schloss und Riegel gehalten. Und jetzt stellte sich heraus, dass sie, was mindestens drei von ihnen betraf – Felicity, Caroline und Hauptmann –, offenbar gar nicht glaubte, dass sie überhaupt etwas

mit Godolphins Tod zu tun hatten. Sie war nur wegen ihrer mangeln-
den Kooperationsbereitschaft beleidigt gewesen und wollte sie dafür
bestrafen. Vielleicht waren ihre Gedankengänge nachvollziehbar. Aber
was, wenn sie sich irrte? Was, wenn einer von ihnen doch schuldig war
und sie den Verantwortlichen oder die Verantwortliche gehen ließ?
Derjenige würde aus Venedig fliehen, aus Italien höchstwahrscheinlich, und sich womöglich jahrelang der Justiz entziehen; vielleicht sogar
für immer.

Auf jeden Fall war es eine ziemlich drastische Maßnahme von ihr
gewesen, und berechnend. Die Entlassung Jolyon Godolphins, die
mich genauso überrascht hatte wie offenbar ihn selbst, schien weniger
ein Akt der Großzügigkeit gewesen zu sein als der Versuch, das augen-
scheinliche innere Gleichgewicht im Kreis ihrer Gefangenen zu stören.
Ich nahm ihr auch übel, dass sie Luca und mich in ihre Spielchen mit-
einbezogen hatte. Jetzt war klar, dass sie schon seit Stunden wusste,
dass der Mantel des Pestdoktors, der meinen Namen trug, versehentlich von Patricia Buckley mitgenommen und, wie ich bereits beteuert
hatte, zu keiner Zeit von mir getragen wurde. Vermutlich wollte sie
uns alle nervös machen, denn je verunsicherter wir waren, umso größer
die Wahrscheinlichkeit, dass irgendwer einen verhängnisvollen Fehler
beging.

Und tatsächlich. Patricia Buckley, die junge Frau, die Godolphin
tagelang belästigt hatte, saß vor uns und wurde rot.

Ugo begann, Getränke und *cicchetti* herumzureichen, als wäre das
Ganze ein normales geselliges Beisammensein von Freunden. Ich nahm
nur einen Becher Mineralwasser. Ich war am Verdursten und langsam
tat mir der Kopf weh. Das war eindeutig mehr als die leichte Auswirkung des Proseccos, den ich zuvor am Nachmittag getrunken hatte.

„Patty", sagte Felicity. „Du musst nichts sagen. Ich kann einen Anwalt anrufen. Es hat keinen Sinn, ohne Rechtsbeistand etwas zu überstürzen."

Wir sahen Patricia Buckley an, warteten auf eine Antwort. Nichts.

Valentina langte in die blaue Plastiktüte und holte etwas hervor,
das wohl ein Spurensicherungsbeutel war. Was sich darin befand, war
klar. Der edle Dolch, der zu den angeblichen Beweisen gehörte, die
Godolphin erhalten hatte, um ihn von der Echtheit des Nachlasses

Wolff zu überzeugen. Wir konnten alle den dunklen Blutfleck auf der fein verzierten Klinge sehen.

Valentina legte ihn auf den Tisch, und die junge Amerikanerin starrte ihn zitternd an. „Rufen Sie einen Anwalt, wenn Sie wollen", sagte Valentina. „Aber Sie wären besser beraten, jetzt mit mir zu sprechen. Glauben Sie mir. Die Wahrheit sieht vielleicht nicht ganz so aus, wie Sie denken."

ES WAR JOLYON GODOLPHINS IDEE gewesen. Einfach ziellos durch die kalte, dunkle Nacht zu laufen und sich zu unterhalten. Bis sie irgendwann an der Accademia-Brücke herausgekommen und dann auf den großen offenen Campo Santa Margherita gelangt waren, wo Studenten feierten, sangen, tranken. Sich lebendig fühlten.

Dort hatte er eine Bar gesucht, ein Lokal für junge Leute, mit ohrenbetäubend lauter Musik und einem Schwarzen in Rasta-Shirt hinter dem Tresen. Während sie mit Jolyon dasaß und seinen schwachen Flirtversuchen zuhörte, hatte Patricia Buckley ein wenig Abstand zu dem merkwürdigen Abend gewinnen können, der hinter ihnen lag.

Sie hatte New York noch nicht angerufen. Cyrus würde nicht erfreut sein. Die Entwicklungsgelder waren eigentlich Peanuts für den Sender, trotzdem hasste er jede Art von Verschwendung. Duke Godolphin persönlich hatte ihr Boss sowieso nicht gerade ins Herz geschlossen. Er hatte etwas gegen versnobte Upperclass-Engländer. Aber er war willens gewesen, darüber hinwegzusehen, um eine sensationelle Serie zu ergattern und den Mann der BBC auszuspannen.

Morgen früh, wenn sie in New York noch schliefen, würde sie eine E-Mail schreiben, in der sie erklärte, was passiert war und warum es wenig ratsam sei, mit dem Projekt fortzufahren. Natürlich würde man zum Teil ihr die Schuld geben. Was unfair war. Aber New York brauchte immer einen Sündenbock, und in diesem Fall gab es keinen anderen Kandidaten.

Konnte gut sein, dass er sie feuern würde.

Oder sie zu Handlangertätigkeiten im Büro degradieren.

Konnte auch gut sein, dass ihr das nichts ausmachen würde.

Jolyon war zwar nicht so abstoßend wie sein Vater, aber er hörte nicht auf zu schwafeln. Offenbar glaubte er, damit käme er bei ihr zu etwas. Anbaggern konnte man es vielleicht nicht direkt nennen, aber das lag wahrscheinlich nur daran, dass ihm dazu der Mut fehlte.

„Mist", sagte sie, ohne ihm viel Aufmerksamkeit zu schenken. „Ich hab den falschen Mantel mitgenommen."

Er befühlte den dünnen, billigen Stoff. „Das ist eins der Kostüme. Soll ich zum Hotel zurückgehen und dir deinen Mantel holen?"

Das war zwar freundlich gemeint, aber wahrscheinlich steckte eine Absicht dahinter. Männer, die Godolphin hießen, hatten vielleicht immer einen Hintergedanken. Auf jeden Fall waren sie beide an dem Abend schon durch so viele Gässchen gelaufen und in so vielen Sackgassen gelandet, während sie versucht hatten, aus dem Labyrinth von San Marco herauszukommen und den Campo Santo Stefano und die Brücke über den Canal Grande zu erreichen, dass die Vorstellung, Jolyon müsste das wiederholen …

„Ist nicht so wichtig. Ich hole ihn morgen früh."

Pizza, schlug er vor. Nur ein paar Meter weiter gebe es welche zum Mitnehmen. Sie könnten sich ein paar Stücke kaufen, vor der Bar sitzen und sie essen.

Nebel zog herein, dicht und grau. Was den Venezianern aber wenig ausmachte, die lachend und scherzend einfach hindurchliefen.

„Etwas zu essen wäre gut", sagte sie, und er lief los und kehrte eine ganze Weile später mit vier labberigen Pizzastücken zurück: Margherita, Zucchiniblüte, Salumi und Aubergine.

Sie hatte ihn fast schon vergessen, als er wieder auftauchte, wie ein schmalschultriger Geist aus dem Dunst.

Die Pizza war kalt, schmeckte aber nicht schlecht. Die nächtliche Feuchtigkeit zog überallhin, legte sich auf den metallenen Tisch, bedeckte die umstehenden Stühle, glänzte im grellen Licht auf dem Pflaster. Sie wünschte, er würde sie allein lassen, doch eins musste sie vorher noch in Erfahrung bringen.

„Wer ist Julie Dean?", fragte sie.

Jolyon starrte mit gesenktem Kopf auf die dunkel schimmernden Pflastersteine des Campo Santa Margherita. „Warum willst du das wissen?", murmelte er.

„Weil deine Mutter in dieser Bar gesagt hat, sie würde nicht zulassen, dass er mich genauso behandelt wie Julie Dean. Ich würde gern wissen, was sie damit meinte."

Er reagierte betroffen, bedrückt, was sie nicht erwartet hatte. Und nicht gewollt. „Warum müssen wir darüber reden?"

„Weil ich es wissen will. Du warst doch dabei. In der Bar. Nach der Bootstour, auf der … nachdem dein alter Herr …" Sie verstummte.

„Ach ja", antwortete er und lächelte gequält.

„Ach ja. Wer ist sie?"

„*War*", murmelte er.

Sie schob ihren Arm unter seinen und zog ihn an sich. Mit schlechtem Gewissen, denn sie wusste, dass er das falsch auslegen könnte, und doch entschlossen. „Ich würde es wirklich gern wissen."

Er leerte sein Bier und fragte, ob sie noch eins wolle.

„Sag's mir einfach, Jo."

Er brummelte etwas Unverständliches, und als er den Blick hob, sah er ein bisschen aus wie sein Vater. Kalt, gefühllos, fest entschlossen zu bekommen, was er wollte.

„Wenn du darauf bestehst. Julie war ein hübsches junges Ding, auf das er scharf gewesen ist."

„Ding?"

„So drückt er es immer aus. Sie war Set-Runner beim Sender, Mädchen für alles sozusagen. Unbezahlt. Ich hab weniger gemacht als sie und Geld dafür bekommen. Ich mochte sie. Sie kam von der Uni, glaube ich, und wollte unbedingt zum Fernsehen. Erstaunlich, wie versessen viele darauf sind. Wenn die wüssten. Mein Vater hat's schon immer drauf, Leute wie sie auszunutzen. Das ist seine Art der Personalauswahl. Sein *Modus Operandi*. Kontrollieren und Kommandieren. Ist dir das noch nicht aufgefallen? Es ist alles nur ein Spiel. Im Voraus für dich festgelegt. Ich bin schon mein Leben lang von Leuten umgeben, die sich etwas ausdenken. Dad. Mum genauso. Irgendwann kommt es dir vor, als wäre alles, was du tust, von jemand anderem geschrieben worden. Und du gehörst bloß zur Besetzung und hältst dich ans Drehbuch. Zum Fernsehen hab ich nie gewollt. Ich wollte Schriftsteller werden. Oder Lehrer. Aber er hat gesagt, dazu würde ich nicht taugen. Ich müsse da arbeiten, wo er mich unterbringen kann."

„Ich hatte nach Julie Dean gefragt."

Und nicht nach dir, dachte sie.

„Ich hab mich ein bisschen mit ihr angefreundet. Da ist sie ihm überhaupt erst aufgefallen, glaube ich. Er nimmt einem gerne etwas weg. Vor allem, wenn es etwas ist, das ihm nicht wichtig ist, bis er merkt, dass es jemand anderem etwas bedeutet. Ich möchte wirklich gerne noch ein Bier."

„Und ich möchte wirklich gerne, dass du die Geschichte zu Ende erzählst."

Er zuckte zusammen und blickte in die dichte graue Wolke vor ihnen. „Dad ist ein paar Mal mit ihr ausgegangen. Um über die Arbeit zu reden, angeblich. Er hatte eine Wohnung in der Nähe des Senders. Naiv wie sie war, hat sie sich dort mit ihm getroffen." Jolyon zuckte mit den Schultern. „Du kannst dir sicher denken, was passiert ist."

„Ich glaube schon", antwortete sie leise.

„Julie war einfach nett. Sie stammte aus normalen Verhältnissen. Hatte einen normalen Universitätsabschluss. Was nicht normal war, und was Dad gar nicht gefiel, war, dass sie sich nicht von ihm missbrauchen lassen wollte. Dass sie sich nicht mit einem Job im Produktionsteam bestechen lassen wollte. Mit einem Gefallen hier. Einer Empfehlung da. Bei vielen hat das funktioniert. Aber nicht bei ihr. Julie ist heulend zur Geschäftsführung gerannt."

Patricia konnte sich die Frage nicht verkneifen, obwohl sie die Antwort bereits kannte. „Und?"

Er lachte, und sie hätte ihn am liebsten geohrfeigt. „Was glaubst du denn? Ein bekannter TV-Historiker gegen eine achtundzwanzigjährige Hilfskraft aus einer Sozialsiedlung in Peckham? Wahrscheinlich haben sie ihr keine fünf Minuten zugehört. Sie haben dafür gesorgt, dass meine Mum aus der Sache rausgehalten wird. Genau wie ich. Alles, was ich mitbekommen habe, war, dass Julie nicht mehr zur Arbeit erschien. Vielleicht hätten wir nie erfahren, dass etwas passiert ist, wenn …"

Er verstummte.

„Wenn was?

„Wenn sie sich nicht eine Woche nach ihrer Entlassung an der Oxford Circus vor einen Zug geworfen hätte. Als hätte das irgendwas gebracht. Einfach nur dumm."

Er wartete, bis das bei ihr angekommen war.

Sie trank den Rest ihres Bieres aus. „Julie Dean hat sich umgebracht?"

„Dad ist trotzdem einfach so davongekommen. Ob Mums Verhältnis zu ihm jemals wieder dasselbe war, nachdem sie es rausgefunden hatte, weiß ich nicht. Jedenfalls hat sie gesagt, sie würde ihn umbringen, wenn er so etwas noch mal macht. Und ..." Er drückte ihren Arm, und sein Gesichtsausdruck verriet ihr, dass dieses Gespräch langsam dem Ende zuging. „Das hat er. Mit dir. Hätte er heute Abend nicht so jämmerlich gewirkt, säße ich, wenn sie zur Tat schreitet, gern in der ersten Reihe."

Er stand auf und ging in die Bar, um die Rechnung zu bezahlen. „Mir reicht's für heute. Ich gehe zurück zum Hotel. Soll ich dich zu deinem begleiten?"

Zurückgewiesen zu werden missfiel ihm genauso wie seinem Vater. Nur reagierte er anders, eher kühl als aggressiv.

„Ich finde mein Bett schon allein."

„War bloß ein Angebot. Sei gewarnt. Dad ist kein guter Verlierer. Er wird nicht so einfach aufgeben. Das ist der Anfang von etwas. Nicht das Ende."

Duke Godolphin, dachte sie, würde keine große Wahl bleiben. Nicht, nachdem sie mit New York gesprochen hatte.

Sie trennten sich an der Brücke zum Campo San Pantalon.

Patricia Buckley lief am Kanal entlang und spähte in den dichten Nebel, um den Weg zu ihrem Hotel zu finden, als ihr Handy klingelte.

Sie wusste, dass er es sein würde.

Und sie wusste auch, dass sie einwilligen würde, als er sie an der Ponte San Tomà treffen wollte.

BIS MITTERNACHT WAR EINE WABERNDE graue Wolke von der Adria herangezogen und hatte von Chioggia bis zum nördlich gelegenen Jesolo ihren eisig feuchten Atem über die Lagune ergossen. In den Sträßchen und Gassen rund um die Frarikirche schien das Licht der Straßenlaternen auf dem frostkalten Pflaster kaum weiter als ein paar Meter weit. Eine Handvoll Touristen auf der Suche nach dem richtigen Weg, einige von ihnen kostümiert, stolperten noch umher und starrten hoffnungsvoll auf die kleinen, leuchtenden Displays ihrer Handys. Venedig war, schien ihr, voller Verirrter.

Patricia Buckley gehörte nicht dazu. Sie fand immer ihren Weg. Als junges Mädchen hatte sie es bei den Girls Scouts ziemlich weit gebracht, bis irgendwann die Entdeckung der Jungen dazwischenkam. Die Route zu dem Hotel, das der schweigsame Engländer für sie ausgesucht hatte, war wirklich kein Problem. Einfach bei San Pantalon links abbiegen und entlang des Kanals Richtung Piazzale Roma laufen. Die Ponte San Tomà und das Hotel, in dem Godolphin seine Gäste untergebracht hatte, lagen in entgegengesetzer Richtung an einem ruhigeren Abschnitt des Canal Grande. An der Brücke, hatte er gesagt, würde er auf sie warten.

Sie brauchte vier Minuten bis zu dem Café namens Ciak, einem ruhigen, freundlichen Zufluchtsort, den sie entdeckt hatte, während sie noch im Valier wohnte, und wo sie Godolphins permanenten Annäherungsversuchen hatte entfliehen können. Jetzt war das im Inneren schwach beleuchtete Lokal geschlossen. Als sie weiter zur Bücke lief, wäre sie auf den Stufen fast mit ihm zusammengestoßen. Das Schild an der Wand der Casa Goldoni, Elena Barozzis ehemaligem Wohnhaus, war im Nebel kaum zu erkennen. Duke Godolphin stand im matten Lichtschein einer Straßenlaterne, noch immer in seinem albernen Dogenkostüm, die *bauta* locker um den Hals gehängt. Er wirkte müde, ausgelaugt, und mehr als ein bisschen betrunken.

Die Lagune um sie herum schien zu dampfen, und die salzige Schwere ihres Dunstes kroch ihr in die Lunge. Sie war froh, dass sie das Gespräch mit Jolyon geführt hatte, auch wenn es mit einem etwas unangenehmen Abschied zu Ende gegangen war. Zu lange schon hatte sie sich von seinem unverschämten, herrischen Vater einschüchtern lassen. Durch die Aussicht auf Vergünstigungen, wenn sie nach seiner Pfeife tanzte. Oder durch die Androhung, ihr diese mit schrecklichen Konsequenzen zu entziehen, wenn sie sich sträubte. Schließlich hatte sie versucht, einen Mittelweg zu finden, indem sie seine Aufdringlichkeiten zurückwies und sich gleichzeitig bemühte, ihn durch ihre Arbeit zu versöhnen. Sie hatte den Übergang des Venedig-Projekts vom Entwicklungsstadium zur offiziellen Freigabe befürwortet, samt des ganzen Geldes und der vertraglichen Verpflichtungen, die daran hingen. Doch für diesen Mann existierte kein Mittelweg, was sie im Grunde auch die ganze Zeit gewusst hatte. Entweder sie gab seinen Forderungen nach, den privaten wie den beruflichen, oder sie wurde zur Feindin.

Genau wie Julie Dean.

„Ich weiß nicht, warum ich überhaupt hergekommen bin", sagte sie, bevor er ein Wort sagen konnte.

„Du bist hier, weil du interessiert bist", antwortete Godolphin mit rauer Stimme, in der ausnahmsweise ein Hauch Unsicherheit lag.

„Interessiert woran?"

Es sollte wohl ein Lächeln sein, aber es wirkte wie ein anzügliches Grinsen. Er kam näher, strich ihr über den Arm. „Es ist kalt hier draußen, Patricia. Gehen wir irgendwohin, wo wir ungestört sind. Das Zimmer in dem Hotel, das sie dir gesucht haben …"

„Keine Chance."

Diese Antwort amüsierte ihn. „Es gibt immer eine Chance, meine Liebe. Die Frage ist, ob du den Mut hast, sie zu ergreifen."

„Was willst du?"

„Du wirkst verändert … forscher irgendwie. Das gefällt mir an Frauen."

„Ach ja?"

„Ja. Zusammen könnten wir es weit bringen. Ein bisschen Geld verdienen. Die Gesellschaft des anderen genießen. Ich könnte dir einiges beibringen. Vorausgesetzt, wir lassen die *passeggiata* wieder aufleben. In leicht veränderter Form natürlich. Noch ist Zeit. Du hast Cyrus doch noch nichts von dieser kleinen Schmierenkomödie heute Abend erzählt?"

„Ich wollte damit bis morgen früh warten."

„Gute Idee. Dann haben wir noch Zeit genug, um das Ganze neu zu gestalten. Und attraktiver zu machen."

Sie wünschte, sie hätte nicht auf seinen Anruf reagiert. „Du irrst dich. Der Deal ist gestorben."

Er kam ihr noch näher, beugte sich herunter, sie wich vor seiner Alkoholfahne zurück. „Noch nicht. Wir beide können ihm wieder Leben einhauchen. Das Vorhaben verbessern."

Sie bemerkte, dass er das kunstvoll verzierte, vermeintlich von Michelangelo entworfene, Stilett aus dem Ärmel gezogen hatte. Es glänzte im wächsern gelben Licht und lag fest in seiner Faust. Ein Fetzen Musik von einem Vorbeigehenden, den sie nicht sehen konnte, war zu hören, harter, aggressiver Rap. Das Geräusch scheuchte etwas am Kanal auf; ein Vogel oder eine Ratte trippelte davon.

Er legte den Kopf zur Seite und bewegte sich nicht. Ein manipulativer Mensch, gespürt hatte sie das von Anfang an. Doch sie hatte zugelassen, dass er so geschickt sein Spiel mit ihr trieb, dass sie es später kaum realisierte.

„Du bist zu gut, um bloß die Befehlsempfängerin dieser Typen in New York zu sein. Wir haben es hier mit 'ner handfesten Story zu tun. Siehst du das nicht? Vielleicht nicht die, die ich mir vorgestellt hatte. Eine undurchsichtigere. Ein Rätsel im Rätsel gewissermaßen."

„Und worüber?"

„Über Wolff natürlich. Den Mann, der mir das hier geschickt hat." Der Dolch schimmerte bedrohlich. Seine Stimme hatte sich um eine Tonlage gesenkt. So tief, dass er aus dieser Nähe alt und asthmatisch klang. Gar nicht mehr wie die selbstbewusste, arrogante Erscheinung, die er auf dem Bildschirm abgab. „Diesen geheimnisvollen Schwindler, der mich erledigen wollte. Was ihm fast gelungen wäre. Und den armen Michelangelo wollte er gleich mit in den Schmutz ziehen. Ziemlich cleverer Bluff, muss ich zugeben. Da steckt 'ne verdammt gute Story drin. Fälschung und Betrug. Das ist immer eine gute Geschichte." Sein Blick wandte sich Richtung Canal Grande und Hotel Valier. „Eins von diesen Arschlöchern steckt dahinter. Diese Neider. Diese akademischen Tiefflieger. Mit Missgunst muss jemand wie ich eben leben. Schon immer. Aber wir beide können die Sache aufklären."

Er drehte den Dolch so herum, dass der Griff zu ihr zeigte. „Nimm ihn. Ein Geschenk. Als Anzahlung gewissermaßen."

Sie umklammerte die Waffe mit ihren eiskalten Fingern. Besser in ihrer Hand als in seiner.

„Einverstanden?", fragte er. „Ich komme gern mit auf dein Zimmer, um ein paar Ideen durchzusprechen. Du wirst es nicht bereuen. Versprochen."

Patricia Buckley stand vor ihm und versuchte, dem Mann in die trüben Augen zu blicken. „Du willst es wirklich nicht verstehen, Duke, oder? Wir machen historische Dokumentarsendungen. An deiner

Rachegeschichte mit ihren belanglosen Details bin ich nicht interessiert."

Er packte sie am Ärmel ihres dünnen Mantels, ohne zu bemerken oder zu beachten, dass sie zurückwich. „Von wegen belanglos, liebe Patricia. Das könnte dein Durchbruch werden. Und ich wäre dir ewig dankbar. Eine gute Sendung, und weitere werden folgen. In anderer Aufmachung eben. Wir decken Fälschungen und Betrügereien auf. Ich als Frontmann. Du als leitende Produzentin. Wer weiß, wohin das führen könnte? Ich bin ein Mann, der für seine Erkenntlichkeit bekannt ist."

Sie musste die Frage stellen, obwohl es ihr nicht gelang, sich loszureißen. „Hast du das auch zu Julie Dean gesagt?"

Ein plötzlicher Windzug umwehte sie, so kalt, dass ihre Finger das Heft des Stiletts fester umklammerten und dabei die Spitze seine Brust streifte.

„Sie haben es dir also gesteckt?" Seine Stimme war kalt und voller Zorn.

„Du meinst, sie haben mir davon erzählt? Von der Frau, die du ausgenutzt hast? Vergewaltigt? Die dich beschuldigt hat und dann gefeuert wurde? Von der Frau, die sich umgebracht hat? Jolyon meinte –"

„Mein Sohn ist ein erbärmlicher Trottel, der ohne mich gar niemand wäre. Ihm hat der Mumm gefehlt, selbst auf das Mädchen zuzugehen. Warum sollte ich es dann nicht tun? Sie wollte was von mir. Ich hatte jedes Recht, eine kleine Gegenleistung zu verlangen. So …", er rüttelte sie kräftig an der Schulter, „läuft die Sache eben."

„Lass mich los."

„So was müssen …", wieder ein Rütteln, fester dieses Mal, „unbedeutende junge Dinger wie du eben liefern, wenn sie was werden wollen. Erzähl mir nicht, in eurem vornehmen Sender wäre das anders. Erzähl mir nicht, Cyrus und seine Kumpels statten euch nie einen Besuch ab. Versuch nicht …", er presste sie an sich, „mir weiszumachen, du wüsstest nicht, was du erreichen könntest, wenn du diese hübschen Beine breit machst."

„Fass mich nicht an!"

Doch das tat er, und zwar so, dass sie es nie mehr vergessen würde. Und in dem Augenblick schien der Dolch plötzlich ein Eigenleben zu entwickeln.

Ihr Arm schnellte nach hinten, schoss nach vorn, und die lange schmale Klinge durchdrang das scharlachrote Dogengewand.

Dann entglitt die Waffe ihren Fingern. Fiel klirrend zu Boden.

Patricia Buckley riss die Hand an den Mund. Tränen stiegen ihr in die Augen, trübten ihr den Blick.

Duke Godolphin taumelte rückwärts gegen das niedrige Brückengeländer und stieß wüste Beschimpfungen aus.

Keuchend rang er nach Luft und bekam nicht einmal mehr deutliche Worte zustande.

Patricia Buckley drehte sich entsetzt um und floh in die neblige Nacht. Ihre Tränen liefen jetzt in Strömen, ihr Puls raste, und der billige schwarze Mantel flatterte hinter ihr her wie die Flügel einer fliehenden Krähe. Vor dem dunklen Koloss der Frarikirche zog sie ihn aus und warf ihn in einen Mülleimer.

Dann wankte sie schluchzend, zitternd und völlig aufgelöst zurück in ihr Hotel.

„ICH HABE IHN UMGEBRACHT", sagte sie zu den sprachlosen Anwesenden im Sitzungsraum der Carabinieristation. „Es tut mir leid. Ich habe ihn umgebracht und hätte es zugeben müssen. Ich hätte euch das hier ersparen müssen. Ich hatte nur solche Angst und …"

Valentina schwieg und sah mich an. Es war die gleiche Situation wie bei Jolyons Verhör. Ich war derjenige, der den Fehler an der Geschichte bloßlegen sollte.

Also gut. Obwohl mir schleierhaft war, warum sie mich dazu drängte.

„D-das kann nicht stimmen." Ich wollte, dass Patricia Buckley die Überzeugung in meinem Gesicht sieht, doch sie hatte den Blick auf die grauen Fliesen gerichtet und weinte. Vermutlich überraschte es die anderen, dass ich mich einschaltete. Alle sahen mich an, während ich wahrscheinlich rot anlief.

„Sprechen Sie weiter, Arnold." Das kam von Valentina, die den Kopf zur Seite gelegt hatte wie ein Vogel, der nach Beute horchte. „Was meinen Sie damit?"

„Das wissen Sie sehr gut, *capitano.*"

„Kann sein. Erklären Sie es mir trotzdem."

„Wegen der äußeren Umstände. Als er gefunden wurde, war der Dolch noch an Ort und Stelle." Es fiel mir schwer, es auszusprechen, ohne mir das Ganze bildlich vorzustellen. „Er ... steckte noch ... in ihm. Patricia hat Duke Godolphin vielleicht eine Verletzung zugefügt. Wenn sie aber in der Lage war, die Stichwaffe fallen zu lassen, hat sie ihn mit ziemlicher Sicherheit nicht umgebracht. Jemand anderes muss den tödlichen Stoß ausgeführt haben."

Valentina klatschte zwei Mal in die Hände. „Klingt einleuchtend. Aber wer? Wer war es?"

„Ich h-habe ..." Ich geriet ins Stocken. Das verflixte Stottern schien festzuhängen. „Ich habe keine Ahnung. Wie sollte ich? Alles, was ich weiß, ist, dass die junge Dame hier es nicht gewesen ist."

Valentina hob ihre exakt gezupften Brauen und sah zuerst mich und dann die anderen an. „Ihr englischer Freund hat recht. Der Dolch steckte tief in Godolphins Brust, als wir ihn aus dem Kanal gefischt haben. Der Mann ist in jener Nacht ohne Zweifel zwei Feinden begegnet. Der zweite fügte ihm die schwerere Verletzung zu. Sehen Sie, Arnold. Ich sag doch, Sie haben das Zeug zum Detektiv. Sie sollten nicht so sehr an sich zweifeln. Sie, Miss Buckley ...", sie deutete auf die weinende Frau gegenüber, „haben den Mann wohl verletzt, wahrscheinlich in Notwehr. Aber Sie sind nicht für sein Ableben verantwortlich."

George Bourne ging zu Ugos Tisch, nahm in jede Hand einen Spritz und kehrte an seinen Platz zurück. „Natürlich ist sie das nicht." Er trank einen Schluck aus dem einen Becher, setzte ihn ab, wiederholte das Ganze mit dem anderen. „Sorry. Tut mir leid, allesamt. Ich hätte schon noch gestanden. Letztendlich. Es ist bloß ... Das Ganze ..." Ihm versagte die Stimme. „Das Ganze kommt mir langsam so verdammt lächerlich vor."

DIE BAR, DIE ER SICH ausgesucht hatte, hieß Il Mercante, eine Anspielung auf Shakespeare, für die, die es interessierte. Für die älteren Stadtbewohner würde sie immer das Caffè dei Frari bleiben, ein hübsches Lokal, das es anderthalb Jahrhunderte zuvor schon gegeben und das sich in der ganzen Zeit kaum verändert hatte, stilvoll eingerichtet mit dezenten Spiegeln und Drucken von Fin-de-Siècle-Gemälden an den Wänden und mit einem galerieartigen offenen Zwischengeschoss. Alles hinter einer bescheidenen Tür im Schatten der östlichen Front der berühmten Frarikirche, gleich auf der anderen Seite der Brücke, die von dort über den kleinen Kanal gleichen Namens führte.

Hier hatte George Bourne sich vor dem Sturm sicher gefühlt, den Godolphin die ganze Woche um sich herum heraufbeschworen hatte, und ein Gefühl des inneren Friedens verspürt, das er mit seinem Mann teilen würde, sobald er wieder zurück in London war. Ein weiterer Besuch in Venedig stand schon auf dem Programm, das nächste Mal nur sie beide. Was er mit Godolphin hier erlebt hatte – diese ganzen Spannungen und Streitereien –, hatte ihm so zugesetzt, dass er, ein wenig angetrunken, den Vorsatz gefasst hatte, einen Neuanfang zu machen. Zu versuchen, ihre Ehe wiederzubeleben, alte Wunden zu heilen. Sich manchmal ein bisschen weniger wichtig zu nehmen und nicht so großspurig aufzutreten, was, das war ihm klar, sowieso nur dazu diente, seine eigene Unsicherheit zu kaschieren.

Das Il Mercante tat ihm unglaublich gut, denn es war genau das richtige ruhige, angenehme Lokal für Menschen mit literarisch-künstlerischer Profession. Hier gab es keine gewöhnlichen Drinks. Keinen fertig gemixten Spritz-Campari aus der Flasche oder mittelmäßige Negronis, die aus billigem Gin und Wermut zusammengepanscht waren. Stattdessen hatte die freundliche Kellnerin ihm ein spannendes „Menü" erläutert, das aus drei Gängen bestand, kulinarische Kleinigkeiten, zu denen jeweils ein passender, extravaganter Cocktail serviert wurde.

Den Anfang hatte eine rauchige *amatriciana* aus Wodka, trockenem Wermut und schwarzem Tee zu Parmesanschaum mit Ananasgelee und Balsamessig gemacht. Gleichermaßen überrascht und beeindruckt hatte ihn eine Kombination aus Sant'Erasmo-Artischocke mit Birne, Prosecco, Rum und Holunderblütenlikör, dazu eine kleine Schale Kräuter-Blütengelee-Würfel. Schließlich hatte er sich in seinem bequemen Sitz zurückgelehnt, sich eins mit der Welt und jeder Menschenseele gefühlt und das Ganze mit dem „Dessert" abgeschlossen: einem Becher Milch, zerstoßenen Cornflakes, russischem Brotwein und Vanillelikör, garniert mit Bohnen unterschiedlicher Kaffeesorten. Es erinnerte ihn an die Nachspeisen, die es früher in seinem Internat gegeben hatte, warm und wohltuend, nur mit einem kräftigen Schuss Alkohol versehen.

Er konnte es kaum erwarten, Ralph mit in diese Bar zu nehmen. Sie würden sich etwas gönnen, wenn sie nach Venedig kämen, irgendwo schick wohnen, im Danieli vielleicht, sich die Sehenswürdigkeiten anschauen, mit der Gondel fahren, im Florian Kaffee trinken. Ausnahmsweise einen auf normale Touristen machen. Ohne viel Kultur. Einfach zusammen hier sein, das wäre die Hauptsache. Gemeinsam die Zeit genießen, so wie früher, bevor Karriere, Geld und Ehrgeiz langsam einen Keil zwischen sie getrieben hatten, während sie in aufsteigenden Positionen bei konkurrierenden Verlagen arbeiteten. Für Duke Godolphin bedeutete diese Stadt vielleicht den Untergang, für sie beide jedoch könnte sie einen Neubeginn bringen. Vielleicht, dachte er, während er den letzten Schluck seines cremigen Dessert-Cocktails trank, sprach jetzt nur der Alkohol aus ihm. Aber einen Versuch war es auf jeden Fall wert.

Eher angeheitert als betrunken verließ er nach dem dritten Gang die Bar und blieb einen Moment frierend im eisigen Nebel an dem schmalen Kanal davor stehen. Das Licht hinter der großen Fensterrose an der Kirchenfront gegenüber war kaum zu erkennen. Er hatte die Frarikirche noch nicht besichtigt, nahm sich jedoch vor, das vor seinem Rückflug nach Heathrow am folgenden Tag nachzuholen. Der ihm übergeordnete Verlagsboss würde wissen wollen, was Bournes Starautor als Nächstes zu bieten hatte. Und seine Antwort würde ihm gar nicht gefallen: nichts. Duke Godolphins Zeit war vorbei, ebenso wie seine schwächelnde TV-Karriere. Mit den Büchern dieses Mannes hatte Bourne jahrelang Bestseller gelandet, und er vermutete, dass er nur dadurch seinen Job hatte behalten können. Die goldene Eier legende Gans jetzt zu verlieren könnte den Verlust seiner leitenden Position im Verlagsgeschäft bedeuten. Auf dieser merkwürdigen Reise war ihm allerdings klar geworden, dass ihm das nichts mehr ausmachte. Nichts währt ewig. Sich das Gegenteil vorzumachen, wie Godolphin es offensichtlich tat, führte nur zu Kummer, Schmerz und Enttäuschung, auch für andere. Es gab Wichtigeres im Leben als eine bestimmte Zahl in irgendeiner Kalkulationstabelle zu erreichen.

Während er Richtung Valier schlenderte und sich gerade mit diesem Gedanken anfreundete, veranlassten ihn plötzlich laute, zornige Stimmen in der grauen Nebelwolke vor sich zum Stehenbleiben. Eine davon kannte er. Sie gehörte einem Mann, dessen Brüllen ihm vier Jahrzehnte zuvor zum ersten Mal entgegengeschleudert wurde. Die zweite war weiblich, hoch, leicht nasal. Eine Amerikanerin, meinte er zu erkennen, als er genau hinhörte.

Dann ein Schrei, vielleicht zwei, vor Schmerz oder Wut, das konnte er nicht sagen. Eine schemenhafte Gestalt hastete mit wehendem schwarzem Mantel im Nebel an ihm vorbei.

Müde von dem langen Abend, leicht berauscht vom Alkohol und der erleichternden Einsicht, dass er sich um seine Ehe und um seinen weiteren Berufsweg kümmern musste, setzte er seinen Weg durch den dichten Dunst fort. Auf der Ponte San Tomà stand ein Mann, umklammerte das Eisengeländer und hielt sich die Brust. Es war kein Unbekannter.

„Ach was, Duke", murmelte Bourne, während er weiter auf ihn zuging. „Alles in Ordnung mit dir?"

„Sehe ich etwa so aus?", blaffte Godolphin.

„Ich frag ja nur."

Der Dolch, den der Mann in seinem lächerlichen Schmierentheater geschwungen hatte, lag jetzt in seiner rechten Hand, die er sich an den Brustkorb presste, wo ein Riss im rot-goldenen Stoff seines Kostüms zu sehen war. Und ein dunkler Fleck, der Blut sein konnte.

„Das Miststück hat mit dem Dolch zugestochen."

„Was?"

„Diese amerikanische Schlampe."

„Gott …" Es schien ihm schwer, etwas zu sagen, das nicht dumm klang.

„Bist du verletzt?"

„Was glaubst du denn?"

Bourne beugte sich zu ihm, um nachzusehen. Godolphin nahm die Hand weg. Es war ein kleiner Schnitt. So klein, dass nicht viel mehr als ein Pflaster nötig war. Der Mann war wohl eher gekränkt, als dass er wirklich unter Schmerzen litt.

„Du wirst's überleben. Komm, wir gehen zurück ins Hotel. Falls du das schaffst …"

Godolphin gab ihm fluchend den Dolch und betastete seine Wunde. Er wirkte erschöpft, abgehetzt, angeschlagen. Wahrscheinlich ist es ihm nie in den Sinn gekommen, dachte Bourne, dass auch er eines Tages der unvermeidlichen Altersschwäche ins Auge sehen muss. Oder dass eine junge Frau, auf die er scharf ist, mit einem Dolch auf ihn losgehen könnte.

„Ich komm wieder hoch, verstehst du."

Bourne versuchte, seine Benommenheit durch die köstlichen Cocktails zu vertreiben, um klar denken zu können. „Wie bitte?"

„Ich komme wieder auf die Beine. Und dann finde ich raus, wer von euch mich reingelegt hat. Warst du es etwa?"

Sein Ego schien dem Mann mehr Sorgen zu bereiten als seine Verletzung. „Duke, du bist betrunken, du blutest, und du redest wirres Zeug. Komm schon …"

„Warst du es? Hast du dir diesen ganzen Wolff-Schwindel ausgedacht?"

Bourne merkte, dass er wütend wurde, was sonst nicht seine Art war. „Lass die Sache verdammt noch mal gut sein. Ich hab so viel Scheiß mitgemacht in den letzten Jahren. Hätte ich dir eins auswischen wollen, dann hätte ich das längst schon getan. Abgesehen davon, warum sollte ich? Was für einen Grund sollte ich haben …?"

Godolphin zuckte zusammen; offenbar tat die Wunde doch weh. „Nein. Nicht mal du wärst so dumm, deinen Goldesel zu schlachten. Nicht mal du. Ohne mich wärst du deinen Job nämlich schon lange los. Hat Benjamin es dir nie erzählt?"

Benjamin. Der Boss ganz oben. Sie waren noch nie gut miteinander ausgekommen.

„Mir was erzählt?"

„Er wollte dich schon vor ein paar Jahren feuern. Ich hab ihn davon abgehalten."

Es hatte einmal eine schwierige Phase bei der Arbeit gegeben, die sich plötzlich und unerwartet verflüchtigt hatte. „Ach, wirklich?"

„Ich hatte keine Lust, mich mit irgendeinem jungen Burschen abzugeben, der nicht tut, was ich ihm sage. Dich hab ich im Griff gehabt.

Bei einem halbwegs fähigen Jungspund mit einer Spur Ehrgeiz wäre das vielleicht anders gewesen. Damit wollte ich meine Zeit nicht verschwenden. Das habe ich ihm gesagt. Es war nichts Persönliches, verstehst du."

„Zu freundlich."

Er deutete mit zitternder Hand Richtung Hotel Valier. „Mit Freundlichkeit hatte das nichts zu tun. Einer von euch ist verantwortlich. Der Goldene Zirkel. Meine Gefolgsleute. Meine Geschöpfe. Meine ergebenen Anhänger. Ich krieg es raus. Und dann werde ich denjenigen vernichten. Völlig. Niemand tut Duke Godolphin so etwas an."

Seine Rachegedanken, sagte Bourne, könne er sich für ein anderes Mal sparen. „Komm, ich bring dich zurück …"

Godolphin wankte näher, atmete ihm seine Alkoholfahne ins Gesicht. „Ich hätte dich in Cambridge rauswerfen sollen. Du warst faul, dumm und ständig betrunken oder bekifft."

George Bourne wich zurück und richtete, ohne es richtig zu realisieren, den Dolch auf sein Gegenüber. „Warum hast du's nicht getan?"

„Ich wollte den Aufruhr vermeiden, den das womöglich bei den anderen ausgelöst hätte. Ihre Gesellschaft hat mir gefallen."

„Ach, tatsächlich?"

„Aus irgendeinem Grund, eine Geschmacksverirrung offenbar, schienen sie dich zu mögen. Ihr habt zusammengehalten wie Pech und Schwefel, stimmt's? Meine zarten Gewächse."

„Mir ist nie aufgefallen, dass dich das interessiert hätte."

„Es war mir scheißegal. Du warst es jedenfalls nicht wert, irgendwelchen Staub aufzuwirbeln."

„Weshalb ich nur einen guten und keinen sehr guten Abschluss bekommen habe."

„Nein." Godolphin lachte und stieß ihm mit dem Finger in die Brust. „Zu mehr hat's bei dir einfach nicht gereicht."

Bourne spürte, wie ihm die Hitze ins Gesicht stieg.

Godolphin torkelte wieder näher. „Und sieh dich bloß jetzt an. Offenbar hältst du dich für wichtig. Glaubst, du wärst jemand."

Ein Lachen, ein Kopfschütteln, trotzdem wollte die Wirkung der Mercante-Cocktails nicht nachlassen. „Was das betrifft, beweist du gerade deine schlechte Menschenkenntnis, Duke. Ich bin eher der

Lakai-seit-jeher als der Laufbursche-seit-gestern. Ich sorge dafür, dass andere reich und berühmt werden. Oder vielmehr habe ich dafür gesorgt. Meine Zeit ist langsam vorbei. Genau wie deine. Komm schon, alter Junge. Bevor du noch was sagst, was du hinterher bereust. Du bist müde –"

„Nenn mich nicht *alter Junge*!" Seine Stimme klang schwülstig und unartikuliert; eine lallende Version seiner Fernsehpersönlichkeit hallte von den Stufen wider, auf denen Lorenzo de' Medici gestorben war. Und von den Wänden des alten Palazzos, in dem einst seine Geliebte Elena Barozzi wohnte. „Du warst ein lausiger Student. Ein lausiger Lektor. Und ein miserabler Verleger. Wenn ich nicht gewesen wäre …"

Sie hatten all die Jahre nie gestritten. Selbst als Bourne Godolphin einmal sagte, seine Texte seien nicht gut genug. Dass mehr Arbeit erforderlich sei. Von einem seiner schlecht bezahlten Rechercheure, was den Inhalt betraf. Von Bourne persönlich, wenn es, wie so oft, um den Schreibstil ging.

Irgendwo kreischte eine Möwe. Ein kleines Boot glitt ungesehen unter der Brücke hindurch und tuckerte Richtung Canal Grande. Das nachmitternächtliche Venedig war doch nicht so ausgestorben, wie es den Anschein hatte.

„Du blutest, Duke. Es ist kalt. Es ist neblig. Langsam verlier ich die Geduld. Wenn du dir zu fein bist, dir wieder von jemandem wie mir helfen zu lassen …"

„Wieder?"

Er hatte das schon seit Jahren einmal aussprechen wollen. Seltsamerweise schien jetzt der richtige Zeitpunkt.

„Ich will's mal offen sagen. Du hast vielleicht 'ne ganze Latte Buchstaben hinter dem Namen und jede Menge Freunde an höherer Stelle. Aber ich habe Autoren, die so virtuos mit der Sprache umgehen wie Paganini mit der Geige, während du so schief klingst wie ein dilettantischer Anfänger. Und nicht einer verdient auch nur den Bruchteil dessen, was du bekommen hast. Ich hab dir in all den Jahren weiß Gott wie viele peinliche Kritiken erspart. Aber das war mein Job. Das hier ist es nicht. Wenn du auf dieser Brücke nicht einsam und allein weiterbluten willst, du arroganter, rachgieriger, alter Sack …"

Es passierte aus heiterem Himmel. Ein Satz nach vorn. Ein wütender Schrei.

In dem Moment fiel George Bourne wieder ein, dass er einmal Zeuge geworden war, wie Godolphin stockbetrunken in eine Schlägerei geriet. Wie ein grimmiger Rugbyspieler hatte er sich damals ins Getümmel gestürzt und auf einen der Gegner eingedroschen. Vielleicht auch auf jemanden, der auf seiner Seite stand, das spielte wohl kaum eine Rolle. In diesem Moment war nur der Zorn für ihn real.

Der Anblick war so schockierend gewesen, dass er das Erlebnis völlig verdrängt hatte. Doch als der Mann jetzt mit erhobenen Fäusten und die ganzen Flüche und kindischen Beleidigungen ausstoßend, die er schon seit Jahren kannte, auf ihn losging, war die Erinnerung sofort wieder da.

Was dann passierte, wusste er nicht mehr. Vielleicht hatte Godolphin den Dolch vergessen. Oder Bourne hatte ihn zum eigenen Schutz automatisch vor sich ausgestreckt. Die beiden Männer kamen sich immer näher, Godolphin schlug ihn, packte ihn am Kragen und schleuderte ihm einen Schwall vulgärer Beschimpfungen entgegen.

Dann ein Stöhnen, ein Ächzen … und seine trüben grauen Augen weiteten sich; mehr vor Entsetzen und Empörung wohl als vor Schmerz.

Bourne taumelte rückwärts, atemlos, unfähig zu glauben, was er da sah. Der Dolch steckte bis zum Griff in Godolphins Brust. Dieser riss die Arme hoch, torkelte gegen das niedrige Eisengeländer und kippte hintenüber.

Dabei gab er keinen Laut von sich. Nur ein kaum vernehmliches Klatschen war zu hören. Und das klang eher wie das sanfte Eintauchen des *remo* einer Gondel ins Wasser und nicht wie das Versinken eines Ritters des Reiches im Todeskampf.

„SIE HÄTTEN HILFE RUFEN MÜSSEN", sagte Valentina, während George Bourne den Rest seines Spritz hinunterkippte.

Er zuckte mit den Schultern und sah sie schuldbewusst an. „Dann wohl eher einen Bestatter. Ich kann nicht von mir behaupten, viel Erfahrung damit zu haben, aber glauben Sie mir. Wenn ich dem Tod aus dieser Nähe begegne, erkenne ich ihn. Ich …" Er bekam feuchte

Augen. „Ich hab gespürt, dass es mit dem armen Kerl vorbei ist. Mit seiner Seele, so dunkel sie auch gewesen sein mag. Mit ihm. Mit dem großen Duke Godolphin. Aus und vorbei." Er starrte auf seinen leeren Becher. „Anders kann ich es nicht erklären. Ausnahmsweise fehlen mir die passenden Worte."

Er schloss die Augen. Tränen liefen ihm über die Wangen. „Es tut mir leid, dass ich so schreckliche Dinge zu ihm gesagt habe. Auch wenn sie gestimmt haben. Auch wenn er es verdient hatte. Was einem in einem solchen Moment durch den Kopf schießt, ist eben entweder böse, bedeutungslos oder einfach nur dumm. Nie auf den Punkt. Niemals das, was man eigentlich sagen will. Das fällt einem erst hinterher ein, wenn es zu spät ist." Er blickte hoch. „Wissen Sie, was hinterher mein erster Gedanke war? Zumindest, hab ich mir gesagt, war's das letzte Mal, dass ich eins seiner baumelnden Partizipien korrigieren musste. Nicht, dass der alte Kotzbrocken es mir je gedankt hätte. Oh Gott ..."

Er ließ den Kopf sinken, nahm ihn zwischen die Hände. „Hätte ich doch einen Cocktail mehr getrunken, oder einen weniger, dann wäre er jetzt noch am Leben." Er sah Patricia Buckley an. „Du hast ihn nicht umgebracht, Liebes. Ich hätte auf keinen Fall geschwiegen. Ich hätte sie nie in dem Glauben gelassen, du wärst es gewesen. Das war mein Werk. Ganz allein meins. Ich habe das nicht gewollt. Duke ist einfach ... auf mich zugestürzt, und da ist es passiert."

Da geschah etwas ganz Erstaunliches. Zuerst stand Felicity auf und ging zu ihm. Dann gesellten sich Caroline Fitzroy und Bernard Hauptmann dazu. Die drei versammelten sich um den schluchzenden Mann wie Mittrauernde auf einer Beerdigung. Felicity legte ihm tröstend die Arme um die Schultern. Caroline und der Amerikaner knieten sich vor ihn. Ich beobachtete das Ganze und fühlte mich plötzlich nach Cambridge zurückversetzt, erinnerte mich an die Verbitterung, die ich empfunden hatte, wenn der Goldene Zirkel gemeinsam seine Runden drehte, besser gestellt, besser gekleidet, besser vernetzt als alle anderen. Wahrscheinlich auf dem Weg zur Insel der Seligen, stellte ich mir vor, und nicht zu der alltäglichen Plackerei, die für Proleten wie mich vorgesehen war.

Und in einem kurzen Moment der Erleuchtung begriff ich, dass ich nicht nur Neid empfunden hatte, weil sie wohlhabender, privilegierter und wahrscheinlich klüger waren als ich. Sie bildeten auch eine Familie, eine kleine, vertraute Gemeinschaft, innig miteinander verbunden durch die gemeinsame Knechtschaft unter ihrem großem Meister Marmaduke Godolphin. Während ich ein unscheinbarer Außenseiter war, ein einfacher Junge aus einer Sozialsiedlung in Yorkshire, der einsam hinter der Theke eines düsteren Pubs in der Stadt arbeiten musste, um über die Runden zu kommen.

Vier Jahrzehnte später existierte der Goldene Zirkel noch immer. Und ich wusste nicht recht, was ich davon halten sollte.

„Ich besorge dir einen Anwalt", sagte Felicity, während sie Bourne die Hand hielt. „Ich übernehme die Kaution. Es war nicht deine Schuld, George."

„Nein", sagte Caroline. „Ganz bestimmt nicht."

„Ihr wart doch gar nicht dabei!" Seine Augen waren gerötet, seine Wangen geschwollen.

Hauptmann nahm noch einen Spritz von Ugos Tisch und hielt ihn seinem Studienfreund hin.

„Ich will das nicht", sagte Bourne und schob den Becher weg. „Ich hatte weiß Gott schon genug Alkohol in meinem Leben." Er wandte den Blick zu Valentina Fabbri. „Nun, *capitano*?" Offensichtlich in der Erwartung, dass sie ihm Handschellen anlegt, streckte er ihr die Hände entgegen. „Jetzt haben Sie Ihr Geständnis."

Sie rührte sich nicht. „Eins verstehe ich immer noch nicht, Signor Bourne. Warum haben Sie mir das nicht früher erzählt?" Sie sah alle der Reihe nach an. „Warum hat niemand einfach die Wahrheit gesagt?" Schweigen. „Drei von Ihnen haben in der betreffenden Nacht das Bett miteinander geteilt? Was soll's? Im Vergleich zum Tod eines Menschen?"

„Ich hab Ihnen doch gesagt … das geht Sie nichts an", fauchte Felicity.

„Sie sind eine zu kluge Frau, um das wirklich zu glauben, Signora. Und Sie, Patricia?"

„Ich dachte, ich hätte ihn umgebracht!"

„Das haben Sie geglaubt. Gewusst haben Sie es nicht. Und Ihren Aussagen nach zu urteilen, haben Sie höchstwahrscheinlich in Notwehr gehandelt." Sie wandte sich an Bourne, der sich das Gesicht mit ein paar Papiertaschentüchern trocknete, die Felicity ihm gereicht hatte. „Was Sie betrifft, wird der Richter möglicherweise zu demselben Schluss kommen."

„Ich wollte ihn nicht töten!", blaffte Bourne, der plötzlich wieder er selbst war. „Hätte ich einen Autor umbringen wollen, hätte ich das weiß Gott schon lange vorher erledigt. Wahrscheinlich einen noch schlechteren als Duke."

Es folgte ausgedehntes Schweigen. Schließlich fragte Ugo, ob die Zusammenkunft beendet sei und er die Reste abräumen könne.

„Das haben Sie nicht", sagte Valentina und signalisierte Ugo mit einem Nicken ihre Zustimmung. „Ihn umgebracht, meine ich. Genauso wenig wie Miss Buckley."

11
Ein Phantom in der Dunkelheit

Valentina nahm ein paar Blätter und einige Fotos aus der grünen Mappe, die sie mitgebracht hatte, und breitete sie auf dem Tisch aus. Mir genügte ein Blick, um zu wissen, dass ich keinen zweiten darauf werfen wollte.

Da alle anderen, bis auf Ugo, offenbar dasselbe empfanden, begann sie die Details nacheinander durchzugehen.

Godolphin sei ein Mann von fünfundsiebzig Jahren gewesen, übergewichtig, mit vergrößerter Leber und schwachem Herzen, ziemlich schlecht in Form. Er sei zweimal mit dem Dolch getroffen worden. Die erste, kleinere Verletzung habe von Patricia Buckley gestammt. Die zweite, tiefere Wunde sei ihm von Bourne zugefügt worden, doch auch die sei nicht tödlich gewesen.

„Moment", unterbrach Felicity sie. „Ein Dolchstoß ins Herz. Das haben Sie zu mir gesagt. Genau diese Worte."

„Zu mir auch", sagte Hauptmann.

Und zu mir, dachte ich.

„Ach." Dieses typische verschmitzte Lächeln legte sich auf Valentinas Gesicht. „Sie nehmen die Dinge manchmal allzu wörtlich."

„Was soll das denn heißen?", fragte Caroline.

Valentina runzelte die Stirn. Ich meinte die Spur eines Grinsens zu erkennen. „Das heißt, Sie interpretieren gewisse Aussagen sehr direkt und buchstäblich. Ohne jede Bedeutungsnuance. Was ziemlich merkwürdig ist, denn eigentlich sind die Engländer, wie ich Arnold hier schon sagte, Meister im Umgang mit solchen sprachlichen Feinheiten, auch wenn sie offenbar Schwierigkeiten haben, sie bei anderen zu erkennen. Darf ich fortfahren?"

Niemand schien Einwände zu haben.

„Die Autopsie war aufwendig und umfangreich, aber die Pathologin und ich konnten uns inzwischen erfreulicherweise ein klares Bild davon machen, wie Marmaduke Godolphin zu Tode gekommen ist. Die Wucht des ersten Dolchstoßes wurde offenbar durch die dicke Jacke abgeschwächt, die er unter dem Dogenkostüm trug, und führte nur zu einer kleineren Verletzung. Eine Wunde, die wahrscheinlich nicht einmal hätte genäht werden müssen. Die zweite Verletzung hätte allerdings medizinischer Versorgung bedurft. Wahrscheinlich hat der Mann sie sich aber praktisch selbst zugefügt, als er sich auf Sie stürzte, Signor Bourne, obwohl ich das zu beurteilen lieber dem Gericht überlasse."

George Bourne hob die Hand, um zu widersprechen. „Ich glaube …"

Sie signalisierte ihm, still zu sein. „Bis wir den endgültigen Nachweis erbringen konnten, hat es eine Weile gedauert, aber das Urteil unserer Pathologin – und sie ist eine fähige, erfahrene Frau – lautet, dass keine dieser Verletzungen die Ursache für den Tod des Mannes war." Kurze Kunstpause. Dann: „Wir haben die Brücke eingehend untersucht und konnten ihre Ergebnisse bestätigen. Es besteht kein Zweifel, dass Godolphin, als er über das Geländer stürzte, auf einen der Steinpfosten am Rand der *fondamenta* schlug. Er war fettleibig. Er prallte mit voller Wucht mit dem Kopf dagegen. Was zu sofortiger Bewusstlosigkeit und innerhalb von Sekunden zu seinem Tod geführt haben muss. Mit sehr hoher Wahrscheinlichkeit lebte er bereits nicht mehr, als er im Kanal landete. Vielleicht blieb ihm auch gerade noch Zeit für ein, zwei Atemzüge, genug, um etwas Wasser in die Lunge zu bekommen."

Sie wandte sich mit mitfühlendem Blick an Felicity. „In Wahrheit, Signora, wurde Ihr Mann weder erstochen, noch ist er ertrunken. Er starb an einer Schädelfraktur samt Genickbruch infolge eines schweren Sturzes von der Ponte San Tomà. Er hatte …", sie fuhr mit dem Finger über eine der Seiten vor sich, „nicht die geringste Überlebenschance. Selbst wenn Sie, Signor Bourne, das Richtige getan und zu diesem Zeitpunkt Hilfe gerufen hätten."

Ihr Blick wanderte zu mir.

„Wie ich Ihnen heute Morgen schon sagte, Arnold. Es gibt keine Morde in Venedig. Außer in Kriminalromanen. Das hier war ein bedauerlicher Unfall, der durch das eigene aggressive Verhalten des Mannes in Verbindung mit übermäßigem Alkoholkonsum verursacht wurde."

Es folgte eine Pause, in der sich alle verblüfft ansahen. Mit diesem Ausgang hatte niemand im Raum gerechnet, abgesehen von Ugo vielleicht, der leise vor sich hin pfiff, während er weiter unsere Teller und Becher wegräumte.

„Und seit wann genau", fragte Felicity, „wissen Sie das, *capitano*?"

Valentina lächelte. „Das, Signora, geht *Sie* nichts an. Ich hatte allen Grund, der Sache nachzugehen, für den Fall, dass tatsächlich Sie selbst vorgehabt hätten, ihn umzubringen. Oder vielleicht mehrere von Ihnen. Und ich hatte auch allen Grund, mich über die seltsamen Umstände zu wundern, die zu seinem Ableben führten, diesen sogenannten Nachlass Wolff eingeschlossen. Inzwischen hat sich der Nebel jedoch so weit gelichtet, dass ich zu einem Schluss kommen konnte, zumindest was seinen Tod betrifft."

Bernard Hauptmann reagierte erbost. „Trotzdem ist es eine bodenlose Frechheit, uns die ganze Zeit hier einzusperren und –"

„Bitte", fiel sie ihm ins Wort. „Schließlich ist ein Mensch gestorben. Ich musste sichergehen, wer oder was ihn getötet hat. Sie waren hier in Gewahrsam, weil ich zu Recht das Gefühl hatte, dass Ihre Aussagen Lücken aufwiesen." Wieder glaubte ich einen Blick in meine Richtung zu bemerken. „Was auch jetzt noch der Fall ist. Nichtsdestotrotz: Die Fakten Marmaduke Godolphins Tod betreffend sind klar. Zuerst ist er mit Signora Buckley in Streit geraten und dann mit Ihnen, Signor Bourne. Bei beiden Auseinandersetzungen wurde er verletzt, weil er Sie angegriffen hat, wie Sie sagen. Wären Sie alle von Anfang an offen zu mir gewesen, hätte die Angelegenheit in ein paar Stunden erledigt sein können. Stattdessen haben Sie sich entschieden zu schweigen und mich gezwungen, weitere Ermittlungen anzustellen, die Ergebnisse meiner Pathologin abzuwarten und Ihnen schließlich die Wahrheit aus der Nase zu ziehen. Geben Sie sich selbst die Schuld. Nicht mir."

Sie stand auf und öffnete die Tür. „Patricia. Signor Bourne. Ihre Papiere behalten wir noch hier, und bis zur richterlichen Anhörung müssen Sie in der Stadt bleiben. Das ist nur eine Formalität, lässt sich aber nicht vermeiden. Ich halte es für unwahrscheinlich, dass man Sie festhalten oder anklagen wird. Aber das ist nicht meine Entscheidung. Was die anderen betrifft ...", sie nickte allen der Reihe nach zu, „ich hoffe, Sie genießen Ihren restlichen Aufenthalt hier. Guten Tag."

Luca und ich sahen ihnen nach, während sie tuschelnd hinausmarschierten.

Valentinas Hand streifte kurz meinen Arm.

„Arnold? Luca? Wir treffen uns gleich draußen. Dann gehen wir essen."

ES WAR EIN SCHÖNER SPÄTWINTERABEND. Kein Nebel. Kein Regen. Nur eine sanfte Brise, die die salzige Luft der Lagune durch die schmale Gasse trug, die von der Carabinieristation zur Uferpromenade führte. Am Himmel nicht ein Wölkchen. Über den Lichtern der nahe gelegenen Piazza waren die Sterne aufgegangen, zusammen mit dem Mond, der fast schon voll war. Aus der Kirche von San Zaccaria war der Klang eines kleinen Chors zu hören. Das Geräusch des stetigen Verkehrs auf der Lagune wurde gelegentlich von einem Hupen unterbrochen. Endlich war ich wieder zurück in der Stadt, die ich kannte.

Zumindest hätte ich mir gern eingeredet, dass diese seltsame Episode vorbei sei, die eine Woche zuvor mit einem Treffen unter Freunden im Ai Pugni begonnen hatte. Bei einem gemütlichen Mittagessen mit Luca Volpetti, das mir jetzt so weit entfernt vorkam, als gehörte es zu einem anderen Venedig. Vielleicht zu einem anderen Arnold Clover.

Luca war verschwunden. Um zu telefonieren, hatte er gesagt. Sicher wollte er eine Verabredung für den späteren Abend treffen. Irgendeine schien er immer zu haben. Ich lehnte an der Wand gegenüber San Zaccaria und bewunderte die Basilika, die in der Dunkelheit gespenstisch weiß schimmerte, als jemand seinen Arm unter meinen schob. Das hatte schon ewig niemand mehr getan. Nicht einmal Eleanor. Unsere Ehe war lange vor ihrem Tod schon in eine liebevolle Freundschaft übergegangen. Wir hatten jahrelang eher wie Bruder und Schwester zusammengelebt statt wie Mann und Frau.

„Ich wollte mich bedanken."

Felicity war allein. Ihre Augen glänzten im Schein der geschwungenen Eisenlaterne über uns.

„Ich habe doch gar nichts getan."

„Nicht?"

„Nicht, dass ich wüsste."

„Sie haben mit dieser Frau da drin gesprochen, oder?"

Ich musste zugeben, dass ich den ganzen Tag praktisch nichts anderes gemacht hatte, als Valentina Fabbri zu erzählen, was ich über die seltsamen Ereignisse der zurückliegenden Woche wusste. Um es ihr zu überlassen, sie zu sortieren, die Spreu vom Weizen zu trennen und zu einer, wie auch immer gearteten, Schlussfolgerung zu kommen. Das erschien mir jedoch nichts im Vergleich zu dem medizinischen Bericht einer Pathologin des Ospedale Civile, der vermutlich irgendwann im Lauf des Nachmittags eingetroffen sein musste.

„Natürlich haben Sie eine wichtige Rolle gespielt", insistierte Felicity. „Sie haben diese Briefe für Duke gefunden, oder?"

„Vielleicht hätte ich das lieber nicht tun sollen."

„Dann würden wir noch immer hier festsitzen."

„Und er wäre noch am Leben."

Sie tätschelte mir den Arm. „Es war ein Unfall, Arnold. Sie haben die Frau doch gehört. Duke hat sich das selbst zuzuschreiben. Er war ein rücksichtsloser Draufgänger, der vor nichts zurückschreckte. Sie müssen irgendwas Entscheidendes zu ihr gesagt haben. Während Sie bei ihr waren, wurden wir von einem uniformierten Beamten in die Zange genommen, der ständig Instruktionen von ihr empfing." Die ganzen Telefonate und E-Mails, mit denen sie dauernd beschäftigt gewesen war. Jetzt ergaben sie Sinn. „Wahrscheinlich hat sie Ihre Aussage mit unseren verglichen und festgestellt, dass wir die Wahrheit sagen. Außerdem ..."

Sie drehte sich zu mir und sah mich an. Wirkte genauso aufmerksam, attraktiv und zerbrechlich wie damals in Cambridge, obwohl ich inzwischen wusste, dass das ein Trugbild war. Eine falsche Erinnerung, begründet in dem Wunsch meinerseits, den ritterlichen Helden zu spielen, sie vor all den Drachen zu retten, die sie bedrohten. Godolphin an erster Stelle.

„Sie sind die ganze Zeit freundlich gewesen. Sie haben Duke Paroli geboten, was selten jemand tut. Sie haben Patty dieses Hotel besorgt, als sie es brauchte. Nichts von alldem hätten Sie tun müssen. Wir sind schließlich Fremde."

„Nicht wirklich Fremde. Außerdem bin ich ein einsamer Witwer in Venedig. Und weiß sowieso nichts mit mir anzufangen."

Sie zögerte einen Moment. „Und ich bin jetzt Witwe", sagte sie dann und blinzelte kurz. „Für mich ist das alles neu. Ich weiß nicht, wie ich mich verhalten soll. Ist das verwerflich? Müsste ich weinen und wehklagen? Wie trauert man um einen Mann wie Duke? Was ist da angemessen?"

Ich schwieg. Diese Frage schien mir unbeantwortbar.

„Wie ist es gewesen? Als Ihre Frau starb?"

„Anders. Wir waren ein glückliches Paar. Ohne große Ansprüche. Wir wollten nichts weiter als hierherziehen und noch ein paar schöne Jahre im Ruhestand verbringen. Ganz anders also."

Vielleicht klang ich etwas schroff.

„Tut mir leid. Ich wollte nicht indiskret sein. Wie ich sehe, tut es noch weh." Sie neigte den Kopf zur Seite. „Wahrscheinlich wird es auch mir irgendwann wehtun. Nur jetzt noch nicht. Es ist noch so … unwirklich. Duke tot. Unter so merkwürdigen Umständen gestorben. Und der arme George dachte, er wäre dafür verantwortlich gewesen. Patty auch. Ich glaube, er hatte schon immer vor, einen dramatischen Abgang zu machen. Tod im Dogenkostüm, mit einem Stilett in der Brust, das angeblich von Michelangelo entworfen wurde. Hätte er das als Drehbuch schreiben können, hätte ihm das bestimmt gefallen. Nur dass die Kameras fehlten."

Eine Träne lief ihr über die Wange, und mir war klar, dass es die erste von vielen sein würde. „Ich wünschte nur, ich wüsste, wie ich damit umgehen soll. Wie … wie dieses Wesen namens Trauer begreifen."

Ich erinnerte mich an die Unterhaltung mit Valentina am Nachmittag zurück.

„Trauer hat keine Gestalt. Sie ist ein Phantom in der Dunkelheit, das kommt und geht, wann es will. Man kann nur abwarten. Sie erscheint ungebeten, und manchmal, wenn man am wenigsten mit ihr rechnet."

Genug jetzt, dachte ich. Diese Unterhaltung setzte mir langsam zu.

„Macht es Ihnen noch sehr zu schaffen? Dass Sie sie verloren haben?"

„Natürlich. Wir haben fast unser ganzes Erwachsenenleben miteinander verbracht. Wie sollte es da anders sein?"

Meine Antwort schien sie in Verlegenheit zu bringen.

„Ich fühle mich bloß taub und leer; und schuldig, als hätte ich ihn im Stich gelassen. Irgendwie traurig und erleichtert zugleich. Ich habe ihn nie wirklich gehasst. Und er hat mir über die Jahre weiß Gott genug Grund dazu gegeben. Aber so war er eben. Einen Mann wie Duke konnte man nicht ändern. Er hielt sich für eine Naturgewalt. Obwohl diese Typen das immer sagen und es eigentlich heißt, dass sie aufgeblasene Wichtigtuer sind, die einem nicht zuhören, wenn sie sollen. Es gab auch gute Zeiten. Vor allem in den ersten Jahren, in denen wir an seiner Fernsehkarriere gebastelt haben. Am Anfang hat er das sehr ernst genommen. Er war meistens ganz genau, fast schon pedantisch, wenn es ums Recherchieren von Fakten ging. Die Gier nach Geld und Ruhm und dieses ganze Show-Gehabe haben erst später überhandgenommen." Sie sah auf das Pflaster und nickte. „In gewisser Weise war ich mit daran schuld. Ich habe geholfen, ihn zu dem zu machen, was er war. Der Star-Historiker, der im Fernsehen auftritt. Ich habe ihn angespornt, denn damals wollten wir beide im Grunde nur eins: Einschaltquoten. Preise. Auszeichnungen. Wenn es dazu nötig war, das Niveau runterzuschrauben ... *so what?* Hauptsache, Entertainment, Realität nur dann, wenn sie zu etwas nützte. Genau das war es auch, was die Leute wollten. Alles, nur langweilig durfte es nicht sein. Und jetzt ..." Sie verstummte.

„Jetzt?"

„Jetzt muss ich ihn begraben. Denke ich. Ich weiß nicht recht. Vielleicht klingt es seltsam, aber ich habe nie darüber nachgedacht. Ich hab immer geglaubt, er würde uns alle überleben; aus reiner Sturheit."

Das zauberte mir ein Lächeln ins Gesicht.

„Was ist so lustig?"

„Das Gleiche habe ich von meiner Eleanor auch gedacht."

„Nun, da haben wir uns wohl beide geirrt. Die Toten sind tot. Es wird Zeit, an die Lebenden zu denken. Ich muss mich jetzt um Jo kümmern. Der Ärmste. Schon seit er ein kleiner Junge war, hat er im Schatten seines Vaters gestanden. Im Dunkeln gedeihen Kinder nicht, stimmt's?"

Das wisse ich nicht, antwortete ich ihr. Wir hätten nie welche gehabt.

„Sie sind doch ein einfühlsamer Mensch, Arnold. Sie wissen es trotzdem."

Sie trat einen Schritt zurück und sah mich an. Ich konnte ihr Parfüm riechen. Sie musste es aufgelegt haben, bevor sie die Carabinieristation verließ. „Sie waren es doch, der mich damals in Cambridge zum Tanz aufgefordert hat, stimmt's? Jetzt mal ehrlich."

„Cambridge ist lange her."

„Manches scheint einem noch so deutlich, als wär's erst gestern gewesen. Was, wenn ich Ja gesagt hätte?"

Ich lachte. „Dann hätten Sie mit einem Mann getanzt, der die zwei sprichwörtlichen linken Füße hat. Und festgestellt, dass ich ein schüchterner, junger Bursche war, der stottert. Jemand ohne Geld, ohne Perspektiven und ohne große Ambitionen, beides zu erlangen."

Sie stupste mich mit dem Ellbogen an. „In Ihnen steckt mehr, als es den Anschein hat, Arnold Clover. Und ich bin nicht die Einzige, der das aufgefallen ist. Die eiserne Lady da drin hat Sie auch durchschaut."

„Ach, w-wirklich?"

Ihr Handy vibrierte. Sie las eine Nachricht. „Jo wartet auf mich."

Ich konnte mir die Frage nicht verkneifen. „Hat er wirklich geglaubt, Sie hätten ihn umgebracht?"

Sie zuckte mit den Schultern. „Eine lange Ehe voller Worte, die nie so gemeint waren. Liebevolle. Hasserfüllte. Jo ist in vieler Hinsicht noch ein Kind. Das Produkt einer miserablen Erziehung. Woran ich ebenso schuld bin wie Duke. Mehr noch, denn mir war bewusst, wie sehr wir den Jungen vernachlässigen. Mir fehlten einfach nur Zeit und Wille, etwas dagegen zu tun. Wir gehen nachher alle zusammen noch etwas essen. George und Patty kommen auch mit, wenn die eiserne Lady sie entlässt. Haben Sie Lust, uns zu begleiten? Es wird auch kein Trauermahl, versprochen. Darum kümmere ich mich, sobald ich wieder in London bin. Wenn das alles richtig real wird."

„Das wird es nie. Real, meine ich. Ein Teil davon bleibt immer … kein Traum. Auch kein Albtraum … einfach verschwommen."

„Ich zahle."

„Danke, aber ich bin schon verabredet."

„Die Glücklichen." Sie zog eine Visitenkarte hervor und schob sie mir in die Dufflecoattasche. „Lassen Sie uns in Kontakt bleiben. Vielleicht komme ich wieder. Ich hätte im Lauf der Jahre mal hierherkommen sollen. Venedig hat mehr zu bieten, als ich dachte. Auf den ersten Blick wirkt es vielleicht wie Disneyland mit Gondeln. Aber wenn das zuträfe, wären Sie nicht hier, oder?"

„Nein."

Als sie sich verabschiedet hatte und Richtung Piazza ging, sah ich ihr nach. Sie wackelte – so konnte man es wohl tatsächlich nennen – mit den Hüften. Dann drehte sie sich noch einmal um. „*Arrivederci*, Arnold Clover!", rief sie, und ihre Stimme hallte vom grauen Pflaster vor San Zaccaria wider. „Ich könnte Ihnen das Tanzen beibringen, wissen Sie. Dafür sind wir noch nicht zu alt."

GEORGE BOURNE UND PATRICIA BUCKLEY kamen aus der Carabinieristation, holten sie rasch ein und verschwanden mit ihr in den Abend.

Die lustige Witwe Godolphin, flüsterte eine ungebetene innere Stimme mir zu. Dabei war sie gar nicht lustig. Eher nachdenklich. Verwirrt. Hilflos. So wie wir alle es wären, wenn jemand, der uns nahesteht, stirbt. Unter welchen Umständen und wie fragil unsere Beziehung auch immer gewesen sein mochte. Taub und leer. Treffender konnte man es nicht ausdrücken.

„Gratuliere", sagte ich, als Valentina erschien. Luca, der uns von der gegenüberliegenden Gasse aus sah, steckte sein Handy weg und kam herüber.

„Zu was genau?", fragte sie.

„Zur Lösung des Falls natürlich. Sie sind der Sache erfolgreich auf den Grund gegangen."

Sie sah mich auffällig lange an. „Abendessen", sagte Luca, dem eine gewisse Anspannung nicht entging, und klatschte in die Hände. „Und danach bin ich verabredet. Linie 1, nehme ich an?"

„Nein", antwortete Valentina. „Ich habe eine bessere Idee."

12
Ein Dolch im Herzen

Wir liefen an der Riva degli Schiavoni entlang, am Hotel Danieli vorbei, auf die Mündung des Canal Grande zu. In dem alten Gefängnis, in dem Bibboni und Bebo verhört und gefoltert worden wären, hätten die venezianischen Soldaten sie damals gefasst, brannte Licht. Vor uns an der Piazzetta erhoben sich die zwei Säulen, zwischen denen man die beiden enthauptet oder gehängt hätte, wie so viele andere. Die Ponte della Paglia war ausnahmsweise beinah menschenleer, keine Touristenmassen, die Selfies vor der Seufzerbrücke im Hintergrund machten, die vom Dogenpalast zu dem Ort der grausamen Folter und Kerkerhaft führte. So viel Geschichte, ferne wie nahe, schien mich in diesem Moment zu umgeben. Wie sehr hätte ich mir gewünscht, einfach nach Hause zu gehen, mich aufs Bett zu legen und ein Buch zu lesen oder Miles Davis und seinen mäandernden Trompetenklängen zu lauschen. In einsamer Alltäglichkeit zu versinken. Mich zu fühlen wie Felicity Godolphin. Taub und leer.

Valentina führte uns an den Giardinetti Reali vorbei bis zu Harry's Bar, einem Ort, den Luca mit Schauder betrachtete. Dort traten zwei Männer in dunklen Winterjacken und Gondoliere-Hüten auf uns zu und begrüßten sie herzlich, bevor sie uns zu einem *traghetto* begleiteten, einem gondelähnlichen, schmalen Fährboot, das in Venedig zum kurzen Übersetzen benutzt wurde. „Die beiden hat sie herbestellt", flüsterte Luca mir zu. „Normalerweise würden die nicht um diese Zeit hier warten."

Es gab offenbar wenig, was meine neue Bekanntschaft bei den Carabinieri nicht arrangieren konnte, wenn sie wollte.

Wir stiegen ein, und die zwei Bootsführer manövrierten uns geschickt auf den Kanal hinaus und ruderten uns dann gemächlich in

Richtung der Anlegestelle bei der Punta della Dogana. Vor uns erhob sich, sanft beleuchtet, die gewaltige Silhouette der Salutekirche. Linker Hand lag wie ein Schiffsbug die Spitze von Dorsoduro im Becken von San Marco, wo der Canal Grande und der Giudecca-Kanal ihren Anfang nahmen.

Valentina drehte sich zu mir um. „Morde gibt es vielleicht keine in Venedig. Aber die Stadt ist voller Geheimnisse." Das *traghetto* geriet in die Heckwelle eines vorbeifahrenden Vaporettos und begann hin und her zu schwanken. „Im Fall des unglückseligen Marmaduke Godolphin ist eins noch nicht gelüftet."

„Wolff!", rief Luca und fuchtelte mit den Armen wie ein aufgeregter Teenager. Der Mann hatte manchmal etwas bewundernswert Jugendliches an sich. Eine helle, unbändige Begeisterung, sobald eine neue Herausforderung am Horizont erschien. Selbst Duke Godolphin und sein Schicksal konnten dem keinen Abbruch tun.

„Genau."

Ich setzte mich hin. Etwas, das gewöhnlich nur Touristen taten, aber es fiel mir schwer, mich in dem schaukelnden Boot aufrecht zu halten. Und das Letzte, was ich an diesem seltsamen Tag wollte, war, von einem genervten *traghetto*-Ruderer aus dem schmutzigen Lagunenwasser gefischt zu werden.

„War es einer von ihnen, was glauben Sie? Vom Goldenen Zirkel?", fragte Valentina.

„Das werden wir wohl nie erfahren, oder?", kam Luca mir zum Glück mit einer Antwort zuvor. „Hatte bestimmt was mit Rache zu tun. Jemandem wie Godolphin eins auswischen zu wollen. Unangenehmer Zeitgenosse, zugegeben, aber der Mann war schon alt. Auf dem absteigenden Ast. Jedenfalls sowieso bald weg vom Fenster. Und das wusste er wahrscheinlich. Daher auch diese blinde Gier, als Sieger dazustehen." Er kam etwas näher zu mir, und ich staunte, wie mühelos die beiden in dem schwankenden Boot das Gleichgewicht hielten; wie Surfer auf dunkler See. „Mir sind im Laufe der Jahre schon einige sogenannte Stars über den Weg gelaufen, weißt du. Leute, die es weit nach oben geschafft hatten. Ziemlich viele waren unglücklich. Das ist wohl die Kehrseite des Erfolgs. Wahrscheinlich fragst du dich ständig, wann du von deinem privilegierten Platz an der Sonne vertrieben wirst." Er klopfte mir auf die Schulter, als freundschaftliche Geste oder weil er sich ein bisschen abstützen wollte vielleicht. „Am besten, du willst gar nicht erst so hoch hinaus und gibst dich mit dem goldenen Mittelweg zufrieden. Dass mir einer von Godolphins Gästen sonderlich rachsüchtig vorgekommen wäre, könnte ich allerdings nicht behaupten. Ehrlich gesagt mochte ich sie. Sogar der Amerikaner schien bei genauerem Hinsehen ein ganz anständiger Kerl zu sein."

„Spielt das denn jetzt noch eine Rolle?", wandte ich mich an Valentina. „Wer dieser Wolff war. Sie wissen doch, wie Marmaduke Godolphin zu Tode kam. Und Sie haben zwei Personen, die dem Untersuchungsrichter vorgeführt werden."

Sie winkte mit ihrem flatternden Handschuh ab. „Man wird sie nicht anklagen. Wofür auch? Bestenfalls wegen leichter Körperverletzung. Godolphin hat seinen Tod selbst herbeigeführt. Alkoholisiert, gewalttätig, unachtsam, auf einer Brücke mit niedrigem Geländer."

„Also …"

„Wahrscheinlich ist es wirklich egal", räumte sie ein.

„Mir aber nicht!", meldete Luca sich zu Wort. „Ich hab diesen ganzen wertlosen Kram ins Archiv bestellt. Ich hab unserer Leiterin versichert, sie würde ein hübsches Geschenk bekommen, mit dem wir vor aller Welt glänzen könnten. Und sogar die Florentiner blass aussehen lassen. Stattdessen …"

„Entsorg es", sagte ich. „Alles. Am besten, wir lassen die ganze Geschichte hinter uns."

Wir näherten uns der Anlegestelle. Dorsoduro. Nur zwanzig Minuten Fußweg bis nach Hause. Aber zuerst das Restaurant. Zu dritt. Worüber ich froh war. Denn ich wollte auf keinen Fall noch mehr Zeit allein mit Valentina Fabbri verbringen.

„Das Dumme ist nur", fügte sie hinzu, während wir an die Planken stießen und uns bereit machten, an Land zu gehen, „dass mir lose Fäden genauso missfallen wie George Bourne baumelnde Partizipien. Was immer das ist."

„Ein Problem der englischen Grammatik."

Ich stieg als Letzter aus und musste mir, nicht an *traghetti* gewöhnt, von den fröhlichen Bootsführern helfen lassen, wie der Ausländer, der ich schließlich war.

„Englische Grammatik interessiert mich nicht", erklärte sie und begann, mit großen Schritten auf die graue Silhouette der Salutekirche zuzumarschieren. „Lose Fäden schon."

Wir hatten Mühe, mit ihr mitzuhalten. An der Kirche bog sie links ab, überquerte eine Brücke, betrat eine dunkle Gasse und führte uns an der Rückseite des Ca' Dario entlang, dem wegen seiner Geschichte voller Selbstmorde und mysteriöser Todesfälle vielleicht berüchtigtsten Palazzo auf dieser Seite des Canal Grande. Kurz darauf kamen wir am Guggenheim vorbei, und sie steuerte offenbar auf das Restaurant ihres Mannes zu, das sich auf der anderen Seite einer schmalen Brücke an der Fondamenta Ospedaleto befand. Davor blieb sie stehen und wartete, bis wir sie eingeholt hatten.

„Ich bin am Verhungern", sagte Luca und rieb sich freudig die Hände. „Spätestens um acht muss ich allerdings wieder draußen sein. Ein Rendezvous."

„Du kannst jetzt gleich zu deinem Rendezvous gehen", sagte Valentina. „Tut mir leid, Luca. Aber Arnold und ich müssen reden."

Er hob die Hand und wollte etwas sagen, besann sich jedoch eines Besseren, als er ihren Blick sah.

„Wenn das so ist …", antwortete er mit einem kurzen Grinsen, „dann bin ich mal weg."

Valentina Fabbri sah ihm nach, während er sich durch die Gasse Richtung Accademia entfernte.

„Hoffentlich ist er jetzt nicht sauer", sagte sie und schob die Tür zum Il Pagliaccio auf. „Nach Ihnen."

DAS RESTAURANT WAR KLEIN, sämtliche Plätze waren reserviert, die meisten schon besetzt. Überall hingen Spiegel, auf den Tischen lagen edle Decken, die moderne Einrichtung war geschmackvoll elegant, die Speisekarte, stellte ich fest, überstieg deutlich meine Verhältnisse. Allein mit einem Teller Antipasti wäre mein tägliches Essensbudget schon aufgebraucht gewesen. Franco, Valentinas Mann, kümmerte sich an einem Tisch am Fenster persönlich um uns, etwas abseits der anderen Gäste. Er war ein gut aussehender, sportlicher Typ, jünger als sie, schien mir, schlank und proper gekleidet, so wie viele der ambitionierten Szeneköche heutzutage. Aus Mailand, das sei leider nicht zu ändern, erklärte sie.

Als seine Frau zur Toilette verschwand, beugte er sich lächelnd zu mir herunter. „Hier bringt sie ihre Delinquenten immer her, bevor sie sie verhaftet", flüsterte er mir in typischem Mailänder Tonfall ins Ohr.

Ich blinzelte ihn an.

„War nur ein Scherz", fügte er augenzwinkernd hinzu. „Wie schmeckt Ihnen der Wein?"

Ich trank einen Schluck. Er war trüb, fein perlend wie Prosecco und doch irgendwie anders. „Ich bin kein Experte, aber ich würde sagen, frisch, fruchtig und … recht trocken. Mineralisch ist, glaube ich, das richtige Wort."

„Denken Sie, es ist Prosecco?"

„Nein, aber nah dran."

Er schien beeindruckt. „Ein naturreiner Weißwein, der in ursprünglichem Verfahren ausgebaut wird, nicht in Stahltanks wie bei den großen Produzenten. In der Flasche vergoren und auf der Hefe belassen. *Col fondo*, sagen wir. Mit Bodensatz."

Seine Frau war wieder zurück und hörte zu.

„Er hat das Zeug zum Connaisseur", sagte Franco zu ihr.

„Arnold hat das Zeug zu vielem. Aber wir sind hier, um dein neues Menü zu testen. Die Antipasti?"

Er zückte einen handbeschriebenen Bogen Papier. *Schie, canoce, sarde in saor, cannolicchi, baccalà mantecato* und *moeche*, außerdem rote Garnelen aus Sizilien.

„Wir hatten heute bei Ugo schon *baccalà*", erklärte Valentina. „Du sollst nicht das Gefühl haben, mit ihm konkurrieren zu müssen. Und wolltest du diesen Vorspeisenteller nicht *Chioggias Köstlichkeiten* nennen?"

„Ja, richtig."

„Dann kannst du keine Garnelen aus Sizilien dafür nehmen. Streich sie."

„Madames Wunsch ist mir Befehl", antworte Franco mit einer schwungvollen Armbewegung.

Sie hatte ihre Carabinieri-Jacke ausgezogen und etwas mit ihren Haaren gemacht, während sie weg gewesen war. Nun saß sie in einer makellos weißen Bluse, mit funkelnder Halskette, Ohrringen, die mir vorher nicht aufgefallen waren, und dezentem Make-up vor mir. Eine bezaubernd schöne Frau, ein sündhaft teures Restaurant. Es war ein außergewöhnlicher Tag gewesen, und er war noch nicht vorbei.

„Also. Worüber sollen wir uns unterhalten, Arnold?"

„Über das Essen?"

„Das Essen ist noch nicht da."

„Ach, richtig."

„Mein Mann ist ein hervorragender Koch, aber er hat kein Gespür fürs Geschäft. Deshalb haben mein Bruder und ich ein Auge auf die Finanzen. Würde man Franco lassen, würde er Gerichte kreieren, die uns dreißig Euro kosten, und sie für zwanzig verkaufen. Gewinnmargen. Die sind entscheidend in der Gastronomie. Wie sonst kaum etwas. Welcher Spielraum bleibt einem, um noch einen Ertrag zu erzielen? Inwieweit sollte man auf Nummer sicher gehen?"

„Sie müssen eine viel beschäftigte Frau sein."

„Ich bin gerne beschäftigt, Arnold. Genau wie Sie, glaube ich. Sogar noch im Ruhestand."

Ich lächelte und erhob mein Glas.

„Mögen Sie die Oper? Im Fenice wird bald Verdis *Otello* gegeben. Ich könnte Ihnen eine Freikarte besorgen."

„Oper war eher etwas für meine Frau."

„Ach ja. Jazz. Sagten Sie."

Ihr entging wirklich nichts.

„Shakespeare ist so unglaublich britisch. Feinheiten, sage ich nur. Manchmal benennt er seine Stücke nach bestimmten Personen, obwohl sie größtenteils von anderen handeln. *Julius Caesar* zum Beispiel. Wer stirbt gleich am Anfang und überlässt anderen die Bühne? Oder nehmen Sie *Othello*. Eigentlich geht es darin hauptsächlich um Iago, scheint mir."

„Ich erinnere mich –"

„Iago. Auf den ersten Blick Othellos treuer Diener. Und doch spinnt er seine Intrigen. Der angeblich ach so ehrliche Iago flüstert seinen Freunden Lügen ins Ohr und täuscht seinen Herrn, der ihm vertraut, als wäre er sein eigener Bruder. Warum nur?"

Wieder einmal wurde ich in eine Unterhaltung verwickelt, mit der ich nicht gerechnet hatte. „Wenn ich mich richtig erinnere, war er gekränkt, weil er bei einer Beförderung übergangen wurde."

Franco kam mit dem Essen, zwei randvollen Tellern mit Meeresfrüchten, die so kunstvoll angerichtet waren, dass sie als Gemälde die Wand einer der örtlichen Galerien hätten zieren können, die reiche Touristen anlocken wollten.

„Richtig", sagte Valentina, als er wieder weg war. „Aber das glaubt niemand, oder? Es muss mehr dahinterstecken. Oder vielleicht … nichts? Vielleicht ist das sein wahres Ich. Und er ist von Natur aus böse. Eine dunkle Seele. Unergründlich. Für immer verdammt."

Sie nahm eine *moeca*, einen der kleinen Weichschalenkrebse, und begann, nacheinander ihre dünnen Beine zu entfernen. Ich spießte ein Stück Sardine auf und versuchte, mir einzureden, ich hätte Appetit.

„Finden Sie die *sarde* nicht auch ein wenig zu süß?"

„Nein. Eigentlich perfekt."

„Für meine Begriffe eine Spur zu süß. Haben Sie keine Vermutung?"

„Wenn Sie mich fragen …", antwortete ich unvermittelt, „also ich glaube … er ist bestimmt jemand, der guten Grund hat, verbittert zu sein. Ein Opfer der Umstände. Iago ist Fußsoldat. Einer der einfachen Männer, die in Vergessenheit geraten, wenn sie sterben. Die in irgendeiner Grube auf einem fremden Schlachtfeld enden und nicht in einer prächtigen Grabstätte in San Giovanni e Paolo beigesetzt werden. Er ist Othello auf seinen Feldzügen immer ein treuer Gefolgsmann gewesen. Und es waren grausame Feldzüge. Sie kennen Venedigs Geschichte. Mit ihren Gräueltaten und den blutigen Kämpfen auf Zypern und anderswo."

„Es waren gewalttätige Zeiten. Und es waren gewalttätige Männer. Genau wie ihre Feinde."

„Stimmt. Der Punkt ist, dass Gewalt und Blutvergießen ihren Tribut fordern. Von den Tätern wie von den Opfern. Vielleicht hatte sich durch seine Erlebnisse und seine von Othello befohlenen Taten Iagos Einstellung gewandelt. Und zu Beginn des Stückes empfindet er bereits Abscheu dagegen, wie Gewalt und Barbarei seinen Herrn an die Spitze der venezianischen Gesellschaft gebracht haben. Seine Rache besteht darin, Othello eine ebenso grausame Realität ins Haus zu bringen, damit dieser Regisseur seines eigenen, möglichst entsetzlichen Untergangs wird. Und zwar indem er dem Mann so lange Lügen einflüstert und hinter seinem Rücken intrigiert, bis er seine unschuldige Frau ermordet."

Valentina deutete mit einem Fangschreckenkrebs über den Tisch. „Sehr modern interpretiert. Psychologisch. Waren Sie selbst nicht auch ein bisschen wie Iago? Haben den anderen etwas zugeflüstert? Wenn ich das so sagen darf. Als Sie Felicity zur todgeweihten Ursula brachten, die nach ihrem prophetischen Traum leicht hätte umkehren können. Indem Sie Bourne sagten … was war es noch? Ach ja, *wer nicht wagt, der nicht gewinnt.*"

Sie riss die *canocia* auseinander und verspeiste die Einzelteile. „Nur Caroline Fitzroys Besuch bei der venezianischen Dame, den Sie für sie vorgesehen hatten, kam nicht zustande. Schade eigentlich. Ich habe mich ein wenig über Veronica Franco schlau gemacht. Eine faszinierende Frau. Auch jemand, der sich gegen Männer gewehrt hat, die andere ausgenutzt haben. Sie verdient es, viel bekannter zu sein."

Ich versuchte, so viel wie möglich von den Antipasti zu essen. Sie schmeckten köstlich. Das Problem war mein zunehmend schwindender Hunger. „Ich bin mir nicht sicher, worauf Sie hinauswollen."

Sie schüttelte den Kopf. „Auf nichts. Auf gar nichts. Ich habe nur festgestellt, dass ein vermeintlich harmloses Wort hier und da erhebliche Folgen haben kann. Wäre Godolphin in der Öffentlichkeit als Betrüger entlarvt worden, hätten die drei sich bestimmt darüber gefreut. Mit Sicherheit hätten sie wenig zu seiner Verteidigung unternommen."

Ich begann zu schwitzen. Vielleicht die Raumtemperatur.

„Wegen dem, was ich zu ihnen gesagt habe, meinen Sie?"

Bevor sie antworten konnte, war Franco zurück. Er strahlte und hatte zwei Gläser unterschiedlichen Wein mitgebracht, wieder trüb, wie ich sehen konnte, wieder naturbelassen also.

„Wie waren die Antipasti?"

„Perfekt, bis auf die *sarde*. Die waren mir zu süß."

„Ich fand sie großartig", sagte ich. „Alle. Das beste Essen, das ich je in Venedig bekommen habe. Oder sonst irgendwo."

Valentina tippte mich an den Arm. „Sie müssen ihm nicht schmeicheln."

„Das tue ich nicht. Ich sage die Wahrheit."

„Gut. Ich schätze die Wahrheit. Aber das wissen Sie ja."

Franco nickte. „Als Nächstes haben wir Reis mit kleinen Fischen, die wir aus dem Schlamm ziehen."

„Schreib das bloß nicht auf die Karte, Liebling."

„Aber, *Liebling*. Das ist doch die Wahrheit!"

Valentina bat mich um einen Moment Geduld; sie müsse etwas auf ihrem Handy nachsehen.

Ich wünschte nichts mehr, als einfach gehen zu können.

Vergebens, das war mir klar.

Ein Kellner brachte zwei Teller mit einer cremigen Masse, die aussah wie zäher Porridge. Darauf verteilt Fischstücke und ein Schuss Olivenöl. *Cucina povera*, erklärte Franco, ein Arme-Leute-Gericht, aber mit einem gewissen Etwas.

„Schlagen Sie zu", forderte Valentina mich auf und steckte ihr Handy weg. „So sagen Sie Engländer doch, stimmt's?"

„Stimmt."

Ich hatte gerade die erste Gabel voll im Mund, als sie fortfuhr. „Wer, glauben Sie, war nun dieser Wolff? ... Arnold? Alles in Ordnung, mein Lieber? Haben Sie sich etwa verschluckt? Lassen Sie mich Ihnen etwas Wasser einschenken."

DAS *RISOTTO DI GÒ* war deutlich besser, als es aussah. Der Reis, erklärte Valentina, hieße Vialone Nano und komme aus Verona. Die einzige Sorte, die sich für echtes venezianisches Risotto eigne und sich so kochen ließe, dass er außen *morbido* war, innen aber *al dente*.

Während ich verzweifelt nach Antworten suchte, fuhr sie mit einer ausführlichen Erklärung der aufwendigen Zubereitung fort, die ursprünglich von den armen Fischerfamilien auf Burano stammte. Da die grätenreichen Grundeln in der vornehmeren Küche der Städter verschmäht wurden, aßen sie sie eben selbst. Sie erzählte, wie die kleinen Fische aus ihren Schlupflöchern im Schlamm gelockt und behutsam in Wein und Gemüsebrühe gedünstet wurden, wobei das Fleisch im Ganzen bleiben musste, damit das Gericht nicht schwarz und bitter wurde. Anschließend gab man die Brühe Kelle für Kelle langsam zum Reis und fügte noch etwas geriebenen Parmesan hinzu, um eine cremigere Konsistenz zu erreichen. In Italien, soweit ich wusste, eigentlich ungewöhnlich bei Fischgerichten.

Es war seltsam, wie sehr die Beschreibung eines Kochvorgangs mich aus der Ruhe bringen konnte. Wessen sie sich, dessen war ich mir sicher, überaus bewusst war.

„Faszinierend", sagte ich, als wir kurz davor waren, unsere Teller mit Brot auszuwischen. „Erklären Sie mir noch einmal die einzelnen Schritte."

„Das habe ich gerade, Arnold. Haben Sie etwa nicht zugehört?"

„Ich bin nicht ganz mitgekommen. Von *gò* höre ich zum ersten Mal. Offenbar kein Vergleich mit *fish and chips*."

Ein leichter Ausdruck von Unmut überflog ihr Gesicht. „Vergessen Sie die kleinen Fische im Lagunenschlamm. Wenden wir uns lieber wieder dem geheimnisvollen Wolff zu. Wer, glauben Sie, war er – oder sie?"

„Ist das denn jetzt noch von Bedeutung?"

„Lose Fäden. Wie ich schon sagte. Für mich ist es von Bedeutung. Für Luca auch, obwohl er es nicht unbedingt erfahren muss."

Ich schlug das Einzige vor, das mir einfiel. Godolphins zurückliegende E-Mail-Korrespondenz zu überprüfen und zu versuchen, den mysteriösen Antiquar darüber ausfindig zu machen.

„Das habe ich Ihnen doch alles heute Nachmittag schon gesagt", antwortete sie und hielt ihr Handy in die Höhe. „Wir haben Godolphins Finger benutzt, um sein Mobiltelefon zu entsperren. Anschließend habe ich meine Leute beauftragt, alles runterzuziehen, was darauf war. Kontakte, Nachrichten. E-Mails. Kalenderdaten." Sie runzelte die Stirn. „Leider scheint er vor ungefähr einem Jahr das Handy gewechselt zu haben, deshalb reicht nichts davon weiter zurück als bis zu diesem Zeitpunkt."

„Wie clever von ihm …"

„Das ist nicht clever. Das ist völlig normal." Sie beugte sich lächelnd nach vorn, obwohl wir weit genug von den anderen Gästen entfernt saßen, um nicht gehört zu werden.

„Soll ich Ihnen mal sagen, was clever war. Vor ein paar Jahren hatten wir einen Einbruchsfall. Wertvolle Gegenstände aus einem unserer Museen wurden gestohlen. Innerhalb weniger Tage hatte ich den Täter dingfest gemacht. Er hatte sein Blut am Tatort hinterlassen.“

„Ach …“

„Halten Sie das etwa für selbstverständlich?“

„Eigentlich schon.“

„Es war Sommer. Heiß. Stickig. Überall Stechmücken. Sein Blut befand sich in einer Mücke, die an einer Glasvitrine klebte. Er hatte sie auf dem Weg nach draußen erschlagen. Es reichte uns, um seine DNA zu bestimmen.“

„Das war in der Tat clever“, stimmte ich ihr zu.

Valentina sah die Nachrichten auf ihrem Handy durch. „Was Godolphins Mailverkehr mit Wolff betrifft, wissen wir, dass er schon vor ein paar Jahren begann. Auf seinem Mobiltelefon befinden sich jedoch nur Nachrichten, die nicht älter als ein Dreivierteljahr sind. Gleich zu Anfang entwickelte sich eine Konversation über eine interessante Entdeckung. Weder die Medici noch Michelangelo werden erwähnt. Es handelte sich offenbar nur um einen Köder, den Godolphin bereitwillig schluckte. Schließlich wollte er, wie wir wissen, unbedingt auf den Bildschirm zurück.“

Ich trank meinen Wein aus. Zum nächsten Gang würde gleich ein anderer gereicht, sagte sie. Dann konzentrierte ich mich weiter auf das Risotto. Immerhin schmeckte es vorzüglich.

„Vor ein paar Monaten dann eine merkwürdige Unterbrechung der Korrespondenz. Godolphin sandte einige E-Mails, die unbeantwortet blieben. Erst im vergangenen Herbst begann Wolff wieder zu schreiben. Hier …“ Sie reichte mir das Handy. „Lesen Sie mal rein. Es ist merkwürdig. Das Englisch ist so perfekt, dass ich davon ausgehen muss, dass es seine – oder ihre – Muttersprache war. Gleichzeitig ändert sich der Stil der Nachrichten, als die Konversation wieder aufgenommen wird. Vorher war die Ausdrucksweise blumiger, ausgeschmückter, elaborierter, wenn Sie so wollen. Ab diesem Zeitpunkt sind es eher E-Mails in nüchternem, pragmatischem Alltagston, die schließlich zu dem Versprechen einer spektakulären Entdeckung führen, die mit den Medici und Michelangelo zu tun hat. In einer der letzten dann die Skizze eines Dolches, der eindeutig dem von Aldobrandini ähnelt. Wolff schreibt, er habe ihn extra für Godolphin anfertigen lassen und würde ihm die Waffe zuschicken, damit er sich mit eigenen Augen von der Kunstfertigkeit überzeugen könne, mit der das Stück hergestellt wurde. Schließlich die abschließende Nachricht, in der er mitteilt, dass er nicht mehr lange zu leben habe und dass er das Material mit dem außergewöhnlichen Fund getarnt, wenn man so will, hierher ins Staatsarchiv schicken würde. Und in der er Sie als Ansprechperson nennt, die vielleicht beim weiteren Vorgehen helfen könne. Alles ziemlich emotionslos und sachlich, habe ich den Eindruck. Was denken Sie?"

Ich öffnete einige der E-Mails, ohne einen richtigen Blick darauf zu werfen. Ein Kellner kam und räumte unsere Teller ab. Valentina beauftragte ihn, ihrem Mann zu sagen, er solle in Zukunft weniger Salz beim Risotto verwenden. Er nickte, legte uns neues Besteck hin und brachte zwei Gläser Rotwein. Ein Valpolicella Ripasso zum Hauptgang, erklärte er, ein gehaltvoller Roter aus dem Veneto, der eine Weile auf dem Trester des aus getrockneten Trauben hergestellten Amarone gelagert habe. Dadurch habe er zwar den typischen Geschmack seines teureren Verwandten angenommen, sei aber nicht ganz so schwer und harmoniere besser mit dem folgenden Gericht. Wobei es sich um ein Rubia-Gallega-Filetsteak handelte, lange gereiftes Rindfleisch, das mit Zucchini-Pfefferminz-Creme, würzigem Salat und einer Weinsauce serviert wurde.

„Ich weiß, ehrlich gesagt nicht, was ich denken soll."

„Ich habe mit Volpetti darüber gesprochen, was diese kluge Frau in Verona Ihnen gesagt hat. Über die geschickte Vorgehensweise bei diesem Coup. Mit welch beeindruckendem historischen Wissen alles vorbereitet wurde, damit es auf den ersten Blick überzeugend wirkt, während das Ganze von Anfang an löchrig war wie Schweizer Käse. Voller verdeckter Fehler, für jeden mit entsprechender Fachkenntnis offenkundig."

Der Hauptgang wurde serviert. Ich starrte auf meinen Teller. Wieder war alles so kunstvoll angerichtet wie auf einem Gemälde.

„So etwas kann nur ein kompetenter Historiker austüfteln, studiert oder nicht", fuhr sie fort. „Das Ziel war natürlich, wie Godolphin am Ende sicher selbst erkannte, unseren Star-Historiker zu blamieren. Nicht ihn ins Jenseits zu befördern. Wozu auch der Aufwand? Hätte derjenige den Mann tot sehen wollen, hätte es einfachere Lösungen gegeben. Ich muss mich wiederholen. In Venedig gibt es keine Morde."

„Nur Unfälle."

„Und Geheimnisse, wie gesagt."

In dem Rinderfilet steckte eine kleine spanische Flagge, die darauf hinwies, dass es aus Galizien stammte.

„Sie sind so schweigsam, Arnold. Haben Sie mir wirklich nichts zu sagen?" Valentina stach in ihr Fleisch, trank einen Schluck Wein, und stach noch einmal zu, bevor sie einen Bissen abschnitt und zum Mund führte. „Nein? Na dann, *buon appetito*."

„Vielleicht", sagte ich, „sollte man akzeptieren, dass es im Leben lose Fäden gibt. Und dass es manchmal besser ist, es dabei zu belassen."

„Vernünftiger Rat. Schlagen Sie zu."

Das Rindfleisch war fantastisch. Gut gereift und zugleich zart. Intensiv im Geschmack und dabei kaum gewürzt.

„Übrigens", sie durchtrennte ihr Steak bis zum blutigen Kern, „habe ich von der Londoner Polizei erfahren, dass diese arme junge Frau, Julie Dean, im Nationalarchiv in Kew gearbeitet hat, bevor sie als Praktikantin zu Marmaduke Godolphins Fernsehteam wechselte. Sind Sie beide sich zufällig einmal begegnet?"

Ich legte Messer und Gabel ab. Dann trank ich einen großen Schluck des schweren Weins.

Plötzlich wurde mir klar, dass die ganze Zeit schon ich der Hauptgang dieses Essens gewesen war. Und eigentlich hatte ich das von Anfang an gewusst.

„Einmal, glaube ich. Öfter nicht."

„Dann ..." Sie wedelte kurz mit der Hand, und ich war mit einem Mal wieder in unserem kleinen Haus in Wimbledon, Eleanor lag sterbend in meinen Armen und sah mich an, Angst und Entschlossenheit im Blick. „Schießen Sie los. Und lassen Sie nichts aus. Schließlich ...", sie erhob lächelnd ihr Glas, „haben wir noch Zeit bis zu den *dolci*."

SEIT ICH AN DIESEM TAG Valentina Fabbris Dienstzimmer bei den Carabinieri in San Zaccaria betreten hatte, war es mein Ziel gewesen, mich als möglichst verlässlichen Erzähler zu geben. Sie hatte mich gebeten, ihr alles zu berichten, was ich wusste. Nicht nur über Godolphin und den Nachlass Wolff, auch über meine eigene Rolle bei der ganzen Angelegenheit, während sie bis zu ihrem tragischen Ende ihren Lauf nahm. Und darüber, was allem vorausgegangen war, einschließlich persönlicher Details, was mich zum damaligen Zeitpunkt verwirrte. Doch weil die Frau darauf beharrte, hatte ich zugestimmt.

Im Großen und Ganzen hatte ich die Wahrheit gesagt. Die entscheidende Ungenauigkeit – zweifellos eine Lüge, ob notgedrungen oder nicht, mögen andere beurteilen – betraf den Tod meiner Frau. Da solche schmerzhaften Themen persönlich sind, stand es mir, glaube ich, zu, die Einzelheiten auszulassen, obwohl es Umstände gab, die eindeutig dagegen sprachen. Jemand, der sich etwas vormachen will, wird diese aber stets verdrängen.

Drei Tage vor unserer gemeinsamen Ruhestandsparty, sieben Wochen bevor wir die Erdgeschosswohnung in San Pantalon in Besitz nehmen sollten, war Eleanor nicht plötzlich vor meinen Augen gestorben. Ich war in der Küche gewesen, um Tee zu kochen, als ich sie schreien hörte, gefolgt von dem entsetzlichen Geräusch, als sie auf den Boden prallte. Sie lag auf dem Teppich und rang verzweifelt nach Luft. Es dauerte anderthalb Stunden, bis der Rettungswagen eintraf. Personaleinsparungen, erklärte man mir. Als es endlich an der Tür klingelte, war die Frau, mit der ich sechsunddreißig Jahre verheiratet gewesen war, schon tot. Ihren letzten Atemzug hatte sie in meinen Armen getan, während meine Tränen auf ihr angsterfülltes Gesicht fielen. Doch zuvor hatte sie mir noch erzählt, was sie heimlich geplant hatte: Sturz und Erniedrigung Marmaduke Godolphins, eines Mannes, der alles verkörperte, was sie inzwischen an England so hasste. Eines Mannes, den sie auch aus persönlichen Gründen zutiefst verabscheute. Wegen seiner Rolle beim Tod der armen Julie Dean.

Ich hörte zu. Fassungslos. Schockiert. Und beschämt, wenn ich ehrlich bin, dass meine Frau derart böswillige Anstrengungen unternommen hatte, diesen Menschen zu zerstören, wie zuwider er ihr auch gewesen sein mochte. Ich hatte Julie Dean kaum gekannt. Die junge

288

Frau war mir ziemlich schüchtern und, offen gesagt, unscheinbar erschienen, als sie in Eleanors Abteilung angefangen hatte. Irgendwann verschwand sie plötzlich, um praktisch unbezahlt für Godolphin zu arbeiten, in der Hoffnung, die so viele ihres Alters hegten, sie könnte in der Medienwelt Fuß fassen.

Bis zu diesem Zeitpunkt hatte ich keine Ahnung gehabt, dass Eleanor sich dafür verantwortlich fühlte, dass die junge Frau in die Fänge dieses Mannes geraten war. Tatsächlich hatte sie ihr jedoch ein glänzendes Zeugnis geschrieben, damit sie den Job bekam, in der Annahme, es würde ihr die Tür zur BBC öffnen. Genauso wenig hatte ich gewusst, dass die beiden in Kontakt geblieben waren, nachdem Julie beim Sender angefangen hatte, und dass sie Eleanor bald schon mit Geschichten über ihren berühmten Chef versorgte. Unterhaltsam anfangs, doch irgendwann eher besorgniserregend. Die Situation wurde offenbar zunehmend schwieriger. Godolphin fing an, Forderungen zu stellen, mit denen Frauen nicht selten konfrontiert sind. Als Gegenleistung für eine feste Anstellung sollte Julie ihm gewisse Gefallen tun, wann und wo immer ihm danach war. Als sie sich weigerte und daraufhin Opfer verbalen und körperlichen Missbrauchs wurde, hatte man sie unter Vorgabe fadenscheiniger Gründe entlassen. Enttäuscht, arbeitslos und durch seine Drohungen verunsichert, wandte sie sich an die Leitung des Senders – ohne jedoch mit Felicity Godolphin zu sprechen, weil sie glaubte, bei ihr kein Verständnis zu finden. Duke Godolphin nutzte seine Kontakte nach ganz oben und behauptete, ihre Geschichte sei frei erfunden und er habe sie wegen Unfähigkeit fristlos entlassen, denn als Praktikantin ohne Arbeitsvertrag stünden ihr keinerlei Rechte zu. Wenn irgendwer das Opfer sei, dann er, weil er sich gegenüber derart ungeheuerlichen Anschuldigungen verantworten müsse. Unter anderem verteidigte er sich wohl damit, dass es lächerlich sei anzunehmen, er würde seine Aufmerksamkeit an so eine graue Maus aus Peckham verschwenden.

Wie die Sache ausgegangen war, wusste ich bereits. Mit der Fünf-Uhr-Tragödie auf den Gleisen der Central Line in Oxford Circus.

Nicht lange nach Julies Tod wurde ein Antiquar namens Grigor Wolff geboren. Eleanor unternahm, wie gesagt, regelmäßig Auslandsreisen für Kew, ab und zu vermutlich auch, weil ihr Vorgesetzter sie aus dem Haus haben wollte. Einige dieser Reisen, so stellte sich heraus, als ich später ihre Bankunterlagen durchsah, hatte sie privat gemacht und aus eigener Tasche bezahlt. Durch Verbindungen zum Fernsehen brachte sie in Erfahrung, an welchen Projekten Godolphin gerade arbeitete, und schickte ihm daraufhin unter Wolffs Namen Ideen, Informationsschnipsel, unbekannte Dokumente, die sowohl aus unseren wie auch aus den Beständen anderer Archive stammten. Alles Material, das auch seine Rerchercheure irgendwann gefunden hätten, aber Wolff konnte dem Mann Aufwand und Kosten ersparen und ihm direkt liefern, was er brauchte. Zum Nulltarif, und angeblich aus reiner Bewunderung seines treuesten Fans.

Das Ziel war von Anfang an, ihn bloßzustellen. Der vermeintlich so große Historiker sollte am Ende vor der Welt als Schwindler dastehen, nachdem er selbst auf eine geschickt gemachte Fälschung hereingefallen war.

Eleanor hatte schon länger gewusst, dass es mit ihrer Gesundheit rapide bergab ging, mir aber verschwiegen, wie ernst ihr Zustand war. Während ich noch immer in dem Tagtraum lebte, wir würden bald schon nach Italien mit all seinen Wundern und Sehenswürdigkeiten ziehen, hatte sie mit ihrem Organisationstalent hinter meinem Rücken den letzten Baustein ihres Plans vollendet, Godolphin zunichtezumachen. Den Nachlass Wolff mit seiner tickenden Zeitbombe, zwei gekonnt gefälschten Briefen, die sich zwischen einem Haufen wertlosem Plunder verbargen. Über die Details – den Dolch, den sie bei einem professionellen Messerschmied in Warschau hatte anfertigen lassen, die Briefe selbst, die sie von einem fachkundigen Fälscher in Fitzrovia schreiben ließ – erfuhr ich nichts, bis ich später die Rechnungen in ihren Unterlagen fand. Alles, was noch zu tun sei, sagte sie, sei, den Startschuss zu geben. Die E-Mails von der Adresse aus zu versenden, die sie eingerichtet hatte, das Stilett als Köder nach London zu schicken, damit die Falle zuschnappen könne. Dann hieße es nur noch abwarten, bis Godolphin selbst die Kette der Ereignisse in Gang setzte, durch die er zu der Überzeugung gelangen würde, er hätte dank seines kürzlich verstorbenen Verehrers Wolff eine Entdeckung gemacht, die ihn zurück auf den Fernsehthron bringt.

Aber Eleanor sollte jeden Moment in meinen Armen sterben. Das Lebenslicht in ihrem tränentrüben Blick verblasste schon, ihr sonst so fester Griff erschlaffte. All die Arbeit, all die Mühe, um diesen verhassten Mann zu ruinieren, um den Tod der armen Julie Dean zu rächen, würden dann wie sie im Leeren enden.

„Zwei Versprechen musst du mir geben, Arnold. Zwei ...“

Noch heute klingen mir ihre Worte im Ohr. Noch heute sehe ich die Entschlossenheit in ihrem Blick.

Hilflos und voller Panik bat ich sie, ihre Kräfte zu sparen, sich zu gedulden, durchzuhalten, wieder gesund zu werden. Später sei noch genug Zeit, um das alles zu besprechen. Marmaduke Godolphin sei das Letzte, woran ich jetzt denken wolle.

Ihre faltige Hand umklammerte meine. Sie sagte nichts mehr. Das brauchte sie nicht.

„Ich verspreche es, Liebling“, flüsterte ich. „Ich verspreche es.“ Kurz darauf war sie tot.

Ihr erster Wunsch war leicht zu erfüllen gewesen. Die Falle war bereits gestellt. Die Kisten in Berlin standen versandbereit, die Frachtkosten waren bezahlt, die Papiere in Ordnung. Die Korrespondenz mit Wolff befand sich auf ihrem Laptop, das Passwort dafür in einem Umschlag in ihren Unterlagen, zusammen mit präzisen Instruktionen, wie der komplizierte Plan, den sie ausgeheckt hatte, zu Ende geführt werden sollte. Offensichtlich hatte sie nicht damit gerechnet, es noch selbst tun zu können. Diese Aufgabe fiel nun mir zu.

Um den Stein endgültig ins Rollen zu bringen, brauchte ich nur die E-Mail-Konversation mit Godolphin wieder aufzunehmen. Und dann, sobald ich in Venedig sein würde, die Korrespondenz mit einer letzten Nachricht abzuschließen, in der ich ihm mitteilte, dass Wolff nicht mehr lange zu leben habe und dass der Nachlass sein Abschiedsgeschenk an den von ihm so verehrten Historiker sei. Er würde nicht widerstehen können, denn dass sein glühendster Bewunderer ihm jemals etwas Böses wünschen könnte, lag gewiss außerhalb seiner Vorstellungskraft.

Wäre Eleanor am Leben geblieben, hätte sie sich als pensionierte Archivarin aus Kew wahrscheinlich selbst angeboten, um bei der Sichtung behilflich zu sein. Dessen bin ich mir ziemlich sicher, denn von dem Rätsel mit dem Hinweis zum Auffinden der Palimpseste, das sie auf den Kisten der Lieferung aus Berlin angebracht hatte, erfuhr ich von ihr nichts. Das sollte ich später allein lösen müssen.

Noch bevor ich wieder klar denken konnte, tat ich in jedem Fall, worum sie mich gebeten hatte, und trat erneut mit einem hocherfreuten Marmaduke Godolphin in Kontakt. Das Schiff war unter meiner Flagge losgesegelt. Der Köder, den es überbrachte, schnell geschluckt.

Anschließend folgten ungefähr zwei Monate Funkstille, ereignisarme Wochen, in denen ich mich in meinem neuen Zuhause einrichtete, während ich langsam zu hoffen begann, nichts mehr von Eleanors Komplott zu hören. Wochen, in denen es dem TV-Historiker offenbar gelang, den Amerikanern ausreichend Mittel für die Projektentwicklung aus den Rippen zu leiern, indem er ihnen eine spektakuläre Entdeckung versprach.

Dann kam das folgenreiche Mittagessen mit Luca, und mir wurde klar, dass ich etwas in Gang gesetzt hatte, das sich inzwischen meiner Kontrolle entzog.

Ich hatte keine Ahnung, dass Godolphin den Goldenen Zirkel zu dem ganzen Zirkus einladen würde. Doch als seine Mitglieder dann hier waren, fand ich es naheliegend, sie ein bisschen zu manipulieren, damit durch Ärger und Enttäuschung seiner Anhänger die bevorstehende Blamage noch größer würde. Ich hatte mich auf Eleanors Intrige eingelassen. Es war nur konsequent, die Sache bis zum Ende durchzuziehen. Nicht eine Sekunde hätte ich geglaubt, dass der Mann dabei zu Tode kommen könnte. Andernfalls hätte ich sofort die Reißleine gezogen und ihm die Wahrheit gesagt. Denn wie schon zu Beginn erwähnt, stimme ich John Donne zwar zu, dass manche Tode größere Verluste darstellen als andere, aber Godolphins tragisches Ende hat mich trotzdem getroffen.

Irgendwann war es ohnehin zu spät. Der Weg, der mir anfangs so einfach und direkt erschienen war, hatte sich unbemerkt geteilt. Es passiert häufig, dass Entscheidungen für uns oder sogar von uns unbemerkt getroffen werden. Entweder wir schreiben unsere Lebensgeschichte selbst, erdichten unsere eigene *storia*, oder andere schreiben sie für uns. So wie Eleanor meine bestimmt hatte, und das Ende dieses Mannes, den sie so abgrundtief hasste.

Es wäre geheuchelt gewesen zu behaupten, ich würde um Marmaduke Godolphin trauern. Es wäre gelogen gewesen zu beteuern, sie hätte sich in ihrer Verbitterung nicht darüber gefreut, ihn mit einem Dolch in der Brust in einem venezianischen *rio* zu sehen.

ALS ICH MEINE GESCHICHTE beendet hatte, standen zwei raffinierte *dolci* auf dem Tisch. Pannacotta mit Rosmarineis, nach einem Rezept aus einer Komödie von Goldoni, hieß es auf der Speisekarte. Womöglich noch aus einer, die in dem kleinen Palazzo verfasst wurde, in dem Lorenzo de' Medici regelmäßig seine Geliebte Elena Barozzi besuchte. Es gab wohl einfach kein Entkommen aus dem Netz der Intrige, das sich im Verlauf dieser kurzen Woche um mich herum zugezogen hatte. Ehrlich gesagt hoffte ich auch nicht darauf. Denn es geschah mir recht.

Valentina langte über den Tisch und tätschelte mir die Hand. „Genießen Sie Ihr Dessert, Arnold. Diese typisch englische Angewohnheit, immer alles in sich reinzufressen, ist schlecht für Ihre Gesundheit. Sie sind jetzt in Italien. Lassen Sie es raus."

Die Nachspeise war köstlich, vor allem natürlich das Eis. Während wir aßen, schwieg sie. „Sie hätten Nein sagen können", sagte sie dann, als ich den letzten Rest aus meiner Dessertschale kratzte.

„Meine Ehefrau, die Frau, die ich liebte und mit der ich mehr als mein halbes Leben verbracht hatte, bat mich im Sterben um ein Versprechen. Glauben Sie wirklich, das hätte ich ihr abschlagen können?"

„Zwei Versprechen."

„Das zweite ist privat."

„Sie hätten zustimmen und nichts tun können."

„Das wäre verlogen gewesen."

Franco kam zu uns herüber. Das neue Menü sei hervorragend gewesen, sagte sie, aber es gäbe noch einiges zu verbessern. Sie würden später darüber reden. Ich bedankte mich herzlich bei beiden. Weiß der Himmel, wie viel mich dieses Essen gekostet hätte, wäre ich nicht Valentinas Gast gewesen. Franco stellte einen Teller mit Pfirsichen, Äpfeln und Orangen auf den Tisch und legte uns zwei kleine Obstmesser hin.

„Aus Sizilien" erklärte er. „Um diese Jahreszeit ist das Angebot hier im Norden begrenzt. Kommen Sie doch mal in ein, zwei Monaten wieder, wenn das erste Gemüse auf Sant'Erasmo gedeiht."

„Ein Cousin von mir hat dort einen kleinen Bauernhof", fügte Valentina hinzu. „Sie müssen unbedingt Francos *risotto de la vigna* probieren. Mit jungen Wein- und Himbeerblättern, Spargel und Kräutern. Unvergleichlich."

„Und *carciofi*", sagte Franco. „Wer Sant'Erasmo erwähnt, darf die Artischocken nicht vergessen. Wir sind saisonabhängig, wissen Sie. Nach einer Weile gewöhnt man sich daran. Winter, Frühjahr. Sommer, Herbst. Sich gegen die Jahreszeiten zu wehren ist sinnlos. Der Lauf der Welt ist mächtiger als wir."

„Haben Sie inzwischen Ihren inneren Frieden gefunden, Arnold Clover?", fragte Valentina, als er wieder außer Hörweite war. „Oder wehren Sie sich noch gegen den Lauf der Welt, so unmöglich das ist?"

Eine berechtigte, unvermeidbare Frage. „Meinetwegen ist ein Mensch gestorben."

„Das ist nicht richtig." Sie schüttelte vehement den Kopf. „Es war ein Unfall. Die Tatsache, dass er wegen Ihren Machenschaften und denen Ihrer Frau hier in Venedig war, steht zwar außer Frage. Aber Godolphin hat sich selbst auf diese Brücke begeben. Er war es selbst, der den Dolch geschwungen, der die junge Amerikanerin und George Bourne beleidigt, der sie wutentbrannt angegriffen hat. Die beiden trifft genauso wenig Schuld an seinem Tod wie Sie. Daran habe ich keinen Zweifel. Sieht einer von ihnen etwa aus wie ein Mörder?"

Woher sollte ich das wissen? Ich war ein pensionierter Archivar. Ein verstaubter Aktensortierer, wie Godolphin es genannt hatte. Ein einfacher, in sich gekehrter, wissbegieriger Mensch, der sein Berufsleben damit verbracht hatte, Dokumente aus der Vergangenheit zu sortieren und zu kategorisieren, der gegen seinen Willen in eine Intrige verwickelt worden war, die seine Frau heimlich gesponnen hatte und die zu einem unerwarteten Todesfall führte.

Valentina nahm das Messer und schnitt den Stein aus einem Pfirsich. Mir fiel auf, wie gekonnt sie dabei vorging. Franco war offensichtlich nicht der einzige Koch, den es hier gab. „Als ich von dem Dolchstoß ins Herz sprach, habe ich nicht an Marmaduke Godolphin gedacht. Ihnen steht der Schmerz ins Gesicht geschrieben. Ihr schlechtes Gewissen war nicht zu übersehen, als Sie heute Morgen durch die Tür kamen. Mir gefallen Männer, die nicht gut lügen können. Es gibt zu wenige davon." Wieder tätschelte sie meine Hand. „Männer, die in der Lage sind, ein Rätsel zu lösen, das ihnen ihre verstorbene Frau auf einem Stapel Kisten hinterlassen hat, gefallen mir auch. Das war clever, Arnold. Sie besitzen Talente, von denen Sie selbst nichts ahnen."

Ich dachte an die Tauben, die überall gurrten, und wie das Geräusch mich immer noch nervte. Und ich dachte an Poes Raben, der mir heute früh wieder in den Sinn gekommen war, als ich, Schlimmes befürchtend, quer durch die Stadt zur Carabinieristation nach San Zaccaria lief.

Fort! und reiß aus meinem Herzen deines Schnabels scharfen Speer …

Natürlich hatte sie recht. Seit ich zugestimmt hatte, Godolphin den Nachlass Wolff vor die Nase zu setzen, quälten mich Schuldgefühle, umso mehr, seit die Ereignisse unaufhaltsam in Gang gekommen waren und mich mitgerissen hatten. Sein Tod machte alles noch viel schlimmer.

„*Nimmermehr*", flüsterte ich.

„Wie bitte?"

„Ach, nichts. Aber bei mir liegt doch die Verantwortung für –"

„Für den Schwindel mit den Briefen. Für einen gemeinen kindischen Streich." Ein rot lackierter Fingernagel bewegte sich mahnend vor mir hin und her. „Sie haben den Startknopf gedrückt. Wie Iago den Motor zum Laufen gebracht, alle gegen Godolphin aufgehetzt, damit der Sturm, wenn er dann losbricht, umso heftiger wird. Das war falsch, und das wissen Sie. Aber …", sie schwenkte das spitze Silbermesser vor meiner Nase, „den Dolch, der noch immer in Ihrem Herzen steckt, müssen Sie schon selbst herausziehen."

Ich schob ein Stück Apfel auf meinem Teller umher, und das Herz schlug mir bis zum Hals. „Sie meinen, das ist alles?"

„Was erwarten Sie noch?"

„Wollen Sie mich nicht verhaften?"

Sie begann lauthals zu lachen. „Und weswegen?"

„Wegen … irgendetwas."

Sie verschränkte die Arme und sah mich ernst an. „Wenn Sie eins in meinem Beruf lernen, dann, dass die Menschen manchmal auf die merkwürdigsten Abwege geraten, besonders wenn sich etwas in ihrem Leben dem Ende zuneigt – ihre Karriere, ihre Ehe, ihr Leben. Schicksal ist das nicht. Es ist eine Richtung, die sie unbewusst einschlagen. Duke Godolphin ist das passiert. Warum sonst würde ein so intelligenter Mann wie er seine ganze Hoffnung in irgendein Phantom setzen, dem er nie begegnet ist? In einen Unbekannten, der ihm Gott und die Welt zum Nulltarif verspricht?" Sie beugte sich über den Tisch. „Warum sonst würde Ihre Frau, in dem Wissen, dass sie bald sterben wird, all diese Zeit dazu aufwenden, einen komplizierten Racheplan gegen einen verhassten Fremden zu schmieden? Kaffee?"

„Nein, danke. Der raubt mir den Schlaf."

„Dann besser nicht."

Sie gab dem Kellner ein Zeichen, und er brachte meinen Mantel. Beim Hinausgehen nahm sie mich am Arm. Der Abend war kühl und klar, der Mond schien so hell, als wäre er elektrisch beleuchtet.

„Es war grausam, was Ihre Frau getan hat. Ihnen eine solche Last aufzubürden."

„Eleanor war kein grausamer Mensch."

„Das habe ich auch nicht gesagt. Ihre Tat war grausam. Das ist nicht dasselbe."

„Nein", stimmte ich ihr zu. „Da haben Sie recht. Sie sind eine außergewöhnliche Polizistin, die alles sehr genau nimmt."

„Unsinn, Arnold. Außerdem bin ich Carabiniere. Keine Polizistin. Und wie ich Ihnen heute Morgen schon erklärt habe, spielt das Geschlecht keine Rolle. „Also …" Sie führte mich unter die Straßenlaterne an dem schmalen Kanal. Dort standen wir wie zwei Liebende beim Abschiednehmen. „Folgendes wird jetzt passieren. Ich habe eine Cousine, Paola. Sie ist Bibliothekarin in der Querini Stampalia, Sie beide haben also etwas gemeinsam."

„Oh, nein …" Mich überkam leichte Panik. „Ich brauche keine Gesellschaft."

„Lassen Sie mich ausreden! Sie benötigt Englischunterricht und zahlt zwölf Euro pro Stunde."

„Aber ich bin kein Lehrer –"

„Des Weiteren lasse ich Sie auf die Liste der Dolmetscher setzen, auf die wir bei Bedarf zurückgreifen. Die Bezahlung ist etwas besser, die Tätigkeit ein bisschen anstrengender, die Arbeitszeiten manchmal ungewöhnlich."

„Valentina! Ich bin auch kein Dolmetscher. Außerdem habe ich schon mehrfach angemerkt, dass Ihre Englischkenntnisse hervorragend sind."

Sie seufzte und schüttelte den Kopf. „Wie oft soll ich das noch sagen? Mit der englischen Sprache habe ich kein Problem. Es ist eure typisch britische Art, die mir zu schaffen macht. Diese latente Kompliziertheit, die ihr selbst offenbar überhaupt nicht wahrnehmt. Etwas so Verrücktes wie die Sache mit dem Nachlass Wolff konnte nur auf einem englischen Mist gewachsen sein. Dieser ganze Aufwand, um jemandem eins auszuwischen, der von vornherein hätte bestraft werden müssen."

Ich wurde kurz und fest umarmt, auf die italienische Art auf beide Wangen geküsst. Und in dem Moment wusste ich, dass ich jetzt zwei Freunde in Venedig hatte. Luca Volpetti und diese eigenwillige, kluge Frau von den Carabinieri.

„Ihr zweites Geheimnis …"

„Verrate ich nicht. Darum kümmere ich mich morgen."

„Gut. Aber denken Sie daran." Ihr mahnender Zeigefinger fuhr von einer Seite zur anderen. „Ich schaue nur einmal weg. Ab jetzt werden Sie sich benehmen, ja?"

„Tadellos", versprach ich und streckte ihr die Hand hin.

„Ach, Arnold." Sie verdrehte scherzhaft die Augen. „Wir haben noch viel zu tun."

13
Asche auf dem Wasser

Am nächsten Morgen waren die Tauben in Scharen unterwegs. Sie bevölkerten die Gegend um San Pantalon und pickten Essensreste auf dem Campo Santa Margherita auf, immer auf der Hut vor den verfressenen Möwen, die darauf lauerten, ihnen ihr Futter abspenstig zu machen.

Aber sie störten mich nicht mehr.

Santa Maria Gloriosa dei Frari, um die Basilika in meiner Nachbarschaft beim vollen Namen zu nennen, war menschenleer, bis auf eine Handvoll Touristen vor dem pyramidenförmigen Marmordenkmal für Canova, dessen Tür zur vermeintlichen Grabkammer immer offen stand und vor dem seitlich die Skulptur einer verhüllten, weinenden Frau stand. Von Tizians konventioneller gestaltetem Grabmal gegenüber im Kirchenschiff nahm kaum jemand Notiz, obwohl er meiner Ansicht nach der begabtere und venezianischere Künstler gewesen war. Doch wie alle großen Basiliken der Stadt ist die Frarikirche voller Grabstätten und Monumente. Venedig wurde auf Schlamm und Knochen gebaut, ein Umstand, der mir bei jedem Schritt bewusst war. Mein Besuch galt der Kapelle Johannes des Täufers, der ersten rechts vom Altar, die nach Donatellos Skulptur des ausgemergelten Heiligen benannt war, der, mit gequältem Ausdruck im Gesicht, eine Schriftrolle mit den Worten *Ecce Agnus Dei – Seht, das Lamm Gottes* in der linken Hand hielt. Nach dem, was ich erfahren hatte, fiel es nicht schwer zu glauben, dass hier fast fünfhundert Jahre zuvor heimlich die blutigen Überreste Lorenzino de' Medicis unter den ausgetretenen grauen Bodenplatten vergraben worden sein sollen. Kein Wort wies jedoch auf die Stelle hin, nicht einmal ein kleines eingeritztes Kreuz war irgendwo zu sehen. Aber schließlich war er ein Mörder gewesen, und die Beziehungen zwischen Florenz und Venedig schwankten noch jahrhundertelang zwischen Freundschaft und Feindschaft.

Storia. Geschichte oder Fiktion? Lorenzino oder Lorenzaccio? Er war tot. Spielte es da überhaupt noch eine Rolle? Nicht für Duke Godolphin jedenfalls. Der hätte jedes Märchen erfunden, das ihn auf seinen Fernsehthron zurückgebracht hätte, den großen Geschichtenerzähler, den die Massen liebten. Trotzdem spann sich ein Faden, zwischen dem Skelett, das angeblich tief im Erdreich unter der Frarikirche ruhte, zu der Leiche, die im Ospedale Civile auf ihre Überführung nach England wartete, und auf eine Bestattung, die den Reichen und Berühmten vorbehalten war. Eine Verflechtung, in die ich verstrickt wurde. Beziehungsweise mich durch ein Versprechen, das ich einer sterbenden Frau gab, selbst verstrickt hatte.

Ich hatte Eleanor vergöttert, vielleicht nicht die vernünftigste Art zu lieben. Sie besaß alle Eigenschaften, die ich nicht besaß: Feinsinn, Scharfblick, Aufgeschlossenheit. Und sie hatte es faustdick hinter den Ohren, wie es schien. Wie sehr Julie Deans Tod sie getroffen hatte, war mir nicht aufgefallen. Sie ließ sich absolut nichts anmerken und ich nahm törichterweise an, meine Frau, die Gescheitere und Weltgewandtere von uns beiden, würde nur den Moment herbeisehen, in dem wir beide nach Venedig entfliehen und gemeinsam ein neues Leben anfangen könnten. Dabei war das die ganze Zeit nur eine Illusion gewesen. Ein ebenso unerreichbarer Wunschtraum, wie ihn der todgeweihte Lorenzino vielleicht hatte, als er sich in seinem Haus in San Polo verkroch, oder im Bett seiner Geliebten Elena Barozzi. Endlich in Sicherheit nach all den Jahren der Flucht, zumindest dachte er das. Das Problem ist, dass die Vergangenheit, ob real oder erfunden, uns oft einholt, und mir für meinen Teil Mut und Entschlossenheit gefehlt hatten, ihrem Lockruf zu widerstehen.

Doch es gab noch ein weiteres Versprechen einzulösen.

ES WAR KURZ NACH NEUN, als ich die Frarikirche verließ und ins helle Licht des Wintermorgens trat. Ein Hauch Frühling lag in der Luft und tauchte den endlosen Himmel in ein etwas tieferes Blau. Turner übergab den Pinsel an Tiepolo. Kaffee im Adagio, ein Lächeln und ein freundliches Wort von den Frauen hinter der Theke. Sie sahen mich an, als ahnten sie, dass mir etwas auf der Seele lag.

Zwei Männer, Bibboni und Bebo, zufällig die Attentäter von einst. In dem Moment sah ich sie plötzlich vor mir, wie sie mit blutbefleckten Jacken fluchtartig aus Richtung Ponte San Tomà kamen. Irgendwohin in dieser Gegend, rund um die Scuola Grande di San Rocco mit ihren berühmten Tintoretto-Gemälden, nahe dem Verkaufsstand mit den frischen *frittelle* und den unzähligen billigen Souvenirläden, mussten sie geflohen sein und sich gefragt haben, ob sie wohl lebendig aus Venedig herauskommen würden.

Ich nahm denselben Weg, den sicher auch sie genommen hatten, bis vor zu San Trovaso und dann auf die breite Uferpromenade der Zattere, die an der funkelnden Wasserfläche des Giudecca-Kanals entlangführte. Von da lief ich östlich, am Hotel Calcina vorbei, wo einst Ruskin wohnte, als er *Die Steine von Venedig* schrieb und langsam den Verstand verlor, weil er glaubte, Ursula, Carpaccios legendenhafte Heilige in der Accademia, sei in Wirklichkeit seine tote Geliebte Rose La Touche. Die Kirche Spirito Santo, in der die beiden Attentäter sich kurzzeitig vor den Truppen der Stadt versteckt hatten, war wie immer verschlossen, die alte hölzerne Eingangstür nach jahrelangem Leerstand ramponiert. An dem Bootshaus, das nach der Barke des Dogen Bucintoro benannt war, kehrte wieder Leben ein. Ein paar Frauen in rosa Anoraks manövrierten mit einem Kran ihr Rennruderboot ins Wasser, um zu ihrer morgendlichen Trainingsrunde aufzubrechen.

Hier an dem weiten Gewässer war die Luft frisch und klar und duftete nach Frühlingslagune. Auf dem letzten Stück zur Punta della Dogana traf ich auf keine Menschenseele mehr, bis auf einen einsamen Angler, der seine Schnur im Schatten der Säulen ausgeworfen hatte. Der Ausblick, den man von dieser Landspitze aus genoss, war immer unser liebster in ganz Venedig gewesen. Voller Begeisterung hatten wir ihn entdeckt, als wir zwanzig Jahre zuvor in Treporti gezeltet hatten. Die ungehinderte Sicht übers Becken von San Marco auf San Giorgio in seiner ganzen Erhabenheit, zu den beiden Säulen vor der Piazzetta am gegenüberliegenden Ufer, auf den Dogenpalast, die Gebäude an der Riva degli Schiavoni, das Hotel Danieli und Vivaldis Pietà – beziehungsweise die Kirche, die an ihrer Stelle erbaut wurde – bis hinaus zum Arsenale. Dahinter lagen die Gärten der Biennale und, von San Giorgio verdeckt, der ausgedehntere Abschnitt der Lagune zwischen Sant'Elena und dem Lido. Hier, wo heute Touristen für alberne Selfies posieren, zahlten einst zwei skrupellose Mörder für eine Gondelüberfahrt, die sie zur Ponte della Paglia und zu ihren französischen Helfern in Sicherheit brachte.

Unzählige Male hatten wir nach diesem ersten Besuch an der Spitze dieser Landzunge gestanden, Arm in Arm wie verliebte Teenager, und von dem Leben geträumt, das wir führen würden, wenn wir erst hierhergezogen wären. Ob Eleanor wusste, dass es nie dazu kommen würde? Wenn ich heute zurückblicke, glaube ich das schon. Und sie hatte Angst davor, es auszusprechen. Nicht wegen ihr, sondern wegen mir. Ich war blind dafür gewesen, wie krank sie war, wie wütend im Stillen über den Zustand der Welt. Wie sehr von Schuldgefühlen gequält, weil sie die unglückselige Julie Dean zu Marmaduke Godolphin geschickt hatte. Der Nachlass Wolff war ihr Abschiedsgeschenk gewesen, eine Waffe, die das Epizentrum ihres Hasses zum Ziel hatte, so ähnlich wie der Bogen in den Händen von Carpaccios Krieger, der die legendenhafte Ursula töten wollte. Obwohl die Aufgabe, den Pfeil abzuschießen, am Ende mir zufiel. Als es zu spät war, um Nein zu sagen, und ich zu naiv, um zu verstehen, welche Konsequenzen es auslösen könnte.

Zwei Versprechen. Eines eingelöst, mit Folgen, die nicht einmal Eleanor hatte voraussehen können.

Das zweite war leichter zu erfüllen. Die kleine graue Stahlurne fühlte sich klamm an in der Tasche meines alten Dufflecoats. Die Trauerfeier war bescheiden gewesen. In einem Zusatz zu ihrem Testament hatte sie mich ermahnt, kein Geld für die Toten zu verschwenden, sondern es für die Zukunft zu sparen, die ich allein in unserer Traumstadt verbringen würde. Eine kurze Einäscherungszeremonie, ohne Geistlichen, die in meiner Erinnerung verschwimmt, wenn ich ehrlich bin, bis zu dem Moment, als mir ihre zu Staub gewordenen Überreste übergeben wurden und mir das zweite Versprechen in Erinnerung riefen, das ich gegeben hatte.

Verstreu meine Asche über dem Becken von San Marco. Dann vergiss mich, mein liebster Arnold. Lebe das Leben, das du schon immer hättest haben sollen.

Mein Blick wanderte über die Mündung des Giudecca-Kanals. Eine Reihe *bricole*, die zu Dreiergruppen verbundenen Eichenpfähle, die die Fahrrinnen markierten, ragten aus dem Wasser wie tote Stümpfe eines lang versunkenen Waldes. Die niedrig stehende Wintersonne malte silbern glitzernde Streifen auf die Wellen, die sich im Kielwasser einer Fähre zum Terminal in San Nicolò bildeten. Auf fast allen Pfählen saßen Kormorane, kohlschwarz, mit glänzenden Federn, und streckten die schmalen Hälse in die Luft. Fasziniert beobachtete ich, wie einer sich dem schimmernd hellen Licht zuwandte und die Flügel breitete, um die Wärme zu empfangen wie ein gottergebener Diener. Und schon taten es die anderen ihm gleich. Der strahlend blaue Himmel hatte eine ganze geflügelte Gemeinde zum Gebet versammelt.

Ich sah diesen prächtigen Vögeln zu, wie sie im sanften Wintersonnenschein das Gefieder spreizten, und drehte die kleine Urne in meiner kalten Hand. Unmöglich konnte ich die Asche einer Engländerin in diesem paradiesisch schönen Nass verstreuen. Dieses Mal, Eleanor, muss ich passen.

„Signore", sagte plötzlich jemand so nah neben mir, dass ich zusammenzuckte. Als ich mich umdrehte, brauchte ich einen Moment, um ihn zu erkennen.

„Das *traghetto* gestern Abend", sagte der Mann. Er trug einen zerschlissenen Gondoliere-Hut, eine dicke schwarze Jacke und hatte, bei Tageslicht betrachtet, das Gesicht eines grinsenden Rugbyspielers. „Sie sind der Freund des *capitano*."

„Stimmt. Ich –"

Er deutete auf die *traghetto*-Anlegestelle. „Soll ich Sie rüber nach San Marco bringen? Umsonst? Valentina ist meine –"

„Cousine, zufälligerweise?"

Er lachte. „Nein. Die Cousine meines Kumpels. Ist 'ne ziemlich große Familie. Hier ist nicht viel los heute. Ich verbring schon eine ganze Weile mit Däumchendrehen. Sie sehen auch aus, als hätten Sie Langeweile. Ich könnte Ihnen beibringen, wie man aufrecht steht." Er zwinkerte. „Dann sehen Sie nicht mehr aus wie ein Tourist."

In dieser Stadt würde ich immer auffallen. Das stand fest. Darüber zu klagen war sinnlos. Genauso wie sich zu wünschen, ich hätte Eleanor noch sagen können, dass das Leben, das wir zusammen hatten, das einzige war, das ich je wollte. Es war nicht ihre Schuld, oder die von sonst jemandem, dass es sich am Ende in so viel Zorn und Verwirrung auflöste. Das war der Weg, den wir gewählt hatten. Oder der, den das Schicksal für uns vorsah. Was von beidem, war schwer zu sagen.

Auf der anderen Seite des Canal Grande, bei Harry's Bar, wo Valentina uns hingeführt hatte, hatte ein Vaporetto der Linie 1 von Vallaresso abgelegt. Von der Mitte des Kanals aus steuerte es auf die Haltestelle bei Salute zu. Ich beobachtete es beim Manövrieren im strudelnden Wasser, wie wir beide es so oft getan hatten.

„Signore ...“

„Danke“, sagte ich und hatte mich schon in Bewegung gesetzt. „Nicht jetzt.“

Ehe ich michs versah, war das Boot schon fast am Anleger. Ich fing an zu laufen, hastete über die *fondamenta*, rannte atemlos über den Anlegesteg, während der weibliche *marinaio* schon wieder das metallene *barcarizzo* zur Abfahrt zuschob. Ich lächelte ihr zu. Sie warf einen kurzen Blick über die Schulter, bevor sie mein Lächeln erwiderte, die Absperrung noch einmal öffnete und mich an Bord winkte.

Ein kurzes *grazie*, dann steuerte ich direkt auf die begehrten Außenplätze am Heck zu. Auf die hatten auch Eleanor und ich es immer abgesehen, doch die meiste Zeit des Jahres hatten wir kaum eine Chance gehabt. Während der kalten Wintermonate jedoch gab es kaum Touristen und die Venezianer hielten es für verrückt, im Freien zu sitzen. Deshalb war der Halbkreis harter Kunststoffsitze hinter der Tür meistens leer. Ich nahm einen der zwei entgegen der Fahrtrichtung positionierten Plätze vor der Kabinenwand ein und blickte aufs schäumende Kielwasser, während wir auf den Canal Grande hinaussteuerten. Der Himmel strahlte azurblau, die Sicht war frei bis zur grünen Umrisslinie der Bäume in den Giardini.

Eine Bö erfasste das von der Schiffsschraube aufgewirbelte Wasser und spritzte mir ein bisschen ins Gesicht. Ein paar Möwen schwebten hinter dem Boot in der Luft.

Zwischen der Sitzfläche und dem alten lackierten Eisenboden befand sich ein schmaler Zwischenraum.

Dort deponierte ich die kleine Urne.

Dort würde Eleanor bleiben, bis irgendeine eifrige Reinigungskraft sie eines Tagen fände. In der Zwischenzeit würde sie durch ganz Venedig fahren, vom Piazzale Roma zum Lido und wieder zurück. Und jedes Mal, wenn eins der omnipräsenten Vaporetti in Sicht käme, würde ich an sie denken. Und mir vorstellen, wie wir beide auf den Plätzen ganz hinten sitzen und voller Staunen auf eine andere Welt blicken, die eines Tages unser Zuhause sein sollte.

Nachdem ich mein Versprechen eingelöst hatte, stieg ich bei San Tomà aus und machte im Adagio halt, um einen zweiten, wärmenden Cappuccino zu trinken.

Der Dolch war fort, die Wunde blieb, aber der sanfte Schmerz, den sie verursachte, war willkommen und verdient.

Kaum hatte ich meine Tasse in der Hand, hörte ich ihn.

„Arnold! Arnold!" Das wehende Cape, der lange Schal, der schwarze Hut. Luca kam mit ausgebreiteten Armen, weit geöffneten Augen und aufgekratzt wie eh und je übers Pflaster gestürmt. „Ich hab versucht, dich anzurufen."

Wie sehr beneidete ich meinen venezianischen Freund doch um seine Fähigkeit, im Hier und Jetzt zu leben. Seinem aufgeregten Blick nach zu urteilen, hatten wahrscheinlich Marmaduke Godolphin und der Nachlass Wolff mit seinem Überschwang zu tun.

„Kaffee?", fragte ich. „Mein Handy hat mal Pause."

„Hier …" Er drückte mir ein Bündel Geldscheine in die Hand. „Fünfzehnhundert für jeden. Für fünf Tage Arbeit, wie abgemacht."

„Aber …"

„Kein Aber. Signora Godolphin hat mir das Geld gestern Abend überwiesen und kein Nein akzeptiert. Nicht, dass ich die Frage aufgebracht hätte. Eine großzügige Lady. Als ich heute Morgen auf mein Konto geschaut hab, war es schon da." Er zögerte kurz. „Man fragt sich, wieso sie die ganzen Jahre bei ihm geblieben ist. Gut, dass ich nicht über die Ehe nachdenke. Ich glaube, diese Sache mit dem Bund fürs Leben werd' ich nie verstehen."

Die Frau hinter der Theke schickte eine abfällige Handbewegung in seine Richtung. „Als ob dich überhaupt eine haben wollte, Luca!"

Er tippte sich an die Nase. „Das, kann ich dir versichern, Fiorella, ist nicht das Problem."

Eine kurze, heftige Diskussion entbrannte, eine dieser scherzhaften Kabbeleien, die sie so liebten. Ich hörte ihnen eine Weile amüsiert zu, dann trank ich meinen Cappuccino aus und machte Anstalten zu gehen.

Luca hob die Hand, damit ich stehen blieb. „Wofür wirst du dein Geld ausgeben, Arnold? Für etwas Besonderes, will ich hoffen. Komm nicht auf die Idee, es zu sparen. Wer weiß, was morgen bringt? Vor allem in diesen Zeiten."

Ich strich über meinen abgetragenen Dufflecoat, den ich vor einer gefühlten Ewigkeit bei Debenhams gekauft hatte.

„Vielleicht könnte ich etwas Neues zum Anziehen gebrauchen …"

„Vielleicht?!", rief Fiorella und bekam sich gar nicht mehr ein vor Lachen. „*Vielleicht?*"

Luca trat einen Schritt von der Theke zurück und schwang elegant wie ein Tänzer sein Cape um sich herum. „Einen *tabarro* für *dottor* Clover! Einen schicken Borsalino. Und einen Schal. Ich kenne genau den richtigen Laden. Wir werden schon noch einen Venezianer aus ihm machen."

„Danke, aber –"

Wie immer war es unmöglich, Luca zu stoppen, wenn er in Fahrt war. Jeder Versuch zwecklos.

„Also, mein englischer Freund …" Er sah sich mit verschwörerischem Blick in der leeren Bar um. Dann beugte er sich vor und legte mir den Arm um die Schulter. „Welchem mysteriösen Kriminalfall sollen wir uns als Nächstes zuwenden?"

Anmerkung des Autors

Wieder einmal bin ich Gregory Dowling zu Dank für seine ortskundige Hilfe verpflichtet. Durch ihn habe ich auch Venedigs weniger bekannte Ecken kennengelernt. Dr. Jonathan Davies vom Fachbereich Geschichte an der University of Warwick schulde ich ein, zwei Spritz; er hat mir Auskunft zu zahlreichen Quellen gegeben und mir wertvolle Informationen über die Schauplätze geliefert, die die Ermordung Lorenzino de' Medicis und die späteren Ereignisse betreffen.

Die meisten historischen Hinweise dieser Geschichte – von Benvenuto Cellinis Verbindungen zu ihren Hauptakteuren bis zu Michelangelos Entwurf des Aldobrandini-Dolches – entsprechen den Tatsachen. Die Finte mit der Verbindung zwischen Michelangelo und den beiden Medici-Attentätern ist natürlich eine schamlose Erfindung meinerseits. Um etwas über die wahre Geschichte hinter den Morden zu erfahren, empfehle ich Stefano Dall'Aglio: *The Duke's Assassin. Exile and Death of Lorenzino de' Medici*, übersetzt von Daniel Weinstein, Yale University Press 2015. (Italienische Ausgabe: *L'assassino del Duca. Esilio e morte di Lorenzo de' Medici*, Olschki 2011) Darin werden alle Fakten mit wissenschaftlicher Gründlichkeit dargestellt, zudem handelt es sich um eine detaillierte kriminalgeschichtliche Untersuchung der Ereignisse rund um den Tod Alessandros 1537 in Florenz und den Vergeltungsmord an Lorenzino in Venedig elf Jahre später. Der Verfasser präsentiert neue Quellen, die beweisen, dass Alessandros Rächer nicht, wie man viele Jahre annahm, sein Cousin Cosimo war, sondern sein Schwiegervater, Kaiser Karl V.

Lorenzinos Rechtfertigung für Alessandros Ermordung ist auf Englisch unter dem Titel *Apology for a Murder*, übersetzt von Andrew Brown (Hesperus Classics), mit einem erhellenden Vorwort von Tim Parks, erhältlich. Das Buch beinhaltet auch eine englische Übersetzung des Augenzeugenberichts Francesco Bibbonis, in dem er detailliert beschreibt, wie er, während er sein Opfer beobachtete, hinter die Affäre mit Elena Barozzi kam und welche verzweifelten Maßnahmen er und sein Komplize nach der Tat unternahmen, um aus Venedig zu fliehen. (Italienische Ausgabe: *Lorenzino de' Medici: Apologia e Lettere*, a cura di F. Esparmer, Salerno 1991) Bibboni und sein prahlerischer Mitstreiter Cellini gehören zu den wenigen Protagonisten im realen Teil dieses Dramas, die später noch ein hohes Alter erreichten und friedlich im Bett starben.

Viele der Schauplätze dieser Geschichte kann man im heutigen Venedig besuchen. Ich überlasse es den Leserinnen und Lesern, zu erforschen, welche real sind und welche Fiktion. Das Il Pagliaccio ist erfunden, wenngleich die Gerichte, die Arnold und Valentina dort speisen, ihre Vorbilder im Bistrot de Venise und der Osteria Al Museo auf Burano haben. George Bournes Cocktails entsprechen dem Angebot im Il Mercante zu der Zeit, als dieses Buch verfasst wurde, und sind mittlerweile sicherlich durch andere exotische Kreationen ersetzt worden.

David Hewson
Kent und Venedig, 2021

Zitatnachweise

S. 67

„Oh, eine Feuermuse, die hinan den hellsten Himmel der Erfindung stiege! [...] Ein Reich zur Bühne, Prinzen drauf zu spielen."
William Shakespeare: König Heinrich der Fünfte, Prolog / Chorus, Übersetzt von August Wilhelm Schlegel, Projekt Gutenberg

S. 89

„Empfehlt mich meinem gütigen Herrn. Oh, lebt wohl."
William Shakespeare: Othello, übersetzt und herausgegeben von Dieter Hamblock, Reclam 1985, Reclams Universal-Bibliothek Nr. 9830, 5. Akt, 2. Szene, S. 257

S. 101

„Jetzt ködert den Hamen. Dieser Fisch wird anbeißen."
William Shakespeare: Viel Lärm um nichts, übersetzt von Wolf Heinrich Graf Baudissin, Reclam 1979, Reclams Universal-Bibliothek Nr. 98, 2. Akt, 3. Szene, S. 34

S. 125

„Wenn auch wir Frauen bewaffnet und ausgebildet sind, werden wir euch Männern beweisen, dass wir Hände und Füße und Herzen haben wie ihr."
Original: „Quando amate, et esperte ancor siam noi, render buon conto a ciascun'huom potemo, che mani, e piedi, e core havem' qual voi ..."
Italienische Ausgabe: Veronica Franco: Terze Rime e Sonetti, Carabba Editore, Lanciano, 1912, Kapitel 16. Reproduktion von Forgotten Books, London, www.forgottenbooks.com, S. 71
Übersetzt von Birgit Salzmann

S. 157
„Oh, ihr Kleingläubigen".
Lutherbibel, Matthäus 6:30

S. 197
„So wilde Freude nimmt ein wildes Ende."
William Shakespeare: Romeo und Julia, übersetzt von August Wilhelm Schlegel, herausgegeben von Dietrich Klose, Reclams Universal-Bibliothek Nr. 5, Reclam, 1969, 2014, 2. Akt, 6. Szene, S. 64

S. 295
„Fort! und reiß aus meinem Herzen deines Schnabels scharfen Speer [...] Nimmermehr."
Edgar Allan Poe: Der Rabe. Aus: Lieder und Balladenbuch amerikanischer Dichter der Gegenwart, übersetzt von Adolf Strodtmann, Hoffmann & Campe 1862, S. 12–29

Inhaltsverzeichnis

Die Drucklegung erfolgte mit freundlicher Unterstützung durch
die Abteilung für deutsche Kultur in der Südtiroler Landesregierung.

Die Originalausgabe ist unter dem Titel *The Medici Murders* 2022 bei Severn House, einem
Imprint von Canongate Books Ltd, Edinburgh, erschienen.
© David Hewson 2022

Lektorat: Joe Rabl

Umschlaggestaltung: Hauptmann & Kompanie Werbeagentur, Zürich, unter Verwendung
von Motiven von © Shutterstock und © Hauptmann & Kompanie
Grafische Gestaltung Innenteil: Dall'O & Freunde
Druckvorbereitung: Typoplus, Frangart
Printed in Europe

ISBN 978-3-85256-895-9

www.folioverlag.com

E-Book ISBN 978-3-99037-154-1

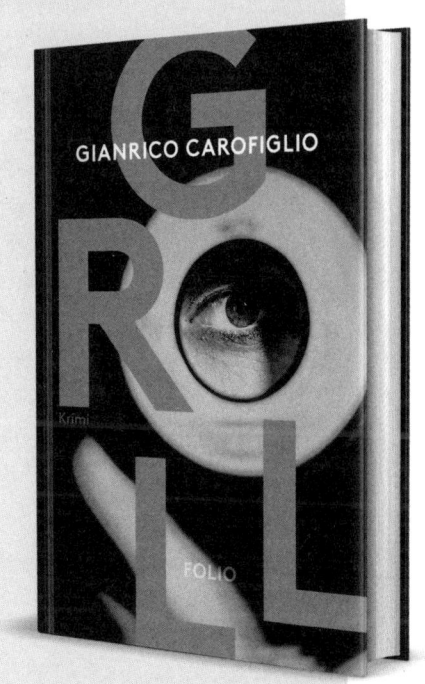

Eine Kindheit unter dem Faschismus in Südtirol, ironisch, schelmisch, erhellend.
Der Klassiker der Südtirol-Literatur.

Die „schöne Welt" ist Südtirol, das 1919 von Österreich zu Italien kam. In diesem Schelmenbericht aus der Kinderperspektive, der die Zeit von 1929 bis 1943 umfasst, bleibt über alles Politische hinweg der einfache Mensch im Mittelpunkt. Alle, die uns begegnen – vom kaisertreuen Großvater bis hin zum stolzen Maresciallo –, sind in Wahrheit keine „bösen Leut", sie sind nur Spielbälle einer verworrenen Zeit.

„Voller Ab- und Hintergründe, voll von Scherz und tieferer Bedeutung, vollauf modern." Die Zeit

WIEN · BOZEN

Gebunden: ISBN 978-3-85256-866-9
E-Book: ISBN 978-3-99037-138-1

WWW.FOLIOVERLAG.COM